mtb

Zum Buch:

Als ich Donovan Kincaid auf dieser verhängnisvollen Collegeparty traf, hatte ich es eigentlich auf seinen besten Freund abgesehen. Ich wusste, dass ich eine graue Maus war und keine Chance hatte, in der luxuriösen Glamourwelt von Donovan Kincaid Fuß zu fassen. Ich wusste aber, was ich wollte – ich wusste, wen ich wollte –, bis etwas Schreckliches geschah und Donovan mich rettete. Er führte mich in die Welt ein, die mir so fremd und verheißungsvoll erschien, zeigte mir, wie schmutzig und unwiderstehlich er war. Es war wie ein Traum – bis ich alles wieder verlor. Ich habe Donovan verteufelt, verflucht, aus tiefster Seele. Bis er wieder vor mir stand und ich mir nichts sehnlicher wünschte, als ihn noch einmal zu spüren …

»Donovan ist mein absoluter Lieblingsheld – besitzergreifend, unberechenbar und mit einer großen Schwäche für die Heldin. ›Dirty Love‹ ist eines der besten Bücher dieses Jahres!«

New-York-Times-Bestsellerautorin Kendall Ryan

Zur Autorin:

Laurelin Paige ist New-York-Times-, Wall-Street-Journal- und USA-Today-Bestsellerautorin. Sie liebt heiße Romances und hat bei jeder Kussszene ein Kribbeln im Bauch. Wenn sie nicht gerade liest oder sexy Geschichten schreibt, singt sie, guckt »Game of Thrones« und »The Walking Dead« oder träumt von Michael Fassbender.

Laurelin Paige

Dirty Love – Ich will dir gehören!

Roman

Aus dem Amerikanischen von
Jule Kleinfeld

mtb

MIRA® TASCHENBUCH
Band 26123

1. Auflage: Juli 2018
Deutsche Erstausgabe

Originaltitel: Dirty Filthy Rich Men
Erschienen bei: Paige Press, LLC

Published by arrangement with
Bookcase Literary Agency and RF Literary Agency

Umschlaggestaltung: HarperCollins Germany / Deborah Kuschel,
Artwork Laurelin Page
Umschlagabbildung: g-stockstudio / AdobeStock
Lektorat: Maya Gause
Satz: GGP Media GmbH, Pößneck
Printed in Germany
Dieses Buch wurde auf FSC®-zertifiziertem Papier gedruckt.
ISBN 978-3-95649-798-8

www.mira-taschenbuch.de

Teil 1:
Dirty Boys

1. Kapitel

Kein Mann auf der ganzen Welt konnte küssen wie Weston King.

Als sein Gesicht sich zu meinem hinabsenkte, stockte mir der Atem in der Kehle. Als sein Mund auf meinen traf, sprühten die Funken. Als seine Zunge zwischen meine Lippen glitt, schwebte ich im siebten Himmel. Ich sah Sterne, genau wie die alberne Redewendung besagte. Mir schlug das Herz gegen den Brustkorb. Eine Gänsehaut überzog meinen ganzen Körper. Schmetterlinge drehten in meinem Bauch ihre Runden. Mit jeder Zelle, jeder *Faser* meines Leibes spürte ich, wie er in mich eindrang. Sein Kuss verwandelte meinen Körper in etwas Größeres. Etwas Brennbares. Etwas Aufgeladenes. Etwas Flammendes …

Wenigstens stellte ich mir seine Küsse so vor.

Denn meine Schlüsse zog ich allein aus Beobachtungen. Und beobachtet hatte ich ihn reichlich.

Das Mädchen, für das er sich an diesem Abend entschieden hatte, schien jedenfalls kurz davorzustehen, in Flammen aufzugehen, so wie sie sich an ihm rieb. Nichette? War das ihr Name? Oder Nikita? Der Lärm der Party hatte es schwer gemacht, ihren Namen zu verstehen, als sie sich ihm vor einer Stunde vorgestellt hatte, und seitdem hatte er ihn nur ein- oder zweimal benutzt. Es war irgendetwas Ungewöhnliches und ein bisschen Abgehobenes und vermischte sich mit den anderen ungewöhnlichen, abgehobenen Namen seiner früheren Eroberungen.

Ein Junge, den ich aus meinem Ökonomie-Seminar kannte, stolperte mit seinen Freunden lachend an mir vorbei. Ich presste mich enger an die Wand und umklammerte meinen roten Plastikbecher, um nichts zu verschütten. Auch wenn es mir ziemlich egal war, welches Craft Beer diese Woche in den Fässern war, zählte das zu meinen Lieblingsdingen an den Partys bei The Keep. Die Hauptattraktionen waren immer Bier und Schnaps. Die meisten anderen reichen Harvard-Studenten versuchten, mit verschreibungspflichtigen Medikamenten und Mischungen, die so experimentell waren, dass die FDA, die amerikanische Arzneimittelbehörde, noch keine Zeit gehabt hatte, sie zu genehmigen, die Massen zu ihren Soireen zu locken.

Die Jungs von The Keep hielten es schlicht und – bis auf Alkoholkonsum von Minderjährigen – legal. *»Für alle, die sich keine Lücke im Lebenslauf wünschen«*, hatte ich Brett Larrabee sagen hören, den selbst ernannten Manager des Hauses. Normalerweise war er gerade dabei, irgendeinen Jungen mit seinem üblichen Anmachspruch »eines Tages sitze ich im Senat« dazu zu bringen, ihm den Schwanz zu lutschen. Das musste ich ihm lassen: Normalerweise funktionierte es.

Das Beste an den Partys von The Keep war eindeutig Weston King. Ehrlich gesagt war er der einzige Grund, warum ich überhaupt zu diesen Gelagen ging. Ich war vollkommen fasziniert von ihm, einfach nur, weil er heiß, charmant und reich war. Er war meine Sucht. Meine Obsession. Mein Traummann.

Ja, diese Hormone – man musste sie einfach lieben.

Weston war mir schon am ersten Tag vom Einführungsseminar in die Geschäftsethik aufgefallen. Ich hatte mich vorne in den Saal gesetzt (genau so ein Mädchen war ich eben), und er war zu spät gekommen (genau so ein Junge war er eben) und hatte wegen irgendetwas auf seinem Handydisplay gegrinst. Das Grinsen war immer noch auf seinem Gesicht, als er das Handy schon wieder in die hintere Hosentasche gesteckt hatte. Seine blauen Augen schienen zu leuchten. *Eis*blaue Augen. Das Seminar fand in einem Hörsaal statt, sodass er ein paar Sekunden brauchte, um den Raum zu durchqueren, und ich konnte nicht aufhören, ihn dabei anzustarren. Ich beobachtete ihn die ganze Zeit. Sah zu, wie er sich mit der Hand durch die blonden Haare fuhr, die ihm bis in die Stirn fielen. Sah zu, wie er dem Assistenten des Professors zuzwinkerte, der ihn wegen seines Zuspätkommens wütend anfunkelte. Dieser Typ hatte Selbstbewusstsein. Fast schon zu viel. Genau wie all die adretten, reichen Kinder, die es wegen großzügiger Spenden und ihres Familiennamens nach Harvard schafften. Er war die Art Mensch, die ich hassen wollte, und ich war mit meinem Stipendium und dem Ersparten meines Vaters nach Cambridge gekommen mit dem Plan, genau das zu tun.

Aber dann waren sich unsere Blicke begegnet, und ich weiß nicht einmal, ob er mich wirklich gesehen hatte … Aber ich hatte *ihn* gesehen, und was ich sah, war absolut faszinierend: Leichtigkeit und Charme, die erhabene Ausstrahlung der Oberschicht. Alles in mir kribbelte. Ließ mich schwerer atmen. Ließ mich rot anlaufen wegen Gedanken, die für ein Ethik-Seminar viel zu schmutzig waren. Und es ließ mich auf jeden Fall vergessen, dass ich vorgehabt hatte, ihn und seine Art zu hassen.

Stattdessen wollte ich mehr herausfinden.

Mehr über ihn zu erfahren war nicht kompliziert. Sein Vater war Nash King, Miteigentümer von King-Kincaid Financial, einer der größten Investmentfirmen der Welt, und die Leute redeten über ihn, ohne dass man groß fragen musste. Ich hatte bald herausgefunden, dass er im ersten Jahr war, so wie ich, und dass er mit ein paar anderen in einem dreigeschossigen Backsteinhaus zehn Minuten vom Campus entfernt wohnte, das schon so lange von den Nachkommen der reichen Familien bewohnt wurde, dass niemand mehr wusste, warum man es The Keep nannte. Das Haus war berühmt für die Partys, die dort jedes Wochenende stattfanden. Und obewohl es Ende Oktober war und Weston noch kein Wort mit mir gesprochen hatte oder mich auch nur direkt angesehen oder sich auch nur hatte anmerken lassen, dass er von meiner Existenz wusste, war ich bei jeder einzelnen gewesen.

Jedes Mal verbrachte ich den Abend damit, in einer Ecke versteckt zuzusehen, wie er mit irgendeinem Mädchen herummachte. Immer in einer anderen Ecke. Immer ein anderes Mädchen. Ich hatte versucht herauszufinden, ob er einen bestimmten Typ hatte, aber mir war noch kein Muster aufgefallen. Diese hier hatte rote Haare. Die von letzter Woche war blond gewesen. In der Woche davor hatte das Mädchen fast genauso braune Haare wie ich gehabt, aber mehr Kurven. Die Rothaarige war so dürr wie ich, aber sie hatte sich dazu offensichtlich ein Paar Brüste gekauft. Ein anderes Mal war er mit einem Mädchen zusammen gewesen, das noch flacher als ich war. Kein Muster. Kein Typ. Fast war es so, als müsste ich nur den Mut aufbringen, mit ihm zu reden, und dann, vielleicht …

Aber was dann?

Ich machte mir nichts vor. Ich wusste, dass ich ihm nichts Besonderes zu bieten hatte. Es gab keine Falle, die zuschnappte, sobald Westons Schwanz in mir steckte. Er würde mich vögeln, und das war es dann. Nur wäre danach meine Besessenheit von ihm noch jämmerlicher, weil ich nicht nur ein Mädchen war, das sich verknallt hatte – ich wäre ein Psycho, der nicht loslassen konnte.

Trotzdem träumte ich davon, dass es bei mir anders wäre. Dass er mich eines Tages bemerken würde, und da wären Funken, und es wären diese ewigen Funken, und wenn ihm dann klar wurde, dass ich mich für jemanden genau wie ihn aufgespart hatte, würde er daran arbeiten wollen, mich zu verdienen, und es auch tun. Und es wäre süß und romantisch, und wir lebten glücklich bis ans Ende unserer Tage.

Für jemanden, der Betriebswirtschaft studierte, hatte ich schon immer eine ausufernde Fantasie gehabt. Das war mir durchaus bewusst.

»Hey, sexy!« Einer der anderen Hausbewohner – ich hatte wirklich keine Ahnung, wie viele es waren – zog ein Mädchen in einem langen Pullover und bunt bedruckten Leggings an sich heran und versperrte mir so die Sicht. »Lange her, seit wir uns gesehen haben. Willst du bei der nächsten Runde mitmachen?«

Ich umrundete den Billardtisch, den die Jungs statt Esstisch im Esszimmer stehen hatten, und sah mich mit zusammengekniffenen Augen um, bis ich Weston und seinen Fang des Abends wiederentdeckt hatte. Gerade noch rechtzeitig. Sie standen an der Treppe, und er hatte sich zu der Rothaarigen gebeugt und flüsterte ihr etwas ins Ohr. Sie antwortete mit einem Kichern und einem Nicken.

Das war er. Der Abgang. Der Augenblick, in dem die beiden verschwanden, um die Dinge auf das nächste Level zu bringen. Den Teil, den ich mir den Rest der Woche bis ins kleinste Detail ausmalen würde – nur dass in meiner Vorstellung *ich* das Mädchen war, und sehr oft hatte ich bei diesen Tagträumen die Hand in meinen Slip gesteckt.

Ganz ehrlich, vielleicht musste ich wirklich einfach nur flachgelegt werden.

Ich nahm noch einen Schluck von meinem gar nicht so köstlichen Craft Beer und krümmte mich innerlich. Wenn Weston mit seinem Date der Nacht verschwand, trank ich normalerweise aus und ging nach Hause. Er brachte sie jetzt nach oben in sein Zimmer. Wenigstens nahm ich an, dass sich dort sein Zimmer befand. Das obere Stockwerk war Sperrgebiet, die Tür, durch die man dorthin gelangte, sogar abgeschlossen, und auch wenn sie das nicht gewesen wäre, ich wäre nie in ihre Privatsphäre eingedrungen.

Aber als Weston dieses Mal mit seinem Fang die Treppe hochstieg, schloss er die Tür nicht wieder fest hinter sich. Von der anderen Seite des Raumes richtete mein Blick sich auf den Schnäpper, der aus dem Türrahmen ragte, und etwas überkam mich. Etwas Unerklärliches. Denn eben noch stand ich wie immer gegen die Wand gelehnt, und auf einmal schlich ich mich die dunkle Treppe hinauf ins obere Stockwerk von The Keep.

Auf der Treppe war es leise und leer. Am Absatz hielt ich inne. Im oberen Stockwerk brannte kein einziges Licht, meine Augen brauchten einen Moment, um sich daran zu gewöhnen. Direkt vor mir schien sich ein Badezimmer zu befinden. Rechts von mir zweigte ein Flur ab, und links war ein Schlafzimmer, zu dem die Tür einen Spalt offen stand. Als aus dem Schlafzimmer ein Kichern drang, machte ich mich auf Zehenspitzen auf den Weg dorthin, verfluchte mich aber selbst bei jedem Schritt. Was zum Teufel machte ich da überhaupt? Hatte ich vor zu spannen, während Weston irgendeine andere vögelte? Wollte ich, dass er mich plötzlich an der Tür bemerkte und mich einlud? Wollte ich von *beiden* zum Mitmachen eingeladen werden?

Ja, das war ziemlich durchgeknallt.

Fast hätte ich mich umgedreht.

Ich *hätte* mich umdrehen sollen.

Aber dann atmete Nicorette auf einmal scharf ein, und ich musste es einfach wissen. Musste es sehen.

Ich schlich mich näher heran, spähte ins Zimmer und wäre fast zurückgesprungen, als ich direkt vor mir das Paar entdeckte, das sich in wilder Leidenschaft küsste. Dann merkte ich, dass ich in Wirklichkeit nur ihr Spiegelbild in einem wandhohen Spiegel sehen konnte. Sie befanden sich auf der anderen Seite des Bettes, wo der Mond durch das Fenster schien und ihre Darbietung beleuchtete.

Und du meine Güte, war das heiß.

Die Rothaarige hatte Oberteil und BH bereits abgelegt, und Weston war über sie gebeugt, saugte an einer Brust und küsste die harte Spitze, während er die andere Brust mit der Hand massierte.

Nikita warf ihren Kopf in den Nacken und stöhnte. Unbewusst streichelte ich meine eigene Brust durch den Pullover und keuchte fast auf, als ich merkte, wie empfindlich und hart ihre Spitze geworden war. Ich musste mir auf die Unterlippe beißen, um kein Geräusch von mir zu geben. Musste die Hände zu Fäusten ballen, um das Pochen zwischen meinen Beinen zu lindern.

Ich sah zu, wie Weston sich das Hemd auszog, und hatte von meinem Standpunkt einen guten Ausblick auf seinen herrlichen muskulösen Rücken. Er war in der Rudermannschaft. Natürlich war er das. So adrett. Reicher Junge eben. Aber diese Muskeln … Gott segne die Rudermannschaft.

Und jetzt öffnete er seine Jeans. Und sie zog seinen Schwanz heraus. Ich spürte, wie ich die Augen aufriss, um einen besseren Blick auf seinen Ständer zu bekommen. Ich wagte es, mich ein wenig weiter vorzubeugen. Trotzdem sah ich nicht mehr als einen dunklen Schatten in der kleinen Handfläche der Rothaarigen, während sie ihn auf und ab rieb.

»Ja, Nicki, genau so.« Das Grollen in Westons Stimme verursachte mir weiche Knie. Ich konnte ihn über das Dröhnen des Basses aus dem Erdgeschoss gerade so hören.

»Nichelle«, berichtigte sie ihn. Genau! Das war ihr Name.

»Okay, Nichelle.« Er bog ihren Kopf zurück, um sie wild zu küssen. Das ging so einige Minuten lang, ehe er sich von ihr löste und aus dem Spiegelbild verschwand – auf *mich* zu.

Ich kauerte mich in die Ecke, wo die Tür auf den Rahmen traf, überzeugt davon, gleich entdeckt zu werden. Aber Weston schloss einfach nur die Tür.

Ich richtete mich auf, lehnte mich gegen die geschlossene Tür und atmete tief aus.

Denn was zum Geier sollte das gerade?

Ich hätte erwischt werden können. Man hätte mich aus The Keep rauswerfen können, und zwar für immer. Ich hätte jeden

Respekt verlieren können, den Weston vielleicht für mich gehabt haben könnte, ehe ich ihn mir auch nur verdient hatte.

Und warum zum Teufel stand ich überhaupt so auf diesen Typen? Ich *kannte* ihn nicht einmal! Ich musste dringend wieder zu Verstand kommen. Musste mich daran erinnern, warum mein Vater all die Jahre im Möbelgeschäft geschuftet hatte und warum er die Lebensversicherung meiner Mutter gespart und angelegt hatte. Nur damit ich die Schule meiner Träume besuchen konnte. Nicht damit ich die ganze Zeit mit Tagträumen von irgendeinem Playboy mit einem schönen Gesicht verschwendete.

Aber es war wirklich ein so schönes Gesicht.

Gott, ich steckte wirklich in Schwierigkeiten.

»Er wird nie mit dir was anfangen«, ertönte hinter mir aus der Dunkelheit eine Stimme. »Nicht, solange du noch Jungfrau bist.«

Ich kniff die Augen zusammen, und als ich genau hinsah, entdeckte ich ein weiteres Schlafzimmer am Ende des Flurs, bei dem die Tür weit offen stand, und auch wenn ich die Gestalt darin nicht richtig erkennen konnte, sah ich, dass jemand in einem Sessel saß und eine Zigarette rauchte. Oder vielleicht eine Zigarre.

Ich trat einen Schritt vor. Er konnte eigentlich nicht mit mir geredet haben, aber es war auch niemand anderes da. »Wie bitte?«

»Weston fängt nichts mit Jungfrauen an. Das ist eine seiner Regeln.«

Hitze stieg mir den Nacken hinauf und flutete meine Wangen. »Äh …«

»Jetzt bist du beleidigt.«

»Ja. Ich bin beleidigt.« Und es war mir peinlich. Wie lange hatte dieser Typ mich schon beobachtet? Man konnte ja wohl mit Sicherheit davon ausgehen, dass er gesehen hatte, wie ich

Weston ausspionierte. Und das war einfach … entsetzlich peinlich. Gott sei Dank war es so dunkel, dass er mein Gesicht nicht sehen konnte.

»Erklärst du mir auch, warum?«

Ich trat noch einen Schritt vor. Dann noch mehrere. Schritte, die ich die Treppe hinab hätte gehen sollen, solange ich noch das anonyme Mädchen in der Dunkelheit war.

Doch dass ich von einem anderen heimlich beobachtet worden war, ließ mich eine Verbundenheit empfinden wie noch niemals zuvor. Die ganze Zeit, in der ich Weston beobachtet hatte, war es so gewesen, als hätte ich ein Geheimnis gehabt. Und die erste Person, die es herausgefunden hatte, hatte es getan, indem sie *mich* heimlich beobachtete.

Vielleicht war das aber auch nur eine Ausrede, und ich war einfach einsam. Oder betrunken. Oder dumm.

»Na ja.« Ich blieb im Türrahmen zu seinem Zimmer stehen. »Punkt A, du kannst überhaupt nicht wissen, auf was dein Mitbewohner abfährt und auf was nicht. Und Punkt B, du kannst nicht einfach annehmen, dass ich noch Jungfrau bin.«

Er zog an seiner Zigarre – keiner Zigarette, stellte sich heraus –, und der Rauch füllte den Raum mit einem süßen, holzigen Duft, der mich an Kaminfeuer und alte Bibliotheken erinnerte. »Dem möchte ich widersprechen. Beidem.«

Ich schnaubte hörbar. Was sollte man auf eine solche Dreistigkeit noch antworten?

Eigentlich eine Menge.

Ich straffte die Schultern und wollte gerade loslegen, als er mir zuvorkam. »Hör zu. Ich kenne Weston schon, seit er noch in den Windeln steckte. Ich kenne ihn besser als seine Mutter, ich kenne ihn besser als das Mädchen, das ihm da drinnen gerade den Schwanz lutscht, und ich kenne ihn auf jeden Fall sehr viel besser als du.«

Er kannte Weston *wirklich* gut, wurde mir da klar. Ich

kannte diesen Typen ebenfalls. Er war der Assistent in meinem Ethik-Seminar. Zuerst hatte ich ihn nicht erkannt, jetzt aber schon. Er war Donovan Kincaid, der Sohn des Geschäftspartners von Westons Vater. Ich hatte nicht gewusst, dass er auch hier wohnte. Ich hatte ihn vorher noch nie bei einer Party in The Keep gesehen.

Meine Hände fingen an zu schwitzen, und mein Puls beschleunigte sich.

Donovan war mehrere Jahre älter als wir und arbeitete gerade an seinem MBA, dem Master in Betriebswirtschaft. Auf dem Campus galt er als legendär, weil er brillant und skrupellos war. Seine Geschäftsideen waren nicht nur klug, sondern auch am Puls der Zeit. Er war die Art Mann, die einmal die Welt regieren wird. Groß, attraktiv, mächtig, stark. Scharfsinnig. Auf mich wirkte er allgemein einschüchternd.

Und in dem Augenblick? Machte er mir eine Scheißangst.

»Was deine Jungfräulichkeit angeht«, fuhr er fort, »die trägst du wie eine Medaille.«

»Tue ich nicht.« Tat ich irgendwie schon. Ich befand mich gerade auf einer Uni-Party in einem formlosen Pullover und Jeans. Die Haare hatte ich zu einem lockeren Pferdeschwanz zusammengebunden. Ich trug Doc Martens, von denen meine Mitbewohnerin meinte, sie seien schon seit mehr als zehn Jahren aus der Mode. Ich versuchte nicht *absichtlich*, plump zu wirken. Ich hatte es nur gerne bequem. Und als ältere Schwester, ohne eine Mutter im Haus, hatte ich nie jemanden gehabt, der mir beigebracht hätte, wie man sich als Mädchen verhielt.

»Es gibt wirklich keinen Grund, beleidigt zu sein«, sagte Donovan und nippte an der goldbraunen Flüssigkeit in seinem Glas. Whisky, vermutete ich. Irgendetwas verriet mir auch, dass es in jener Nacht nicht sein erstes Glas gewesen war. »Ich will dich nicht kritisieren. Tatsächlich wollte ich meine Hilfe anbieten.«

Ich brauchte eine Sekunde, um zu verstehen, was er meinte. »Oh, bitte.«

»Das war kein Scherz. Sollen wir die Pros und Kontras abwägen?«

Ich neigte den Kopf zur Seite und betrachtete ihn, als würde ich ihn in der Dunkelheit sehen können. Bot er mir tatsächlich an, mit mir zu schlafen? Er hatte offensichtlich keine Ahnung, wer ich war.

»Ich, äh, denke nicht.« Ich zupfte mir am Pferdeschwanz, eine nervöse Angewohnheit von mir. »Es liegt bestimmt daran, dass hier kein Licht ist oder dass wir hier so viele sind, aber ich bin in deinem Seminar Einführung in die Geschäftsethik. Ich bin deine Studentin.«

Er streckte sich zur Seite aus und zog an einer Schnur, um die Lampe neben sich anzuschalten. Ich blinzelte ein paarmal in das erleuchtete Schlafzimmer. Er trug einen schlichten schwarzen Pullover und Jeans. Seine Füße waren nackt. Sein unordentliches Haar schien im trüben Licht roter zu sein, und in seinen grünen Augen waren mehr braune Flecken. Er sah dadurch schroffer aus als normalerweise. Intensiver. Seine Wangen trugen auch dazu bei. Sie waren mit Stoppeln bedeckt, als hätte er sich seit dem Seminar am Tag zuvor nicht rasiert, und auch wenn ich noch nie zuvor diesen Impuls verspürt hatte, wollte ich mit der Hand über diese Stoppeln streichen. Wollte wissen, wie sie sich an meiner Haut anfühlen würden. Waren sie weich? Kratzten sie? Wer war die letzte Frau, die ihm mit der Hand über die Wange gestrichen hatte? Hatte er sie geliebt? Ich betrat das Zimmer.

»Ich weiß, wer du bist, Sabrina Lind.« Donovans Aussage versetzte mich mit einem Schock zurück in die Gegenwart. »Im Durchschnitt siebenundneunzig Komma drei. Du bist Stipendiatin, deshalb ist das wichtig. Verpasst nie den Unterricht. Sitzt immer vorne rechts. Chad Lee schreibt in Tests bei dir ab, aber das weißt du nicht. Deine Essays tendieren ins Detailreiche, aber sie sind kreativ, das respektiere ich. Mir gefiel deine Meinung über die unfaire Kündigung von Peter Oiler bei Winn-Dixie, aber deine Beurteilung von Fords Entscheidung, die früheren Versionen des Pinto nicht umzubauen, war etwas kurzsichtig.«

Ich sperrte den Mund auf. Es gab zu viel, auf das ich reagieren musste. Ich entschied mich für die einfachste Antwort zuerst. »Fords Entscheidung hat Menschenleben gekostet.«

»Sie hat der Firma Geld eingebracht. Das nennt man das Nützlichkeitsprinzip.« Sogar wenn er so herzlos war, klang seine Stimme noch sanft, wie der edle Scotch, von dem ich vermutete, dass er ihn noch auf der Zunge schmeckte.

Ich fragte mich kurz, wie er auf meiner Zunge schmecken würde.

Genauso schnell verbannte ich den Gedanken wieder aus meinem Kopf. »Und ich dachte, das Seminar hieße Geschäfts*ethik*.« Der Fall, von dem er sprach, hatte mich aufgewühlt. 1970 hatte man bei Ford im Modell Pinto einen Fehler gefunden, der Hunderte Menschen das Leben kosten oder sie verletzen würde. Statt ihn aber zu korrigieren, hatte die Kosten-Nutzen-Analyse ergeben, dass es billiger wäre, die Prozesskosten zu tragen, von denen auszugehen war. Also hatten sie keine Änderungen vorgenommen.

»Ich glaube, ich habe euch beigebracht, dass man seine Moral selbst definieren muss.« Donovan lehnte sich zurück und schlug die Beine übereinander. Er sah mir forschend ins Gesicht, ehe er noch einmal an seiner Zigarre zog. »Das Angebot steht.«

»Welches Angebot?« Ich blinzelte einmal, ehe mir klar wurde, welches Angebot er gemeint hatte. »Bist du taub? Du bist mein *Dozent*.« Und warum stand ich immer noch da und unterhielt mich mit diesem Menschen? Ich hätte längst gehen sollen. Aber ich rührte mich nicht vom Fleck, so fasziniert war ich von unserem Gespräch, wie ich es höchstens jemals zuvor von Weston King gewesen war.

»Ich bin eigentlich nicht dein Dozent. Ich bin der Assistent des Professors.« Theoretisch stimmte das. Mr. Velasquez unterrichtete offiziell am Montag, Mittwoch und Freitag. Aber er war nur die Hälfte der Zeit anwesend, und selbst wenn er unterrichtete, saß Donovan an seinem Schreibtisch in der Ecke und benotete Arbeiten oder las oder tat, was er sonst so tat, während wir der Vorlesung lauschten. Für mich war er der Dozent.

Anscheinend war eine seiner Beschäftigungen, uns zu beobachten.

Oder beobachtete er nur mich?

Der Gedanke bereitete mir eine Gänsehaut. Ich schlang die Arme um mich und rieb mir mit den Händen die Oberarme.

Donovans Mundwinkel zuckten, als wüsste er genau, was für eine Wirkung er auf mich hatte. »Es verstößt nicht gegen die Vorschriften, wenn ich mich mit den Studenten verbrüdere.«

»Aber nach meiner persönlichen Definition wäre es unmoralisch.«

»Und woran liegt das?« Seine Stimme war nicht nur sanft, sie war warm. Verlockend, sogar mit ihrem bitteren Beiklang.

»Du benotest meine Arbeiten.«

»Und?« Sein Blick war direkt. Intensiv.

Und dieses Gespräch wurde langsam albern. Ich zog sein Angebot nicht ernsthaft in Betracht. Oder doch?

Ich ließ den Blick schweifen und entdeckte dabei einen Fotorahmen auf seinem Kaminsims. Es war ein Bild von Donovan und einer Frau, die lachten, als wäre es ein Schnappschuss. Es konnte vor nicht sehr langer Zeit aufgenommen worden sein – Donovan sah fast genauso alt aus, wie er jetzt war, nur war sein Haar kurz und sauber geschnitten. Und die Frau hatte ich noch nie gesehen. Vielleicht wartete sie zu Hause auf ihn. Oder er hatte mit ihr Schluss gemacht. Oder er betrog sie gerade, indem er mit mir flirtete.

Ich sah ihn wieder an. Offenbar war ihm nicht entgangen, dass ich das Bild betrachtet hatte. »Wenn ich mich mit dir einlasse, wirkt sich das vielleicht auf meine Noten aus«, lautete meine Antwort auf seine letzte Frage.

»Wenn du dich *nicht* mit mir einlässt, könnte es sich auch auf deine Noten auswirken.« Sein Tonfall wirkte jetzt hart. Kalt.

Ich lächelte angestrengt und verlagerte mein Gewicht von einem Fuß auf den anderen, während ich versuchte, mich zu entscheiden, ob er einen Scherz gemacht hatte.

Sein Gesichtsausdruck sah nicht danach aus.

Ich schluckte. »Du bist ein Mistkerl.«

»Bin ich das? Du bist diejenige, die hier heraufgekommen ist und etwas von mir wollte.«

»Was meinst du?« Ich hatte das Gespräch völlig aus den Augen verloren, und wo auch immer es sich befinden mochte, ich war mir sicher, ich wollte nicht dabei sein.

»Du bist allein mit mir in meinem Schlafzimmer. Was sollte ich sonst denken, was du von mir willst?«

Ein kalter Schauer durchfuhr mich. Die Haare in meinem Nacken stellten sich auf. Das Blut wich mir aus dem Gesicht.

Donovan stellte seinen Drink auf den Beistelltisch und beugte sich vor, um sich mit den Ellenbogen auf die Knie zu stützen.

»Verschwinde von hier, Sabrina. Dieses Stockwerk ist während unserer Partys gesperrt. Nächstes Mal, bevor du herkommst, denkst du vielleicht darüber nach, welche Moral sich dahinter verbirgt, dass man sich bei anderen an die Hausregeln halten sollte.«

Ich drehte mich um und rannte die Treppe hinab, ohne noch eine Sekunde zu zögern.

2. Kapitel

Ich sammelte meinen Mantel vom Boden im Erdgeschoss auf, wo alle ihre Jacken ablegten, und rannte nach draußen, schloss den Gürtel um meine Taille, noch während ich die Treppe zum Eingang von The Keep hinunterstürmte. Ich zog mein Telefon aus der Tasche und sah auf die Uhr. Es war zu spät, um zu riskieren, allein zu meiner Wohnung zurückzugehen. Es war nicht weit, aber wir befanden uns auf dem Campus, und ich war die Art Mädchen, die lieber auf Nummer sicher ging. Ich benutzte meine App, um mir eine Begleitung zu organisieren, steckte mein Telefon wieder ein und rieb mir dann die Hände, um sie zu wärmen.

Es war eine kalte Nacht. Der Herbst war genau rechtzeitig über Massachusetts hereingebrochen. Aber auf keinen Fall wollte ich wieder ins Haus gehen. Lieber erfror ich.

Was dumm war. Ich bestrafte mich damit nur selbst, obwohl ich eigentlich Donovan bestrafen wollte. Was zum Teufel sollte das eigentlich?

Ich ließ unser ganzes Gespräch noch einmal Revue passieren, während ich vor dem Haus auf und ab ging, und versuchte herauszufinden, was genau da zwischen uns vorgefallen war. Alles war merkwürdig und an der Grenze zu unanständig gewesen, aber da *war* auch noch etwas anderes gewesen. Oder nicht? Etwas, das ich nicht genau benennen konnte. Ich hätte mich nie auf ihn einlassen sollen, hätte mich in hundert anderen ähnlichen Situationen nicht auf ihn eingelassen, und doch hatte ich mich zu ihm hingezogen gefühlt. Er hatte mich *zu sich* hingezogen. Das war eben Donovan Kincaid, dafür war er bekannt – er galt als Puppenspieler. Er war ein Mann, der an den Fäden zog, und mich zog er zu sich hin.

Warum war er dann am Ende so eiskalt gewesen?

Offensichtlich war das die ganze Zeit sein Ziel gewesen. Er hatte nur mit mir gespielt. Er hatte mich an einem Ort erwischt, an dem ich nicht hätte sein sollen, und mich dafür bezahlen lassen. Das hatte ich verdient. Aber es musste mir deshalb nicht gefallen. Und es bedeutete mit Sicherheit nicht, dass ich Donovan deswegen mochte.

Ich sah zu seinem Fenster hoch und schauderte. Stand er jetzt gerade dort? Beobachtete er mich durch die Scheibe?

Fast konnte ich das Glimmen seiner Zigarre in der Dunkelheit sehen. Konnte fast spüren, wie sein Blick mir über die Haut kroch. Bei der Vorstellung wurde mir wärmer und kälter zugleich. Als wäre ich weniger allein und gleichzeitig einsamer als je zuvor.

Dann öffnete sich die Eingangstür von The Keep, und ich wandte mich erschrocken in diese Richtung. Theo, den ich schon ein paarmal gesehen hatte, kam auf die Veranda getaumelt und hielt seine Nase in den Wind. »Scheiße! Es ist sackkalt hier draußen.«

Ginger Baldwin folgte ihm, bei ihr ein Junge, mit dem sie anscheinend nach Hause gehen wollte, so wie die beiden sich aneinanderklammerten. »Dein Sack ist kalt?«, fragte sie kichernd. »Ist das normal bei dir?«

»*Meiner* ist nicht kalt«, meldete sich ihr Freund für die Nacht, als würde sie das abturnen. »Du hast wohl anatomische Probleme.«

»Haha.« Theo rückte seine Hose zurecht. »Meiner Anatomie geht es gut. Sollen wir sie rausholen und vergleichen?«

»Du willst immer, dass ich ihn raushole. Sicher, dass du mir damit nicht etwas anderes sagen willst?«

Theo schnaubte wütend. »Weißt du was? Leck mich.«

Ich senkte den Kopf und versteckte mich in den Schatten neben der Treppe. Oberflächliches Geplauder war schon nicht meine Stärke, wenn alle Beteiligten nüchtern waren, und noch viel weniger, wenn sie so betrunken waren wie diese drei offensichtlich. Ich hatte in dem Augenblick sowieso keine Lust, mit irgendjemandem zu reden.

Leider hatte Theo etwas bemerkt. »Wer ist da drüben?«

Ich zog mein Telefon aus der Tasche und tat so, als würde ich jemandem schreiben, tat so, als würde ich ihnen nicht zuhören, aber ich konnte ihre Blicke auf mir spüren.

»Die kenne ich. Sie geht in meine Statistik-Vorlesung«, sagte Ginger leise. Dann lauter, als sie die Treppe hinunterkam: »Hey, Bri. Alles in Ordnung?«

»Klar.« Ich steckte mein Telefon ein. »Ich warte nur auf meine Begleitung.« Wie eine Verliererin. Die niemanden hatte, der sie nach Hause brachte, so wie die coolen Kids. Einmal hatte ich es geschafft, meine Mitbewohnerin zu einer der früheren Partys mitzuschleppen, aber das war nicht ihre Szene gewesen. Außerdem standen Sheri und ich uns nicht sehr nahe, einfach nur, weil unsere Stundenpläne nicht zusammenpassten und sie einen Freund hatte, mit dem sie die meiste Zeit abhing.

Ginger lächelte ein wenig zu breit, und ich konnte mir vorstellen, dass sie dachte: *Gott sei Dank, ich wollte mich wirklich nicht um dich kümmern, also bin ich froh, dass ich es nicht muss*, während sie freundlich sagte: »Super. Schön, dass du die App benutzt hast.« Sie folgte ihrem Freund zu seinem Wagen, der vor dem Haus parkte.

Ihr Begleiter öffnete ihr wie ein Gentleman die Tür und rief dann nach seinem Freund, der immer noch auf der untersten Treppenstufe stand: »Theo, kommst du?«

Theo fuhr sich mit beiden Händen durch die Haare und zuckte mit den Schultern. »Nee, ich gehe zu Fuß.« Aber statt auf den Fußweg zu treten, kam er auf mich zu. »Aber vorher passe ich auf Sabrina auf, während sie wartet. Das ist doch cool. Oder, Bri?«

Ich kannte ihn nicht, außer dass ich ihn hin und wieder mal auf irgendwelchen Partys gesehen hatte. Das Angebot war seltsam und unangebracht. »Das ist wirklich nicht nötig.«

»Das ist eine gute Idee«, sagte Gingers Date, das an der offenen Tür auf der Fahrerseite des Wagens stand. »Sie sollte nicht allein hier draußen sein. Man kann nie vorsichtig genug sein.«

Ich war nicht allein. Hinter mir befand sich ein ganzes Haus voller Menschen, und eine Begleitung war auf dem Weg. Aber wenn Theo sich wie ein braver Pfadfinder vorkam, wenn er mit mir wartete, und Ginger und ihr Typ so eine gute Gelegenheit sahen, das fünfte Rad am Wagen loszuwerden, sollte es eben so sein. »Sicher. Stimmt schon. Danke.«

Wenn Theo gedacht hatte, ich wäre gesprächig, hatte er sich allerdings geschnitten.

Das Auto war gerade erst abgefahren, als mir klar wurde, dass Theo nicht an Gesprächen interessiert war.

»Sabrina«, sagte er und trat dicht an mich heran. Dichter, als mir lieb war. »Du bist viel hübscher, als man auf den ersten Blick meint. Ich bin mir sicher, das hörst du andauernd, oder?«

»Nein. Tue ich nicht. Danke trotzdem.« Ich zupfte an meinem Pferdeschwanz und wandte mich von ihm ab, um auf die Straße zu gehen. Das Problem bei dem Begleiter-Service war, dass sie zu wenige Leute hatten. Besonders samstagnachts. Man wusste nie, wie lange es dauern würde, bis einer kam. Vielleicht hätte ich doch lieber drinnen warten sollen. Es war noch nicht zu spät, um mich anders zu entscheiden.

»Warum versteckst du die ganze Schönheit?« Theo streckte die Hand aus, zog am Gürtel meines Mantels und öffnete ihn.

»Entschuldige mal?« Ich drehte ruckartig den Kopf zu ihm und wollte ihm den Gürtel aus der Hand reißen, aber er ließ nicht los.

»Ich wette, du hast auch einen wunderschönen Körper.«

»Theo, danke, aber mir ist es unangenehm, wie du mit mir redest. Und was du tust.« Er war betrunken. Das war alles. Er wollte nur spielen.

Nur, dass er eben nicht spielte. Er kam noch näher. »Es ist mir ziemlich egal, ob du es angenehm findest, was ich sage, Sabrina.« Sein Atem roch nach Bier, aber seine Worte waren nicht gelallt. Er hatte sich vollkommen unter Kontrolle. Er wusste, was er tat.

Ich versuchte, an ihm vorbeizugehen, aber er legte eine Hand an die Mauer hinter mir. Ich konnte nirgendwohin. Es war ein Fehler gewesen, mich in die Schatten zu ducken, denn jetzt saß ich in der Ecke zwischen Treppe und Gebäude fest, und Theo blockierte mir den Fluchtweg.

»Theo. Bitte.« Ich schluckte gegen den Kloß in meiner Kehle an.

Er schniefte bereits zum zweiten Mal, ob von der Kälte oder weil er etwas geschnupft hatte, wusste ich nicht. »Bitte was?«, sagte er, als wüsste er wirklich nicht, was ich wollte.

»Lass mich los.«

Er tat so, als würde er ernsthaft darüber nachdenken, und schüttelte dann den Kopf, als täte es ihm leid, meiner Bitte nicht nachkommen zu können. »Hör zu.« Er fuhr mir mit dem Daumen über die Unterlippe, und ich zuckte unwillkürlich zurück. »Ich will das nicht unnötig in die Länge ziehen, also, so wird es laufen – ich werde dich ficken. Du kannst es mir leicht machen oder schwer. Jedenfalls wissen wir beide, wer hier die Macht hat.«

Ich dachte nicht einmal nach. Ich öffnete nur den Mund und fing an zu schreien. »Hil…!«

Was Theo offenbar erwartet hatte. Er legte mir die Hand über den Mund – brachte mich zum Verstummen, ehe ich ein richtiges Geräusch herausgebracht hatte – und grinste von einem Ohr zum anderen. »Ich hatte auch gehofft, dass du dich für die schwere Tour entscheidest. Ich mag es, wenn sie sich wehren. Für dich wird es auch besser. Ich komme dann viel schneller.«

»Fick dich«, sagte ich, erstickt unter seiner Klaue. Und auch wenn ich es hasste, ihm zu geben, was er wollte, auch wenn er wenigstens einen Meter achtzig groß war und neunzig Kilo wog, auch wenn ich nicht die geringste Chance hatte, ihm zu entkommen, wehrte ich mich. Ich stemmte mich mit all meiner Kraft gegen ihn. Ich trieb ihm das Knie zwischen die Beine. Ich wand mich. Ich weinte.

Theo lachte einfach nur leise. »Genau so, Baby.« Er presste sich enger an mich und benutzte seine Schenkel, um meinen Unterkörper ruhig zu halten. Mit der freien Hand öffnete er sich die Hose und zog seinen Schwanz heraus.

Ich fing an, noch heftiger zu weinen. Ich hatte schon einen Penis gesehen. Ich war Jungfrau, aber nicht prüde. Ich hatte an der Highschool einen Freund gehabt. Ich hatte ihm einen geblasen und ihn mit der Hand befriedigt, und er hatte im Gegenzug genug mit mir gemacht, dass ich mir nicht einmal sicher war, ob mein Jungfernhäutchen noch intakt war.

Trotzdem wollte ich mich beim Anblick von Theos Schwanz übergeben. Es musste das hässlichste Ding sein, das ich je gesehen hatte. Alles daran war abstoßend. Ich wollte es nicht in meiner Nähe haben. Und schon gar nicht in mir drinnen.

Ich musste irgendwie wegkommen.

Ich hob die Hände an sein Gesicht und kratzte, so fest ich konnte. Kratzte, bis Blut floss.

Theo fluchte und ließ seinen Schwanz los, damit er stattdessen meine Hände festhalten konnte. Als er sie fest unter meine Brüste quetschen konnte, bedeckte er mit der anderen Hand meine Nase und meinen Mund.

»Ich kann meine Hand so lassen, dann hast du in ein paar

Minuten nicht mehr die Kraft, dich zu wehren. Wäre dir das lieber, Sabrina? Willst du es so hinter dich bringen?« Er sah mir direkt in die Augen, kam dicht an mein Gesicht heran, um sicher zu sein, dass ich begriff, was er sagte. Um sicher zu sein, dass er mir die Wahl ließ, ob ich atmen durfte oder nicht.

Ich schüttelte den Kopf.

»Dann ist jetzt gut?«

Was hätte ich tun sollen? Meine Lungen taten mir bereits weh. Mir tanzten schwarze Punkte vor den Augen. Mein Gehirn verfiel bereits in Panik, weil es unbedingt atmen wollte.

Ich nickte.

Er bewegte seine Hand nicht.

Ich nickte fester. Ich weinte verzweifelter. Verängstigt.

Endlich löste er seine Hand ein kleines Stück, nur so weit, dass meine Nasenlöcher frei lagen. Ich atmete die kalte Luft in langen, keuchenden Zügen ein, so viel wie ich durch die Nase bekommen konnte. Meine Brust hob und senkte sich mit jedem angestrengten Atemzug.

Langsam ließ Theo meine Hände los, warf mir noch einen warnenden Blick zu und bearbeitete dann weiter seinen Schwanz.

Ich hatte verstanden. Er hatte die Macht. Ich hatte keine. Lektion gelernt. Scheiß Lektion gelernt.

Ich wehrte mich immer noch. Ich konnte nicht anders. Es war wie ein Reflex. Wie das eine Mal, als ich eine Pediküre bekommen hatte und nicht aufhören konnte, die Podologin zu treten, weil ich so kitzlig war. Ich versuchte, mich zu zwingen, das zu tun, was Theo wollte, aber mein Körper wehrte sich weiter gegen ihn.

»Mach deine Jeans auf«, befahl er, nachdem er ungefähr eine Minute lang masturbiert hatte, die Stimme belegt.

Nein. Bitte, nein, zwing mich nicht. Ich rührte mich nicht. Ich konnte nicht.

Er rückte die Hand auf meinem Gesicht ein Stück in Richtung meiner Nase – drohend –, aber ich war bereits dabei, den Knopf zu öffnen. Den Reißverschluss hinunterzuziehen.

Tränen liefen mir die Wangen hinab, als Theo meine Hände zur Seite schob. Er leckte sich zwei Finger und sagte: »Will ja nicht trocken rein«, dann steckte er sie in meinen Slip und suchte nach der Öffnung, auf die er es abgesehen hatte.

Ein Schluchzen perlte tief in meiner Brust hoch, und ich schloss die Augen und wünschte, ich könnte an einem anderen Ort sein, ergab mich der Lawine aus verwirrten Gedanken, die ohne mein Zutun immer weiter auseinanderdrifteten. Ein panischer Bewusstseinsstrom. *Ich bin nicht hier. Ich bin woanders. Ich bin am Strand. Ich bin an der Riviera Maya. Ich kann es meinem Vater nicht erzählen. Er wird so wütend. Ich habe mich nicht rasiert. Kann man im Oktober schon Frostbeulen bekommen? Diese Rothaarige hatte wirklich schöne Brüste. Wie hieß sie noch gleich? Es ist nur meine Jungfräulichkeit. Es ist nur Sex. Soll ich es meiner Schwester erzählen? Das ist so peinlich. Ich hätte drinnen warten sollen. Es ist so kalt. Wer war die Blonde auf dem Bild in Donovans Zimmer? Die letzte Reise, die wir mit Mom an die Riviera Maya gemacht haben, war im Oktober. Im Dezember ist es fünf Jahre her. Was, wenn er mir wehtut? Was, wenn er mich richtig verletzt? Ich hoffe, es kommt niemand raus und sieht uns. Ich kann es meiner Schwester nicht erzählen. Ich kann es niemandem erzählen. Nichelle. Ich vergesse ihren Namen absichtlich immer wieder. Ich vermisse meine Mom. Lieber Gott, bitte lass jemanden kommen, der ihn aufhält!*

Ich war mir immer noch meiner Umgebung bewusst. Extrem bewusst sogar. Ich wusste, dass ich den Geruch von Theos Shampoo immer wiedererkennen würde. Auch sein Parfum. Seine Uhr tickte in der Stille, jede Sekunde klang wie eine Ewigkeit, während ich seine Fingernägel kratzend in mir spürte.

Aber ich musste doch nicht so gut aufgepasst haben, wie ich dachte, denn ich hörte nicht, wie die Tür sich öffnete, und auch nicht die Schritte auf der Treppe. Ich sah nicht, wie Theo von Donovan hinten an der Jacke gepackt und von mir gezerrt wurde, aber ich sah, wie er Theo mitten auf die Nase schlug, hörte das Knacken, sah das Blut sprudeln.

»Was soll die Scheiße?«, heulte Theo, eine Hand an seiner Nase, während er sich mit der anderen schnell die Hose hochzog. »Jesus, Kincaid!«

Meine Knie gaben vor Erleichterung fast nach. Ich war befreit von Theo, befreit von seiner verschwitzten Hand und seinem erdrückenden Körper. Ich rutschte aus der Ecke, in der ich gefangen gewesen war, aus Angst, vielleicht wieder dort festzusitzen, und schloss meine Hose, so schnell ich konnte. Schock stillte meine Tränen, aber auch wenn ich mich ruhig fühlte, konnte ich sehen, wie meine Hände zitterten.

Theo, der zu ahnen schien, dass er in Schwierigkeiten steckte, wich einen Schritt zurück, aber Donovan packte ihn am Arm und riss ihn zurück zu sich. »Hatte ich gesagt, wir sind fertig?« Theo war größer als Donovan, aber Donovan schien das überhaupt nichts auszumachen.

Ich biss mir auf die bebende Unterlippe und schlang die Arme um mich. Donovan mochte keine Angst haben, ich aber schon. Zu viel Angst, um Hilfe zu holen.

»Hey, ich weiß nicht, was du meinst, was hier passiert ist ...«, fing Theo an, aber Donovan unterbrach ihn.

»Kein Wort von dir.« Donovan zog noch einmal fest an Theos Arm. Fest. »Es liegt an Sabrina, ob sie dich anzeigen will. Sabrina?« Donovan sah mich an, seine grünen Augen brannten sich in meine, suchend, als hätte er Angst, ich wäre verloren.

Vielleicht *war* ich verloren.

Ich blinzelte. Er hatte mir eine Frage gestellt. »Wie bitte?«, gelang es mir zu entgegnen.

»Willst du Theo anzeigen?«

Die Realität der Situation brach mit voller Kraft über mich herein. Ich war angegriffen worden. Dieses Schwein hatte seine Finger in mir gehabt. Wenn Donovan nicht aufgetaucht wäre, hätte er mich mittlerweile vergewaltigt.

Ich schluckte Galle hinunter.

Natürlich wollte ich ihn anzeigen. Es sei denn …

Ich dachte noch einmal nach. Ging das Szenario schnell im Kopf durch – weißer reicher Junge wird von einem unbedeutenden Mädchen wegen sexueller Belästigung angezeigt. Alkohol spielte eine Rolle. Keine richtige Vergewaltigung. Stipendium stand auf dem Spiel. Die Sache würde auf keinen Fall zu meinen Gunsten ausgehen, sosehr ich mir das auch wünschte. Sosehr die Welt mutige Kriegerinnen brauchte, die sich für vergewaltigte Frauen einsetzen, ich war keine. Es beschämte mich, aber es war die Wahrheit.

»Ist schon gut«, murmelte ich, und eine Träne lief mir dabei die Wange hinab. Ich wollte das alles nur vergessen. Nach Hause gehen, ein Bad nehmen. So tun, als wäre das alles niemals passiert.

»Was?«, fragte Donovan und zwang mich damit, mich zu wiederholen.

»Ich werde ihn nicht anzeigen«, sagte ich lauter. »Es tut mir leid.« Ich wusste nicht einmal, bei wem ich mich entschuldigte. Mir selbst. Jedem Opfer einer Vergewaltigung, das nie die Chance bekommen hatte, seinem Angreifer in Handschellen gegenüberzutreten.

»Na gut.« Donovan ließ Theos Arme los, aber als Theo sich zu ihm umdrehte, trat er ihm in die Eier. »Du hast Schlimmeres verdient, du Scheißkerl. Leider würde das Justizsystem der USA dir wohl nicht viel mehr als das aufbrummen. Die Strafen bei The Keep sehen da strenger aus. Du bist hier nicht mehr willkommen. Du wirst mit unseren Familien keine Geschäfte mehr machen. Deine Investments bei King-Kincaid sind gestrichen. Jetzt verschwinde von meinem Besitz. Du blutest auf meine Ferragamos.«

Theo wischte sich das Blut, das ihm aus der Nase tropfte, mit dem Handrücken ab und straffte die Schultern, als wollte er Donovan herausfordern. Dann schien er es sich anders zu überlegen und trat einen Schritt zurück. »Schon gut. Schon gut, Kincaid. Wusste nicht, dass du die für dich reserviert hast.«

»Verpiss dich endlich.« Donovan hob niemals seine Stimme, aber sein Tonfall und seine Haltung sagten genug. Theo verschwand.

Ich zitterte immer noch, weinte immer noch. Ich wischte mir die Tränen aus den Augen und wollte mich gerade umdrehen, um Donovan zu danken, als ein Auto am Straßenrand hielt. Darauf richtete ich stattdessen meine Aufmerksamkeit. Es war meine Begleitung. Was für ein Timing.

Als ich mich wieder zu Donovan umwandte, stieg er bereits wieder die Treppe zur Eingangstür hinauf, ohne sich zu verabschieden. Ohne auch nur zu fragen »Geht es dir gut?«.

Ich weinte auf der gesamten Fahrt nach Hause. Weinte eine Stunde lang in der Dusche. Erst Stunden später, als ich in der Embryohaltung auf meinem Bett zusammengekrümmt lag, fiel mir auf, dass Donovans Ferragamos Stiefel waren. Und sie waren geschnürt gewesen. Er hatte meine Situation aus seinem Schlafzimmerfenster heraus gesehen und sich dann die Zeit genommen, seine Stiefel zuzubinden, ehe er nach unten gekommen war, um mich zu retten.

3. Kapitel

Montag ging ich nicht in meine Vorlesungen.

Ich sagte, ich hätte die Grippe, und blieb im Bett, das Gesicht zur Wand. Sheri brachte mir Suppe für die Mikrowelle und Cracker von der Shell-Tankstelle, und ich sagte ihr, ich weinte nur, weil ich solche Kopfschmerzen hatte.

Dienstag gelang es mir, mich zusammenzureißen. Eigentlich war nichts passiert. Theo hatte mich nicht wirklich vergewaltigt. Ich war noch dasselbe Mädchen, das ich vorher gewesen war. Und es war auch nicht so, als müsste ich ihn jemals wiedersehen. Ich hatte keine Seminare mit ihm zusammen. Er war im Abschlussjahrgang, und wir bewegten uns nicht in den gleichen Kreisen. Sonst wusste niemand, was passiert war – ich hatte mich entschieden, es keiner Menschenseele zu erzählen –, also musste ich nur lächeln und so tun, als wäre nichts passiert. Kinderleicht.

Und wenn es doch nicht ganz so einfach sein sollte, war es immerhin machbar. So machbar wie damals vor fünf Jahren, als meine Mutter gestorben war und die Kinder in der Schule geflüstert und hinter meinem Rücken auf mich gezeigt hatten. Ich hatte ein fröhliches Gesicht aufgesetzt und so getan, als würde das alles nichts bedeuten. Als würde es nicht wehtun. Diese Erfahrung mit Trauer hatte mich eine wichtige Lektion darin gelehrt, wie man mit schweren Zeiten umging – man lächelt, man nickt, man macht einfach weiter.

Und so hatte ich auch mit dem Einführungsseminar Geschäftsethik vorgehen wollen. Ich wusste, dass es wegen Donovan etwas anderes wäre, weil er davon wusste. Aber schließlich würde er ja nicht vor dem gesamten Seminar davon anfangen. Wir hatten uns vor jener Nacht in The Keep nicht einmal unterhalten. Er war mein Dozent, zumindest so etwas in der Art. Für mich war er nur jemand, von dem ich lernte. Für ihn war ich nur jemand, dessen Arbeiten er benotete. Ich nahm nicht an, dass es Probleme geben würde.

Ich betrat den Hörsaal, früh wie immer, und ging zu einem Platz in der ersten Reihe. Normalerweise kam ich aus der unteren Tür, aber dieses Mal kam ich von oben, weil ich mir vor dem Seminar noch eine Flasche Wasser geholt und einen anderen Weg genommen hatte. Als ich die Treppe hinunterging, sah ich zum Lehrerpult hinab, vielleicht war ich auch etwas nervös, weil ich gleich Donovan sehen würde. Insgeheim hoffte ich, dass Velasquez unterrichten würde.

Tat er nicht.

Donovan saß an seinem Laptop, in grauen Hosen, Hemd und Krawatte unter seinem schwarzen Pullover, und als könnte er mich spüren, sah er in genau dem Moment hoch und begegnete meinem Blick.

Ich erstarrte, unfähig, einen weiteren Schritt zu gehen.

Die Knie drohten unter mir nachzugeben. Schweiß stand mir auf der Stirn. Es war, als wäre er ein Auslöser. Meine ganze Fassade brach zusammen, und ich wurde zurück in jene Nacht katapultiert. Ich schwöre, ich konnte Theos Handfläche über meinem Mund spüren. Das Geräusch seiner brechenden Nase hallte mir in den Ohren. Die Gefühle überwältigten mich.

Aber ich empfand nicht nur Angst und Scham. Da war noch etwas Schlimmeres unter diesen Schichten. Etwas Hässliches, aber ich konnte es auch nicht leugnen.

Sobald ich es erkannte, wurde ich rot vor Panik. Donovan musste es aufgefallen sein, denn er kniff die Augen zusammen und reckte neugierig das Kinn. Ich wollte mich umdrehen und aus dem Hörsaal rennen, aber das hätte nur die Aufmerksamkeit aller auf mich gelenkt. Außerdem fühlten meine Beine sich in dem Augenblick wie Wackelpudding an, also ließ ich mich einfach auf einen Platz gleiten, der sich in der Reihe befand, neben der ich gerade stand, neigte den Kopf und tat so, als wäre alles ganz normal und als würde ich nicht bemerken, dass er mich immer noch beobachtete.

Eigentlich musste ich gar nicht so tun – es war mir wirklich egal, dass er mich beobachtete. Ich sah mich nicht einmal nach Weston um, wie ich es normalerweise tat. Ich musste herausfinden, was zum Teufel mit mir nicht stimmte. Mein Herz schlug wie wild, mir war viel zu warm, ich fühlte mich rastlos und aufgewühlt.

Aber es waren nicht die Erinnerungen an Theo, die mich so aufbrachten. Es war Donovan. Angefangen damit, wie er mich bei sich im Schlafzimmer geneckt hatte, bis zu der Art, wie er die Situation mit Theo in Griff bekommen hatte und seine Kiefer sich anspannten, wenn er mich mit seinem intensiven Blick musterte.

Mein Gott, diese Augen …

Ich wagte es, zu ihm hochzusehen, als er aufstand, um die Vorlesung zu beginnen, und eine weitere aufwühlende, verwirrende Welle tobte durch meinen Körper. Ich rutschte auf meinem Sitz hin und her, aber das half nicht. Als er zu reden anfing, wurde es sogar noch schlimmer. Seine Stimme ließ mir Schauer über den Rücken rieseln. Ich trank jedes Wort von seinen Lippen, und doch zogen seine Sätze an mir vorbei, ohne dass ich eine einzige Phrase verstand.

Ich war echt am Arsch.

Was auch immer da passierte, es musste eine ganz normale Erklärung dafür geben. Zum Beispiel, dass ich einen Nervenzusammenbruch erlitt. Mein Verstand versuchte, das Schreckliche, das mir passiert war, zu verändern, indem er dafür sorgte, dass ich Donovan und etwas Angenehmes mit jener Nacht verband statt Theo und diese schrecklichen Gefühle.

Nur fühlte ich mich überhaupt nicht wohl. Ich fühlte mich krank und die Erinnerungen quälten mich. Ich musste meine Beine wenigstens hundertmal verschränken und wieder öffnen, nur um die Vorlesung zu überstehen, und ich hasste mich die ganze Zeit dafür, dass ich mich nicht beruhigen konnte.

Zuerst wurde ich wütend. Dann schämte ich mich. Dann wurde ich wieder wütend. Aus so vielen Gründen. Ich war ohnehin wütend auf Donovan, weil er so viel wusste. Nicht nur darüber, was Theo getan hatte, auch die anderen Dinge, die er in seinem Zimmer zu mir gesagt hatte. Diese Dinge, die er so leicht aus mir herausgelesen hatte. Mir gefiel nicht, dass er mich so durchschaute. Es fühlte sich aufdringlich an. Wie eine Verletzung.

Und ich war wütend, weil er sich Zeit damit gelassen hatte, mich zu retten.

Und weil es so gewirkt hatte, als wäre er nicht einmal froh darüber gewesen, dass er mich am Ende gerettet hatte.

Am meisten wütend war ich auf die Gedanken, die ich über ihn hatte, auch wenn es eigentlich nicht seine Schuld war. Andererseits, wenn er nicht versaut hätte, wie er mit allem, was in jener Nacht geschehen war, umgegangen war, dann würde ich jetzt auch nicht so versaute Gefühle für ihn haben. Also war es wahrscheinlich in Ordnung, ihm dafür auch die Schuld zu geben.

Aber es war auch egal, wer die Schuld hatte. Ich war diejenige, die damit fertigwerden musste. Ihm war doch vollkommen egal, wie ich aus diesem Albtraum wieder herauskam. Ich musste es irgendwie selbst schaffen.

Es fühlte sich wie die längste Stunde meines Lebens an, aber dann war das Seminar endlich vorbei. Ich verschwand, sobald wir entlassen waren. Donovan ging ich bewusst aus dem Weg, indem ich wieder die Treppe nach oben nahm statt den Ausgang unten. Ich war mit einer Freundin zum Mittagessen verabredet, musste aber erst in meine Wohnung, um mir einen frischen Slip anzuziehen, ehe meine nächste Vorlesung anfing. So übel stand es um mich.

Nachdem ich den Hörsaal verlassen hatte und Donovan außer Sichtweite war, war ich mir sicher, die ganze merkwürdige Geschichte würde sich von selbst auflösen. Ich dachte an Weston, um einen klaren Kopf zu bekommen. Er war es, den ich wirklich mochte. Er war es, der mir Schmetterlinge im Bauch verursachte. Immer noch. Nach allem, was mir widerfahren war.

Trotzdem wanderten meine Gedanken den ganzen Tag immer wieder zurück zu Donovan, und ich stellte mir verschiedene Ausgänge für jene Nacht vor The Keep vor. Was, wenn er mich hereingebeten hätte, nachdem Theo verschwunden war? Was, wenn ich sein Zimmer gar nicht erst verlassen hätte?

Wieder stieg Scham in mir auf.

Aber so war mir auch die Idee gekommen, wie ich die Albträume verscheuchen konnte, die mich plagten, seit die Sache passiert war. Als ich in jener Nacht schweißgebadet aufgewacht war und noch Theos Berührungen auf meiner Haut zu spüren glaubte, hatte ich die Hand in meinen Slip gleiten lassen und die Erinnerungen mit Gedanken an Donovan ausgelöscht.

»Hat er dir sehr wehgetan?«, fragte er und legte mir die Hand an die Wange, während Theo die Straße hinunterhumpelte. Seine Hand fühlte sich warm an, vorsichtig, ohne sanft zu sein.

»Nicht sehr«, flüsterte ich und sah ihm in die braun-grünen Augen. Meine Begleitung parkte am Straßenrand, wir drehten uns beide nach dem Wagen um, aber statt wegzugehen, zog Donovan mich in die Arme.

»Lass mich heute Nacht für dich sorgen.« Mit nur einem Nicken schickte er den Wagen wieder weg. Dann ging er in die Knie, zog mir die Hose hinunter, dann meine Unterwäsche, fragte dabei nicht um Erlaubnis und entschuldigte sich auch nicht für seinen Eifer.

Aber ich wollte ihn dort, also war es etwas anderes, als von Theo gezwungen zu werden.

Die Luft fühlte sich an meinen nackten Beinen kalt an, aber bald spürte ich nichts anderes mehr als die Hitze seiner Zunge an meinen Lippen. Er leckte einige Male grob meinen Schlitz entlang, spitzte dann die Zunge und drang damit in mich ein.

Ich war fast sofort gekommen und hatte fest bis zum Morgen durchgeschlafen.

Was auch immer es war, das Donovan mit mir machte, es löste sich doch nicht einfach in Luft auf, aber ich wurde besser darin, damit umzugehen. Ich lernte, ihm nicht in die Augen zu sehen. Ich setzte mich bei den Vorlesungen nicht mehr in die erste Reihe. Ich tat, was ich immer tat – ich lächelte, ich nickte, ich machte einfach weiter.

Und nachts tröstete ich mich nach schlechten Träumen mit Fantasien darüber, wie er mich fingerte und vögelte, normalerweise in einer verdrehten Version meines Angriffs. Manchmal geschah es, nachdem er Theo von mir gezerrt hatte. Manchmal war Theo überhaupt nicht da. Manchmal bat ich ihn darum. Manchmal flehte ich ihn an.

Und manchmal – oft sogar – war er ebenso hart und grausam, wie Theo es gewesen war.

4. Kapitel

»Tut mir leid.«

»Schon …« Ich stutzte, als der Mensch, der mich angerempelt hatte, sich auf den Platz neben mir setzte. Weston King. »… gut«, beendete ich den Satz.

Ich setzte mich gerader hin und sah an mir hinab auf das, was ich anhatte. Jeans. Pullover. Pferdeschwanz. Langweilig. Bah. Aber was hatte ich erwartet? Es war irgendwie schwierig, sich vor jemandem wie Donovan zu verstecken und gleichzeitig zu versuchen, von jemandem wie Weston bemerkt zu werden. Beides war unmöglich, das hatte ich in den drei Wochen seit dem Vorfall mit Theo erkannt, denn es schien, als würde ich Donovan immer sehen und Weston mich nie.

Bis heute, als, Wunder über Wunder, Weston sich zufällig neben mich setzte.

Mein Herz schlug tausend Schläge die Minute, meine Knie hörten nicht auf zu hüpfen. Iiiep! Unsere Ellenbogen berührten sich fast. Dann war da die zusätzliche Freude, die ich empfand, als er einen Spiralblock aus seiner Tasche zog. Er war ein Junge, der seine Notizen auf die altmodische Art machte! Hach!

Das war fast Freude genug, um mich von der Vorlesung abzulenken, die Donovan angefangen hatte zu halten, ehe Weston gekommen war. Leider hatte Ersterer immer noch eine anziehende Wirkung auf mich, die ich nicht leugnen konnte. Besonders, wenn es um Themen ging, die mich aufregten, wie an diesem Tag – Deregulierung in der Finanzindustrie.

In meiner kurzen Zeit in Harvard hatte ich zu diesem Thema

viel gelernt. Ich verstand die Hürden und Hindernisse, die die Regulation einer Investmentfirma wie King-Kincaid auferlegte, war aber immer noch die Art Mädchen, die auf der anderen Seite stand. Während der großen Finanzkrise hatten nicht die Milliardäre ihre Altersvorsorge verloren. Es waren nicht die Reichen gewesen, denen Häuser und Autos und Leben weggenommen worden waren. Regulation war meiner Meinung nach angewandte Ethik, und diese Meinung hatte ich auch in meiner letzten Arbeit deutlich zum Ausdruck gebracht.

Sosehr ich an Regulation glaubte, ich wusste auch, wie immer, mein Ärger über Donovan hatte weniger mit dem zu tun, was er predigte, und mehr damit, was er mir täglich in meinen Gedanken im Schlafzimmer antat. Was er mir auch in diesem Augenblick antat, so ungern ich es zugab, indem er mich zu sich hinzog. Meine Aufmerksamkeit beanspruchte. Meine Konzentration verlangte.

Verdammt, ich hasste ihn.

»Arschwaffel«, sagte ich leise.

Weston rutschte dichter zu mir heran. »Was hast du gesagt?«

Oh mein Gott. Ich wurde rot. »Was?«

Er beugte sich näher, sodass ich ihn hören konnte, ohne den Rest des Seminars zu stören. »Hat du Kincaid gerade eine Arschwaffel genannt?«

»Das hätte ich nicht sagen sollen.« Aber wenn es dazu führte, dass Weston sich zu mir beugte und mir ins Ohr flüsterte, würde ich es wieder sagen. Vielleicht. Nachdem meine Scham sich gelegt hatte. In ungefähr hundert Jahren.

»Nimm es nicht zurück!«, meinte Weston leise. »Das klingt super! Ich liebe es.«

Ich drehte mich zu ihm um. »Seid ihr beide nicht befreundet oder …?« Mensch, seine Augen waren aus der Nähe sogar noch blauer. Und er hatte Sommersprossen – ganz helle – auf der Nase.

»Eher wie Familie, und ich liebe ihn wie einen Bruder. Aber er ist die totale Arschwaffel.« Er hob eine Augenbraue. »Und ich glaube, so habe ich ihn noch nie genannt. Hast du einen Stift, den ich mir leihen kann?«

»Äh … ja.« Ich suchte in meiner Tasche nach einem.

Weston spähte mir über die Schulter. »Der da. Der Filzstift wäre super.«

Wir griffen gleichzeitig danach, unsere Finger berührten sich, und ich musste mir auf die Unterlippe beißen, um nicht zu keuchen.

»Danke«, sagte er und lächelte dabei gerade genug, um sein verflixtes Grübchen entstehen zu lassen. Jesus, ich hätte mich in dieses Grübchen fallen lassen können, um nie wieder herauszukriechen. Dieses Grübchen würde mich noch umbringen.

Ich sah zu, wie er in seinem Notizblock blätterte. Auf jeder Seite stand im Querformat ein einziges Wort geschrieben. *Idiot, Scheißhaufen, Arschloch, Volldepp, Arschgeige, Wichslappen.* Er hielt auf einer leeren Seite inne und zog die Kappe des schwarzen Filzstifts mit den Zähnen ab. Mit dem Deckel würde ich später allen Ernstes rummachen müssen. Dann fing er an zu schreiben: *Arsch…*

»Was machst du da?«, fragte ich, plötzlich nervös und aufgeregt, als wäre ich bei einer Sache dabei, die vielleicht ein bisschen frech war, aber nicht so schlimm, dass Worte wie *Rauswurf* oder *Polizei* ins Spiel kommen würden. Die Art von frech, die immer wie eine Menge Spaß aussah, aber auch süchtig machen konnte.

»Ich schreibe Donovan immer Notizen, wenn er arbeitet, um ihn wissen zu lassen, wie er ankommt. *Arschwaffel* ist eine Bezeichnung, die er bislang noch nicht zu hören bekommen hat.« Als er das Wort zu Ende geschrieben hatte, hielt er den Notizblock hoch wie ein Preisrichter bei einem Wettbewerb.

Ich war geradezu aufgedreht. »Und das machst du in jedem Seminar?«

»Wenn Velasquez nicht hier ist. Na ja, manchmal, wenn er hier ist, versuche ich trotzdem, eine Notiz einzuschmuggeln.« Einige andere Studenten auf der anderen Seite des Ganges bedeuteten Weston, ihnen seine Notiz des Tages zu zeigen.

Wieso war mir das bisher nie aufgefallen?

Weston hielt den Block wieder vor sich und wedelte ihn noch ein paarmal vor Donovan hoch, der aber nicht einmal in unsere Richtung blinzelte. Hätten wir noch weiter oben im Saal gesessen, hätte ich mich gefragt, ob er es überhaupt lesen konnte, aber wir saßen nicht so weit weg von der vordersten Reihe, und der schwarze Filzstift war gut lesbar.

Genial.

»Lässt er sich je etwas anmerken?«, fragte ich, erstaunt darüber, wie stoisch Donovan blieb.

»Nö.« Weston schlug den Block zu und steckte ihn zurück in die Tasche. »Und deshalb macht es auch immer noch Spaß. Ich muss den Humor eines Neunjährigen haben oder so. Das ist, als würde man zum Buckingham Palace gehen und da versuchen, die Wachen zum Lächeln zu bringen, weißt du?«

Ich war noch nie weiter von zu Hause weg gewesen als hier. Selbst auf unseren Familienreisen nach Mexiko hatte ich mich weniger fremd gefühlt. »Ich war noch nie in London.«

Dann sah er mich an, und zwar richtig an. Verurteilte mich vielleicht, weil ich noch nie in England gewesen war – für reiche Leute ein ganz alltägliches Reiseziel. War das einem Typen wie ihm wichtig?

Ein Lächeln legte sich um seine vollen Lippen. *Ach, dieses Grübchen.* »Dann muss ich dich wohl dahin mitnehmen.« Er beugte sich wieder zu mir und zupfte an meinem Pferdeschwanz. »Ich bin Weston.«

Fast vergaß ich, wie man atmete. »Ich weiß, wer du bist. Ich gehe zu euren Partys.« Oder jedenfalls hatte ich das getan. »Ich bin Sabrina.«

Fast zur gleichen Zeit, als ich mich ihm vorstellte, hallte mein Name in Donovans Bariton-Stimme durch den Saal. »Sabrina. Möchtest du deine Gedanken zu Regulation und Ethik mit uns teilen? Ich weiß, du hast einige.«

Mir zog sich der Magen zusammen. Ich hasste es, vor dem Seminar zu sprechen, aber wichtiger noch, Donovan rief nie jemanden auf. *Niemals.* Was zur Hölle war jetzt sein Problem? Wir waren wohl kaum die Ersten, die während seiner Vorlesung beim Flüstern erwischt wurden.

»Arschwaffel«, flüsterte Weston neben mir und brachte mich damit dazu, nervös zu kichern.

Gott sei Dank sah Donovan in dem Augenblick auf die Uhr. »Gerettet durch das Ende der Stunde. Sieht aus, als wären wir fertig für heute.« Die Verachtung, die er offenbar für mich empfand, war ihm deutlich anzuhören. »Die Noten für eure Arbeit in Unternehmensstrategie und ethischem Bewusstsein könnt ihr am Ende der Woche auf meinem Portal einsehen. Denkt daran, diese Hausarbeit fließt zur Hälfte in eure Endnote ein.« Er schien mich dabei die ganze Zeit anzustarren, wahrscheinlich weil er es mir immer noch übel nahm, dass ich es gewagt hatte, seinen Ausführungen nicht meine volle Aufmerksamkeit zu schenken.

Ich verzog das Gesicht. Dass er mich so ansah, ärgerte mich, aber ich fragte mich auch, ob es mir fehlen würde, wenn er auf einmal damit aufhörte. Ich fürchtete schon.

Ich fragte mich, ob es ihm fehlen würde, wenn ich aufhörte, zurückzustarren.

»Hast du jetzt noch eine Veranstaltung?«, erkundigte sich Weston.

Ich löste mich von Donovans lähmendem Blick und sah, dass Weston mir meine Tasche entgegenhielt. »Danke. Und nein. Bis um zwei habe ich Pause.« Ich ging hinter ihm her aus dem Hörsaal. »Und du?«

»Normalerweise treffe ich mich zum Mittagessen mit einem Freund.«

Ich nickte. Einen Augenblick lang hatte ich geglaubt, dass seine Frage zu etwas anderem führen würde. Aber er wollte wohl nur höflich sein.

Doch dann drehte er sich noch einmal zu mir um. »Kommst du mit?«

Der Freund war, wie sich herausstellte, Brett Larrabee. Ich kannte Brett von den Partys bei The Keep, aber wir hatten noch nie ein Wort miteinander gewechselt, und ich war froh, ihm vorgestellt zu werden. Als ausgesprochen extrovertierter, politisch konservativer, homosexueller Afroamerikaner war Brett ein Widerspruch in sich, und ich fand ihn einfach faszinierend.

Er war außerdem sehr gesprächig. Wir trafen uns in einem kleinen vietnamesischen Restaurant, das überraschenderweise nicht voll war, obwohl das Essen sehr gut war. Brett übernahm den größten Teil der Unterhaltung, während wir aßen.

Mir war das egal. Ich war schon glücklich, dass ich an dem Ausflug teilnehmen durfte. Alle paar Minuten musste ich mir in Erinnerung rufen, dass ich wach war, dass es sich nicht um einen Traum handelte. Dass ich tatsächlich mit Weston King hier am Tisch saß und mich bei der Benutzung von Essstäbchen lächerlich machte.

»Der DOW ist gefallen, der DOW ist gefallen, der DOW ist gefallen«, sagte Brett voll müdem Ärger, während er durch die Finanz-App auf seinem Telefon scrollte. Auch wenn er viel redete, gelang es ihm trotzdem, am schnellsten von allen zu essen. Er war schon seit etwa fünf Minuten fertig und spielte mit seinem Telefon. »Wehe, die Fed hebt wieder die Zinsen an. Das ist nicht die richtige Zeit.«

»Dad sagt, bald ist es so weit«, sagte Weston und schob dabei seinen Teller von sich.

»Oh!« Brett hob den Kopf, als hätte er sich gerade an etwas erinnert. »Habt ihr von Theodore Sheridan gehört?«

Theo. Ich ließ meine Stäbchen fallen, als sein Name fiel. Glücklicherweise hatte ich sie schon so oft fallen gelassen, dass es jetzt nicht weiter auffiel. Hoffentlich bemerkte auch niemand, wie meine Hände zitterten, als ich einen Schluck Wasser trank, weil meine Kehle auf einmal wie ausgetrocknet war.

Weston dachte kurz nach. »Ich kann mich an nichts Interessantes erinnern.«

Dann hast du nicht gehört, wie er auf eurer Veranda fast ein Mädchen vergewaltigt hätte? Wenigstens war es beruhigend zu erfahren, dass Donovan seinen Mitbewohnern nichts von der Sache erzählt hatte. Nicht, dass ich ihn für den geselligen Typen gehalten hätte.

Brett beugte sich über den Tisch und dämpfte die Stimme. »Die haben ihn mit mehr als einem Kilo Koks erwischt.«

»Und das sagst du erst jetzt?«, rief Weston, als hätte er meine Gedanken gelesen. Vielleicht stand Theo ihm nicht nahe genug, um die Neuigkeiten wichtig zu finden, aber für mich waren sie es.

Ich wollte allerdings nicht, dass irgendjemand davon erfuhr, also hielt ich den Kopf gesenkt und schob die Nudeln in meiner Schüssel hin und her. Ich hatte das bisschen Appetit, das mir noch geblieben war, verloren, sobald ich Theos Namen gehört hatte.

»Ach«, meinte Weston und fuhr sich mit der Hand durchs Haar. »Ich wusste ja, er hat ein Problem mit dem Zeug, aber warum in aller Welt hat er sich erwischen lassen?«

»Ich weiß nicht, aber die Anklage lautet auf *unerlaubtes Handeltreiben*.«

»Theo braucht das Geld nicht. Er hat mit achtzehn seinen gesamten Treuhandfonds bekommen.«

»Er sagt, dass man ihm etwas anhängen will oder so. Auch egal. Daddy Sheridan wird ihn da schon rausholen, aber das Jahr hier kann er vergessen.«

»Verrückt.«

Es war eine Erleichterung zu wissen, dass ich Theo nicht mehr begegnen würde, aber ich wurde nicht zu aufgeregt bei dem Gedanken an eine Gefängnisstrafe. Brett hatte recht – sein Geld und seine Privilegien würden ihn davor bewahren. Ob Drogen oder Vergewaltigung, er hatte die »Du kommst aus dem Gefängnis frei«-Karte.

Brett, der anscheinend mit dem Theo-Skandal schon fertig war, war bereit für neuen Klatsch. »Hat die taube Nuss heute unterrichtet?«, fragte er und kippte dabei seinen Stuhl auf die hinteren Beine zurück.

»Eigentlich«, sagte Weston und sah mit gehobener Augenbraue zu mir, »war es Arschwaffel.«

»Das ist gut.« Brett sah mich voller Bewunderung an. »Magst du Donovan nicht? Das muss ich hören.«

Mochte ich Donovan? Was für eine schwierige Frage. Meine Gefühle waren, was Donovan anging, wie Büroklammern – ich konnte nicht eine einzelne hochheben, immer erwischte ich auch noch andere. Ich war ihm dankbar, und ich empfand Abneigung gegen ihn. War wütend auf ihn und fasziniert von ihm.

Das konnte ich nicht einmal mir selbst erklären, ganz zu schweigen jemandem, den ich gerade erst kennengelernt hatte. Mir am Pferdeschwanz zupfend versuchte ich, wie der typische verärgerte Student zu reagieren. »Er ist … du weißt schon. Ein aufgeblasener, egoistischer Besserwisser. Was ist mit euch? Ihr wohnt mit ihm zusammen.«

Weston und Brett sahen sich an. »Das tun wir. Und wie

gesagt, ich liebe ihn wie einen Bruder. Aber manchmal fällt es einem schwer, seinen Bruder zu lieben. Hast du einen?«

Das war ein geschmeidiger Themenwechsel und einer, gegen den ich nichts einzuwenden hatte. Brett spielte wieder mit seinem Telefon, also antwortete ich nur Weston. »Ich habe eine Schwester. Audrey. Aber es ist ganz leicht, sie zu lieben. Sie ist dreizehn und unbeholfen und betet mich an.«

Weston lehnte sich zurück, verschränkte die Arme vor der Brust und schlug die Beine übereinander. »Wahrscheinlich stellt sie ihre achtzehnjährige Schwester auf ein Podest.«

»Siebzehn«, berichtigte ich ihn.

»Siebzehn?«

»Ich habe den Schulabschluss früher geschafft.«

»Nicht schlecht. Das ist beeindruckend.«

»Danke.« Ich senkte den Blick, beschämt von seinem Kompliment, und seufzte. »Ich bin mir immer noch nicht sicher, ob es die richtige Entscheidung war, so weit weg von zu Hause zur Uni zu gehen.«

»Wo kommst du her?«, fragte er, und beinahe fühlte es sich nach einem echten Gespräch und nicht nach Small Talk an, als interessierte er sich tatsächlich für mich.

»Colorado, aber die Entfernung ist nicht das Problem. Weißt du, meine Mutter ist gestorben, als ich zwölf war, und ich fühle mich schlecht, weil ich meinen Dad und Audrey alleinlasse.« Mir war klar, dass er es wahrscheinlich nicht verstehen würde. Er kam aus einer Welt mit Kindermädchen und Chauffeuren und Haushältern und Privatlehrern. So etwas wie Alleinsein gab es da nicht. »Was ist mit dir? Hast du Geschwister? Nicht so wie Donovan, sondern blutsverwandt?«

Er nickte schon, ehe ich die Frage zu Ende gestellt hatte. »Ich habe eine Schwester. Sie ist zehn, und wir leben in ganz unterschiedlichen Welten.« Er schürzte nachdenklich die Lippen, was lächerlich unfair war, weil meine Hormone bereits überschwappten. »Eigentlich bin ich mit Donovan aufgewachsen, auch wenn er vier Jahre älter ist als ich. Wir sind auf die gleiche Schule gegangen, waren in den gleichen Schach-Klubs. Wir rudern zusammen. Unsere Familien machen zusammen Urlaub. Ich habe immer zu ihm aufgesehen.« Er setzte sich gerader hin und beugte sich dann vor, als wollte er mir ein Geheimnis anvertrauen. »Als wir Kinder waren, war er für mich wohl so was wie ein Idol.«

»Jetzt nicht mehr?«

»Jetzt ist es anders.«

Er ließ den Satz so stehen, und ich suchte nach den richtigen Worten, um mehr herauszufinden, während ich gleichzeitig zu verstehen versuchte, *warum* ich mehr wissen wollte – weil die Antwort etwas über Weston aussagte? Oder weil sie etwas über *Donovan* aussagte?

Ich entschloss mich, einfach nicht weiterzufragen.

Aber dann sagte Brett: »Er ist nicht mehr der Alte, seit Amanda gestorben ist. Ich bin erst im zweiten Jahr, ich kannte ihn also vorher auch nicht lange.«

»Amanda?« Okay, mein Interesse war eindeutig geweckt.

»Brett …«, warnte Weston.

Brett warf ihm im Gegenzug einen verärgerten Blick zu. »Was? Dürfen wir nie darüber reden? Er ist nicht einmal hier.«

Weston hielt einen Herzschlag lang inne. »Amanda war Donovans Freundin. Sie ist vor einem Jahr bei einem Autounfall gestorben. Ungefähr um diese Jahreszeit. Sie kam gerade nach Thanksgiving wieder zurück zur Schule.«

Mir wich alle Luft aus den Lungen. »Oh mein Gott! Was ist passiert?«

»Ein anderer Fahrer hat sie im toten Winkel nicht gesehen. Er ist auf ihre Spur gefahren und hat sie in den Gegenverkehr gedrängt. Sie soll sofort tot gewesen sein. Als es passiert ist, war sie schon näher am Campus als an ihrem Zuhause, also musste Donovan ihre Leiche identifizieren.«

»Das ist ja schrecklich. Das tut mir furchtbar leid.« So etwas würde ich immer sagen, wenn mir jemand eine so tragische Geschichte erzählt, aber in dem Augenblick meinte ich es ernst auf eine Weise, die mich selbst überraschte. Auf eine Weise, die ich nicht erklären konnte.

»Und die zwei hatten wirklich was Ernstes«, fuhr Weston fort. »Er wollte das Haus, die Kinder, das ganze Paket. Er wollte ihr an Weihnachten einen Heiratsantrag machen. Ich glaube, er hatte ihr sogar schon den Ring gekauft.«

Das musste die Blondine auf dem Bild auf seinem Kaminsims gewesen sein. Ihm war nicht entgangen, dass ich mir das Bild angesehen hatte, kurz bevor er mir die kalte Schulter gezeigt hatte.

»Ist er deswegen so ...?« Ich suchte nach den richtigen Worten. Was genau war Donovan? Distanziert? Abweisend? Einsam?

Weston schien zu verstehen, was ich meinte. »Er war schon vorher nicht das, was ich als freundlich bezeichnen würde, aber er ist härter geworden. Scharfkantiger. Manchmal denke ich, er ist dadurch ein besserer Geschäftsmann geworden, wenn ihr versteht, was ich meine.«

»Ich glaube schon. So, als würde man einen seiner Sinne verlieren, und die anderen werden dadurch geschärft.« Ich hatte diese Erfahrung mit dem Tod meiner Mutter gemacht, aber jetzt dachte ich an den Angriff. Wie hatte ich mich seitdem verändert? War ich härter oder schärfer geworden oder geschäftstüchtiger?

Und was war mit den Gedanken, die ich in der Nacht hatte, den schmutzigen Gedanken, die sich um Donovan drehten?

»Ja. Genau so«, sagte Weston, während die Bedienung uns die Rechnung brachte.

Ich griff nach meiner Tasche, aber Weston schüttelte den Kopf. »Nein, ich übernehme das.« Er zeigte mir sein Grübchen, während er seine Kreditkarte hinlegte.

»Danke. Das ist echt nett.« Es klang allerdings halbherzig, weil ich immer noch an Donovan dachte. Sein Schmerz bereitete mir Schmerz, aus welchem albernen Grund auch immer. Er hatte sich um meinen jedenfalls nicht gekümmert. Aber noch interessanter war, dass sein Schmerz mich *faszinierte*. Ich konnte mir vorstellen, wie er ihn mit sich herumtrug, wo er die Details seines Elends verbarg. In einer Flasche Scotch. Unter einer herzlosen Bemerkung. Hinter seiner Mauer aus Gleichgültigkeit.

Er kannte das Geheimnis, das sich hinter meinem Lächeln und Nicken verbarg, und jetzt kannte ich das Leid, das hinter seinem Eis und Stahl verborgen lag.

Vielleicht waren wir endlich quitt.

»Na ja«, meinte ich und zwang mich, wieder auf Weston einzugehen, »du klingst, als wärest du ihm ein guter Freund gewesen.«

»Weil ich ihn während seiner Vorlesungen versuche, ein wenig aufzumuntern?« Sein Tonfall war sarkastisch, aber ich hörte auch den Anflug von Hilflosigkeit dahinter. Er wusste wirklich nicht, wie er seinem Freund, seinem Bruder, zur Seite stehen sollte.

Darauf hatte ich auch keine Antwort, aber wenigstens konnte ich ihn ermutigen. »Genau deswegen.«

Er sah auf von dem Kreditkartenbeleg, den er gerade unterschrieben hatte, und betrachtete mich. »Sabrina, ich denke, nach Harvard zu kommen war für dich genau das Richtige. Ich bin mir sicher, deinem Dad und deiner Schwester geht es prima. Mit dir scheint er gute Arbeit geleistet zu haben.«

Ich lachte abwehrend. »Du kennst mich nicht einmal.«

»Sicher tue ich das. Ich weiß, dass du stark bist. Du bist zäh.

Du bist klug – wahrscheinlich klüger als Brett und ich. Offensichtlich bist du auch sehr schön.« Er streckte die Hand aus, um mir am Pferdeschwanz zu zupfen. »Und ich weiß, dass du am Samstag mit mir zu meiner Party kommst.«

Die Schmetterlinge waren wieder da, auch wenn sie jetzt flatterten, als hingen ihnen Kieselsteine an den Flügeln. Das war alles, was ich je gewollt, alles, was ich mir je erträumt hatte. Ein Date mit Weston King. Und all die schlammigen, verwirrten Gefühle in mir kamen wahrscheinlich nur daher, dass ich zum ersten Mal seit Theo zu The Keep gehen würde.

Ja, das musste es sein.

Also. *Lächeln. Nicken.* »Dann kennst du mich wohl doch ganz gut.«

Aber wie konnte er das, wenn ich selbst gerade erst herausfand, wer ich war?

5. Kapitel

Audrey: Dad macht keine Füllung für den Truthahn, wenn du nicht da bist.

Ich: Dann mach die Füllung selbst.

Ich hob den Blick von dem Chat-Fenster in der Ecke meines Computer-Bildschirms und wandte mich wieder der Excel-Tabelle zu, an der ich für Statistik arbeitete. Es war früh am Donnerstagnachmittag, zwei Tage vor Westons Party, zu der er mich eingeladen hatte, ihn zu begleiten, und ich schwankte immer noch zwischen so vielen Gefühlen, dass ich mittlerweile einfach nur nervös war. Dass meine Schwester jetzt noch versuchte, mich dazu zu bewegen, einen Last-minute-Flug zu buchen, damit ich zu Thanksgiving nach Hause kommen konnte, half dabei auch nicht.

Eine weitere Nachricht ploppte auf.

Audrey: Aber ich weiß nicht wiiiehiiiiieeeeeee!!!!

Wie ein typischer Teenager war meine Schwester in Chats genauso dramatisch wie in einem Gespräch von Angesicht zu Angesicht.

Ich: Du bist 13. Den Herd zu bedienen ist ein Kinderspiel.

Audrey: Aber wer steckt sich Oliven auf die Finger und macht mit mir Olivenmonster?

Eine Benachrichtigung tauchte auf meinem Bildschirm auf, die besagte, dass ich eine neue Nachricht auf dem Portal der Uni hatte.

Ich: Steck Bambi Oliven auf die Krallen.

Okay, Bambi war unser Hund. Aber ganz ehrlich, ich hatte

eine Hausarbeit zu schreiben. Und musste nachsehen, wie ich die letzte bestanden hatte.

Ich klickte auf das Portal der Uni und entdeckte, dass ich etwas Neues in meinem Ordner für Einführung in die Geschäftsethik hatte. Es musste meine Hausarbeit über Firmenstrategien und ethisches Bewusstsein sein, von der Donovan gesagt hatte, dass er sie noch diese Woche benoten wollte. Ich öffnete das Dokument mit den Punktzahlen und Noten und wartete darauf, dass es lud.

Audrey: Sehr lustig. Komm nach Haaaaauuuuuuse!!!!

Ich: Bist du nicht gerade im Unterricht?

Ich schickte ab und erstarrte. Dort, auf dem Bildschirm, wo meine Eins hätte stehen sollen, starrte ich auf eine dicke fette Sechs.

Unmöglich.

Auf keinen Fall.

Ich hatte noch nie im Leben eine Sechs bekommen.

Ich öffnete die Anmerkungen, um mehr zu erfahren. *Die Schlussfolgerungen der Studentin lassen die ökonomische Verantwortung des Unternehmens gegenüber seinen Aktionären außer Acht. Studentin spricht mit poetischer Gefühlsseligkeit von einer moralischen Pflicht, ohne zu bedenken, wie die von ihr vorgeschlagene Handlungsweise zu finanzieren wäre. Studentin hat kein tiefer gehendes Verständnis des Konzepts Geschäftsstrategie.*

Verdammt noch mal, Donovan.

Ich sah nur rot. Ich begriff das Konzept Geschäftsstrategie sehr gut. Donovan war es, der nicht begriff, dass man unterschiedlicher Meinung sein konnte.

Und es ging hier nicht nur um meinen verletzten Stolz. Das Ergebnis dieser Hausarbeit machte die halbe Note für das Seminar aus. Ich konnte nicht mehr als eine Vier bekommen, wenn sich die Note nicht änderte, und mein Stipendium verlangte einen Durchschnitt von Zwei.

Nein. Egal, warum Donovan sauer auf mich war, er konnte sich nicht an meinen Noten vergreifen.

Innerhalb weniger Minuten hatte ich die Sprechstundenzeit von Velasquez herausgefunden und festgestellt, dass er noch eine Stunde vor Ort sein sollte. Das Wetter war für November gut – es hatte lange keinen Schnee gegeben. Ich konnte es schaffen, wenn ich mich beeilte. Wenn er es sich selbst ansah, würde er merken, dass meine Arbeit eine bessere Note verdiente und dass Donovan ein mieser Bastard war.

Das Chat-Fenster klingelte.

Audrey: Ich habe gerade Lernstunde.

Ich: Ich melde mich später noch einmal.

Ich schloss meinen Laptop und rannte über den Campus, um für meine Note zu kämpfen.

Fünfunddreißig Minuten später stand ich vor Velasquez' Büro. Auf dem Weg hatte ich versucht, mich zu beruhigen, damit ich meinem Professor alle meine Argumente rational vortragen konnte, aber ich hatte mich stattdessen nur immer weiter aufgeregt. Die Arbeit war fünfzehn Seiten lang gewesen. Allein dafür, dass ich die verlangte Menge eingereicht hatte, verdiente ich eine Drei. Und dass ich die Aktionäre außer Acht gelassen haben sollte – ich hatte einen detaillierten Finanzplan angehängt. Wenn meine Berechnungen falsch waren, konnte man dafür einen oder zwei Punkte abziehen, aber keine ganze Note.

Es war offensichtlich, dass es eigentlich nicht um meine Arbeit ging – es ging um Donovan. Warum tat er mir das an? Ein Teil von mir fragte sich, ob ich lieber direkt zu The Keep gehen und lieber an *seiner* Tür klopfen sollte.

Nein. Das war kein Spiel mehr. Velasquez würde meine Note korrigieren, und wenn Donovan Ärger bekam, weil er mir absichtlich eine schlechte Note gegeben hatte, dann geschah es ihm einfach nur recht.

Die Tür war geschlossen, aber ich konnte durch die Milchglasscheibe sehen, dass Licht brannte. Ich klopfte an und trommelte mir ungeduldig auf die Hüfte, während ich darauf wartete, dass der Professor mich hineinbat.

»Es ist offen.«

Ich drehte den Knauf und betrat das Büro. Es war klein wie ein Schuhkarton, an den Wänden standen nicht zusammenpassende Regale so dicht gedrängt, dass die Tür nicht ganz aufging und ich sie hinter mir schließen musste, um überhaupt den Schreibtisch von Velasquez sehen zu können.

Und dann, *so eine Scheiße*, saß Donovan dahinter auf dem Stuhl des Professors.

So eine verdammte Riesenscheiße.

Dieser Hurensohn sah nicht einmal von seinem Laptop hoch. »Wie kann ich dir helfen, Sabrina?«

Meine Hände zitterten. Ich stopfte sie in meine Manteltaschen. Ich konnte nicht mit Donovan reden. Nicht so. Nicht, wenn er mich schon abgeschrieben hatte. »Wo ist Velasquez?«

»Du musst einen Termin vereinbaren, um mit ihm zu reden.« Sein Hemd war akkurat gebügelt und weiß, und der Stoff spannte sich über seinen Muskeln.

Ich sehe ihn gar nicht an. »Das würde ich dann gerne tun.«

»Du kannst online über das Portal einen Termin machen.«

Jesus. Natürlich.

Ich legte die Hand auf den Türknauf, bereit, wieder zu gehen.

»Er ist freitags um drei hier«, sagte Donovan zu meinem Rücken.

Ich überlegte kurz, was auf meinem Stundenplan stand. »Da habe ich eine Veranstaltung.«

»Dann wirst du schwänzen müssen. Oder du redest stattdessen mit mir.« Endlich sah er zu mir hoch – fing mich ein, *sperrte* mich ein mit seinem scharfen, stechenden Blick. »Womit kann ich dir helfen, Sabrina?«

Ich wollte nicht mit ihm reden. Und ich wollte auch nicht gehen.

»Meine Note«, sagte ich.

Er legte den Kopf schräg, als hätte er keine Ahnung, wovon ich redete, dieser verdammte Mistkerl. »Was ist damit?«

Die Wut machte mich mutig. Ich nahm die Hände aus den Taschen und trat auf ihn zu. »Sie ist nicht fair, das weißt du genau. Ich kann selbstverständlich akzeptieren, dass du meinen Schlussfolgerungen nicht zustimmst, aber meine Argumente sind wasserdicht, und ich habe viele glaubwürdige und verlässliche Quellen zitiert ...«

Er nickte knapp auf den Stuhl, der dem Schreibtisch gegenüberstand. »Setz dich, Sabrina. Du wirkst schrecklich aufgeregt.«

Er bat mich nicht einmal darum, mich zu setzen. Er *befahl* es mir. Es war herablassend und machte mich wahnsinnig. »Ich stehe lieber.« Mir wurde allerdings warm. Ich öffnete meinen Mantel, zog ihn aus und warf ihn auf den Stuhl. »Meine Arbeit hat keine Sechs verdient.«

Er nickte und tippte sich ein paarmal gegen die Wange, als würde er darüber nachdenken. Nach einer kurzen Pause sagte er: »Das sehe ich anders.«

»Das ist nicht objektiv!«, brüllte ich.

»Ist es sehr wohl.« Sein Tonfall blieb ganz ruhig, im perfekten Gegensatz zu meinem. »Und meine Meinung zählt.«

Mein Gott, je ruhiger er wurde, desto mehr regte ich mich auf. Er reizte mich absichtlich. Ich sollte gehen, dachte ich. Ich wusste, dass ich gehen sollte.

Ich griff schon nach meinem Mantel, hielt dann aber inne. »*Warum* machst du das?«

»Das ist wirklich traurig.« Donovan schloss seinen Laptop und schob ihn zur Seite. Dann legte er die Hände aneinander, wie zum Gebet, und deutete damit auf mich. »Du hast am

Anfang des Semesters so viel Potenzial gezeigt, Sabrina. Aber im letzten Monat bist du zu einer ganz anderen Person geworden. Du kommst zu spät zur Vorlesung. Du passt nicht auf. Du störst. Die Arbeit, die du einreichst – diese Hausarbeit hier –, ist vollkommen inakzeptabel. Es ist wirklich schade, dass du zulässt, dein ganzes Leben von den Geschehnissen einer einzigen Nacht überschatten zu lassen.«

Sein letzter Satz wog schwer, die unterschwellige Bedeutung war glasklar.

»Hast du gerade …?« Ich war fassungslos. Machte er für das alles wirklich gerade die Sache mit Theo verantwortlich? »Oh, und du bist das perfekte Beispiel dafür, wie man eine Tragödie nicht das ganze Leben überschatten lässt.«

Er runzelte die Stirn. »Was hast du gesagt?«

Außerdem hatte ich mich gar nicht wegen *Theo* verändert. Ich hatte mich wegen *ihm* verändert. Nicht, dass ich ihm das verraten hätte. »Die Veränderungen in meinem Verhalten haben sich nicht auf die Qualität meiner Arbeit ausgewirkt.«

»Als dein Dozent entscheide ich darüber, und ich habe entschieden, dass es das hat.« Fehlte nur noch *und Schluss*. Was er zum Ausdruck brachte, indem er sich zurücklehnte, die Füße auf den Tisch legte und sie übereinanderschlug.

Wochenlang unterdrückte Gefühle kochten in mir hoch. In jeder Zelle meines Körpers vibrierte Wut und Verlangen und Entsetzen und Scham.

»Fick dich«, sagte ich so deutlich und kontrolliert, wie ich konnte. Ich würde gehen. Ich würde mit Velasquez reden. Ich würde Donovan so was von reinreiten. Mein Fall war eindeutig. Ich musste mir nicht einmal Gedanken deswegen machen. Ich konnte das alles in den Griff kriegen.

Ich nahm meinen Mantel vom Stuhl und wirbelte herum, um zu gehen.

»Meinst du nicht *Arschwaffel*?«

Ich hatte die Tür schon geöffnet, war *so* kurz davor, einfach zu gehen, schloss sie dann aber wieder, weil ich es einfach wissen musste. »Machst du es etwa *deswegen*? Wegen Weston?« War er *eifersüchtig*?

Eine halbe Sekunde lang glaubte ich, etwas gesehen zu haben. Seine Miene wurde angespannt, und in meinem Bauch entstand eine seltsame Wärme bei dem Gedanken, dass Donovan eifersüchtig sein könnte. Wegen *mir*.

Aber dann lachte er kalt. »Nein. Ich habe dich nur geärgert. Kannst du noch nicht einmal ein bisschen Spott vertragen?«

War das alles, was es für ihn war? Spott?

»Das ist eine ernste Sache!« Ich war so wütend, dass ich meinen Mantel fallen ließ und ihm die verdammten Füße vom Tisch stieß. »Es geht um mein Stipendium!«

Im Handumdrehen war er aufgesprungen, hatte den Schreibtisch umrundet und stand vor mir. »Ich habe dir schon gesagt, wie du deine Noten verbessern kannst, wenn du dir deswegen solche Sorgen machst.«

Er bezog sich auf die Anmache in seinem Zimmer. Als er vorgeschlagen hatte, mir mit meiner Jungfräulichkeit zu *helfen*. Das war nur eine weitere Art, meine Situation ins Lächerliche zu ziehen, aber es war auch eine Gelegenheit, mit meinen Gefühlen zu spielen. Ich hasste es, dass es sich anfühlte wie ein schmackhafter Köder. Dass er diese Karte spielte, als wüsste er, irgendwo tief in mir wollte ich ihn.

Es machte mich auf ganz neue Art wütend. Ich schlug ihm so fest ins Gesicht, dass meine Handfläche brannte.

Donovan rieb sich die Wange. Seine Augen funkelten. »Hast du dich so gegen Theo gewehrt?«, fragte er ganz ruhig.

»Nein«, sagte ich zögernd.

Etwas zwischen uns veränderte sich.

»Kämpf gegen mich so, wie du dich gegen ihn gewehrt hast.«

Ich hätte Nein sagen können. Es war eine so seltsame, verdrehte Forderung, aber ich war wütend und bereit zum Kampf. Und nachdem ich wochenlang diese Gedanken gehabt hatte, Verlangen und Begehren sich in mir aufgestaut hatten, *wollte* ich nicht mehr Nein sagen.

Und war es wirklich so eine seltsame, verdrehte Forderung, wenn ich doch instinktiv verstand, was sein Antrieb dahinter war?

Ohne weiter gedrängt werden zu müssen, stieß ich Donovan so fest ich konnte gegen die Brust. Er schob meine Hände von sich, aber es fühlte sich gut an. Zu stoßen und gestoßen zu werden. Wie die Fähigkeit, ein schweres Gewicht zu heben, und die Erleichterung, nachdem man es abgesetzt hatte.

Donovan forderte mich nickend auf, noch einmal anzugreifen.

Ich stieß ihn noch einmal, aber er griff nach meinem Arm und drehte ihn mir auf den Rücken. Er versuchte, auch meinen anderen Arm zu fassen. Ich trat ihn in die Seite und stieß sein Gesicht von mir, während er sich krümmte. Er war zu stark für mich und fing mein Handgelenk mit Leichtigkeit ein.

So hielt er mich eine Sekunde lang fest, während wir beide zu Atem kamen, und ließ mich dabei nicht aus den Augen. »Willst du, dass ich aufhöre?«, fragte er vorsichtig.

Warum hatte ich keine Angst? Ich war in der Gewalt eines Mannes, der mir keinen Grund gab, ihm zu vertrauen, und ich war schon in einer ähnlichen Situation gewesen, in der ich hatte fürchten müssen, vergewaltigt zu werden. Ich hätte den Verstand verlieren sollen vor Angst.

Doch statt Angst zu haben, fühlte ich mich mächtig.

Und sehr erregt.

Genau wie in all den Fantasien, die ich gehabt hatte.

»Nein«, sagte ich. »Hör nicht auf.«

Ich wand mich in seinem Griff, um meine Bitte zu unterstreichen, und benutzte den ganzen Körper, um mich gegen ihn zu wehren. Vorher hatte ich mich noch zurückgehalten. Jetzt kämpfte ich mit ganzer Kraft.

Donovan kämpfte ebenfalls härter, aber nur mit so viel Kraft, dass er mich überwältigen konnte. Er schlang mir die Arme um die Taille, schob mein Oberteil hoch und berührte nackte Haut. Ich stieß ihm den Ellenbogen in die Rippen. Sein Knie strich gegen meinen inneren Oberschenkel. Konnte er durch die Leggings spüren, wie feucht ich war?

Als er mich wieder gefangen hatte, ein Arm in meinem Rücken, einer um meine Brust, drängte er mich plötzlich rückwärts, bis ich in meinem Rücken ein Buchregal spürte.

Ich sah dorthin, wo unsere Körper sich begegneten. Hart an meinen Bauch gepresst war die feste Beule seiner Erektion.

Ich hatte schon lange vergessen, warum ich eigentlich hergekommen war.

Als ich wieder aufblickte, sah ich seinen abwartenden Blick. »Ich konnte dich an seinen Fingern riechen.«

Ich hatte kaum Zeit, mir zu wünschen, seine Lippen lägen auf meinen, als es auch schon geschah.

Es war nichts Zögerliches oder Leichtes daran, wie Donovan Kincaid küsste. Der Druck seiner Lippen war fest und entschlossen. Seine Zunge war schwer, als er damit in mich eindrang und mich in langen Zügen kostete. Er ließ meine Arme los und hielt mit einer Hand mein Gesicht am Kinn fest, wiegte es fast, und es fühlte sich süß an, aber auch, als ob er mich damit an Ort und Stelle stillhalten wollte, damit er mich so küssen konnte, wie er es wollte. Damit er an meiner Oberlippe saugen konnte, bis sie geschwollen war. Damit er an meinem Hals entlangbeißen konnte, während ich mich unter ihm wand.

Meine Knie konnten mich kaum halten. Ich konnte nicht atmen, so sehr wollte ich ihn. Ich schlang ihm einen Arm um den Hals, einfach um mich an irgendetwas festzuhalten. Um mich an *ihm* festzuhalten. Der Kuss wurde tiefer, als gefiele es ihm, wie ich mich an ihn klammerte. Dann wurde er gemeiner – er zerrte grob mit den Zähnen an meiner Lippe und kniff mir mit den Fingern in die Brustspitze –, als ärgerte es ihn, dass es ihm gefiel, was geschah.

Seine Lippen lösten sich nicht von meinen, aber ich merkte sehr genau, wie seine Hand an mir hinab unter den Bund meiner Leggings glitt, dann in meinen Slip, über meinen Venushügel, bis er endlich meine Klit fand.

Mir stockte der Atem, als er noch tiefer wanderte, die weichen Löckchen beiseiteschob und in mich eindrang.

»Hat er es so gemacht?«, fragte er und ließ wieder von mir ab. Ich wusste nicht, ob er meine Reaktion auf seine Frage beobachten wollte oder auf das, was er tat.

»Ja.« Mechanisch gesehen war es das Gleiche gewesen. Zwei Finger, die sich in mir versenkten.

Aber gleichzeitig war es auch ganz anders. Ich war so feucht. Und es fühlte sich so gut an. So verdammt gut. Wie Späne, die Feuer fingen, bis sich Hitze ausbreitete und immer heißer wurde. Brennend. Lodernd. »Donovan«, stöhnte ich.

»Sag es noch einmal«, knurrte er.

»Donovan.« Ich hatte es im Dunkeln so viele Male gesagt, in meinem Kopf. Es fühlte sich neu an, es auf diese Weise laut auszusprechen, aber vertraut, als würde man ein altes paar Jeans wiederfinden, das einem wie auf den Leib geschneidert war.

Seine Lippen bogen sich, so nah an einem Lächeln, wie ich es noch nie an ihm gesehen hatte. Verdammt, sein Gesicht war wirklich umwerfend. Ich hatte ihn noch nie so nahe gesehen. Nicht hübsch, aber fesselnd. Er war erst zweiundzwanzig, trotzdem bekam er schon die ersten Fältchen in den Augenwinkeln. Seine dichten Augenbrauen und die tiefe Spalte in seinem Kinn ließen ihn herb aussehen, und die Art, wie er mich beobachtete, während er weiter unten rieb und massierte, war intensiv und hingebungsvoll und … Gott, was tat er mir da an …? Ich schloss die Augen, während ich mich unweigerlich dem Höhepunkt näherte.

»Hast du ihn angefasst?«, fragte er, plötzlich die Hand von mir lösend.

Ich öffnete die Augen. »Nein.«

»Fass mich an.« Genauso hatte er mir befohlen, mich zu setzen, als ich angekommen war. Es hatte mich geärgert, so von ihm herumkommandiert zu werden. Jetzt war ich so eifrig, dass mir die Hände zitterten.

Donovan streichelte mir das Gesicht und küsste mich auf die Stirn, während ich daran arbeitete, ihm die schwarze Hose zu öffnen. Als ich ihm die Hose und die Boxershorts bis zu den muskulösen Oberschenkeln hinabschob, sprang sein Schwanz hervor, lang und dick und hart. Seine Spitze war purpurrot und eng gespannt, und ich wusste plötzlich, *es* war so weit. Es würde passieren. Dieses Ding würde in mich eindringen, weil ein Sturm aus Verlangen mich durchtoste und ich nichts mehr wollte in diesem Moment, als von ihm genommen zu werden. Außerdem *musste* es passieren, denn ich hatte das sichere Gefühl, dass diese seltsame, komplizierte Sache, die da mit Donovan lief, nie wieder passieren würde, wenn sie nicht *sofort* passierte.

Ehrfürchtig strich ich mit der Hand über seine Spitze, schloss die Finger dann um ihn und begann die Hand auf und ab zu bewegen.

Er zischte, und in meinem Magen fing es an zu flattern.

Donovan legte seine Hand auf meine – die Hand, die noch schlüpfrig vor Feuchtigkeit war – und bewegte sich mit mir gemeinsam auf und ab. Auf. Ab.

Auf.

Er löste seine Hand, ich machte aber weiter, auch wenn ich seinen Blick auf mir spüren konnte, mit dem er mich beobachtete. Mit dem er mich *fragte*.

Ich sah nicht zu ihm hoch. Denn ich wollte nicht gefragt werden, und ich wollte auch nicht aufhören. Und das machte mich zu einem schlechten Menschen und einer schlechten Frau und wahrscheinlich zu jemandem, der sich so bald wie möglich einen Termin bei der psychologischen Beratung auf dem Campus holen sollte, aber dann war das eben so. *Hiermit* gab ich ihm mein Einverständnis. Mit meiner Berührung.

Er schien zu verstehen, denn er holte seine Brieftasche aus seiner Hose, riss ein Kondom auf und rollte es über seine Erektion. Oder vielleicht hatte er auch einfach nicht um mein Einverständnis gebeten.

Ich zog mir die Leggings und den Slip bis zu den Knien. Als Donovan mich hochhob, rutschten sie bis zu den Knöcheln herab. Ich spreizte die Schenkel, um ihm Raum zu geben. Er brachte sich in Position und drang ohne zu zögern in mich ein.

Zuerst tat es weh. Sehr sogar.

Ich war zu eng und zu trocken, obwohl ich so feucht war. Donovan ließ sich aber nicht abhalten, er schob und presste, bis ich mich für ihn geöffnet hatte und er ganz in mich eindringen konnte. Tränen liefen mir über die Wangen, und ich presste ihm die Nägel in den Rücken. Dort, wo wir vereint waren, lief Flüssigkeit mein Bein hinab. Ich fühlte mich angespannt und aufgedreht und ungezähmt.

Doch dann war da plötzlich Donovans Mund. Er küsste und beruhigte mich. Er war ebenso fordernd wie vorher. Gierig und ungeduldig, wie sein Schwanz es war. Aber als ich seine Lippen auf meinen spürte, begann ich, mich zu entspannen, und bald war da kein Schmerz mehr, sondern nur noch Lust, die sich in mir aufbaute.

Er spürte, dass ich bereit war, mich ihm ganz hinzugeben. Sofort reagierte er darauf. Er hob mich höher, um mich tiefer ausfüllen zu können, und versenkte sich mit tiefen, gnadenlosen Stößen mehrmals in mir. Ich versuchte zu sprechen, seinen

Namen zu sagen, aber alles, was ich herausbekam, war Stöhnen und unzusammenhängende Silben.

Ich war ganz an ihn verloren.

Das Regal hinter mir schnitt mir in den unteren Rücken, und mein Telefon vibrierte in meiner Manteltasche auf dem Boden neben dem Schreibtisch, und ich hatte eine Sechs in meiner Hausarbeit, und die Tür zum Büro war nicht abgeschlossen, und ich hatte eine Verabredung mit Weston, aber in diesem Augenblick zählte für mich auf der Welt nichts anderes als das schmutzige, verdorbene Szenario, das ich gerade erlebte. Es war alles, was ich mir in den Nächten in meinem Zimmer vorgestellt hatte – ein wenig grausam und ein wenig hart –, und dazu höllisch erotisch. Und der Mann wusste, wie er mich anzufassen hatte. Wusste, wie er sich in mir zu bewegen hatte.

Es war auch noch mehr. Weil ich mir nicht ein einziges Mal ausgemalt hatte, dass Donovan mich, während er mir diese schrecklich sexy Dinge antat, auf diese Weise ansehen würde. Mein Gesicht betrachtete. Mir in die Augen sah. Als wäre ihm wichtig, was er dort entdeckte.

Ich hatte mir nicht ein einziges Mal vorgestellt, das von ihm zu *wollen*.

Ich kam ohne Vorwarnung. Eigentlich hatte ich immer Schwierigkeiten gehabt, was Orgasmen anging – meinem Freund an der Highschool war es nur selten gelungen, mich nur mit der Zunge und den Fingern zu befriedigen. Allein hatte ich mehr Glück gehabt, je nachdem, wie meine Stimmung war. Vielleicht war ich ein Mädchen, das Penetration brauchte. Vielleicht war ich aber auch ein Mädchen, das Donovan brauchte.

Er betrachtete mich noch eingehender, als ich in Stücke ging. Ich kämpfte darum, die Augen offen zu halten, damit ich zusehen konnte, wie er mich ansah. Das schien er lustig zu finden, denn er lachte leise, küsste mich wieder und drang dann mit erneuter Kraft in mich ein.

Er kam lange und leise stöhnend, und nur für einen Augenblick, ganz am Ende, schloss er die Augen. Ich hatte sein Gesicht noch nie so entspannt gesehen. Wir rangen beide nach Atem, und er war immer noch in mir. Ich legte ihm die Hand an die Wange – wie jung er auf einmal aussah. Wie unschuldig.

Er umfing meine Hand mit seiner und öffnete die Augen. »Ich wollte dich nicht bemerken«, sagte er so leise, dass er fast flüsterte. »Und jetzt weiß ich nicht, wie ich es nicht tun soll.«

Noch so eine rätselhafte Donovan-Aussage, aber die sorgte dafür, dass mir ganz warm wurde. »Dann bemerke mich«, sagte ich.

Er dachte noch einen Augenblick länger nach. Dann trat er zurück und zog sich aus mir zurück. »Kann ich nicht.«

Er bedeutete mir zu bleiben, wo ich war. Dann streifte er das Kondom ab, verknotete es und wickelte es in ein Taschentuch und steckte es in die Tasche, ehe er seine Jeans wieder zuknöpfte. Das war ein guter Einfall – wahrscheinlich wäre es nicht so schlau gewesen, ein benutztes Kondom im Büro von Mr. Velasquez zu hinterlassen. Als Nächstes nahm Donovan ein paar Taschentücher und kniete sich vor mich hin, um mir das Blut und das Sperma abzuwischen.

Anschließend ließ er mich, die Hose immer noch um die Knöchel, allein und setzte sich hinter seinen Schreibtisch.

Ich zog mich an und beobachtete ihn neugierig, als er seinen Laptop öffnete und ein paar Tasten drückte. »Jetzt hast du deine Eins in der Hausarbeit, Sabrina«, sagte er, die Stimme nicht ganz ruhig. »Ich denke, das sollte akzeptabel für dich sein.« Er konnte mich nicht ansehen.

In meinem Bauch sammelte sich die Angst. »Das ist nicht … Deswegen habe ich das nicht gemacht.« Das dachte er doch nicht ernsthaft, oder? Das *konnte* er nicht. Er fühlte sich schlecht – und das war richtig so – und wollte seinen Fehler wiedergutmachen. Das musste einfach alles sein.

»Ich bin mir sicher, deswegen hast du es nicht getan.« Jetzt hatte er sich schon mehr unter Kontrolle. Er schloss den Laptop und sah mir endlich in die Augen. »Aber jetzt hast du eine Chance bei Weston King, nicht wahr?«

Das war wie ein Schlag in den Bauch. Das Grausamste, was er hätte sagen können.

Mit Tränen in den Augen hob ich meinen Mantel vom Boden auf und ging zur Tür. Meine Hand lag schon auf dem Knauf, als er hinzufügte: »Ach ja, richtig. Hatte ich vergessen. Weston mag Jungfrauen *doch*. Mein Fehler.«

Es gab eine Menge Worte, die ich auf ihn loslassen wollte, aber selbst wenn ich es in dem Augenblick versucht hätte, wäre nicht mehr als Rotz und Unsinn dabei herausgekommen. Er hatte mich geschafft. Ich hatte sein Spiel gespielt, und er hatte gewonnen.

Ich öffnete die Tür und rannte, bis ich das Gebäude verlassen hatte. Rannte, bis ich nicht mehr rennen konnte, weil ich zu heftig schluchzte. Ich blieb am Fluss stehen, um zu weinen und zu Atem zu kommen und mein dämliches Telefon stumm zu schalten, das ohne Unterlass in meiner Tasche vibrierte.

Ich holte das Handy hervor und sah verschwommen die Benachrichtigungen – vier verpasste Anrufe und mehrere Textnachrichten, alle von meiner Schwester.

Audrey: Wo bist du?

Audrey: Ruf mich SOFORT an. Es ist Dad. Er ist im Krankenhaus.

Audrey: Sabrina! Es ist ein Herzinfarkt.

Audrey: Er wird sterben. Ruf an. Ich brauche dich.

Epilog

Zehn Jahre später

Ashley klopfte nervös mit dem Fuß auf den Fußboden, während sie darauf wartete, dass die Bedienung wieder zu uns kam. »Ich schwöre es dir, wenn wir es nicht rechtzeitig schaffen wegen dieser blöden Kellnerin …«

»Beruhige dich, ja? Es ist wirklich nicht so schlimm, wenn ich ihn nicht sehe.« Ich trank den letzten Schluck von meinem Martini aus und schob das Glas von mir.

»Soll das ein Witz sein? Es ist – was? Zehn Jahre her, seit du Harvard verlassen hast?«

»Ungefähr.« *Zehn Jahre.* Es war seltsam, dass es sich anfühlte, als wäre kaum Zeit vergangen. Es fühlte sich immer noch wie gestern an, und es fühlte sich auch an, als wäre es in dem Leben einer anderen Person passiert.

»Du *musst* ihn einfach sehen. Du konntest ihm nie erklären, was passiert ist. Was, wenn er sich die ganze Zeit nach dir verzehrt hat? Und er wusste nicht einmal, dass dein Vater gestorben ist. Er dachte einfach, du wärest weggelaufen und dir wäre alles egal gewesen. Auch wenn ich immer noch nicht verstehe, warum du nicht einfach Audrey mit zurück nach Cambridge genommen hast.«

»Das habe ich dir doch alles erklärt«, sagte ich seufzend.

Sie warf die Hände in die Luft. Ihre Wut auf die Kellnerin hatte sich auf mich übertragen. »Du hattest ein *volles* Stipendium! Wie konntest du dir das durch die Finger gehen lassen? Du wolltest Karriere machen – als Chefin einer großen Firma an der Wall Street, die jede Menge Geld scheffelt. Das hättest du haben können, wenn du geblieben wärest!«

»Ich weiß! Und glaube mir, ich habe es versucht. Aber sie haben mir das Stipendium aberkannt, als ich das Semester nicht abgeschlossen habe. Ohne konnte ich mir Harvard nicht leisten.« Es hatte mich vernichtet. Fast so sehr wie der Tod meines Vaters. Mein ganzes Leben lang hatte ich für dieses Stipendium gearbeitet, um es dann entrissen zu bekommen ... das war Salz in einer sehr tiefen, noch immer offenen Wunde.

Ashley, immer eine Anhängerin der Gerechtigkeit, hörte nicht auf, sich zu empören. »Ich weiß, ich weiß. Sie haben es aberkannt. Du hättest Einspruch einlegen sollen.«

Ich hatte ihr auch diesen Teil schon erklärt. Oft sogar. Und daran könnte sie sich auch erinnern, wenn sie nicht gerade drei Wodka Tonic in weniger als einer Stunde getrunken hätte. »Ich habe Einspruch eingelegt. Aber es war ein privates Stipendium der MADAR Foundation, und weil es nicht durch die Universität getragen wurde, musste der Stipendiengeber sich auch nicht an die Regeln der Uni halten. Blah blah blah.« Die Erinnerung schmeckte immer noch bitter. Monatelang hatte ich immer wieder Briefe geschrieben, nur um jedes Mal wieder abgewiesen zu werden. »Wenn ich den richtigen Namen gehabt hätte, die richtigen Beziehungen. Wenn ich Geld gehabt hätte, wäre sicher einiges anders gelaufen.«

»Ist das nicht bei jedem so? Hey, Bedienung!«, brüllte sie fast durch die Bar.

»Ashley! Pst!« Ich wusste nicht, warum ich jetzt auf einmal wollte, dass sie leise war. Das ganze Restaurant starrte uns bereits an.

Ihr machte die Aufmerksamkeit nichts aus. »Wir haben Blickkontakt gehabt. Alles ist cool. Sie hat mich gesehen. Sie bringt die Rechnung.« Sie stibitzte die Olive aus meinem leeren Martiniglas. »Jedenfalls hast du deinen Master dann an der

University of Colorado gemacht und hast dich von einer der besten Werbeagenturen in Kalifornien anwerben lassen, bist nach L. A. gezogen, da bist du mir begegnet, und dann hat dein Leben endlich richtig angefangen. Gern geschehen.«

Ich tat so, als würde ich die Augen verdrehen, aber ehrlich gesagt war mir Ashley eine gute Freundin und Vertraute geworden. Bis auf meine Schwester hatte ich nur ihr jemals von Donovan Kincaid und Weston King erzählt. Beide Male hatte ich dabei allerdings die Details ausgelassen. Niemand musste wissen, wie krank und schmutzig ich damals gewesen war. Mit Donovan.

Manchmal dachte ich immer noch an ihn. Nachts. Wenn ich nicht schlafen konnte. Wenn ich rastlos war und nicht wusste, was ich brauchte. Manchmal war es einfach meine Hand und der Gedanke an ihn.

Das hätte ich allerdings niemals zugegeben. Welches Mädchen würde immer noch von dem Arschloch träumen, das sie entjungfert und dann eiskalt abserviert hat?

Was wäre geschehen, wenn ich geblieben wäre?

»Bitte sehr«, meinte die Kellnerin und legte uns die Rechnung auf den Tisch.

Sie wollte bereits zu einem anderen Tisch gehen, als Ashley sie am Arm fasste und zurückzog. »Und hier ist meine Karte. Können Sie sich bitte beeilen? Wir haben noch einen Termin.«

»Haben wir nicht«, sagte ich, aber die Kellnerin hörte uns schon nicht mehr.

»Doch, haben wir!« Ashley drehte das Programmheft von »Werbung für ein neues Zeitalter« um, sodass es zu mir zeigte, und deutete aufgeregt auf den Referenten. »Er denkt wahrscheinlich, du hättest ihn sitzen lassen. Das musst du klären!«

Ich starrte das Programm an. Es war immer noch auf der Seite geöffnet, die das ganze Gespräch angestoßen hatte. Inzwischen hatten wir bereits zwei Vorträge verpasst.

Auf seinem Bild sah es so aus, als wäre er gut gealtert.

Aber das wusste ich bereits. Ich hatte von beiden schon oft Bilder gesehen, und sie waren beide gut gealtert. Weston King und Donovan Kincaid waren in der Werbewelt Berühmtheiten. Statt nach ihrem Abschluss von Harvard bei ihren Vätern anzufangen, hatten sie eine eigene international agierende Werbeagentur gegründet. Weston leitete den Hauptsitz in den Staaten und Donovan den Ableger in Tokio.

Als ich zugestimmt hatte, mit Ashley drei Tage lang nach New York zu fahren, um diese Konferenz zu besuchen, hatte ich keine Ahnung gehabt, dass er dort sprechen würde.

»Er erinnert sich wahrscheinlich nicht einmal an mich«, sagte ich und starrte dieses Grübchen an, bei dessen Anblick einem der Slip feucht wurde.

»Wer könnte dich vergessen? Er sieht fantastisch aus – ich würde alles tun, um in seine Nähe zu kommen. Er ist so heiß. Ach, warte, ich habe vergessen, dass du neuerdings mehr auf Verstand als auf Aussehen stehst – vielleicht teilt er auch seine mehrfach ausgezeichnete Kreativität mit einer alten Freundin.«

Ich schüttelte den Kopf und fuhr mir mit der Hand durch die Haare – der Pferdeschwanz war schon lange verschwunden, aber die Gewohnheit hatte ich nicht abgelegt. Wahrscheinlich sollte ich mir seine Rede ohnehin anhören. Und was konnte es schaden, danach noch zu bleiben? Wäre es nicht nett, mit der Zeit von damals endlich abzuschließen?

Die Kellnerin kam mit dem Kreditkartenbeleg wieder, und Ashley unterschrieb schnell.

»In Ordnung«, sagte Ashley. »Bist du so weit, Bri?«

Eine bedeutungsschwangere Frage. War man je bereit für Männer wie Weston King und Donovan Kincaid?

Ich nahm mein Telefon, benutzte die Kamera, um meinen Lippenstift nachzuziehen, und atmete tief durch. »Gehen wir.«

Teil 2:
Dirty Men

1. Kapitel

»Er wird sich nicht an mich erinnern«, beharrte ich. Ich musste mich sehr konzentrieren, um nicht zu zappeln. Die Wirkung der Martinis, die ich früher am Abend getrunken hatte, war schon vor einer Stunde verflogen, und ich war nervös. Wie hatte ich mich noch mal hierzu überreden lassen?

»Würdest du bitte damit aufhören?« Ashley spähte um die Leute vor uns herum, wahrscheinlich um abzuschätzen, wie lange es noch dauerte, bis wir an der Reihe waren. Wir standen in einer Schlange mit ungefähr einem Dutzend anderer Frauen, die nach der Hauptveranstaltung »Werbung für ein neues Zeitalter« geblieben waren, um den Sprecher, Weston King, zu begrüßen. »Du bist klug. Schlagfertig. Bekommst dein Leben auf die Reihe. Du bist schön. Niemand könnte dich vergessen.«

Die Frau, die sie beschrieb, gab es erst seit wenigen Jahren. Davor war ich ungelenk und schüchtern gewesen. Ich hatte mich hinter Unscheinbarkeit und einem Wust aus mausbraunen Haaren versteckt, die ich normalerweise zu einem Pferdeschwanz zusammengebunden trug. »Du kanntest mich zu Unizeiten noch nicht. Damals war ich leicht zu übersehen.« Und es war mir nicht einmal gelungen, den Studienplatz in Harvard länger als ein Semester zu behalten.

Ashley atmete tief ein, ein Zeichen, dass sie versuchte, Geduld zu bewahren. Dann wandte sie sich zu mir um und schenkte mir ihr aufmunterndstes Lächeln. »Aber *jetzt* kenne ich dich. Selbst wenn er sich nicht an dich erinnern sollte, wird er so tun als ob, nur um weiter mit dir reden zu können.«

Mein Lid zuckte, als ich versuchte, die Augen nicht zu verdrehen. »Sei bloß still.«

»Kann ich nicht. Ich bin auf nicht-lesbische Art schwer in dich verknallt. Das weißt du genau. Ich verstehe niemanden, der sich nicht sofort in dich verliebt.« Sie hakte sich bei mir ein, und wir traten vor. Nur noch eine Person befand sich zwischen ihm und uns. Zwischen Weston und mir. Zwischen meiner Vergangenheit und meiner Gegenwart. War ich bereit für das Aufeinanderprallen dieser zwei Welten?

Ehrlich gesagt regte ich mich wahrscheinlich wegen nichts auf. Es waren zu viele Jahre vergangen, um eine große Sache aus den Fäden zu machen, die damals gerissen waren. Eine Dekade, um genau zu sein. Damals hatten wir einander kaum gekannt. Ich hatte nur ein richtiges Gespräch mit diesem Mann geführt – damals noch ein Junge –, und der Rest meiner Erfahrung mit ihm bestand daraus, ihn aus der Ferne zu beobachten.

Es war nicht so, als hätte ich mich angestellt, um Donovan Kincaid zu sehen. Das wäre wirklich ein Grund gewesen, nervös zu sein. *Er* würde sich an mich erinnern. Das musste er. Was zwischen uns geschehen war, war im Vergleich zu der nunmehr verstrichenen Zeit ein winziger Moment gewesen, aber der Einfluss dessen, was damals geschehen war, war unermesslich groß, jedenfalls auf mein Leben. Hatte es den gleichen Effekt auf ihn gehabt?

Ich dachte immer noch an Donovan, mit seinen braungrünen Augen, und an die schreckliche Art, wie wir uns getrennt hatten, als die Frau vor uns sich verabschiedete und aus der Reihe trat, sodass ich Weston King von Angesicht zu Angesicht gegenüberstand.

Jesus, er war so schön. Er war schon immer schön gewesen, aber die vergangenen zehn Jahre hatten ihn noch attraktiver werden lassen. Die letzten neunzig Minuten, während er im Javits Center seinen Vortrag gehalten hatte, hatte ich ihn nur angestarrt, ich hätte also darauf vorbereitet sein müssen. Aber aus der Nähe war seine Attraktivität noch auffälliger. Das Blau seiner Augen war schockierender. Sein Lächeln war noch umwerfender.

Er hatte die Art Aussehen, die jedem Mädchen ein feuchtes Höschen bereiten würde. Davon war ich überzeugt.

»Hallo«, sagte er glatt. So glatt, dass ich mir nicht sicher war, ob er mich erkannt oder einfach nur wie jede andere mit seinem natürlichen Charme begrüßt hatte.

»Äh, hi«, war alles, was ich herausbekam. Äußerlich mochte ich mich verändert haben – moderne Frisur, schicke Klamotten –, aber Weston King zu sehen warf mich sofort in die Unbeholfenheit meiner Jugend zurück.

Gott sei Dank war Ashley dabei, um mich zu retten.

Sie machte einen Schritt nach vorn und zog mich mit. »Hi, ich bin Ashley. Das ist meine Freundin Sabrina. Wir arbeiten bei Now, Inc. in L. A. und wollten Ihnen nur sagen, dass wir Ihren Vortrag heute Abend sehr genossen haben. Besonders gefallen haben mir Ihre Ausführungen zur Beziehung zwischen den einzelnen Abteilungen einer Agentur. Bei uns im Büro erleben wir leider ein ähnliches Konkurrenzverhältnis zwischen dem Verkauf und den Kreativen.«

»Danke«, sagte Weston. »Der Krieg Geschäftsmann versus Künstler. Das liegt in der Natur des Biestes, würde ich sagen.«

Er richtete den Kommentar an uns beide, aber ich konnte nur nicken wie eine Idiotin.

Ashley atmete hörbar ein – dieser fast stille Hinweis, wenn sie etwas nervte – und legte mir den Arm um die Schulter. »Und sie ist zwar zu schüchtern, um es zu sagen, aber Sabrina hier ist mit Ihnen an der Uni gewesen.«

»Ashley!«, warnte ich sie. Das war das Problem damit, Freunde zu haben, die keine Grenzen kannten. Wenn ich sie nicht aufhielt, würde sie ihm auch noch verraten, dass ich damals massiv in ihn verknallt gewesen war. Gott, steh mir bei, wenn sie auch noch Donovan erwähnte. »Ist doch nicht so wichtig.«

»Wir sind zusammen zur Uni gegangen?« Zum ersten Mal, seit ich vor ihm stand, sah Weston mich an – sah er mich *richtig* an.

Sein Blick war forschend, als er mein Gesicht studierte, und ich spürte, wie meine Wangen sich röteten. »Ich war nur einen Teil des ersten Semesters in Harvard.« Nicht, dass ich eine Wahl gehabt hätte. »Ich bin mir sicher, du erinnerst dich nicht.« Jesus, ich konnte ihm nicht einmal in die Augen sehen. Was stimmte nicht mit mir? Ich war siebenundzwanzig, keine siebzehn mehr.

Er neigte den Kopf zur Seite. »Kannten wir uns gut? Wie war noch mal dein Name?«

Oh Gott. Er erinnerte sich *wirklich* nicht. Das war so unglaublich peinlich.

»Wir haben uns nur ein oder zwei Mal unterhalten. Ich bin Sabrina Lind«, sagte ich und wünschte, ich würde im Erdboden versinken. »Ehrlich, ich habe nicht damit gerechnet, dass du dich an mich erinnerst. Es war nur eine interessante Kleinigkeit, die ich meiner Freundin erzählen konnte, damit sie denkt, ich wäre cool.«

Er lachte höflich und zeigte dabei dieses Grübchen, das ich vor all den Jahren so gerngehabt hatte. Es stellte sich heraus, ich bekam davon immer noch weiche Knie.

»Wie dem auch sei«, fuhr ich fort. Hinter uns standen noch ein paar Leute, die mit ihm sprechen wollten. Noch mehr Frauen, die nach dreißig Sekunden seiner Aufmerksamkeit gierten. Es wurde Zeit zu gehen. »Es war schön, dich wiederzusehen. Das war ein toller Vortrag.«

»Das weiß ich zu schätzen.« Weston musterte mich noch immer nachdenklich, aber dann zwang ich Ashley zu gehen, und er begrüßte die Frauen hinter uns.

»Also das war einfach nur peinlich«, flüsterte ich, sobald wir uns ein paar Schritte entfernt hatten.

»Aber das war es so wert«, meinte Ashley und fächelte sich dabei mit dem Programmheft Luft zu. »Ich fasse es nicht, dass du mit einem unheimlich gut aussehenden Mega-Milliardär zur Uni gegangen bist. Er ist in echt noch heißer als auf dem Cover von *Money* letztes Jahr. Dieses Grübchen!«

»Oder?« Es war beruhigend, dass noch jemand anderem die Schönheit des Weston King aufgefallen war. »Du solltest ihn oben ohne sehen. Er war in der Ruder…«

Hinter uns hörte ich, wie Weston die Stimme erhob und etwas sagte, das mein Herz schneller schlagen ließ.

Mit klopfendem Herzen und schwitzenden Händen drehte ich mich um und stellte fest, dass er uns hinterherstarrte. »Was hast du gesagt?«

»Du bist in Donovans Seminar gewesen«, wiederholte er, die Augen weit aufgerissen. *Donovan*. Das war das Wort, das ich gehört hatte. »Du hast mich sitzen lassen.«

Er erinnerte sich *doch*.

»Sag ich doch«, flüsterte Ashley neben mir.

Ich kniff sie in den Arm und rief Weston zu: »Ich hatte einen wirklich guten Grund. Versprochen.«

Er hielt einen Finger hoch, um mir zu bedeuten, auf ihn zu warten, während er der Frau, die vor ihm stand, noch rasch ein Autogramm aufs Programmheft kritzelte. Als er damit fertig war, kam er auf uns zugeschlendert. »Das kannst du mir bei einem Drink ganz genau erzählen.«

Weston sah mich aufmerksam an. »Okay, dein Vater ist gestorben, du bist nach Hause gefahren und hast dich um deine Schwester gekümmert, das College abgeschlossen und deinen Master in Betriebswirtschaft gemacht. Und dann?«

Es war fast eineinhalb Stunden her, seit Ashley so getan

hatte, als wäre sie zu müde, um noch mit uns etwas trinken zu gehen. Weston hatte mich mit in einen seiner Lieblingsklubs genommen, The Sky Launch, um mich auf einen Drink einzuladen, auf den recht schnell ein zweiter gefolgt war. Die runde Sitzecke, in der wir saßen, befand sich oberhalb der Tanzfläche, aber sie war von Glaswänden umgeben, sodass die Musik nicht zu laut war und man sich unterhalten konnte. Die Stimmung war dadurch einzigartig, gleichzeitig intim und lebendig.

»Das ist eigentlich schon alles.« Ich hatte mir nicht die Mühe gemacht, ihm auch von meinem Kampf zu erzählen, nach Harvard zurückkehren zu dürfen, oder davon, dass die MADAR Foundation sich geweigert hatte, mir mein Stipendium zurückzugeben, nachdem ich das Semester mittendrin abgebrochen hatte. Auch wenn das Ganze zehn Jahre zurücklag, tat es immer noch weh.

»Das kann nicht alles sein. Es gibt immer noch mehr«, hakte er nach. »Warum hast du dich für die Werbung entschieden?«

»Na ja. Im Grunde hat die Werbung sich für mich entschieden«, entgegnete ich, zog dabei die Schuhe aus und machte es mir auf der Polsterbank gemütlich. »Meine rechte und linke Gehirnhälfte waren schon immer gleich stark ausgeprägt, und ich wollte einen Job finden, der zwar mit Zahlen und Maßen zu tun hat, aber auch mit Kreativität, also habe ich meinen Schwerpunkt auf Marketing gelegt. Nach dem Abschluss hatte ich ein Gespräch mit einer Headhunterin, und einer der Jobs, den sie in petto hatte, war zufällig einer in der Marketingabteilung einer Werbeagentur. Von allen Stellen, die sie mir angeboten hat, war das die, die mich am wenigsten interessiert hat. Aber als ich das Angebot bekommen habe und nach Los Angeles geflogen bin, um mir die Agentur anzusehen, habe ich mich in die Energie dort verliebt. Es gab Zahlen und Struktur und Ideen und Kunst. Wo findet man sonst eine Mischung aus alledem?«

Weston hatte seine Jacke schon ausgezogen. Jetzt löste er noch seine Krawatte und streckte den Arm auf der Rückenlehne der Bank aus. »Manche Leute meinen, das macht alle, die auf diesem Gebiet arbeiten, verrückt.«

Seine Wortwahl berührte etwas in mir, worüber ich schon länger nicht mehr nachgedacht hatte. Früher hatte ich mich öfter gefragt, ob ich verrückt gewesen war, als ich noch jünger war. Damals hatte ich so komische und irritierende Gedanken und Gefühle gehabt, von denen ich mich regelrecht überfordert fühlte. Die Fantasien, die mich angemacht hatten, waren angsterfüllend und dunkel gewesen.

Aber ich war erwachsen geworden und hatte gemerkt, dass meine Zeit in Harvard ein Ausnahmezustand gewesen war. Es war eine Zeit des Ausprobierens gewesen und definierte nicht, was ich für den Rest meines Lebens sein würde. Meine Gedanken waren normal. Meine Fantasien waren nicht seltsam. Ich war nicht verrückt.

Manchmal fürchtete ich, dass ich ein bisschen zu hart daran arbeiten musste, mich selbst davon zu überzeugen.

Aber ich war mit Weston King ausgegangen, und wenn das verrückt war, dann war es genau die Art von Verrücktheit, die mir gefiel. Auf diese Art verrückt zu sein war erstrebenswert. Also sagte ich: »Wahrscheinlich schon. Aber was ist daran schlimm?«

Unsere Blicke begegneten sich und ließen sich nicht wieder los. Während der letzten Stunden waren wir einander immer näher gekommen. Jetzt saßen wir einander zugeneigt, nur noch ein kurzes Stück voneinander entfernt. Entweder es führte zu etwas, oder …

»Dann bist du immer noch im Marketing?«, fragte Weston, nahm seinen Manhattan und schwenkte ihn im Glas, ehe er davon trank.

»Ich habe in der Forschung angefangen und bin jetzt Leiterin von Strategie und Marketing.« Ich seufzte innerlich. Der

Gedanke an meinen Job war deprimierend. Während ich die Arbeit an sich liebte, war mein Chef ein Albtraum.

Außerdem interessierte ich mich mehr für Westons Agentur – Reach, Inc. Die Agentur war erst fünf Jahre alt und zählte doch schon zu den führenden der Branche – und zwar weltweit. Das war die Art Karriere, auf die ich gehofft hatte, nachdem ich den Abschluss an einer Universität wie Harvard gemacht hätte. »Dein Job dagegen …« Ich hielt inne und hoffte, mein Neid klang eher wie Bewunderung. »Was du geschafft hast, ist unglaublich.«

Weston zuckte wegwerfend mit der Schulter, strahlte aber irgendwie zur gleichen Zeit. »Es war ein Wahnsinnstrip. Ich kann kaum glauben, dass das mein Leben ist.«

Das überraschte mich. Er war auf der Sonnenseite des Lebens geboren worden – ich hätte angenommen, er würde erwarten, dass alles, was er anfasste, sich in Gold verwandelte. Es fiel mir schwerer, ihm seinen Erfolg übel zu nehmen, solange er so bescheiden deswegen war. »Das klingt jetzt wahrscheinlich naiv, aber was genau *machst* du? Wie teilt ihr euch die Aufgaben?«

»Gar nicht naiv.« Er stellte sein Glas hin, und auf einmal waren wir einander so nah, dass unsere Knie sich berührten. Wärme durchflutete mich und sammelte sich in meinem Bauch. »Ich habe ehrlich gesagt keine Ahnung.«

Ich kicherte ein wenig nervös. »Ernsthaft.«

»Na ja. Wir sind wie eine traditionelle Agentur aufgebaut, mit einem Vorstand, der aus fünf Leuten besteht.« Fünf Männer, hatte ich gelesen. Donovan war der einzige, den ich mit Namen kannte. »Es gibt zwei Männer in Tokio, einen in London, und Nathan Sinclair und ich leiten gemeinsam die Niederlassung in New York. Nate kümmert sich um die kreative Sparte und Kundenbetreuung, und ich übernehme alles andere.«

»Das ist eine Menge.«

»Das ist eine Menge«, wiederholte er.

»Also Betrieb, Marketing, Forschung, Finanzierung … das machst alles du?« Ich war überrascht. Unsere Agentur hatte drei Manager, die sich um diese Bereiche kümmerten, und wir waren um einiges kleiner.

Weston zuckte mit den Schultern. »Die meiste Zeit verstecke ich mich in meinem Büro und lese *BuzzFeed*, aber irgendwie bekomme ich trotzdem immer meine Gehaltsschecks.«

»Du machst viel mehr als das.«

»Wir wachsen. Wir müssen unsere Struktur bald ändern.« Abrupt veränderte sich sein Tonfall, und er ließ das Thema fallen. »Aber das ist langweilig. Reden wir lieber über dich.«

Plötzlich verlegen senkte ich die Augen. »Ich habe dir schon alles über mich erzählt.«

»Dann reden wir über unser kurzes Zusammentreffen an der Uni.«

»Es war so kurz, dass man es kaum ein Treffen nennen kann.« Wir hatten ein Seminar zusammen besucht und einmal gemeinsam Mittag gegessen. Dann hatte er mich um ein Date gebeten, und ich hatte Ja gesagt, aber ich hatte nach Hause fahren müssen, weil mein Vater gestorben war, ehe ich mit ihm zu seiner Party gehen konnte.

»Mich hat vorher noch nie jemand sitzen lassen. Das tat weh.« Er streckte die Hand aus, um meine Kette zurechtzurücken, ein einfaches Kreuz, das meiner Mutter gehört hatte. Seine Finger fühlten sich auf meiner warmen Haut heiß an, wie Feuer auf Feuer.

Wir schlugen Funken.

»Und trotzdem konntest du dich nicht erinnern, wer ich bin, als wir uns vorhin wiedergesehen haben.« Ich legte meine Hand auf seinen Oberschenkel, leicht, behutsam. Seine Muskeln spannten sich unter meiner Berührung an, und ein Schauer rieselte mir den Rücken hinab.

Er zupfte sanft an einer Haarsträhne von mir, und ich konnte mir gut vorstellen, wie er fester daran zog. »Ich habe dich ohne deinen Pferdeschwanz einfach nicht erkannt.«

»Daran muss es liegen.«

Seine Miene wurde ernst. »Ich habe dich wirklich gemocht, Sabrina.«

Das war schwer zu glauben. »Für fünf Minuten. Wortwörtlich fünf Minuten.«

»Da waren so viele Mädchen auf dem Campus. Ich brauchte ein bisschen, um dich zu bemerken.« Er legte die Hand auf mein nacktes Knie und fing an, die Innenseite meines Schenkels zu streicheln. »Nicht meine Schuld.«

»M-hm.« Es war schwer, ihm das Gegenteil zu beweisen, solange mein ganzer Körper prompt auf seine Berührung reagierte. Ich hatte ihn damals so sehr gewollt. Nicht nur ihn, sondern alles, für das er stand – Harvard, sein Geld, seine Zukunft. Diese Begierde vermischte sich mit der, die ich jetzt für ihn empfand.

»Wenn du zu dieser Party gekommen wärest …« Er verstummte, die Stimme tief und verführerisch.

»Was dann?« Ich hatte darüber in den vergangenen Jahren manchmal nachgedacht. Mich gefragt, was zwischen Weston und mir passiert wäre, wenn wir die Chance gehabt hätten.

Er beugte sich vor und sagte es mir. »Ich hätte versucht, dich ins Bett zu bekommen.«

Ich sog seine Worte ein und nahm sie vollkommen in mir auf, ehe ich antwortete: »Ich hätte es getan.«

Wenigstens hätte ich das, wenn diese andere Sache nicht passiert wäre. Als er mich eingeladen hatte, hatte ich genau darauf gehofft. Nach dem Vorfall mit Donovan war ich mir nicht mehr sicher gewesen, was ich wollte.

»Hättest du?«

Ich nickte. »Du hättest dich nicht einmal sonderlich anstrengen müssen. Ich war wahnsinnig in dich verknallt.«

Westons Hand wanderte weiter meinen Schenkel hinauf, er beugte sich noch ein Stück vor und flüsterte dicht an meinem Ohr: »Ich werde auch jetzt versuchen, dich ins Bett zu bekommen.«

Er war eine ganz besondere Art von Köder. Nicht nur, dass er jemand war, den ich in der Vergangenheit begehrt hatte, er hatte auch alles erreicht, was ich mir je für mich selbst erträumt hatte. Daran war etwas extrem Attraktives.

Aber ich musste keine Worte benutzen, um ihm zu sagen, dass er sich nicht besonders anstrengen musste. Weston King würde bekommen, was er wollte.

2. Kapitel

Ich hob Westons Hose vom Boden auf, schüttelte sie ergebnislos aus und ließ sie wieder fallen. Mich auf der Stelle drehend sah ich mich zum dritten Mal im ganzen Zimmer um. »Ich kann meinen Slip nicht finden«, sagte ich seufzend.

Weston beobachtete mich vom Bett aus, den Kopf auf die Hand gestützt. »Den brauchst du nicht.«

»Brauche ich wohl. Ich muss mich anziehen.« Wieder durchsuchte ich meinen Rock, den BH und das Hemd, auf der Suche nach meiner Unterhose. Nichts da. Ich warf die Klamotten aufs Bett und seufzte noch einmal.

»Nein, brauchst du nicht. Bleib hier«, lockte er mich. »Bleib im Bett bei mir, für immer.«

»Kann ich nicht. Du weißt, dass ich wieder nach Hause muss.« Nach den Drinks am Freitagabend hatte Weston mich mit in sein Penthouse genommen und mich gevögelt, bis die Sonne aufging. Wir waren den ganzen Samstag und fast den ganzen heutigen Sonntag im Bett geblieben. Nur zum Essen hatten wir es manchmal verlassen. Jetzt war Sonntagnachmittag, und ich musste meinen Flieger erwischen.

»Wo hast du sie gestern nach dem Abendessen gelassen?«, fragte er und streckte sich dabei, sodass die Decke an ihm hinabglitt und den Blick freigab auf seinen nackten Oberkörper und die herrliche Linie aus Haaren, die von seinem Bauchnabel abwärts verlief, mit der ich in den letzten Tagen so vertraut geworden war.

Ich versuchte, mich an den gestrigen Abend zu erinnern. Wir waren in einem Restaurant gewesen, in dem es Asian Fusion gab. Weston hatte mich auf der Taxifahrt nach Hause gefingert. »Ich hatte sie beim Abendessen gestern nicht an.«

»Ach ja.« Er grinste, und seine Augen leuchteten hungrig auf.

In meinem Bauch zog es sich wohlig zusammen. »Hör auf, mich so anzusehen, sonst komme ich hier nie weg.«

Er griff nach seinem Halbsteifen, der sich bereits unter dem Laken abzeichnete, und fing an, sich zu reiben. »Damit habe ich wirklich kein Problem.«

»Weston …«, warnte ich ihn. Um zu unterstützen, was sie eine dringend benötigte Sexkapade nannte, hatte Ashley sich darum gekümmert, meinen Koffer zu packen, aber ich musste ihn immer noch an der Rezeption unseres Hotels abholen, ehe ich zum Flughafen fuhr. Den Stadtverkehr eingerechnet, musste ich innerhalb der nächsten dreißig Minuten aufbrechen. »Ich muss los.«

Er setzte sich auf und lehnte sich gegen das Betthaupt. Ausgehend von seiner neuen Haltung nahm ich an, dass er bereit war, das Gespräch mit einer neuen Ernsthaftigkeit fortzusetzen. »Aber warum musst du überhaupt los?«

Oder nicht so ernsthaft.

Er wusste, warum ich gehen musste. »Ich habe einen Flug gebucht«, antwortete ich, während ich das Hemd aufknöpfte, das ich mir nach der Dusche kurzerhand vom Boden geschnappt hatte.

»Verpass ihn.«

»Ich muss nach Hause.« Ich warf das Hemd aufs Bett.

»Warum?« Er beugte sich zu mir vor und fuhr mit dem Finger die Kurve meiner Brust entlang.

»Ich habe einen Job«, sagte ich und gab ihm einen Klaps auf die Hand.

»Kündige.« Er stöhnte, als ich meinen BH anzog und die Brüste versteckte, mit denen er am Wochenende so viel Zeit verbracht hatte. Er war verspielt gewesen, nicht zu grob, und auch wenn es nicht die Art von Berührung war, bei der ich sofort feucht wurde, hatte es sich gut genug angefühlt. Es war normal und gesund, und das war grundsätzlich alles, was ich mir von einer sexuellen Begegnung erhoffte.

»Ich kann nicht einfach kündigen.« Ich drehte meinen Rock hin und her, um die Rückseite zu finden. »Ich brauche einen Job. Ich bin nicht mit den Mitteln geboren, die es mir erlauben würden, nicht zu arbeiten, wie so manch andere Leute.«

»Andere Leute«, sagte er lachend. »Leute wie ich, meinst du?«

Ich lächelte maliziös und stieg in meinen Rock. »Vielleicht.«

»Ich habe einen Job«, erklärte er ein wenig trotzig.

Ich fühlte mich plötzlich schlecht, ging zu ihm und drückte ihn an meine Brust. »Das hast du«, sagte ich tröstend und strich ihm mit den Fingern durch sein blondes Haar. »Du hast einen Job. Und ich habe einen Job. Auf der anderen Seite des Landes.«

Er griff nach meinem Po und zog mich an sich. »Du könntest einen Job auf *dieser* Seite des Landes haben«, sagte er an meinen Brüsten.

»Könnte ich. Habe ich aber nicht.«

Er küsste an meinem Ausschnitt entlang. »Arbeite für mich. Kündige deinen Job, und ich stelle dich sofort ein. Wem gefällt es schon in L. A.? Der ganze Smog und die Oberflächlichkeit. Kündige und steig bei mir ein.«

Er scherzte, also lachte ich, aber mein Herz klopfte auch heftiger. Wie lange wollte ich schon dieses Leben, mit dem er mir wie mit einem Spielzeug vor der Nase herumwedelte? »Du weißt nicht einmal, ob ich überhaupt qualifiziert bin.«

»Oh, ich kenne ein paar deiner Qualifikationen.« Er drehte mich um und zog mich auf seinen Schoß, sodass ich seine Härte an meinem Rücken spüren konnte und damit auch, dass er es nicht ernst meinte. »Sollen wir im Detail darüber sprechen, oder willst du mich lieber auf andere Weise an sie erinnern?«

»Weston …«, stöhnte ich, als er seine Hand unter meinen Rock schob. Ich öffnete automatisch die Schenkel für ihn, und er fuhr mit dem Daumen meine nackte Pussy entlang, bis er auf meiner Klit landete. »Du machst es mir schwer zu gehen.«

»Dann funktioniert mein Plan also.« Er beschrieb mit dem Daumen quälend langsame Kreise.

»Mm. Fühlt sich gut an.« Mein Körper fing an zu vibrieren, bereit, die Spirale der Lust emporzuklimmen. »Du musst aufhören«, flehte ich.

»Stell dir vor, du bleibst«, raunte er mir ins Ohr. »Wir könnten das andauernd tun.«

Auch wenn ich wusste, dass er nur spielte, erlaubte ich mir für den Bruchteil einer Sekunde, es mir auszumalen. Weston war genau die Art von Mann, die gut für mich wäre. Er war ein guter Mensch, und der Sex war gut, und er sorgte dafür, dass ich mich gut fühlte.

Warum fühlte sich *gut* nicht wie *genug* an?

Es war auch egal. Es war ein Spiel. Er war ein Playboy. Alles, was ich über ihn gelesen hatte, bestätigte das. Diesbezüglich hatte er sich seit der Uni nicht verändert. Ich erwartete nicht, diejenige zu sein, die ihn bekehren konnte. Wir hatten nur eine schöne Zeit gehabt, einen Tanz mit der Vergangenheit. Und dieses ganze Gerede rührte nur daher, dass er sich im Augenblick verloren hatte.

»Ich kann nicht bleiben«, sagte ich atemlos, abgelenkt von seinem Daumen, mit dem er eifrig versuchte, mich zum Bleiben zu überreden.

»Sag mir nur einen guten Grund«, beharrte er und leckte dann über meine Ohrmuschel, sodass es mir einen Schauer über den Rücken jagte.

Ich lächelte. »Ich mag meinen Job.« Ich mochte ihn *wirklich*, trotz der derzeitigen Stimmung in der Agentur und obwohl ich früher gehofft hatte, Teil von etwas Größerem zu werden.

Weston hob seine freie Hand, um meine Brust durch den BH zu massieren. »Ich würde dir eine ähnliche Position besorgen.«

»Du kannst schlecht euren jetzigen Manager für Strategie und Marketing feuern.« Ich wand mich auf seinem Schoß, wollte, dass er mir mehr gab, auch wenn ich Zeitdruck verspürte.

»Sein Titel ist Direktor für Marketingstrategie, und doch, könnte ich. Er hat Mundgeruch, und ich mag nicht, wie er seine Grafiken erstellt.«

Dieses Mal lachte ich. »Das ist nicht dein Ernst.«

»Doch, absolut. Er isst jeden Tag zum Mittag Sushi, und ich schwöre, jedes Mal, wenn er seinen Mund aufmacht, riecht es nach totem Fisch.«

Ich lachte wieder, schloss die Augen und erlaubte mir zu genießen. Er war so charmant und witzig, genau wie ich ihn in Erinnerung hatte. Doch in all den Jahren, in denen ich an ihn gedacht und mich gefragt hatte, was er machte, war nie er derjenige gewesen, der mich im Dunkeln zum Orgasmus gebracht hatte.

Ich musste gehen.

Ich öffnete die Augen. »Weston.«

»Sabrina.«

»Ich muss wirklich los.«

Ein Herzschlag verstrich. »Ich weiß.«

Ich versuchte aufzustehen, aber er hielt mich noch fester. »Zuerst musst du mich loslassen.«

»Wenn es sein muss«, seufzte er und ließ mich los.

Ich stand auf und strich mir den Rock glatt. Während ich mein Unterhemd anzog, drehte ich mich wieder zu Weston um.

Er beugte sich vor und stützte sich mit den Armen auf seine angewinkelten Knie. »Aber im Ernst. Komm und arbeite für mich.«

»Aber im Ernst.« Ich wandte mich um, um in den Spiegel über der Kommode zu sehen, und fuhr mir mit den Fingern durch die Haare. »Du hast nicht einmal meinen Lebenslauf gelesen.« Er würde einen Blick darauf werfen und mir eine Einsteigerposition anbieten, und dann wäre ich nur eine von diesen Frauen gewesen, die sich den Job erschlafen hatten. Das war nicht das, was ich wollte.

»Du hast die Highschool ein Jahr früher als gewöhnlich abgeschlossen. Du hast ein volles Stipendium für Harvard bekommen«, sagte er, Dinge wiederholend, die ich ihm am Wochenende erzählt hatte. Dann erzählte er mir etwas Neues. »Donovan hat gesagt, du warst mit Abstand die Person mit dem größten Potenzial in jedem seiner Seminare.«

Meine Handbewegungen verlangsamten sich, als er den Namen der einen Person erwähnte, mit der man immer meine Aufmerksamkeit erregen konnte. Als wäre ich eine Büroklammer, die im Erdboden vergraben war, und sein Name der stärkste Metalldetektor, den es gab. »Donovan hat von mir gesprochen?«

»Einmal.« Weston stieg aus dem Bett. »Am gleichen Tag, als du und ich Mittag gegessen haben, glaube ich. Er hat mich runtergemacht, weil ich mich mit dir getroffen habe, weil du die klügste Studentin mit dem größten Potenzial seiest und es nicht gebrauchen könnest, von Gesocks wie mir heruntergezogen und abgelenkt zu werden.«

Donovan war Westons Freund und Mitbewohner gewesen, aber er war älter als wir und außerdem der Assistent unseres Professors für Geschäftsethik. Und er war für mich noch so viel mehr gewesen.

Doch das hatte ihm nicht das Recht gegeben, Weston und

mich auseinanderzubringen. Es war zehn Jahre her, trotzdem ärgerte es mich jetzt. Außerdem machte es mich ein bisschen selbstgefällig, und das ärgerte mich nur noch mehr.

»Was ging ihn das an?«, erwiderte ich, während Weston an mir vorbeigriff, um eine Schublade zu öffnen und ein Paar rote Boxershorts herauszunehmen. »Was hast du zu ihm gesagt?«

»Dass es ihn nichts angeht.« Er zog die Boxershorts an und rückte seinen Schwanz zurecht. »Als dein Lehrer schien er das anders zu sehen. Wenn ich mich richtig erinnere, hatten wir damals deswegen einen unserer größeren Streits. Am Ende haben wir uns geeinigt, dass wir uns nicht einigen. Dass er es auch nur versucht hat, mich in Bezug auf dich zu bevormunden, hat in mir nur den Ehrgeiz geweckt, dich unbedingt zu treffen. Und deswegen war ich umso enttäuschter, als du nicht aufgetaucht bist.«

Weston fing an, seine Kleidung, die im ganzen Zimmer verstreut lag, aufzusammeln, und ich ließ mich auf die Bettkante sinken, um alles zu verarbeiten. Ich hatte mit Weston Mittag gegessen, und dann hatten er und Donovan meinetwegen Streit gehabt. Danach hatte Donovan mir eine Sechs gegeben, die ich nicht verdient hatte, was zu einem Streit zwischen uns geführt hatte, und ehe ich mich's versah, hatte ich meine Unschuld an einen Mann verloren, der für mich Held und Dämon zugleich war.

Es blieb der unvergleichlich erotischste Augenblick in meinem Leben.

Aber das Ganze war einfach verdreht gewesen. Und hinterher hatte er mir die kalte Schulter gezeigt. Von da an hatte ich mich von Männern wie ihm ferngehalten. Jeder Mann, mit dem ich mich verabredet hatte, war nett und lustig und gut gewesen. Wie Weston. Gute Männer, mit denen es nie funktionierte. Jeder Beziehung schien etwas zu fehlen, und wenn das bedeutete, dass ich ein abgefucktes Sexleben brauchte, um mich wirklich vollkommen zu fühlen, dann war ich bereit, nie vollkommen zu sein.

Denn ich glaubte nicht, dass ich mich noch einmal von einem Zyklon wie Donovan erfassen lassen und es überleben konnte.

»Es tut mir leid, dass ich es damals nicht geschafft habe, mich mit dir in Verbindung zu setzen«, sagte ich und sah zu, wie Weston das Zimmer aufräumte. Mein Date mit ihm war das Letzte gewesen, an das ich nach dem Tod meines Vaters gedacht hatte, aber ich hätte mir mehr Mühe geben können. Wahrscheinlich hätte ich mir mit allen guten Männern, mit denen ich zusammen gewesen war, mehr Mühe geben können.

»Ich bin nur froh, dass du mich jetzt gefunden hast.« Er zwinkerte. »Komm und arbeite für mich.«

Ich schnaubte verärgert. »Du hörst auch nie auf, oder?«

»Ich bin hartnäckig. Das ist eine meiner besten Eigenschaften.«

Was, wenn er es wirklich ernst meinte? Keine Beziehung, sondern einen Job? Konnte ich wirklich für ihn arbeiten? Eine Einsteigerposition wäre immerhin ein Anfang. Ich lag Jahre zurück, aber ich konnte aufholen, oder nicht? Immer noch dort ankommen, wo ich hingehörte, mir an der Oberliga die Krallen schärfen.

Darüber sollte man nachdenken …

Von meinem Platz aus konnte ich den Absatz meines Schuhs hinter dem Vorhang hervorlugen sehen. »Warum habt Donovan und du euch entschieden, zusammen in die Werbebranche zu gehen?«, fragte ich auf dem Weg, den Schuh aufzuheben. »Warum seid ihr nicht bei euren Vätern eingestiegen?« King-Kincaid war eine der größten Investmentfirmen der Welt. Weston und Donovan waren beide reicher, als ich es mir vorstellen konnte. Keiner von beiden musste überhaupt arbeiten, und trotzdem hatten sie ein Geschäft in einer völlig anderen Branche gegründet.

»Da gab es viele Gründe. Wir wollten etwas, das ganz allein uns gehört, verstehst du? Etwas, das wir uns selbst aufgebaut haben. Ich wollte nicht alles geschenkt bekommen. Ich wollte wissen, ob ich es allein schaffen kann. Donovan hatte außerdem ein moralisches Problem mit ein paar Entscheidungen, die in der Firma unserer Väter getroffen wurden, um den Profit zu steigern.«

»Wirklich?« Über genau dieses Thema hatten wir uns im Rahmen meiner Hausarbeit gestritten. »Dem Donovan, an den ich mich erinnere, war Moral immer egal.«

»Er hat seine Meinung seit der Uni zu ein paar Dingen geändert, aus welchem Grund auch immer.«

War es sehr eitel von mir, mich zu fragen, ob ich zu diesem Sinneswandel beigetragen hatte?

»Und was die Werbebranche angeht, das war Donovans Idee. Wir kannten beide Nate, der auch interessiert war, also ist er mit an Bord gekommen. Dann folgten Dylan Locke und Cade Warren, und dann waren wir ein Team. Zuerst hatten wir vor, alle in New York zu bleiben, und jeder von uns sollte eine Abteilung führen, aber nach dem ersten Jahr haben wir uns entschieden, es international zu versuchen. Donovan hat sich bereit erklärt, mit Cade das Büro in Tokio zu eröffnen. Dylan ist nach London gegangen, und so arbeiten wir jetzt seit vier Jahren.«

Ich fand meinen anderen Schuh am Fußende des Betts und schlüpfte hinein, während ich an Donovan auf der anderen Seite der Welt dachte. Es fühlte sich irgendwie sicherer an zu wissen, dass er dort war. Weit weg. Weit weg von mir.

Und doch konnte ich sogar aus der Ferne die Anziehungskraft, die er auf mich ausübte, spüren.

Während ich meinen anderen Schuh anzog, betrachtete ich den Mann, der mir dieses unglaubliche Wochenende geschenkt hatte. »Es muss schwer für dich sein, dass Donovan auf einem anderen Kontinent lebt. Auf der Uni war er wie ein Bruder für dich.«

Weston ging neben dem Bett in die Knie. »Ja, er fehlt mir tatsächlich. Wir skypen viel wegen der Arbeit, aber ich würde lügen, wenn ich sagte, ich würde unsere Pokerspiele nicht vermissen.« Er spähte unters Bett. »Wenn ich dich als neue Angestellte gewinne, wird er super beeindruckt sein. Also.« Er sah zu mir hoch. »Was sagst du?«

Ich ging hinter ihm vorbei und nahm meine Ohrringe vom Nachtschrank. »Ich weiß nicht, ob du es ernst meinst oder ob du nur versuchst, noch einen Blowjob von mir zu ergattern.«

»Kann die Antwort nicht ›beides‹ lauten?«

Ich schloss meine Ohrringe und fragte mich noch einmal, ob ich sein Angebot in Betracht ziehen sollte. Denn es war durchaus verlockend. *Er* war durchaus verlockend.

»Aha!«, rief er auf einmal. Er stand auf und ließ einen schwarzen Slip von seinem Finger baumeln, den er anscheinend unter dem Bett gefunden hatte.

»Das ist nicht meiner«, sagte ich.

Er sah mich an, dann die Unterhose, dann wieder mich. Ihm wich die Farbe aus dem Gesicht, als ihm klar wurde, was ich denken musste. »Ich habe keine Freundin.«

»Ich weiß«, meinte ich ruhig. »Du hast viele Freundinnen.« Und genau deshalb konnte ich sein Angebot nicht ernst nehmen. Weil er immer eine andere Frau haben würde und es immer ein weiteres Angebot geben würde.

Er wusste, dass ich verstand, ohne dass er es erklären musste.

»Es tut mir leid«, sagte er, weil Weston King immer Gentleman blieb.

Ich empfand keine Enttäuschung – zumindest nicht schmerzlich. Aber es war, als hätte man etwas in den Händen gehalten, das man lange gesucht und sofort wieder verloren hat. Wie ein

Gedanke, der nur schemenhaft aufblitzt, den man nicht zu fassen bekommt, egal, wie sehr man es auch versucht.

Ich stieß einen leisen Seufzer aus. »Ich habe nichts von dir erwartet, Weston. Es ist das, was es ist. Nicht mehr und nicht weniger.« Das war ehrlich. Vielleicht zu ehrlich.

Offenbar war es nun an Weston, enttäuscht zu sein. »Aber was, wenn es etwas anderes ist?« Er wirkte ein wenig durcheinander, aber hoffnungsvoll. Er wusste nicht, ob ich die Frau war, die er wollte. Er war ein Mann, der bereit war, ein Risiko einzugehen. Zumindest in diesem Moment.

Ich wollte kein Risiko darstellen. Ich wollte einen Mann, der wusste, dass er mich und keine andere wollte.

»Aber was, wenn es genau das ist, was es ist?« Ich streckte die Hand aus und streichelte ihm die Wange. »Ich hatte eine schöne Zeit. Können wir es nicht dabei belassen? Und es nicht kaputt machen?«

Er umfasste meine Hand mit seiner, hob sie dann an seine Lippen und küsste sie. »Ist es noch nicht kaputt?«

»Noch nicht. Es war ein besonderes Wochenende. Ich habe es gebraucht. Danke.«

Er küsste mich zum Abschied, und ich machte mich auf den Weg, das ganze Was-wäre-Wenn zurücklassend, das ich all die Jahre mit mir herumgeschleppt hatte.

Und etwaige Gedanken über Donovan, die in mir hochgekommen waren, vergrub ich unter denen, die ich schon immer über ihn gehabt hatte. Den Gedanken, die ich seit der Uni hatte. Den Gedanken, von denen ich so tat, als hätten sie nur ein Leben, wenn ich allein in der Dunkelheit mit meinen Albträumen war. Wenn ich gedacht hatte, Weston könnte mir dabei helfen, sie zu verjagen, hatte ich mich geirrt. Wenn überhaupt, war er es, der sie wieder ans Licht gezerrt hatte.

3. Kapitel

»Und eine Sache noch …«

Ich rührte in meinem Kaffee und nickte, während Ashley sich weiter über unsere interne Büropolitik ausließ. Auch wenn ich ihr vollkommen zustimmte, musste ich nicht jedes Detail meiner Empörung ausbreiten.

Ich hob den Handrücken an meinen Mund und unterdrückte ein Gähnen. Es war wieder eine dieser Nächte voller Albträume gewesen, ich war schweißnass aufgewacht, überzeugt, dass ein furchtbarer Mann mich zwang, Dinge zu tun, die ich nicht tun wollte. Wie üblich hatte ich danach nur wieder einschlafen können, indem ich mir vorstellte, dass der Mann, der mich zwang, nicht Theodore Sheridan war, sondern stattdessen Donovan Kincaid.

Diese Träume hatten mich in den Jahren, seit ich auf der Uni von Theo fast vergewaltigt worden wäre, immer wieder heimgesucht. Nicht mehr so oft wie noch am Anfang, aber immer noch regelmäßig. Es war so normal für mich geworden, dass ich mir bei Tageslicht keine Sorgen mehr darüber machte, dass die unanständigen Dinge, die ich mir mit Donovan ausmalte, irgendetwas mit meinem wahren Ich zu tun hatten. Dem »wachen« Ich. Dem Ich, das keine schmutzigen Gedanken hatte und keine verdorbenen Männer wollte.

Nach meinem Wochenende mit Weston hatte sich das geändert. Aus irgendeinem Grund hatte er etwas in mir ausgelöst. Es war, als wäre die Vergangenheit, die ich bisher so gut unterdrückt hatte, wieder an die Oberfläche gekommen, und jetzt konnte ich sie nicht wieder dorthin schieben, wo sie hingehörte. Die bösen Träume waren wieder häufiger geworden, und es verging kaum ein Tag, an dem ich nicht in meinem Büro saß und an die versauten Dinge dachte, die ich in der Nacht zuvor über Donovan fantasiert hatte, und meine Schenkel zusammenpressen musste, weil das Ziehen in meiner Pussy zu stark wurde.

Was machte er jetzt? Dachte er auch mal an mich? Tat es ihm leid, wie er mich damals behandelt hatte? Bedauerte er es, mich gerettet zu haben?

Ashley hörte auf, in meinem Büro auf und ab zu gehen, und ließ sich auf den Stuhl fallen, der vor meinem Schreibtisch stand. Ich sah sie fragend an. »Ich verasche dich nicht, Bri, Monahan dreht durch. Er macht alle außer den Verkauf für das verantwortlich, was in diesem Jahr schiefgelaufen ist. Es ist ein Albtraum«, erklärte sie.

Interessante Wortwahl. Ich könnte ihr ein oder zwei Dinge zu Albträumen erzählen.

Aber ich war auch frustriert von unserem Chef. »Ich weiß, was du meinst. Monahan hat mich gebeten, das Strategieblatt für Dove zu überarbeiten. Schon wieder. Das ist das dritte Mal. Das Strategieblatt war schon beim ersten Mal gut. Es gab nichts daran auszusetzen.«

Monahan, der vor einem Jahr unser neuer Chef geworden war, hatte unser harmonisches Büro in ein Kriegsgebiet verwandelt. Er neigte dazu, die Teams zu bevorzugen, mit denen er vor seiner Beförderung zusammengearbeitet hatte. In letzter Zeit war es mir schwergefallen, die Motivation zu finden, mein Bestes zu geben, und ein paarmal hatte ich mir sogar überlegt, mir eine andere Stelle zu suchen.

»Weißt du, warum er das macht? Außer, weil er einfach ein Dreckskerl ist, meine ich.« Ashley schien optimistisch zu sein, dass ich mich ihren Beschwerden anschließen würde. »Es ist, weil er keinen Beförderungs-Bonus bekommt, wenn er nicht noch dieses Quartal eine Umsatzsteigerung von zehn Prozent vorweisen kann. Ich glaube kaum, dass das möglich ist.«

»Ich auch nicht. Ich liebe diesen Job, aber wenn er sich nicht endlich am Riemen reißt …« Ich verstummte.

Auch wenn ich noch nicht bereit war, so mutig zu sein, Ashley war es. »Zeit, unsere Lebensläufe zu überarbeiten.«

In dem Moment klingelte mein Telefon. Es war mein Assistent. Ich drückte auf den Knopf der Gegensprechanlage. »Was gibt es?«

Kents Stimme erfüllte den Raum. »Ein Anruf von einem Mr. Weston King auf Leitung zwei. Wollen Sie ihn annehmen?«

Mir zog sich der Magen zusammen, als Westons Name fiel. Seit unserem gemeinsamen Wochenende im Mai hatte ich nichts von ihm gehört. Es war fast August.

»*Jetzt* ruft er dich erst an?«, flüsterte Ashley laut. »Es ist drei Monate her!«

»Ja, Kent«, sagte ich und warf Ashley gleichzeitig einen strafenden Blick zu. »Ich nehme ihn an. Danke.«

Ich stellte die Gegensprechanlage aus und starrte meine Freundin an. »Es kann nicht das sein, was du gerade denkst«, sagte ich schließlich. Auch wenn ich mir nicht genau sicher sein konnte, was sie dachte, ahnte ich, dass es romantische Anklänge hatte. »So sind wir nicht verblieben. Wir haben so nicht einmal *angefangen*.«

»Aber bestimmt ruft er dich nicht einfach so an. Irgendetwas liegt ihm auf dem Herzen.« Ihre Freude machte mich nervös.

Ich wischte mir die verschwitzten Handflächen am Rock ab. »Vielleicht ist er nur in der Stadt und fand es höflich, Hallo zu sagen.«

»*Oder* vielleicht ist ihm klar geworden, dass er ohne dich nicht atmen kann, und er hat endlich den Mut gefunden, deswegen etwas zu unternehmen. Ich habe dir doch gesagt, in den letzten Wochen habe ich ihn auf den Fotos in den Klatschmagazinen nur mit einem Mädchen gesehen. Er ist nicht mehr so umtriebig wie vorher. Er *verzehrt* sich nach dir.«

Wieder sah ich sie strafend an. Ich hatte über eine Zukunft mit Weston nicht einmal nachgedacht, aber es war doch nett, gewollt zu werden. Wollte er mich wirklich? Wie unterschiedlich wären die Dinge gelaufen, wenn Donovan mich angerufen hätte, nachdem wir zusammen gewesen waren? Selbst drei Monate später. Selbst drei Jahre.

»Geh einfach ran!«, rief Ashley ungeduldig.

Ich hob den Hörer ab. »Hier spricht Sabrina.«

»Sabrina. Hier ist Weston.« Sein Lächeln wurde durch das digitale Netzwerk übertragen. Ich konnte sein Grübchen fast an seinem Tonfall hören.

»Hi«, erwiderte ich und konnte dabei nicht aufhören zu grinsen.

»Dir auch Hi. Schön, deine Stimme zu hören. Wirklich schön.«

»Deine auch.« Ich drehte meinen Stuhl hin und her, mir bewusst, dass Ashley mich wie ein Adler beobachtete.

Und mir zuhörte. Was bedeutete, dass Telefonsex außer Frage stand. Nicht, dass ich gewollt hätte, dass es zu Telefonsex kommt. Nicht, dass ich überhaupt gewusst hätte, was ich eigentlich wollte.

Ich räusperte mich. »Dein Anruf überrascht mich. Er kommt so unerwartet.«

»Ich weiß«, meinte Weston, der auf einmal viel geschäftlicher klang und gar nicht mehr flirtend. »Es tut mir leid. Ich hätte wohl einen Termin ausmachen sollen.«

»Nein, nein. Ist schon gut. Nur eben unerwartet.« Ich war mir nicht sicher, wie mir der geschäftliche Tonfall gefiel. Er war nicht schlecht. Er war anders.

»Unerwartet trifft es ganz gut. In meinem Leben sind in letzter Zeit eine Menge unerwarteter Dinge passiert, um ehrlich zu sein. Und ich werde dir noch einen Schock verpassen. Bist du bereit? Mach dich gefasst.«

Meine Muskeln spannten sich automatisch an, wie sie es taten, wenn ich bei jemandem mitfuhr und derjenige plötzlich auf die Bremse trat. »Okay. Ich bin gefasst.«

»Ich will dir einen Job anbieten.«

»Das meint er nicht ernst.« Ich hatte es so oft gesagt, seit ich das Gespräch mit Weston beendet hatte, dass Ashley denken musste, ich wäre in einen Schockzustand verfallen.

Ich *war* auch in eine Art Schockzustand verfallen. Anders ließ sich dieses Gefühl nicht erklären.

»Es ist sein Ernst«, beharrte Ashley und starrte dabei auf meinen Computerbildschirm. »Ich sehe mir das Angebot gerade an, Bri. Es hat einen Briefkopf. Das ist wirklich ernster Scheiß.« Weston hatte ein formelles Angebot per E-Mail geschickt, noch während wir uns unterhalten hatten, und Ashley hatte nicht gezögert, meinen Bildschirm zu sich umzudrehen, damit sie es lesen konnte.

Vor Überraschung hatte ich vergessen zu blinzeln. Also blinzelte ich. Dann noch einmal. »Aber warum?«

»Offensichtlich hat er Wort gehalten, sich deinen Lebenslauf angesehen, wahrscheinlich ein paar Referenzen angerufen und festgestellt, dass du gute Arbeit leistest. *Weil du das tust.*« Sie beugte sich vor, um mir über den Schreibtisch hinweg in die Augen zu sehen. »Du hast es verdient, Bri.«

Ich hielt ihrem Blick einige schwere Sekunden lang stand. Ich wollte den Job. Das war sonnenklar. Die Bezahlung war phänomenal. Das Angebot beinhaltete sogar einen bezahlten Umzug. Der Job war genau der, den er mir in Aussicht gestellt hatte – sein derzeitiger Direktor für Marketingstrategie wollte nach London umziehen. Weston hatte schon gewusst, dass er Ersatz brauchen würde, als ich das Wochenende mit ihm verbracht hatte. Es war im Grunde der gleiche Job, den ich jetzt hatte, aber Reach war eine so viel größere Agentur, dass es gleichzeitig eine riesige Beförderung darstellte.

Es gab absolut keinen Grund, Nein zu sagen.

Außer.

Weston musste doch Angestellte haben, die für die Stelle qualifizierter waren und auf eine Beförderung warteten. Wenn nicht, gab es trotzdem noch hundert andere, die für einen Job wie diesen gemordet hätten. Menschen, die bereits in New York lebten. Menschen mit viel mehr Erfahrung.

»Aber warum *ich*?«, fragte ich, stand abrupt auf und stieß den Stuhl mit so viel Kraft von mir, dass er zur Wand rollte. Ich sah ihm entschuldigend nach. Ich war verwirrt. Als Weston und ich in einem Nebel der Lust gefangen gewesen waren und der Duft nach Sex noch in der Luft gehangen hatte, hatte dieses Angebot einen Sinn ergeben. Aber jetzt?

»Oh. Ohhh.« Ashley zog das Wort in die Länge, als sie endlich verstand, was mich wirklich beschäftigte. »Weil er eine Beziehung mit dir haben will. Offensichtlich.«

Genau diese Antwort hatte ich befürchtet. Ich schüttelte den Kopf. »Das kann nicht stimmen. Das wollte keiner von uns beiden.« Jedenfalls hatte ich das geglaubt. Hatte ich mich geirrt?

Ich wusste es einfach nicht mehr.

Ashley ließ nicht locker. Sie lehnte sich in ihrem Stuhl zurück, verschränkte die Arme vor der Brust und runzelte die Stirn. »Warum bist du überhaupt mit ihm ins Bett gegangen, wenn du nicht wolltest, dass daraus mehr wird?«

»Muss ich das ehrlich erklären?« Ich wandte mich von ihr ab und beschäftigte mich damit, meinen Computerbildschirm umzudrehen, sodass er wieder in die richtige Richtung zeigte. Es war einfacher nachzudenken, wenn sie mir nicht jede Regung an meiner Miene ablesen konnte.

»Na ja, ich weiß, warum *ich* mit ihm ins Bett gehen würde«, sagte sie. »Er ist super heiß und hat genug Geld, um den ganzen Staat New York zu kaufen, aber solange ich dich kenne, bist du nie so oberflächlich gewesen wie ich. Du stehst auch nicht auf Affären, also ja, du musst es erklären.«

Seufzend richtete ich mich auf und dachte über ihre Frage nach. Ich kannte die Antwort – ich hatte sie nur noch nie in Worte gefasst. »Ich bin mit ihm ins Bett gegangen genau aus den Gründen, die du genannt hast«, fing ich an. »Er ist charmant und attraktiv, und man kann ihm kaum widerstehen. Aber, okay, ich habe es auch getan, weil er eine Tür war, die noch offen stand. Ich war vor langer Zeit wahnsinnig verknallt in ihn. Er stand für alles, was ich mir damals gewünscht hatte. Es war schön, endlich zu sehen, wie es hätte sein können.«

Und irgendwo hatte sich wohl auch ein Teil von mir gefragt, ob eine Nacht mit Weston – oder ein Wochenende – auslöschen konnte, was mit Donovan geschehen war.

Stattdessen hatte es sich nur noch verstärkt.

Ashleys Lippen bogen sich zu einem halben Lächeln, als wäre meine Antwort aus irgendeinem Grund ein Sieg für sie gewesen. »Und jetzt, wo du es weißt, wie kannst du da nicht unbedingt noch mehr wollen?«

»Weil es nur ein Wochenende war«, entgegnete ich, durch den Raum gehend, um meinen Stuhl zurückzuholen. »Er ist ein Playboy. Er hat schon zehn andere.«

»Nur, dass er das eben *nicht* ist. Er denkt nach drei Monaten immer noch an dich. Er denkt so oft an dich, dass er dich angerufen und dir einen verdammt fantastischen Job bei einer verdammt fantastischen Agentur angeboten hat. Wie kannst du irgendetwas daran auch nur anzweifeln?«

Es war genau das, was ich mir erträumt hatte, als ich nach Harvard gegangen war. Der Job. Die Bezahlung. Der Junge.

Ich rollte den Stuhl zurück an meinen Schreibtisch und hielt inne, die Finger immer noch um die Rückenlehne geklammert. »Meinst du, ein *Ja* zum Job bedeutet automatisch auch ein *Ja* zu einer Beziehung?«

»Willst du nicht *Ja* zu einer Beziehung sagen?« Ashleys Tonfall besagte, dass sie nicht verstand, warum irgendwer keine Beziehung mit Weston King anfangen wollte, aber sie versuchte es immerhin.

Die Wahrheit lautete, ich versuchte selbst, es zu begreifen.

Ich sank auf den Stuhl und drehte mich zu Ashley um. »Ich hatte Spaß mit ihm. Das hatte ich wirklich. Aber das reicht nicht aus, um darauf eine Beziehung aufzubauen. Ich will nicht den ganzen Aufwand betreiben und herausfinden, dass wir nicht zusammenpassen; und was, wenn das unsere Zusammenarbeit beeinflusst? Dann wäre ich allein in einer neuen Stadt, ohne Job, ohne Freunde, und was dann?«

»Sabrina, du musst aufhören nachzudenken und einfach leben. Ehrlich.« Sie streckte die Arme aus und legte die Hände auf meine. »Wenn die Beziehung nicht funktioniert, schön und gut. Ihr seid beide erwachsen. Ihr könnt trotzdem zusammenarbeiten, das weiß ich. Wenn ich mich irre, findest du einen anderen Job. Es wird Zeit, dass du weiterkommst. Du bist hier gerade nicht glücklich. Das hast du selbst heute gesagt. Und davor jeden Tag dieses Monats. Ich will dich nicht verlieren, aber weil du meine Freundin bist, liegt mir etwas an deinem Glück, und verflixt noch mal, das ist genau das, was du willst.«

Es *war* genau das, was ich wollte. Nicht nur den Job, sondern auch Weston. Einen Mann, der charmant war und sexy und nicht Donovan.

Ich zog meine Hände unter Ashleys hervor und drückte ihre dankbar. »Du hast recht.«

Es schien sie zu überraschen, die Schlacht so einfach gewonnen zu haben. »Womit?«

»Mit allem. Du bist eine Spitzenfreundin.« Ich schluckte den Kloß herunter, der sich auf einmal in meiner Kehle gebildet hatte.

»Super, dann weißt du ja, was du zu tun hast.« Ashley schlug mit der Hand auf den Tisch – um zu verhindern, dass ich die Tränen in ihren Augen sah, vermutete ich. »Jetzt nimm das Telefon, ruf den Menschen an und sag *Ja* zu ihm, ehe ich es für dich tue.«

Sobald die Entscheidung getroffen war, wusste ich, es war die richtige. Sie breitete sich in meinem ganzen Körper aus, legte sich gemütlich um mich wie die Lieblingsdecke, in die ich mich in kalten Nächten einwickelte. Zu lange hatte ich damit verbracht, mich nach dem Leben zu sehnen, für das ich bestimmt war – es war Zeit, rauszugehen und es mir zu holen.

Und vielleicht würde Weston mehr als nur mein Boss werden.

Aber Donovan …

Er lebte am anderen Ende der Welt, aber es war auch seine Agentur. Sein Name stand auf den Rechnungen und auf dem Briefkopf. Von diesem Augenblick an würde er auf irgendeine Weise eine Rolle in meinem Leben spielen. Es gab kein Entkommen mehr.

Trotzdem nahm ich den Telefonhörer in die Hand, rief *den Menschen* an, und nachdem Weston sich gemeldet hatte, sagte ich »Ja«.

4. Kapitel

»Ich kann nicht fassen, dass du nur noch zweieinhalb Stunden von mir entfernt wohnst!«, rief meine Schwester zum millionsten Mal, seit ich ihr von meinem Umzug nach New York erzählt hatte. Jetzt, drei Wochen später, hatte ich endlich Fuß gefasst in der Stadt, die mein neues Zuhause sein würde.

Ich klemmte mir das Handy zwischen Kinn und Schulter, damit ich in meiner Handtasche nach der Kreditkarte kramen konnte. Ich saß in einem Taxi und war fast am Ziel angekommen. »Ich habe dein Schlafzimmer fertig eingerichtet und bereit gemacht für deinen ersten Besuch, wenn du Ferien hast«, sagte ich zu Audrey, während ich weitersuchte. »Oder ich komme zu dir. Aber du hast kein Extrabett.«

»Und du hast genug zu tun mit deinem neuen Job. Ich komme dich besuchen. Wann fängst du an?«

»Offiziell morgen, aber ich bin gerade auf dem Weg ins Büro, um mich mit Weston zu treffen, damit er mir alles zeigen kann. Er wollte, dass ich vorher schon ein paar Leute kennenlerne, damit es an meinem ersten Tag nicht zu überwältigend wird.« *Gefunden!* Ich legte mir die Karte in den Schoß und fuhr mit den Fingern über die geprägten Buchstaben meines Namens, während wir durch Midtown fuhren. Ich war nervös und zappelig, und das bereits, seit ich vor zwei Tagen in New York angekommen war.

Weston hatte ich noch nicht gesehen. Ich hatte seit dem Angebot nicht einmal direkt mit ihm gesprochen. Alles war per E-Mail passiert, und die meisten davon hatte ich mit seiner Assistentin, Roxie, gewechselt, die dabei half, alles zu arrangieren.

Heute war der Tag, an dem ich mit Sicherheit erfahren würde, was er konkret von mir erwartete.

Es war fast vier – war es zu früh für einen Drink?

»Er lässt dich am späten Nachmittag kommen, was bedeutet, dass er dich wahrscheinlich hinterher noch ausführen will.«

»Audrey …«, stöhnte ich. »Zieh keine voreiligen Schlüsse.« Natürlich hatte ich auch schon daran gedacht, aber in ihrer Aufregung war sie mir gerade keine Stütze. Ich brauchte sie, um die Dinge abzuschwächen – nicht aufzublasen.

»Aber du musst vorbereitet sein«, fuhr sie fort, ohne zu merken, wie sie mich damit unter Druck setzte. »Was hast du an? Kannst du es von Tag auf Nacht umstylen?«

»Ein pflaumenfarbenes Etuikleid. Sieht professionell aus.« Es hatte allerdings seitlich einen Schlitz bis zur Mitte meines Oberschenkels. »Aber ja, es würde auch für den Abend funktionieren.«

»Jippie! Ich freue mich so für dich!«

»Das ist schön.« Ich schloss die Augen und wartete darauf, dass die neueste Welle der Übelkeit abklang. »Denn ich bin ein nervliches Wrack. Und ich kann meine Xanax nicht finden, und ich habe mir die Haare hochgesteckt, weil ich so sehr daran gezupft habe, dass ich dachte, ich werde kahl, und jetzt habe ich nichts, um mich zu beruhigen, und …«

Gelächter unterbrach meine Klage. »Oh Gott, du bist so lustig.«

»Ich bin froh, dass es dich wenigstens amüsiert.« Das Taxi bog um eine Kurve und fuhr an den Straßenrand.

»Es ist nicht meine Schuld, dass du verrückt bist«, sagte Audrey.

»Wenn ich verrückt bin, bist du es auch«, entgegnete ich schnell. »Ich bin da. Muss weg.« Ich legte ohne ein weiteres Wort auf, bezahlte den Fahrer und stieg aus. Dann stand ich vor meiner neuen Arbeitsstätte – dem King-Kincaid Town Center.

Ich legte den Kopf in den Nacken, um die ganze Höhe des Wolkenkratzers emporzublicken. Sechzig Stockwerke erhoben sich über mir, und während in dem Gebäude, das King-Kincaid Financial gehörte (der Firma, die die Väter von Weston und Donovan gemeinsam besaßen), viele verschiedene Unternehmen Räume gemietet hatten, gehörten die oberen Stockwerke zu Reach, Inc.

Bald schon würde ich dort oben sein und meinen Platz einnehmen, wo ich hingehörte.

In der Lobby des Town Center befanden sich nicht viele Menschen, wahrscheinlich wegen der Tageszeit. Ich ging direkt auf die Sicherheitsschleuse zu, um mich anzumelden. Die Wachfrau rief oben an, um die Freigabe für mich zu bekommen.

»Okay, Sie dürfen«, sagte sie und ließ mich durch zu den Aufzügen hinter sich.

»War das Weston King?« Möglicherweise war ich übereifrig. Aber ich war eine Fremde in einem fremden Land, und Weston war der Einzige, den ich kannte.

»Ich weiß nicht, wer das war. Eine Frau mit einem Akzent.«

Roxie, dachte ich. Natürlich.

Und wirklich, es war Roxie, Westons Assistentin aus Ungarn, die mir entgegenkam, als ich das oberste Stockwerk erreicht hatte.

»Haben Ihre Ohren gepoppt?«, fragte sie, nachdem sie meine Tasche und meine Jacke bei der Sekretärin am Empfang abgegeben hatte. »Ich habe Kaugummi, falls Sie eins brauchen.«

Ich hatte schon so oft mit Roxie am Telefon gesprochen, dass ich mich in ihrer Gegenwart sofort wohlfühlte. Ihr Akzent war nicht stark, aber manchmal zeigte ihre Wortwahl, dass Englisch eindeutig nicht ihre Muttersprache war. »Ich glaube, es geht«, sagte ich, mit dem Kiefer mahlend. »Aber ja, das hatte ich nicht erwartet.«

»Liegt an Geschwindigkeit. Saust an allen Stockwerken vorbei. Als würde man Flugzeug fliegen. Kommen Sie hier.« Sie ging eilig den Flur hinab.

»Hier befinden sich die Büros der Geschäftsleitung«, erklärte sie, als wir an mehreren verglasten Suiten vorbeikamen. Jede hatte vorne einen Wartebereich, eine Sekretärin an einem Schreibtisch und eine Sitzgelegenheit. Die Büros selbst waren großzügig – manche halb so groß wie meine ganze Wohnung –, und alle hatten Fenster vom Boden bis an die Decke.

»Ihr Büro wird auch hier sein«, meinte Roxie, und ich wäre fast gestolpert. Sie lachte in sich hinein. »Keins von den ganz schicken, sage ich Ihnen gleich. Aber ziemlich gut. Schöner als meins. Das soll Weston Ihnen zeigen. Er will mit Ihnen die Führung machen.«

Dann kamen wir an einem größeren Büro vorbei; bei diesem waren die Wände verspiegelt. *Smart Glas*, vermutete ich. Die Art, die sich auf Knopfdruck veränderte, sodass die Person drinnen hinaussehen, aber niemand hineinsehen konnte. Das war wahrscheinlich Westons Büro.

Ich kämpfte gegen eine weitere Welle der Übelkeit bei dem Gedanken, ihm so nahe zu sein. So nahe daran, mich der Frage zu stellen, wie unsere Beziehung aussehen sollte.

»In der Zwischenzeit«, fuhr Roxie fort, »ich soll Sie bringen in die obere Lounge, um auf ihn zu warten. Er verspätet sich nur wenige Minuten.«

Wir hatten das Ende des Flurs erreicht, wo vier Stufen zu zwei Türflügeln führten und zu einem weiteren Bereich, der verspiegelt war – oder es handelte sich ebenfalls um Smart Glas. Ich folgte Roxie in ein großes Zimmer mit modernen petrolfarbenen Sofas, schwarzen Lounge-Sesseln und dem atemberaubendsten Ausblick auf die Stadt, den ich je gesehen hatte.

»Werden hier neue Kunden empfangen?«, fragte ich mit einem Blick auf den Barschrank und den Kaffeewagen. Es gab auch eine voll ausgestattete Küche und einen Flachbildfernseher an einer der Glaswände.

»Und neue Angestellte«, sagte Roxie lächelnd. »Von mir sehen Sie in den nächsten Tagen noch genug. Ich werde mit Ihnen zu Human Resources gehen und Ihnen einen Sicherheitsausweis ausstellen lassen, eine Sekretärin besorgen und alles, was Sie brauchen, ehe Sie nächste Woche anfangen, an den Projekten zu arbeiten. Heute Nachmittag genießen Sie nur den Ausblick. Mr. King ist bald bei Ihnen.«

Ich dankte ihr und versprach, mir von Weston zeigen zu lassen, wo sie ihren Schreibtisch hatte, ehe ich wieder ging, damit ich sie am nächsten Morgen finden konnte, falls sie mich nicht zuerst fand. Nachdem sie den Raum verlassen hatte, trat ich an eines der Fenster und blickte hinaus. Das Town Center war hoch genug, um einen unverstellten Ausblick auf Downtown Manhattan, Brooklyn und noch weiter zu haben.

In mir fing es an zu kribbeln, erst wie ein Stich in meiner Mitte und dann in allen Adern in alle Richtungen, bis sogar meine Finger und Zehen warm davon wurden.

Ich war wirklich hier.

Ich hatte es geschafft.

Nicht auf die Art, wie ich es mir vorgestellt hatte, aber letztendlich hatte es doch mit meiner Zeit in Harvard zu tun. Ich hatte immer gewusst, dass es auf Beziehungen ankam, wenn man Karriere machen wollte, und hier war ich. Endlich. Auf dem Gipfel der Welt, mit Ausblick nach vorn.

Ich konnte nicht aufhören zu grinsen.

»Unglaublich, was?«, hörte ich eine männliche Stimme hinter mir.

Immer noch lächelnd sah ich hoch und entdeckte sein Spiegelbild in der Scheibe.

Und alles verschwand.

Die Welt, die unter mir gebrummt hatte, der schöne Ausblick, die Aufregung, die sich in meinem Körper ausgebreitet hatte – alles verschwand und hinterließ nur die blasse, hohle Schale meiner selbst und den Mann im perfekt maßgeschneiderten Anzug hinter mir.

Ich drehte mich um, um ihn direkt anzusehen. Unsere Blicke begegneten sich, und meine Beine gaben fast unter mir nach.

»Donovan«, krächzte ich. Es war ein Wunder, dass ich überhaupt ein Wort herausbrachte.

Was ich ihm alles zu sagen gehabt hätte! Und nichts davon kam mir in den Sinn – mein Hirn war in diesem Augenblick vollkommen leer. Was albern war, da ich mich in den Jahren so oft in Gedanken mit ihm unterhalten hatte, so viele Gespräche mit ihm geführt hatte, aber in meiner Fantasie war er nie wie aus dem Nichts aufgetaucht, so heimtückisch gut aussehend in einem dunkelgrauen dreiteiligen Anzug, das Gesicht herb mit einem Bartschatten, die Augen braungrün und ernst trotz des verschmitzten Lächelns auf seinen Lippen.

Ich öffnete den Mund, um etwas zu sagen, es kam aber nichts heraus. Ich war mir nicht einmal mehr sicher, wie man atmete.

Er löste den Blick von mir, um in Richtung der Skyline vor dem Fenster zu nicken, ging auf mich zu und sagte dabei: »Ich bin mir sicher, du hast das Empire entdeckt.«

Auch wenn er sich jetzt auf die Aussicht konzentrierte, ließ ich ihn nicht aus den Augen. Er blieb erst stehen, als er direkt neben mir war. So nah, dass unsere Schultern sich beinahe berührten. Er strahlte Spannung aus. Gute Spannung. Schlechte Spannung. Ich war mir nicht sicher, ob es bei Donovan einen Unterschied gab.

Warum zur Hölle war *er* hier?

»Ich dachte, du bist in Tokio.« Ich konnte nicht aufhören, ihn anzustarren. Seine Haare waren kurz, die Locken verschwunden, was ihm einen polierten Anstrich gab, der ihm vorher gefehlt hatte. Die Fältchen um seine Augen waren ausgeprägter, und sein Gesichtsausdruck war härter, als ich ihn in Erinnerung hatte. Es machte ihn noch heißer.

Als wäre er ein Mann, der noch heißer sein musste, als er ohnehin schon war.

»Ich bin vor zwei Monaten zurückgekommen«, sagte er beiläufig. »Da drüben ist es.« Er kam mit dem Gesicht dicht an meines heran, während er auf das berühmte Bauwerk wies. »Siehst du es?«

Das Empire war mir scheißegal. Ich war in Donovan Kincaids Umlaufbahn. Was sonst gab es noch auf der Welt?

»Und das ist das One World Trade Center in direkter Linie dahinter.« Er deutete um mich herum und hielt dabei seinen Arm so, dass er mich damit zwischen Scheibe und ihm quasi einsperrte, ohne mich überhaupt zu berühren.

Mein Gott, ich konnte nicht nur sein Rasierwasser riechen, sondern auch *ihn*. Den ihm eigenen Duft, und auch nach einem Jahrzehnt reagierte mein Körper gegen meinen Willen darauf. Meine Brustspitzen zogen sich zusammen, und ich wurde feucht. Jeder Teil von mir stellte sich auf ihn ein, egal, wie sehr mein Verstand danach schrie, ihm zu widerstehen.

»Da drüben ist die Brooklyn Bridge.« Sein Atem strich mir über den Hals, warm, aber ich musste mich anstrengen, nicht zu zittern.

Er wusste, was er da tat. Das musste ihm einfach klar sein.

»Donovan …« Seinen Namen in die Länge ziehend, verstummte ich, obwohl ich eigentlich sagen wollte *bitte*.

Bitte *was*? Ich wusste es nicht einmal. Ich wollte Erleichterung. Ich wollte weinen, wollte seinen Namen wieder und wieder sagen.

Im Fenster sah ich, wie er sich endlich von der gottverdammten Brooklyn Bridge abwandte und mich ansah. Kurz schloss er dabei die Augen.

»Natürlich musste Weston dich hierher bringen«, sagte er leise.

Ich atmete scharf ein.

Aber das war alle Zeit, die mir zum Verarbeiten blieb, ehe Weston in den Raum geplatzt kam. »Ihr zwei habt euch gefunden!«, rief er aufgeregt.

Donovan und ich wandten uns gleichzeitig zu dem Eindringling um.

»Das haben wir wohl«, sagte Donovan, sah mir dabei noch einmal in die Augen und betonte jedes einzelne Wort.

Hatten wir einander gefunden? Was meinte er damit? Was sollte das alles überhaupt bedeuten?

Dann drehte Donovan sich um, und unsere Verbindung war unterbrochen. Er durchschritt den Raum in Richtung des Barschrankes.

Weston eilte zu mir, und ich musste mich ihm zuwenden. »Tut mir leid, ich habe mich verspätet. Hast du gut hergefunden?«

»Ja. Ich habe ein Taxi genommen.« Meine Stimme klang dünn und unsicher, aber ich zwang mich zu einem Lächeln und hoffte, ihm würde es nicht auffallen.

Er legte mir die Hand auf den Arm. Es war freundschaftlich. *Mehr* als freundschaftlich, so wie seine Finger über meinen Ellenbogen streichelten. »Und Roxie …?«

»War sehr freundlich.« Ich sah auf seine Finger hinab und dann in sein Gesicht. Er ließ es mich wissen. Was er wollte. Von uns. Dass er erwartete, aus uns würde mehr werden. Und ich wollte das auch. Bloß …

»Sabrina?«, rief Donovan, und das Herz schien mir in der Brust zu stolpern. »Kann ich dir etwas zu trinken anbieten?«

Ich sah zu ihm, weil ich ihn nicht *nicht* ansehen konnte, wenn er sprach. Ich konnte ihn nicht übersehen. Er mixte bereits irgendetwas mit Gin. »Äh. Was du selbst auch nimmst. Danke.«

»Wie lief der Umzug?«, fragte Weston gespannt und strich mir dabei eine lockere Haarsträhne hinters Ohr. »Bist du gut angekommen? Ich habe mich so auf dich gefreut.«

»Ich war …« Ich konnte kaum klar denken. Konnte kaum Worte zu zusammenhängenden Sätzen bilden. Meine Aufmerksamkeit war auf der anderen Seite des Raumes bei der Gestalt, die mir jetzt den Rücken zugekehrt hatte. Jede Berührung von Weston fühlte sich wie Verrat an, was überhaupt keinen Sinn ergab.

Donovan hätte nicht einmal hier sein sollen.

Ich schüttelte kaum merklich den Kopf und versuchte, mich auf Westons Frage zu konzentrieren. »Die Umzugsfirma war ausgezeichnet. Danke, dass du sie mir empfohlen hast. Sie haben sehr gute Arbeit geleistet. Ich habe noch nicht alles ausgepackt, aber ich komme langsam an.«

So. Ich konnte das. Ein Klacks.

»Ich glaube, es war Roxie, die sich um die Umzugsfirma gekümmert hat. Und deine Wohnung?«

Die Zweizimmerwohnung in Hell's Kitchen war die beste Überraschung gewesen. Auch dabei hatte Weston mir geholfen. Oder Roxie. Sie hatte Parkett, frisch versiegelt. Die Küche war gerade erst renoviert worden. Das Gebäude war bewacht, und ein Extrazimmer für Audrey zu haben war die Sahne auf dem Kuchen. »Sie ist perfekt. Sogar noch besser als die Bilder, die du geschickt hast. Ich kann nicht glauben, wie viel Zeit du damit verbracht hast …«

Plötzlich stand Donovan neben uns und reichte uns die Drinks. »Weston – Gin Tonic. Damit liege doch richtig, oder?« Das Glas, das er mir reichte, beinhaltete etwas anderes. Bernsteingold und pur. »Dir habe ich einen Scotch eingeschenkt. Möchtest du auch lieber einen Gin Tonic?«

Als er mir das Glas reichte, strichen seine Finger über meine, und die Berührung durchfuhr mich wie ein elektrischer Schlag. Beinahe hätte ich das Glas fallen gelassen.

»Nein. Scotch ist gut.« Ich hätte auch ein Glas Chlorbleiche genommen, wenn es bedeutete, dass Donovan mich in Ruhe ließ. Denn das brauchte ich mehr als alles andere.

So ging er zumindest wieder zum Barschrank zurück, um seinen eigenen Drink zu holen. Ich nutzte den kurzen Moment seiner Abwesenheit, um mich zu sammeln und mich Weston zu widmen.

»Jedenfalls, wie gesagt. Danke, Weston, für alles, was du getan hast, um mir den Umzug zu erleichtern. Und dass du eine so wundervolle Wohnung für mich gefunden hast.« Ich führte das Glas an meine Lippen und nippte an dem Scotch.

»Die Wohnung kann ich auch nicht für mich beanspruchen. Donovan gehört das Gebäude.«

»Oh.« Ich verschluckte mich, vielleicht lag es am starken Alkohol, wahrscheinlicher aber an der neuen Information. Der Raum, in dem ich schlief, der Raum, in dem ich badete, mich auszog – das gehörte alles *ihm*. Warum weckte das in meiner Pussy einen so sehnsuchtsvollen Schmerz?

Weston klopfte mir auf den Rücken. »Alles okay?«

»Ja. Es ist nur …«, sagte ich, als ich mich erholt hatte, und sah wieder zu Donovan. »Ich wusste es nicht.«

Konnte ich mir dir Wohnung deshalb leisten? War die Miete deshalb so niedrig? Warum sollte er das für mich tun?

Donovan kam wieder zu uns, seinen Drink in der Hand. »Was hättest du mit der Information anfangen sollen? Es freut mich, dass du die Wohnung annehmbar findest.«

Wusste er es? Wusste er von Weston und mir? Er *musste* es wissen. Es schien ihm egal zu sein.

»Mehr als annehmbar. Es ist …« Ich brach ab. Wusste *Weston* es?

So viele Fragen und keine Antworten.

Beide standen jetzt vor mir und starrten mich an. Weston rechts von mir, Donovan links, wie ein *Dies-oder-Das*-Spiel im echten Leben, und natürlich lautete die Wahl *Dies*. Es war die einzig richtige Wahl. Praktisch. Für meine geistige Gesundheit. Die andere Möglichkeit kam überhaupt und um gar keinen Preis infrage.

Und doch fühlte sich mein Körper verräterisch zu *Das* hingezogen.

Ich wandte mich abrupt von beiden ab. »Es tut mir leid. Ich bin aufgeregt.« Ich ließ mich auf eines der Sofas fallen. Zwei Liebhaber. Ein Zimmer. Zu viel. »Ich glaube, ich stehe wegen alledem hier noch immer unter Schock.« Ich nahm noch einen kleinen Schluck Scotch. Dieses Mal ließ er sich leichter trinken, warm und Trost spendend.

Bis mir klar wurde, wie idiotisch ich wirken musste.

»Ich muss einen sehr schlechten Eindruck machen.« Hier war ich, entschlossen zu beweisen, dass ich in diese Welt gehörte, und setzte es schon in der ersten halben Stunde in den Sand. Wegen eines Mannes. Wegen *zwei* Männern.

»Überhaupt nicht«, sagte Weston und hockte sich neben mich auf die Armlehne. »Deswegen wollte ich, dass du herkommst, ehe du richtig anfängst. Du stehst nicht unter Beobachtung.«

Er hatte leicht reden. Er hatte sich nie rechtfertigen müssen, warum er es verdient hatte, Präsident seines eigenen Unternehmens zu sein. Er musste es einfach nur sein.

»Da bin ich mir nicht sicher«, entgegnete ich lachend. »Ein echter Profi steht ständig unter Beobachtung.«

»Na ja …« Weston verstummte.

Donovan knöpfte seine Jacke auf, ehe er sich in einen der Sessel sinken ließ, und legte ein Bein über das andere. »Deswegen hast du Harvard verlassen und bist auf dein kleines College gegangen? Wie hieß es noch gleich?«

Die Beleidigung durchbohrte die Rüstung, die ich mir angelegt hatte, dann meine Haut, und ging mir direkt ins Blut. Als könnte er meine Gedanken lesen und meine tiefsten Ängste sehen. Als wäre sein einziges Ziel, sie offenzulegen.

Und plötzlich, genauso lebhaft, wie mein Körper sich daran erinnerte, wie sehr ich mich nach Donovan Kincaid gesehnt hatte, erinnerte ich mich daran, wie sehr ich ihn auch hasste.

Weston bemerkte die Spitze ebenfalls und warf seinem Geschäftspartner einen warnenden Blick zu. Dem folgte ein langsamer Blick meinen Körper entlang. »Mir gefällt, was ich sehe«, sagte er, und es war eindeutig, was er meinte.

Donovan schwenkte seinen Drink im Glas. Er sah selbstgefällig aus. »Schade, dass nicht du es bist, dem sie Bericht erstatten wird.«

Mir wurde die Kehle trocken. Sollte das heißen, ich würde *ihm* unterstehen? Wollte er *bleiben*? Ich hatte einen kurzen Flashback zu dem Seminar, das er an der Uni gegeben hatte, und welche Spielchen er mit mir getrieben hatte. Und wie er mich gegen das Buchregal in seinem Büro gedrückt gevögelt hatte.

»Hey«, rügte Weston ihn. »Wir haben uns noch nicht entschieden, wie es genau laufen wird. Für den Augenblick bleibt alles, wie es ist.« Sein Tonfall enthielt einen Subtext, der besagte, dass noch mehr hinter der Sache steckte.

Ich fühlte mich schwindelig, was aber nicht am Alkohol lag. »Ich bin verwirrt. Wer ist jetzt mein Vorgesetzter?«

Weston legte mir seine Hand auf die Schulter. »Ich bin es. Donovan ist nur ein Arsch.«

Ich wäre erleichtert gewesen, wenn die wichtigere Frage nicht noch im Raum gestanden hätte. »Aber Donovan *bleibt*? Hier? Statt Tokio?« Ich war so ein Feigling, dass ich ihn nicht einmal direkt fragen konnte. Ich konnte ihn nicht einmal ansehen.

»Ja. Gott sei Dank. Wir sind zu groß geworden, um mit nur zwei Präsidenten zu funktionieren. Deswegen übernimmt er Management und Finanzen. Ich bin immer noch für das Marketing zuständig.«

Mir zog sich der Magen zusammen, aber meine Brust hob sich, und es fühlte sich an, als würde ich gleichzeitig versinken und schweben. Er blieb. Er war hier, und er blieb, und nichts in meiner Welt würde jemals wieder sein wie vorher.

Vorsichtig wagte ich es, in seine Richtung zu sehen.

Er sah mich bereits an, als hätte er nur darauf gewartet, dass ich seinen Blick erwiderte.

»Oh!«, sagte er, und seine Augen funkelten dabei. »Wenn wir schon beim Thema sind, Weston ... hast du Sabrina von der Party am Samstag erzählt?«

Dann würden wir also beide dieses Spiel spielen – voneinander reden, als wäre der andere nicht anwesend.

»Nein«, sagte Weston knapp. »Ich bin sicher, sie hat noch genug in ihrer neuen Wohnung zu tun.«

Ich richtete mich gerade auf. Fasziniert.

»Aber das ist nicht fair. Ich bin mir sicher, sie würde kommen wollen, wenn man ihr die Gelegenheit dazu gibt.« Donovan hörte nicht auf, mich anzusehen. Das war ein Köder.

Also schluckte ich ihn. »Natürlich. Was gibt es zu feiern?«

»Westons Verlobung.«

5. Kapitel

Einige unangenehme Sekunden lang schien alles vollkommen stillzustehen. Die beiden starrten mich an.

»Herzlichen Glückwunsch«, sagte ich endlich, um das Schweigen zu brechen. Meine Stimme klang etwas höher als normalerweise, aber sonst war ich mir ziemlich sicher, dass es mir gelang, ruhig und kühl zu wirken.

Innerlich starb ich allerdings. Weston war *verlobt*? Was sollte dieser Riesenscheiß? Offensichtlich war er ein verlogener Bastard. Und Donovan war noch schlimmer, weil er versuchte, mich damit zu triezen. Auf keinen Fall würde ich zulassen, dass er damit Erfolg haben würde.

»Donovan, du Affenarsch«, fuhr Weston ihn leise an.

»Oh. Sie hat es nicht gewusst«, sagte Donovan auf eine Art, die in mir den Verdacht weckte, dass ihm sehr wohl klar gewesen war, dass ich es nicht gewusst hatte. Affenarsch stimmte. Und gottverdammter Wichser noch dazu.

»Nein, ich wusste es nicht. Ich gratuliere dir, Weston.« Angespannt lächelnd veränderte ich meine Sitzposition ganz beiläufig so, dass Westons Hand von meiner Schulter rutschte. Es war in Ordnung. Vollkommen in Ordnung. Ich musste nur weiteratmen.

Weston sah von mir zu seinem Freund. »Ich hatte dir gesagt, dass ich es ihr noch nicht erzählt habe.«

Donovan winkte ab. »Das war vor zwei Wochen. Ich hatte angenommen, *mittlerweile* hättest du es ihr erzählt. Wie konntest du sie herlocken, ohne ihr die Wahrheit zu sagen? Das ist Sabrina gegenüber nicht gerade fair, oder?«

»Hey. Ich sitze hier.«

Beide Männer drehten sich gleichzeitig zu mir um.

»Ich hätte es dir sagen sollen«, meinte Weston, und zur gleichen Zeit sagte Donovan: »Er hätte es dir sagen sollen.«

»Sagen, dass du verlobt bist? Du sagst es mir ja jetzt. Ich kann nicht abwarten, alles über sie zu hören, Weston.« Ich stand auf. »Ich schenke mir eben nur einen neuen Drink ein.«

»Es ist nicht so, wie es scheint.« Weston rannte hinter mir her und versuchte ungeschickt, mir beim Scotch zu helfen.

»Ist es wirklich nicht. Warte ab, bis er es dir erklärt hat.« Donovan wirkte vollkommen entspannt, was verriet, dass er die Lage sehr viel mehr genoss, als er sollte.

Ich versuchte, ihn zu ignorieren – als wäre das möglich gewesen –, und richtete meine Konzentration auf Weston. Ich sprach so ruhig ich konnte. »Wie kann es anders sein als so, wie es scheint? Du hattest nicht einmal eine Freundin, als …« Ich verstummte und sah mich wieder nach Donovan um. Selbst wenn er wusste, dass ich ein Wochenende im Bett seines Geschäftspartners verbracht hatte, fühlte es sich irgendwie falsch an, das vor ihm zuzugeben.

Aber das musste ich ja auch nicht. »Oder täusche ich mich?«

»Nein, du hast dich nicht getäuscht«, erwiderte Weston eindringlich. »Ich habe *immer noch* keine Freundin.«

»Nein, du hast eine Verlobte«, sagte ich.

»Eine *falsche* Verlobte«, berichtigte er mich.

»Eine *falsche* Verlobte? Ja klar.«

Donovan lachte hinter uns. »Das wird immer besser und besser.«

Ich warf ihm einen verächtlichen Blick zu, aber sein Lächeln machte es nur noch schlimmer. Er kam mir vor wie ein Junge, der mit einem Stock ein eingesperrtes Tier quält. Jesus, warum musste er überhaupt hier sein?

Ich nahm einen großen Schluck von meinem Scotch.

Weston legte mir die Hände auf die Oberarme. »Lass es mich dir erklären.«

»Nicht.« Ich riss mich los, sprach lauter, als ich gewollt hatte. Tief durchatmend versuchte ich es noch einmal. »Fass mich nicht an. Bitte.«

Dann ließ er mich endlich los, und weil er anscheinend nicht wusste, was er mit den Händen tun sollte, steckte er sie in die Taschen.

Wieder sah ich zu Donovan. War er deswegen heute hergekommen? Um diese Bombe platzen zu lassen? Um mit mir zu spielen, auf die gleiche Art, wie er es in der Vergangenheit getan hatte? Um mich zu demütigen und zu blamieren?

Nun, ich weigerte mich, sein Spiel mitzuspielen. Ich reckte das Kinn. Ich war entschlossen. Er würde mich nicht kleinkriegen.

Er begegnete meinem Blick. Was auch immer er sah – Entschlossenheit vielleicht –, ließ seine Miene ernst werden.

»Ich sollte euch zwei jetzt besser allein lassen«, sagte er, stellte sein leeres Glas auf den Tisch neben sich und stand auf.

»Danke«, meinte Weston.

»Auch wenn ich nicht behaupten kann, dass es nicht verlockend wäre, die Sicherheitsüberwachung einzuschalten und mitzuhören.«

»Fick dich.«

»Nur ein Scherz.« Donovan knöpfte seine Jacke zu. »Ich haue jetzt ab«, rief er über die Schulter, als er an mir vorbeiging, so dicht, dass wir uns berührten und mir ein Schauer über den Rücken rieselte.

Ich hörte, wie er einen Fuß vor den anderen setzte. Hörte, wie er die Tür öffnete. Plötzlich hatte ich Angst. Sie war seltsam und plötzlich und unerklärlich. Ich konnte sie weder mit der Situation noch mit irgendetwas anderem in Verbindung bringen, nur damit, dass der Geist, der meine geheimsten und schwärzesten Gedanken beherrschte, aus meiner Reichweite glitt.

Ich wirbelte herum.

»Donovan!«, rief ich, ehe ich mich selbst davon abhalten konnte.

Er blieb auf halbem Weg zur Tür stehen und sah sich nach mir um. Ich hatte keine Ahnung, was ich noch zu ihm sagen sollte. Ich wollte nicht unbedingt, dass er blieb, ich wollte nur nicht, dass er ging. Nicht jetzt. Nicht schon so bald. Nicht, solange alles zwischen uns noch ungesagt war.

Weston sah uns neugierig an, sein Blick wanderte zwischen mir und Donovan hin und her.

Es war Donovan, der das Schweigen brach. »Du hattest recht, Weston«, sagte er, ohne den Blick auch nur eine Sekunde von mir zu lösen. »Sie ist wirklich erwachsen geworden.« Dann war er verschwunden.

War ich das? Erwachsen? Es fühlte sich nicht so an. Ich fühlte mich immer noch wie mit siebzehn – naiv, überfordert und von jemandem überwältigt, dem ich schon vor Jahren entkommen war. Jedenfalls körperlich entkommen. Aber hier und jetzt, zehn Jahre später, von Angesicht zu Angesicht, war er immer noch der Magnet, der mich mit Macht anzog.

Und Weston, der Mann, von dem ich dachte, er könnte mich von meinen kranken Sehnsüchten befreien, war *verlobt*?

»Okay«, sagte ich und wandte mich von der Tür ab, die Donovan hinter sich geschlossen hatte. Ich verschränkte die Arme vor der Brust und bedachte Weston mit dem strengsten Blick, zu dem ich in der Lage war. »Ich erwarte eine verdammt gute Erklärung.«

Weston atmete tief durch. »Das wird sich anhören wie eine Geschichte.«

»Das tun alle Geschichten.«

»Aber es ist keine. Ich denke mir das nicht aus. Du musst mir glauben.«

Da Donovan nicht mehr im Raum war, fühlte ich mich nicht mehr dazu gezwungen, gleichmütig zu tun. »Dann erzähl es mir.«

»Okay, okay.« Er fuhr sich mit den Händen durchs Haar und zerzauste es, was ihn irgendwie heißer aussehen ließ.

Ehrlich gesagt sah ich ihn zum ersten Mal an, seit er hereingekommen war. *Richtig*, meine ich. Er trug einen marineblauen Anzug, der die Farbe seiner Augen betonte. Sein Gesicht war glatt, obwohl es schon spät war, und ich fragte mich, ob er sich mittags rasiert hatte. Er war umwerfend gut aussehend. Ein Fest für die Augen.

Witzig, dass mir das gar nicht aufgefallen war, als Donovan noch im Raum gewesen war.

Aber an *ihn* wollte ich nicht denken. »Also?«

»Weißt du, wer Elizabeth Dyson ist?«, fragte Weston und überraschte mich mit dieser Wendung des Gesprächs.

Ich beschloss, einfach mitzumachen. »Die Tochter des Medienmoguls?«

»Dell Dyson. Ganz genau.« Weston trat an den Barschrank und stellte seinen fast leeren Drink dort ab. »Es ist zwar nicht ihr Hauptgeschäft, aber Dyson Media hat auch eine eigene Werbeagentur, die hauptsächlich auf dem europäischen Markt aktiv ist.«

»Das wusste ich nicht.«

»Sie ist unser größter Konkurrent in Übersee.«

Es war gleichzeitig peinlich und ärgerlich, dass ich das nicht gewusst hatte. Aber ich gehörte hierher, verdammt. Ich würde mich nicht verunsichern lassen, nur weil ich ein kleines dummes Detail nicht gewusst hatte.

Ich zermarterte mir das Hirn, ob ich noch irgendetwas über Dell Dyson und seine Firma wusste, um nicht ganz so doof dazustehen. »Ist er nicht vor Kurzem gestorben?«

Weston nickte und kam langsam wieder zu mir zurück.

»Letztes Jahr. Seit seinem Tod – sogar noch vorher – versuchen wir, seine Werbeagentur aufzukaufen. Dell hat auch Interesse gezeigt, aber jetzt, wo er tot ist, müssen wir mit Elizabeth verhandeln.«

»Lass mich raten. Sie hat kein Interesse.«

»Doch, hat sie.«

»Ich verstehe nicht, was das …«

»Ich arbeite daran.« Er blieb stehen, zwei Fuß von mir entfernt, und steckte die Hände in die Taschen. »Das Problem ist, Elizabeth ist fünfundzwanzig. Das Firmenerbe geht erst vollständig in ihren Besitz über, wenn sie neunundzwanzig wird. Oder wenn sie heiratet.«

»Oder wenn sie heiratet«, wiederholte ich langsam. Jetzt war mir alles klar. »Verstehe.« Ich ließ mich auf eins der Sofas sinken. »Wie archaisch.«

»Elizabeth will ebenso sehr die Kontrolle über ihre Firma, wie wir ihr die Agentur abkaufen wollen«, fuhr er fort. »Das war eine Win-win-Situation.«

»Also bist du verlobt.«

»Ich bin verlobt.«

Ich kostete die Worte, ihren Klang, benutzte sie, um damit an meinen Gefühlen zu rühren. Wie *fühlte* ich mich deswegen? Enttäuscht auf jeden Fall. Es bedeutete eine Planänderung, und auch wenn ich durchaus nicht unflexibel war, war ich mit einer bestimmten Vorstellung nach New York gekommen und würde eine Weile brauchen, um mich an die neue Lage zu gewöhnen.

Weston schien das zu spüren und ließ mir etwas Zeit, ehe er weitersprach.

»Die Hochzeit findet in zweieinhalb Monaten statt«, sagte er schließlich. »Nach ungefähr einem Monat werden wir die Ehe annullieren lassen, wir kaufen die Agentur, und Reach, Inc. gewinnt automatisch an Wettbewerbsfähigkeit. Wir sind noch ein junges Unternehmen. Diese Art von Fusion ist wichtig für uns.«

Ich lehnte mich zurück und seufzte. Es war nicht die Art von Vorgehensweise, für die ich mich entschieden hätte, aber ich war auch kein aggressiver Spieler. Deswegen fühlte ich mich im Marketing wohler als im Verkauf oder Betrieb. Was nicht hieß, ich wüsste nicht, welche Vorzüge eine Fusion wie die, die Weston im Sinn hatte, mit sich brächte.

»Ich verstehe es. Wirklich.« Ich sprang auf. »Aber warum musstest *du* es sein? Hätte es nicht jemand anders sein können? Hat sie keinen Freund oder jemand anderen, den sie heiraten könnte, um ihr Vermögen zu bekommen?« Warum musste es unbedingt *mein* Freund sein?

Nicht, dass Weston mein Freund gewesen wäre. Richtig.

Ich war verbittert. Ich konnte nicht anders.

»Kein Freund. Das Mädchen ist wahnsinnig anstrengend. Ich glaube, sie hat überhaupt keine Freunde. Sie ist irgendwie …« Er rieb sich die Stirn und schien nach den richtigen Worten zu suchen. »Ein verwöhntes Gör.«

Irgendwie beschlich mich das Gefühl, dass er eigentlich hatte was anderes sagen wollen. »Das klingt lustig. Schläfst du mit ihr?«

Er riss die Augen nur ein kleines Stück auf. »Nein, tue ich nicht.«

»Es tut mir leid.« Beschämt über die Frage ließ ich den Kopf hängen. »Das geht mich eigentlich nichts an.«

»Nein. Das ist nur fair.«

Ehrlich gesagt, ich war mir nicht einmal sicher, ob es mir wichtig war. Was machte es schon, wenn Weston mit ihr schlief? Es störte mich nur aus einem einzigen Grund, und zwar aus dem, dass Weston nicht verfügbar war, um als meine Rüstung zu dienen. Ich brauchte ihn, um mich vor meinen Gedanken und Gefühlen zu schützen. Besonders jetzt.

Ich trat zum Fenster. »Wenn es bei allem nur um ihre Erbschaft geht, warum lasst ihr euch dann nicht einfach auf dem Standesamt trauen? Warum eine Verlobung? Warum eine Party?«

»Glaub es oder nicht, das Testament verbietet es ihr, einfach durchzubrennen. Und Elizabeth hat einen Cousin im Vorstand von Dyson Media, der bereit ist, alles anzufechten, damit sie nicht vor ihrem neunundzwanzigsten Geburtstag die Kontrolle über die Firma bekommt. Also. Es muss echt aussehen.«

Sein Tonfall verriet, dass die Situation ihm zusetzte. Ich warf ihm einen Knochen hin. »Das klingt schrecklich.«

»Ist es. Danke!«

»Aber nicht zu schrecklich.« Ich sah ihn streng an. »Du hast dich schließlich dafür entschieden. Ich nehme an, niemand hat dich dazu gezwungen. Allzu leid tust du mir nicht, Weston.«

»Du hast recht. Und ich akzeptiere mein Schicksal.«

Ich wollte ihn noch weiter schelten, aber es war schwer, wenn er so reumütig war. Und er war mein Boss. Mein *neuer* Boss. Wahrscheinlich gab es eine Grenze, die ich nicht überschreiten sollte. Irgendwo. Keine Ahnung mehr, wo die sein sollte.

Ich drehte mich um, um hinauszuschauen. Die Aussicht erinnerte mich an Donovan. »Was hält … der Rest von diesem Plan?« Warum ich das wichtig fand, wusste ich nicht.

»Wer? Du meinst Donovan und Nate? Die beiden?« Er wartete, bis ich nickte. »Es war Donovans Idee. Die anderen fanden sie auch super und haben bereits eine Wette laufen, wie lange ich es schaffen kann, niemanden flachzulegen, solange ich verlobt bin.«

Ich drehte ruckartig den Kopf zu ihm. »Du wirst nicht …? Mit *niemandem*?«

»Was sagtest du noch darüber, dass ein echter Profi immer unter Beobachtung steht?«

Dass Weston King keinen Sex hatte, waren riesige Neuigkeiten. Der Mann hatte einen unstillbaren Appetit. Das wusste ich aus Erfahrung.

Und jetzt sah er wirklich elend aus. Der Arme!

Ich lehnte mich gegen die Scheibe. »Wie viele Leute wissen davon?«

»Nur die Jungs, Elizabeth natürlich auch. Und jetzt du.« Dieses *Du* betonte er beinahe zärtlich, und mir wurde klar, wie viel es ihn gekostet haben musste, mich in dieses Geheimnis einzuweihen.

»Na ja. Danke, dass du es mir gesagt hast.«

»Das musste ich. Du darfst nicht denken, dass ich nicht mehr interessiert wäre.« Er machte ein paar Schritte, bis er direkt vor mir stand. Vorsichtig strich er mir mit der Hand den Oberarm entlang. »Ich hätte es dir sagen sollen, ehe du hergekommen bist, aber ich hatte Angst, du würdest absagen.«

Seine Berührung fühlte sich falsch an, seine Finger waren kalt auf meiner Haut, aber ich wich nicht zurück. »Ich habe den Job nicht angenommen, weil ich dachte, zwischen uns würde irgendetwas laufen, Weston. Ich habe mich gefragt, wohin die Dinge führen werden, aber das war keine Bedingung für meine Zusage.«

»Gut. Das freut mich.« Mit der freien Hand umfasste er mein Kinn und hob es an, damit ich ihm in die Augen sah. »Bedeutet das, später, wenn ich wieder Single bin, gibt es eine Chance?«

Ich rechnete es in Gedanken durch. Er hatte gesagt, die Hochzeit würde in zweieinhalb Monaten stattfinden, und dann dauerte es noch einen weiteren Monat oder mehr, bis er wieder frei sein würde. »Bittest du mich, auf dich zu warten?«

»Nein. Das wäre nicht fair. Ich sage nur, wenn du dann noch zu haben bist …«

»Dann werden wir wohl sehen, was passiert.« Bei meiner Erfolgsgeschichte war ich auch in fünf Monaten noch Single.

»In der Zwischenzeit *bist* du aber verlobt. Ob echt oder nicht, und ich kann … das nicht.«

»Was nicht?«

Ich sah hinab auf seine Hände, die er mir inzwischen auf die Schultern gelegt hatte. »Das. Mich von dir anfassen lassen. Damit musst du aufhören.«

»Ich weiß.« Er löste die Hände von mir und trat einen Schritt zurück. »Es tut mir leid, Sabrina. Das alles. Aber ich bin froh, dass du da bist.«

Ich glaubte ihm, aber das Angebot war so gut bezahlt, und er hatte sich so viel Mühe gegeben, mich nach New York zu locken. Wirklich nur, um mir einen Job zu geben?

Ich legte den Kopf schräg. »Sag mir eins – wann hast du dich entschieden, mich einzustellen? Wie war der zeitliche Ablauf genau?«

Er lehnte sich mit der Schulter an die Scheibe. »Sobald du die Stadt verlassen hattest, habe ich angefangen, daran zu arbeiten, dich einzustellen. Ich wusste nicht, was sich zwischen uns entwickeln würde, aber ich wusste, du gehörst hierher. Es kam mir wie Schicksal vor, dass wir unseren Marketingchef sowieso verloren haben. Es gab nur eine Verzögerung bei seiner Versetzung. Und dann hat dieser ganze Mist mit Dyson die Sache noch mehr in die Länge gezogen.«

Also hatte Weston bereits geplant, mich einzustellen, ehe er beschlossen hatte, eine andere zu heiraten. Auf Donovans Vorschlag hin. Hatte Donovan gewusst, dass Weston mich einstellen wollte?

Auch wenn es dumm war, ich musste es einfach wissen. »Wann hast du Donovan erzählt, dass du mich einstellen willst?«

Auf meiner Haut begann es zu kribbeln, noch bevor er antwortete.

»Ich habe ihn angerufen, sobald du bei mir aus der Tür warst.«

Ich war froh, noch ein wenig Scotch in meinem Glas zu haben. Ich trank es in einem Zug leer. Aber das süße Brennen konnte nicht die Wahrheit auslöschen – obwohl es Weston gewesen war, der mich hergeholt hatte, war es Donovan gewesen, der dafür gesorgt hatte, dass ich bei meiner Ankunft Single war.

6. Kapitel

Roxie nahm zwei Champagnerflöten von einem Tablett, das von einem der vielen Kellner durch den Raum getragen wurde, und reichte mir eine. »Sie mussten diese Woche einiges aufnehmen. Eine Schande, dass Sie auch noch am Wochenende hier sein müssen.«

Seit meinem ersten Meeting bei Reach am Dienstag hatte ich den Rest der Woche damit verbracht, mich mit der Personalabteilung zu organisieren, mit der Arbeitsweise des Unternehmens vertraut zu machen und mein Büro einzurichten. Weston hatte ich kaum gesehen. Donovan hatte ich überhaupt nicht gesehen.

Jetzt hatte ich mich für Westons Verlobungsfeier mit einem langen grünen Satinkleid aufgedonnert, das an jeder Kurve meines Körpers klebte, hatte mir die Haare zu einem lockeren Knoten im Nacken zusammengebunden und versteckte mich in einer Ecke von The Sky Launch, wo die Party stattfand. So hatte ich mir meinen ersten Samstagabend in New York wirklich nicht vorgestellt.

»Das ist nicht so schlimm«, log ich wie gedruckt. Die Party, hatte Weston mir erzählt, war sehr kurzfristig organisiert worden, trotzdem schienen sich vier- bis fünfhundert Leute auf der Tanzfläche des angemieteten Klubs zu tummeln. Ich nahm an, das war normal, wenn man zur Elite gehörte – Beliebtheit war inbegriffen.

Ganz ehrlich, es waren so viele Gäste anwesend, dass wahrscheinlich gar nicht aufgefallen wäre, wenn ich nicht erschienen wäre. Ich wusste nicht, warum ich gekommen war.

Doch, ich wusste es.

Weil Donovan gemerkt hätte, wenn ich fehlte, und ich wollte nicht, dass er glaubte, ich würde kneifen. Ich wollte nicht, dass er annahm, Westons bevorstehende Hochzeit würde mir etwas bedeuten, dass ich verletzt wäre oder meine Wunden leckte. So war es nicht. Ich war dort, um etwas zu beweisen, und ich würde erst gehen, wenn ich es getan hatte.

Nicht, dass Donovan bisher aufgetaucht wäre.

Vielleicht war das Ganze doch bloß reine Zeitverschwendung.

Ich nahm einen Schluck aus meinem Champagnerglas und versuchte, nicht daran zu denken, dass das Grün meines Kleides perfekt zum Grün seiner Augen passte.

»Sind Sie bereit für Montag?«, fragte Roxie.

»Ich glaube schon.« In meiner Freizeit hatte ich mich zu Hause in den Projektakten vergraben, damit ich vorbereitet war, geschlafen hatte ich kaum. Das Umzugsunternehmen hatte fast alle meine Besitztümer ausgepackt, aber meine persönlichen Gegenstände, die sie auf meine Bitte hin eingepackt gelassen hatten, hatte ich noch nicht angerührt. »Ich bin auf dem neuesten Stand, denke ich.«

»Vorsicht, dass Sie sich nicht verausgaben, ehe Sie angefangen haben«, warnte Roxie mich auf ihre brüske osteuropäische Art.

»Werde ich nicht. *Mom.*« Ich neckte sie, aber ich hoffte, ihr war klar, wie sehr ich sie zu schätzen wusste. Nicht nur, weil sie einer der wenigen Menschen war, die ich in der Stadt kannte, sondern auch, weil es so lange her war, seitdem jemand mich bemuttert hatte. Es war eine nette Abwechslung nach all den Jahren, in denen ich mich um meine kleine Schwester kümmern musste.

Sie lächelte und sah zu ihrem Mann hinüber, der nur ein paar Schritte entfernt auf sie wartete. Nachdem sie ihren Drink in drei tiefen Schlucken ausgetrunken hatte, sagte sie: »Frank hasst diese Veranstaltungen. Ich würde länger bleiben, wenn er nicht mit mir schimpfen würde. Sie kommen zurecht?« Sie schien sich wirklich Sorgen darüber zu machen, dass sie mich allein lassen würde.

»Ja. Es geht mir gut. Versprochen.« Ich konnte sehen, wie ihr Mann ungeduldig mit dem Fuß auf den Boden klopfte. »Ich wünsche dem Paar nur noch alles Gute, dann werde ich auch gehen.«

Sie brauchte noch ein wenig Ermunterung, aber endlich gelang es mir, sie davon zu überzeugen, dass sie mich allein lassen konnte.

Nachdem sie gegangen war, stellte ich fest, dass es sich unangenehm anfühlte, allein in der Ecke zu stehen. Ich sah mich in dem Klub um. Es wurde Musik gespielt, aber nicht die Art, zu der man tanzen konnte. Alle Gäste standen in Gruppen herum, unterhielten sich und knabberten elegante Häppchen. Ich kannte niemanden. Die wenigen Leute, die mir in der Agentur vorgestellt worden waren, hatten mich bereits begrüßt, und die meisten waren schon wieder gegangen. Es wurde spät, und Donovan war immer noch nicht gekommen. Es hatte keinen Sinn, länger zu bleiben. Entweder musste ich Weston suchen und ihm alles Gute wünschen – der Gedanke ließ mich innerlich aufstöhnen –, oder ich verschwand einfach so.

Ich seufzte, trank mein Glas leer und stellte es einem vorbeihuschenden Kellner aufs Tablett. Genau in dem Augenblick spürte ich es – spürte ich *ihn*. Donovan. Ich drehte mich nicht um, aber ich wusste, dass er dicht hinter mir war. Ich wusste es mit einer Gewissheit, auf die ich meinen linken Arm verwettet hätte. Seine Gegenwart war schwer und zäh wie Sirup, und jedes Vorhaben, zu gehen, löste sich sofort in Luft auf. Es wäre mir in dem Augenblick unmöglich gewesen zu gehen. Ich konnte in diesen Absätzen nicht durch Sirup waten.

Aber wo war er? Worauf wartete er?

Sekunden verstrichen wie Stunden, und endlich stellte er sich neben mich, nicht mehr als zehn Zentimeter, eher fünf, zwischen unseren Schultern. »So gut, wie dir das Kleid steht ...«, sagte er heiser, »verstehe ich, warum Weston dich eingestellt hat.«

Seine raue Stimme ging mir direkt unter die Haut, und in meiner Pussy verspürte ich ein verräterisches Ziehen.

Aber seine tatsächlichen Worte waren wie ein Schlag ins Gesicht.

Wieder ein Sticheln, was meine Fähigkeiten anging. Als hätte ich es nur aus dem einzigen Grund verdient, bei Reach zu sein, dass ich gut in einem Abendkleid aussah.

Aber seine Aussage war noch aus einem anderen Grund problematisch. Weil sie schlicht *falsch* war, und ich konnte seine Worte nicht einfach so stehen lassen. Früher einmal hätte ich reiche Jungs mit so einem Mist davonkommen lassen. Ich hatte reiche Jungs mit viel schlimmeren Dingen davonkommen lassen. Jetzt nicht mehr.

Ich wirbelte zu ihm herum, um ihn zu rügen, und spürte, wie mir die Luft aus den Lungen wich. Er sah so verdammt gut aus in seinem Smoking mit Satin-Revers, seine Fliege scharfkantig und gerade, sein Gesicht von Bartstoppeln überschattet. Ich vergaß fast, was ich sagen wollte.

Ich richtete meinen Fokus von dem verlockenden Schwung seiner Lippen auf seine Augen, die an diesem Abend mehr grün als braun erschienen, und schluckte. »Ich bin mir nicht sicher, ob das ein Kompliment sein sollte, aber ich *bin* mir sicher, es war sexuelle Belästigung.«

Donovan verzog den Mund langsam zu einem Grinsen. »Ach, sexuelle Belästigung war doch schon immer unsere Spezialität.«

Das Erwähnen der Vergangenheit, die wir gemeinsam hatten,

warf mich fast aus dem Bahn. Machte mich schwindelig. Ich hatte nicht damit gerechnet, und das war ein Punkt für ihn in diesem Spiel, bei dem ich mir nicht einmal sicher war, wie man es spielte.

Es war andererseits auch die Vorlage, die ich brauchte, um meinerseits ein paar Dinge loszuwerden – alle Dinge, egal *welche* Dinge –, wenn ich nur gewusst hätte, wie ich anfangen sollte. Wenn ich nur gewusst hätte, wie ich überhaupt die Sprache wiederfinden sollte.

Doch ehe es mir gelang, nicht mehr wie eine Vollidiotin zu glotzen, hatte Donovan sich schon dicht zu mir gebeugt und sagte: »Mach den Mund zu, Sabrina. Auch wenn ich mir zu gerne vorstelle, wie ich ihn dir stopfe, wir bekommen gleich Gesellschaft.« Er richtete sich auf. Lauter sagte er: »Weston, Elizabeth. Die Stars des Abends.«

Mein Mund klappte zu, und meine Wangen wurden feuerrot.

Benommen drehte ich mich um und entdeckte Weston, der den Arm um eine junge rothaarige Frau mit leuchtenden Augen und einem strahlenden Lächeln geschlungen hatte.

»Elizabeth, Donovan kennst du ja bereits«, sagte er förmlich. »Und das ist Sabrina Lind, unsere neue Direktorin für Marketingstrategie.«

»Hocherfreut, Sie kennenzulernen.« Sie nickte mir zu, während Weston sich vorsichtig umschaute. »Es ist so faszinierend zu sehen, wie mein Schatz …«

Anscheinend zufrieden mit dem, was er sah, unterbrach Weston sie. »Niemand hört und sieht uns. Und Sabrina weiß es.«

»Oh, Gott sei Dank.« Elizabeth Dyson befreite sich aus Westons Umarmung. »Wenn ich noch eine Minute länger von ihm schwärmen muss, kann es sein, dass ich mich übergebe.«

Donovan sah die zukünftige Braut bewundernd an. »Elizabeth, ich glaube, Sie und ich werden uns viel besser verstehen, als ich dachte.«

Es machte den Eindruck, als würde das frisch verliebte Paar nicht gerade gut miteinander auskommen. Obwohl ich immer noch ein wenig durcheinander war, amüsierte es mich. *Geschieht ihm recht.*

Okay, vielleicht war ich ein bisschen verbittert.

»Ich habe es Ihnen doch gesagt, Kincaid, dieser Deal wäre für Sie und mich viel besser geeignet gewesen. Ich kann immer noch nicht glauben, dass Sie das Angebot abgelehnt haben.« Elizabeth flirtete ganz offen mit Donovan, offenbar ohne zu bemerken, dass Weston übertrieben die Augen verdrehte.

»Du warst ebenfalls als zukünftiger Ehemann nominiert?« Ich konnte Donovan nicht in die Augen sehen und sah stattdessen an ihm hinab, was aber auch nicht hilfreich war, weil es damit endete, dass ich auf seinen Schritt starrte.

Schnell blickte ich wieder zurück zu Weston. Dann zu Elizabeth, damit es nicht so wirkte, als würde ich Weston anhimmeln. Dann auf meine Schuhe, um zu verhindern, dass jemand sah, wie ich auf Donovans Reaktion auf meine Frage reagierte.

Seit der Enthüllung, dass er die vorgetäuschte Hochzeit arrangiert hatte, hatte ich mir oft die Frage gestellt, ob das irgendetwas mit mir zu tun gehabt hatte. Für meine Nerven war es einfacher zu glauben, dass ich albern war, aber wenn es nichts mit mir zu tun hatte, warum hatte er sich dann nicht selbst als Ehemann angeboten?

»Niemand würde jemals glauben, dass ich heirate«, sagte er wegwerfend. »Außerdem sieht Weston an Elizabeths Seite viel besser aus.«

Ich hob den Kopf und sah, dass Weston wütende Blicke in Donovans Richtung schoss. Dann wandte er sich strahlend lächelnd an mich. »Sabrina, du siehst absolut umwerfend aus.«

»Danke.« Ich spähte zu Donovan, um anzudeuten, dass man so ein Kompliment machte, und stellte fest, dass er mich schon ansah und mir – wie ich vermutete – mit seinem Blick sagen wollte: *Siehst du, was ich meine?*

Elizabeth musterte mich von Kopf bis Fuß und nickte anerkennend. »Sie ist umwerfend, Kincaid. Ihr gebt ein sehr attraktives Paar ab.«

»Wir sind kein Paar«, sagte ich schnell, und zur gleichen Zeit sagte Weston: »Sie sind kein Paar.«

Weston und ich schauten uns an. Ich wusste, wie es aussehen musste – als würden wir aufeinander warten, und vielleicht hatte er deshalb so schnell klargestellt, dass ich nicht mit Donovan zusammen war aber es war nicht der Grund, aus dem *ich* es schnell klargestellt hatte.

Ich hatte es so eilig gehabt, weil ich auf keinen Fall, unter keinen Umständen wieder etwas mit Donovan anfangen konnte. Nicht jetzt. Nicht später. Niemals wieder.

»Dann bist du allein hier?«, fragte Elizabeth Donovan, eine Augenbraue überrascht gehoben.

»Bin ich nicht.«

Meine Muskeln spannten sich an vor … was? Auf keinen Fall war ich eifersüchtig. Aber da war *irgendetwas*. Es war mir nicht in den Sinn gekommen, dass Donovan ein Date haben könnte. Er hatte vielleicht sogar eine Freundin. Oder auch eine Verlobte. Und wenn irgendetwas davon zutraf, warum trieb er dann seine Spielchen mit mir? Andererseits, warum hatte er das überhaupt jemals getan?

Ich war verwirrt.

»Sabrina stammt aus Westons Stall«, sagte Donovan als Nächstes, und dann war ich auch noch sauer.

»Du bist echt ein Wichser«, knurrte Weston.

Ich war zu schockiert, um etwas zu sagen. Er konnte nicht das meinen, was ich dachte. Oder?

»Ah«, sagte Elizabeth, die eindeutig verstand. »Neu?«

»Die Letzte, glaube ich. Die letzte wichtige Frau, mit der er Zeit verbracht hat, bevor ihr euch begegnet seid, jedenfalls.«

Er meinte *wirklich*, was ich dachte.

Heiliger Jesus Christus.

Westons Freundinnen als Pferde zu bezeichnen war nicht nur frauenfeindlich und erniedrigend, es war auch einfach nur arschig.

»Hm.« Elizabeth sah von Weston zu mir. Sah, wie Weston mich ansah. »Ich möchte vielleicht doch bei der Wette mitmachen. Wie lauteten noch mal die Bedingungen?«

Weston fuhr sich mit der Hand durch die bereits zerzausten Haare. »Verdammt noch mal, ich vögele nicht hinter deinem Rücken rum.«

Westons Verlobte zwinkerte Donovan zu. »Wir sprechen uns später.«

»Verpiss dich«, murmelte Weston und sah sich noch einmal im Klub um. »Wir werden beobachtet. Spielen wir lieber traute Einigkeit.« Ohne sie anzusehen, nahm er ihre Hand. »Bist du diejenige, die rumvögeln will?«

Sie verdrehte die Augen, aber etwas an ihrer Miene verschloss sich. »Es war nur ein Witz. Du bist so empfindlich bei allem, was ich sage.«

»Alles, was du sagst, ist Kritik.«

»Alles, was du tust, ist dumm.«

Weston riss den Kopf zu ihr herum. »Hat dir in letzter Zeit mal jemand gesagt, was für eine Ziege du bist?«

»Nicht seit dem letzten Mal, als du es mir gesagt hast, und das ist, glaube ich, zwanzig Minuten her.«

»Da ist ja das glückliche Paar!«, rief ein älterer Herr und kam auf uns zu.

»Ah, Shit«, fluchte Elizabeth, noch während sie ein Lächeln aufsetzte. »Mr. Jennings!«

Weston packte Donovan an der Schulter und flüsterte: »Bete für mich. Ich flehe dich an.«

»Ich bin kein religiöser Mensch. Da musst du allein durch.« Donovan klopfte ihm auf den Rücken und schickte das »Pärchen« fort. »Vielleicht sollten sie uns leidtun«, sagte er, den beiden nachsehend. Dann, nach einem Augenblick: »Nö.«

Nein. Eindeutig nein.

Dann hatte Weston also alle Hände voll zu tun mit seiner Verlobung mit Elizabeth Dyson. Pech für ihn. Ich hatte meine eigenen Probleme, vielmehr *ein* Problem, und zwar Donovan Kincaid.

Ich wandte mich ihm zu, um ihn zu stellen, aber seine Aufmerksamkeit gehörte dem anderen Ende des Raumes. Ich folgte seinem Blick zu einer eleganten asiatischen Frau, die in der Nähe der Bar saß und sich mit ein paar Leuten unterhielt. Als sie Donovans Blick bemerkte, winkte sie.

Ich sah wieder zu ihm. Seine Miene hatte sich verhärtet, aber er nickte ihr zu.

Mir zog sich der Magen zusammen, und alles, was ich ihm hatte an den Kopf werfen wollen, hatte sich in Luft aufgelöst. »Ist das deine Freundin?«

»Sun? Nein, das ist nur ein Mädchen, das ich gerne ficke.«

Er sagte das Wort *ficken*, und plötzlich befand ich mich wieder in dem Büro an der Uni, gegen das Buchregal gedrückt, sein Körper an meinen gepresst. Es war eines dieser Bilder, die ich zumindest tagsüber immer wieder erfolgreich verdrängte, und jetzt hatte es sich angeschlichen und drohte, mich zu überwältigen.

»Sie ist schön«, sagte ich, und mir war nach weinen zumute, weil mein Begehren so stark war. Weil ich in dem Augenblick so schön sein wollte wie *sie*. Ich wollte das schöne Mädchen sein, das er gerne fickte.

»Du stellst es dir gerade vor, nicht wahr?« Donovan stand ein Stück entfernt, aber ich konnte mir ausmalen, wie sein Atem sich auf meiner Haut anfühlte.

»Was?« Ich starrte noch immer in Suns Richtung.

»Wie ich sie ficke.«

Ich erwachte ruckartig aus meiner Trance. »Nein!«

»Dein Körper verrät dich.«

Ich trug keinen BH und wusste genau, welcher Teil meines Körpers mich verraten hatte. Gott sei Dank konnte er nicht sehen, wie heftig mein Herz mir in der Brust hämmerte, oder die Feuchtigkeit, die sich zwischen meinen Beinen sammelte.

Aber was sollte ich sagen? *Nein, ich stelle mir nicht vor, wie du sie fickst; ich erinnere mich daran, wie du mich gefickt hast.* Das war genauso schlimm. Sogar noch schlimmer.

»Ich bin nicht beleidigt«, fuhr er fort. »Ich denke bei solchen Veranstaltungen normalerweise auch immer daran. Plane, was ich später mit ihr machen werde. Frage mich, welche Farbe ihre Unterwäsche hat.« Er trat von hinten an mich heran, und jetzt konnte ich wirklich seinen Atem an meinem Schlüsselbein spüren, als er raunte: »Heute Abend, muss ich zugeben, bin ich ein wenig abgelenkt.«

Ich atmete ihn ein, roch diesen vertrauten Duft nach Rasierwasser, und sein Mund war so nah, dass ich mich nur hätte umdrehen und das Kinn heben müssen. Würde er mich küssen? Wollte ich es?

Ich machte einen Schritt nach vorn, aufgewühlt durch seine Worte. Sie allein schon machten mich schwach. Etwas zu entgegnen brauchte ich gar nicht erst zu versuchen.

Meine Knie fühlten sich weich an, als wären sie aus Gelee, und ich schwankte, fiel aber nicht. »Ich bin mir nicht sicher, was du gerade von mir hören willst.«

Donovan betrachtete mich eindringlich. »Ich bin mir auch nicht sicher«, gab er zu.

»Können wir gehen?«, fragte Sun. Ich hatte nicht einmal bemerkt, dass sie gekommen war. Sie sah von Nahem noch verlockender aus. Ihre Lippen waren voll, ihre Haltung selbstsicher. Sie kam mir bekannt vor, aber das konnte daran liegen, dass sie die Art Selbstbewusstsein hatte, die sie wichtig erscheinen ließ.

Ich starrte Donovan an, konnte nicht verhindern, dass sich ein gewisser verzweifelter Ausdruck in meine Züge schlich. Er konnte doch jetzt nicht gehen.

Er sah mich direkt an, als er ihr antwortete. »Können wir.«

Sun hakte sich bei ihm ein, und er führte sie hinaus. Ohne uns vorzustellen. Ohne sich auch nur zu verabschieden.

7. Kapitel

Ich blieb noch ein paar Minuten, nachdem Donovan und sein Date gegangen waren, ehe ich selbst die Party verließ. Zu meinem Entsetzen musste ich feststellen, dass ich es offenbar zu eilig gehabt hatte, denn die beiden standen noch in der Auffahrt und warteten auf seinen Wagen, als ich hinaus in die kalte Septembernacht trat.

Ich hielt inne, um sie unbemerkt beobachten zu können. Sie hatte seinen Arm losgelassen, die zwei berührten sich nicht einmal. Es war, als würden sie sich kaum kennen, geschweige denn mögen. Ganz ehrlich, Weston und Elizabeth wirkten vertrauter miteinander als Donovan und Sun. Vielleicht waren gespielte Dates hier an der Tagesordnung.

Ich lachte über den Scherz in mich hinein.

Dann hörte ich auf zu lachen.

Hatte er sie *gemietet*?

Wie lange war er auf der Party gewesen? Zwanzig Minuten? Warum war er überhaupt aufgetaucht? Um sicherzugehen, dass ich da war? Um sicherzugehen, dass ich sah, dass er in Begleitung war?

Das war weit hergeholt, und ich bezog alles nur auf mich. Das war armselig, und das wusste ich auch. Donovan war gekommen, um seinen Geschäftspartner bei dessen extravaganter Verlobung zu unterstützen. Wenn Donovan mit Sun nicht vertraut wirkte, dann lag das daran, dass er nicht nett zu ihr sein musste, um sie zu ficken. Und er würde sie ficken. Da war ich mir sicher. Wer würde sie nicht ficken?

Jemand trat auf Sun zu und schien sie etwas zu fragen, dann

reichte er ihr Papier und einen Stift. Anscheinend bat er um ein Autogramm.

Deswegen war sie mir bekannt vorgekommen. Sie war ein Model. Ich war mir ziemlich sicher, sie war sogar schon für eine Kampagne von Reach fotografiert worden. Daher kannte Donovan sie wahrscheinlich. Aber natürlich war das die Art Frau, die er datete, egal wie unverbindlich. Ein wunderschönes, elegantes Model. Die Art Frau, an die ich nie heranreichen würde.

Nicht, dass ich es versuchte. In diesem Moment fuhr Donovans Wagen vor.

»Brauchen Sie ein Taxi, Miss?«, fragte mich der Türsteher von The Sky Launch.

»Oh, ja. Tut mir leid.« Ich wollte immer noch vermeiden, von Donovan gesehen zu werden, nahm aber an, dass die beiden jetzt damit beschäftigt waren, in seinen Wagen zu steigen. Während der Türsteher nach einem Taxi pfiff, trödelte ich am Eingang des Klubs herum und sah zu, wie Sun zuerst auf den Rücksitz des Jaguars glitt und Donovan ihr dann folgte. Als der Wagen sich in den Verkehr schlängelte, starrte ich ihm so lange es ging nach und sah noch, wie Sun Donovan praktisch auf den Schoß kroch.

Es war mir egal, und gleichzeitig auch wieder nicht. Er konnte machen, was er wollte. Für mich bedeutete das keinen Unterschied. Es war mir egal, wen er datete oder mochte oder fickte. Aber zu einer anderen Zeit, an einem anderen Ort war es mir *nicht* egal gewesen, denn damals hatte Donovan all meine Gedanken beherrscht, nicht nur die, die mich in der Nacht überfielen.

Und jetzt katapultierte er mich zurück in diese Zeit und an diesen Ort, sodass ich mich der Vergangenheit stellen musste und Erinnerungen und Fantasie zu einem nicht enden wollenden schmutzigen Film verschmolzen.

Und er würde sie ficken.

Und ich konnte mich nicht erinnern, mich je einsamer gefühlt zu haben.

Glücklicherweise musste ich nicht lange auf ein Taxi warten. Ich nannte dem Fahrer meine Adresse. Dann überlegte ich es mir anders und fragte: »Können Sie auf dem Weg an einem Spirituosengeschäft vorbeifahren?«

Auf der Strecke vom Columbus Circle bis zu meiner Wohnung war New York City von Spirituosenläden übersät, aber einen zu finden, vor dem das Taxi kurz halten konnte, stellte sich als unmöglich heraus. Als wir also an einem vorbeifuhren, der nur ein paar Blocks entfernt von meiner Wohnung lag, bezahlte ich den Fahrer, und er sagte, er würde im Kreis fahren und mich wieder abholen.

Ich vermutete, ihn damit zum letzten Mal gesehen zu haben, aber in Ordnung. Ich würde eben ein anderes Taxi anhalten.

Im Laden ging ich an den zahlreichen Wodka- und Ginflaschen vorbei. Ich war keine große Trinkerin, aber wenn ich mir etwas gönnte, dann normalerweise einen Martini oder Wodka Tonic. Darauf hatte ich an diesem Abend keinen Appetit.

Ich brauchte eine Minute, um zu finden, was ich suchte, weil ich noch nie Whisky gekauft hatte, aber im hinteren Teil des Ladens, auf einem hohen Regal, fand ich, was ich suchte. Ein ganzes Regal nur für Scotch – Single Malts und Blends. Die Preisschilder verrieten, dass irgendwer sie für etwas Besseres hielt, aber ich hatte keine verdammte Ahnung, welche Marke gut war.

Am Ende entschied ich mich für einen Macallan, weil ich den Namen wenigstens aussprechen konnte. Eine der teureren Flaschen, da es wahrscheinlich war, dass Donovan in seinem Büro ebenfalls so eine stehen hatte.

Draußen winkte ich ein Taxi heran und war überrascht, dass es wirklich dasselbe war, in dem ich vorher gesessen hatte.

»Scotch?«, fragte der Fahrer, als er die Flasche in meiner Hand sah. »Dachte ich mir, dass sie eine Lady mit gutem Geschmack sind.«

Eher ein Mädchen mit schmutzigem Geschmack – mit schmutzigen Gedanken, die einen schmutzigen Geschmack in meinem Mund hinterließen. Hoffentlich würde ein Scotch-Gelage wenigstens den beseitigen.

In meiner Wohnung zog ich mir die hohen Schuhe aus und danach mein Kleid, sodass ich nur noch in Unterhose dastand, dann suchte ich in der Küche nach einem Glas.

»Nur dieses eine Mal«, sagte ich ins Leere hinein und hob mein Glas, als würde ich einen Trinkspruch aussprechen. »Nur heute Abend.«

Ich trank das erste Glas schnell aus und ließ den Alkohol alle Hemmungen wegbrennen, die ich noch hatte. Während ich mir ein zweites Glas einschenkte, das ich auf den Rand der Badewanne stellte, war ich von meinem Plan vollkommen überzeugt. Was sollte es ausmachen? Es war nur eine Nacht, im Schutz meiner eigenen Wohnung.

Donovans Wohnung, rief ich mir in Erinnerung, und bei dem Gedanken richteten sich meine Brustspitzen auf, als würde er mich heimlich beobachten. Als gehörte ihm – nur weil sein Name auf der Besitzurkunde des Gebäudes stand – auch meine Privatsphäre. Ich bewegte mich dadurch anders.

Wie ich mich ausstreckte, um die Flasche Scotch in den Schrank zu stellen, war für ihn. Wie ich mich bückte, um mein Kleid vom Boden aufzuheben, war für ihn. Für seine Augen.

Dann, als ich mich ganz ausgezogen hatte und in die Badewanne stieg, war es auch für ihn.

Jedenfalls stellte ich es mir so vor. Das war es, was ich mir dieses eine Mal erlaubte, nur an diesem Abend – dieses Spiel, diese Fantasie. Während ich Donovan häufig benutzte, um mich nach Albträumen und Panikattacken zu beruhigen, die von den Erinnerungen an den sexuellen Übergriff ausgelöst wurden, den ich an der Uni erfahren hatte, war es Jahre her, seit ich mir erlaubt hatte, *einfach so* an ihn zu denken.

Eine Weile war es zu gewöhnlich geworden. Diese obszönen Gedanken waren in den Monaten nach dem Angriff zu meinen Freunden geworden. Aber dann war es zu weit gegangen. Ich hatte Donovan zu weit gehen lassen. Danach hatte ich diese kranken Fantasien in die Dunkelheit verbannt, wo sie hingehörten.

Doch an diesem Abend, allein und ein wenig angetrunken, ließ ich mich im heißen Badewasser treiben und malte mir aus, dass er bei mir war, zusah, wie ich mir in die Brustspitzen kniff, daran zog, bis sie schmerzten, und es zwischen meinen Beinen zu pochen begann.

Dem Donovan in meiner Fantasie gefiel das. Ihm gefiel, wie ich stöhnte. Ihm gefiel, wie ich meinen Rücken durchbog.

»Berühr mich«, flehte ich ihn an, bis meine Stimme von den Badezimmerfliesen widerhallte.

»Nein«, sagte der Donovan meiner Vorstellung, *»Das werde ich nicht.«* Denn auch wenn ich den Schmerz mit meiner eigenen Hand lindern konnte, ich wusste, ich konnte nie so tun, als wäre es Donovans – nicht einmal in meiner Fantasie. *»Mach es selbst.«*

»Aber …«

Der Protest in meiner Fantasie wurde unterbrochen vom Vibrieren meines Telefons, das ich an den Badewannenrand gelegt hatte.

Es war nach zehn. Niemand rief nach zehn an, es sei denn, es handelte sich um einen Notfall, meine Schwester oder jemand hatte sich verwählt.

Ich hob das Telefon hoch und sah auf das Display. Es war keine Nummer, die ich kannte, aber es war eine New Yorker Nummer. Die Neugier siegte. »Hallo?«

»Sie war blau«, sagte Donovan, seine Stimme so tief und rau, dass ich unwillkürlich die Beine zusammenpresste.

Er hatte meine Nummer. Warum hatte er meine Nummer?

»Was war blau?«, fragte ich.

»Ihre Unterwäsche.«

Ich brauchte einen Augenblick, ehe mir aufging, dass er *Suns* Unterwäsche meinte. Ich stöhnte innerlich. Das wollte ich nicht wissen.

Bloß, dass ich es irgendwie doch wissen wollte. Also nahm ich, auch wenn ich eigentlich zu betrunken dafür war – für dieses Gespräch –, mein Glas und lehnte mich in der Wanne zurück. »Und du bist schon wieder gegangen?«

»Ich bin nicht die Art Mann, der über Nacht bleibt.«

»Natürlich bist du das nicht.«

Ich hörte ein paffendes Geräusch. Zündete er sich eine Zigarre an? Ich stellte mir vor, dass es so war, dass er vielleicht in einem Ledersessel in seinem Arbeitszimmer saß, mit Blick auf die Stadt, sein Smoking zerknittert.

»Ehrlich gesagt bin ich nicht einmal aus dem Wagen gestiegen«, fuhr er fort.

»Wie konntest du dann …?« Ich verstummte.

»Wir hatten die ganze Fahrt.«

»Aber wie konntest du …« Ich unterbrach mich wieder. Er hatte sie in seinem Wagen gefickt. Mit dem Chauffeur auf dem Fahrersitz. »Ich will es gar nicht wissen.«

»Doch, willst du.« Ich konnte ihm sein Lächeln anhören.

»Will ich wirklich nicht.« Wollte ich wirklich. Ich wollte jedes kranke, verdrehte Detail wissen, auch wenn es mir wehtat, es zu hören. Auch wenn es in mir schmerzhaftes Verlangen weckte.

»Ich sage es dir, weil du es willst.« Noch eine Pause. Noch ein Paffen? »Sobald wir auf dem Rücksitz saßen, konnte sie die Finger nicht von mir lassen. Hat sich an meinem Schenkel gerieben und dabei an meinem Ohrläppchen gesaugt. Was ganz nett ist, aber nicht das, was ich wirklich mag.«

Ich hatte gesehen, wie sie sich auf ihn gestürzt hatte, als die beiden wegfuhren. Daher wusste ich, dass er mir keine Geschichte auftischte, um mich zu ärgern.

Ich hob das Glas an die Lippen, trank aber noch nicht. »Ich nehme an, du wirst mir erzählen, was du magst.«

Er machte ein Geräusch, das deutlich machte, wie lustig er meine Bemerkung fand. »Oh, Sabrina. Ich glaube, das weißt du.«

Zähne, dachte ich. *Nägel.* »Ich glaube, es ist mir egal.«

»Beißen. Schnappen. Nichts zu Sanftes. Etwas mit Kraft dahinter.«

Lebhaft erinnerte ich mich daran, wie er auf das Kratzen meiner Finger über seinen Rücken reagiert hatte. »Ich höre dir nicht zu.«

»Das wirst du.« Noch eine Pause, dieses Mal mit Bewegung, und ich stellte mir vor, wie er das Telefon hielt, während er sich Schuhe und Socken auszog. »Wie dem auch sei. Du hast das Kleid gesehen, das Sun anhatte. Ich konnte es einfach hochschieben. Es war nicht so eng wie deines.« Er legte eine Pause ein, vielleicht damit ich Zeit hatte, auf mich wirken zu lassen, dass er daran gedacht hatte – dass ich in meinem Kleid komplizierter zu ficken gewesen wäre.

Ich kippte das Glas und ließ den bernsteinfarbenen Whisky das Stöhnen ersticken, das sich hinten in meiner Kehle formte.

»Dort habe ich sie gerieben«, sprach er weiter, »mit zwei Fingern, am Schritt ihres Slips entlang, während ich sie ins Fleisch ihrer Schulter gebissen habe. Sie wollte mehr. Sie hat immer wieder ihre Muschi an meine Hand gepresst, damit ich ihr mehr gebe.«

»Hast du?« Ich wollte, dass er *Nein* sagte. War das schlimm? Dass es mir wichtig war?

»Noch nicht. Sie war so ungeduldig, sie musste hingehalten werden. Also habe ich sie in die Ecke des Wagens geschoben. Sie hat aufgejault. Sie hat sich den Kopf an der Fensterscheibe gestoßen. Das dürfte wehgetan haben.«

Liebe Güte. »Hat dein Fahrer nichts gemerkt?«

»Wahrscheinlich doch.«

»Hat er sich keine Sorgen um sie gemacht?« Ich klang wütend, und das war ich, aber nicht so sehr auf den Fahrer wie auf mich selbst. Wie konnte ich mir so etwas anhören? Warum war ich so eifersüchtig? Warum machte es mich so verdammt an?

»Ich bezahle meinen Fahrer dafür, die Augen nach vorne gerichtet zu halten. Na gut, wahrscheinlich späht er manchmal in den Rückspiegel und wichst sich dazu einen, wenn er zu Hause ist, aber das ist einer der Vorteile des Jobs. Zufrieden?«

Nein. Weit davon entfernt.

»Also. Wo war ich? Sie war in der Ecke. Ich habe ihr den Slip ausgezogen, entdeckt, dass er blau ist, und dann ihre Beine angewinkelt, sodass ihre Füße auf dem Sitz standen.«

Ohne darüber nachzudenken hob ich die Beine und beugte die Knie, sodass meine Fußsohlen auf dem Wannenboden standen.

»Dann habe ich mich vorgebeugt, bin mit dem Gesicht zwischen ihre Schenkel und habe ihr den Schlitz geleckt«, sagte Donovan träge. »Langsam, Sabrina. Sie hat es geliebt.«

Ich schloss die Augen und stellte es mir vor. Nicht sie, nicht Sun. Aber ich stellte mir vor, wie Donovan mich langsam leckte. Stellte mir vor, wie ich es liebte.

»Woher weißt du das?«, fragte ich, heiser vor Verlangen und Alkohol.

»Sie hat gebebt. Also habe ich es noch einmal getan. Dann habe ich ihre Klit gefunden. Ich habe sie sanft mit der Zunge berührt, wie eine Feder, bis sie rund und geschwollen wie ein kleiner Pfirsich war. Und dann habe ich sie in den Mund gesaugt, bis sie sich gewunden hat. Sie ist so hart gekommen, dass sie die Knie wie eine Schraubzwinge um meinen Kopf gelegt hat.«

Das eifersüchtige Ziehen in mir war zu einem Pochen geworden, das ich nicht mehr ignorieren konnte, es breitete sich in mir aus, bis jede Zelle in mir sehnsüchtig aufschrie. Wusste er, was er mit mir tat? Er musste.

Warum ließ ich es zu?

Scotch. Ich schob es auf den Scotch.

»Das alles ist in den zwölf Minuten geschehen, die die Fahrt zu ihrer Wohnung gedauert hat. Gott sei Dank ist Sun keine Squirterin, also war es einfach sauber zu machen.«

Ich riss die Augen auf. »Sie hat sich nicht revanchiert, ehe ihr euch verabschiedet habt?«

»Nein.«

»Was für eine Bitch.« Ich gebe zu, das sagte ich lächelnd.

»Sei nicht so, Sabrina. Es ist sehr sexy zu hören, wie du sie beschimpfst, aber es ist nicht fair. Sie hat es mir angeboten.« Er war arrogant und herablassend, und irgendwie war das erotisch, aber da schwang noch etwas anderes in seinen Worten mit, das mich aufmerksam werden ließ.

»Hattest du kein Interesse?« Ich nahm noch einen Schluck von meinem Drink, darauf vorbereitet, dass seine Antwort schnippisch oder grausam ausfallen würde oder dass er überhaupt nicht antwortete.

»Ich war nicht hart wegen ihr«, sagte er tonlos.

Mein Herz machte einen Sprung. »Aber du warst hart?«

»Ja, Sabrina. Ich war hart.«

Oh Gott.

Ich setzte meinen Drink ab und tauchte meine Hand ins Wasser, ehe ich mir damit über das Gesicht strich. »Warum hast du angerufen, Donovan?«

»Warum bist du hergekommen, Sabrina?« Er klang so wütend und verzweifelt, wie ich mich fühlte.

»Du warst in Tokio.«

»Aber dann musste ich nach New York kommen.«

»*Warum* musstest du herkommen?«

Er zögerte, ehe er antwortete, einen vollen Herzschlag lang, die Zeit, die es brauchte, um an einer Zigarre zu ziehen. Ich stellte mir vor, wie er ausatmete, wie der Rauch sich um ihn sammelte, während er in seinem Sessel saß und auf die Stadt hinaussah.

»Du weißt, warum ich hier sein muss«, sagte er endlich. »Gute Nacht, Sabrina.«

Er hatte aufgelegt, ehe ich die Chance gehabt hatte, noch einmal nachzufragen. Weil ich *nicht* wusste, warum. Nicht genau jedenfalls. War er in New York, weil das Team seine Hilfe brauchte? Weil Reach zu groß geworden war, um mit nur zwei Präsidenten zu funktionieren? So wurde es jedenfalls im Büro erzählt.

Aber es gab noch eine andere Möglichkeit. Eine, die ich mir erst eingestand, als das Telefon wieder sicher auf dem Wannenrand lag, ich die Augen geschlossen und meine Hand unter Wasser getaucht hatte, um meine Klit zu reiben, bis sie ein reifer kleiner Pfirsich war, wie Donovan ihn beschrieben hatte. In dieser Version der Geschichte war der Grund, aus dem er nach Hause gekommen war, der gleiche Grund, aus dem er zu spät zur Party gekommen war, und der gleiche Grund, aus dem er die Party früh verlassen hatte. Es war der Grund, aus dem er Weston dazu gebracht hatte, Elizabeth Dyson zu heiraten, statt sich selbst anzubieten.

Und es war der Grund, aus dem er angerufen hatte.

Der Grund war ich.

8. Kapitel

Montag herrschte ein betriebsames Chaos. Zwischen Meetings, Deadlines für Projekte und dem Kennenlernen der Belegschaft hatte ich kaum einen Augenblick Zeit, zu Atem zu kommen, ganz zu schweigen davon, dass ich über irgendetwas hätte nachdenken können, was nicht mit A/B-Tests und Call to Action zu tun hatte. Dieser Job stellte eine echte Herausforderung für mich dar, aber ich war bereit, mein Bestes zu geben.

Und genau deshalb hatte ich das Gebäude am Morgen in etwas betreten, das ich für meinen Powersuit hielt, und in der Absicht, mit Donovan Kincaid zu sprechen.

Samstagabend hätte nie passieren dürfen.

Samstagabend durfte sich nicht wiederholen.

Ich musste härter arbeiten als die, die ihren Abschluss auf einer der Ivy-League-Universitäten gemacht hatten, und jetzt, da ich dort war, wo ich immer hatte sein wollen, würde ich nichts tun, um meinen Job zu gefährden. Dazu gehörte auch, mich nicht mit Leuten wie Donovan abzugeben. Besonders, wenn ich wusste, was er in mir weckte.

Und ich konnte unsere Flugbahn nur korrigieren, indem ich mich ihr direkt entgegenstellte.

Der Powersuit, ein grauer Rock und eine maßgeschneiderte passende Jacke, war wichtig, weil das Kostüm mir nicht nur Selbstsicherheit verlieh, sondern weil es auch das Gegenteil von einem *sexy* Outfit war.

Es strahlte *Überlegenheit* aus.

Dominanz.

Entschlossenheit.

Was es nicht ausstrahlte, war *Mädchen gegen Buchregal mit Hosen um die Knöchel.*

Ehe ich also zu meinem Lunch-Meeting mit dem Leiter der Medienabteilung ging – einem knallharten Princeton-Absolventen, dem es nicht zu gefallen schien, Befehle von einer Frau annehmen zu müssen –, machte ich mich auf den Weg zu Donovan.

Da wir in völlig unterschiedlichen Abteilungen arbeiteten, hatten Donovan und ich noch überhaupt keinen Grund gehabt, miteinander zu reden, seit ich in der Agentur angefangen hatte, und es war das erste Mal, dass ich zu ihm ging. Es stellte sich heraus, dass sein Büro das war, was ich an meinem ersten Tag gesehen hatte, mit den undurchsichtigen Glaswänden.

Sie waren immer noch milchig, als ich ankam, aber die Tür stand offen. Ich spähte vom Flur aus hinein. Es sah aus, als wäre Donovan beschäftigt. Hoch konzentriert beugte er sich über seinen Schreibtisch und hatte das Jackett ausgezogen. Als er die Hand hob, um sich den Nacken zu reiben, spannte sich das Hemd über seinen Muskeln. Sein Anblick erinnerte mich an früher, wie er im Hörsaal hinter seinem Laptop saß. Irgendwie beruhigte mich die Erinnerung an den jüngeren Donovan, der für mich, wenn man es recht bedachte, eigentlich ein vollkommen Fremder war.

Außerdem fragte ich mich, an welche Dinge er sich über mich erinnerte. Der Gedanke daran machte mich noch nervöser. Ich wollte mich auf der Stelle umdrehen und zurück in mein Büro gehen.

Und ich war merkwürdig wütend deswegen. Denn wie konnte er es wagen zu glauben, etwas über mich zu wissen? Was auch immer er zu wissen glaubte, er lag falsch, und ich hatte vor, ihm genau das zu sagen.

Ich trat an den Tisch seiner Sekretärin. Sie war eine attraktive Frau mit schwarzen Haaren und dunkler Haut, aber woher genau sie kam, konnte man nicht sofort erkennen. Sie sah von ihrem Computer hoch, als ich mich näherte, und lächelte mich freundlich an, auch wenn ihr Gesichtsausdruck sagte, dass sie gerade schwer beschäftigt war und am besten nicht gestört werden wollte.

»Wir haben uns noch nicht kennengelernt, aber ich bin …«, fing ich an, wurde aber unterbrochen.

»Sie können Miss Lind reinschicken, Simone«, rief Donovan aus seinem Büro. Er bemerkte mich immer. Auch jetzt noch.

Ich sah ihn an und stellte fest, dass er sich abwartend in seinem Stuhl zurückgelehnt hatte. Die Unterlagen, an denen er eben noch gearbeitet hatte, hatte er zur Seite geräumt.

Ich wandte mich an Simone. »… und ich gehe wohl einfach rein.«

»Ja, Miss Lind«, sagte Simone, immer noch lächelnd, und heftete den Blick wieder auf den Bildschirm ihres Computers.

Ich zögerte gerade lange genug, um tief durchzuatmen. *Fünfundneunzig Prozent aller Selbstsicherheit bestehen darin, so auszusehen, als hätte man sie, auch wenn man sich nicht so fühlt*, sagte ich mir selbst. Ich wusste nicht, ob es stimmte, aber es klang gut, und ich beschloss, mich darauf zu verlassen.

Jetzt konnte ich nur noch hoffen, dass ich selbstsicher aussah.

»Sabrina«, sagte Donovan, als die Tür sich von selbst hinter mir schloss, »welchem Umstand verdanke ich das Vergnügen?«

Toll. Sowohl die Glaswände als auch die Tür funktionierten automatisch, wahrscheinlich konnte er sie von einem Schaltpult hinter seinem Schreibtisch bedienen. Ich wettete, dass er sich dadurch überlegen fühlte, diese Macht in seinen Fingerspitzen zu haben. Sie dürfte ein nützliches Werkzeug sein, wenn er mit aufmüpfigen Angestellten zu tun hatte. Er konnte sie damit einschüchtern, ohne auch nur den Mund aufzumachen.

Ich fühlte mich davon ebenfalls eingeschüchtert. Besonders, als er mein Zögern ausnutzte und diesen eindringlichen Blick auf mich richtete.

»Sag mir nicht, es gibt eine Note, die du mit mir besprechen willst.« Sein tückisches Lächeln verriet, dass er sich bis ins Detail an das letzte Mal erinnerte, als wir zusammen in einem Büro gewesen waren. Als ich ihm meine Unschuld geschenkt hatte.

Auf Wiedersehen, Selbstbewusstsein. Und den trockenen Slip konnte ich auch vergessen.

Nein, ich würde mich von ihm nicht kleinkriegen lassen. Wenn ich das nicht durchzog, würde es immer so weitergehen – er behielt die Oberhand und verwandelte jede Begegnung in eine perverse Version unserer Vergangenheit und gefährdete damit meine Karriere.

Ich konnte so nicht leben. Und das würde ich auch nicht tun.

»Nein, es gibt keine Note zu besprechen«, sagte ich kühl. »Ich dachte, wir können uns vielleicht über etwas anderes unterhalten.«

»Setz dich doch. Ich bin ganz Ohr.«

Ich schüttelte den Kopf. »Nicht hier.« Nicht in seinem Büro, in dem er das Sagen hatte. Das hatte ich schon einmal versucht. Ich würde es nicht noch einmal tun. Und auch das Konferenzzimmer war nicht geeignet. Ich wollte nicht, dass irgendwelche Kollegen uns sahen und anfingen zu tratschen. »Ich dachte, wir sollten zusammen zu Abend essen.«

»Dinner?«, fragte er, eine Augenbraue gehoben. »Oder meinst du Dessert?«

Sein teuflisches Grinsen war ablenkend. Wirklich ablenkend.

Aber ich war auf diese Art von Antwort gefasst gewesen und hielt den Rücken gerade. »Dinner. Ich denke, wir haben uns einiges zu sagen. Findest du nicht?«

Sein Lächeln verblasste ein wenig. »Haben wir wohl.«

Er trommelte mit den Fingern auf den Schreibtisch. Zweimal. Alle fünf Finger schnell hintereinander.

Dann sagte er: »Passt dir acht Uhr?«

»Heute?« Ich hatte erwartet, dass wir unsere Kalender vergleichen und uns für Donnerstag oder vielleicht nächste Woche Mittwoch verabreden würden. Irgendein Termin, der in naher Zukunft lag, aber doch nicht heute Abend!

»Es sei denn, du hast andere Pläne.«

Jetzt gab es kein Zurück mehr. Das hätte meine Position geschwächt, und ich musste in dieser Angelegenheit stark bleiben. »Nein. Heute Abend ist gut.«

Ich sah an meinem Powersuit hinab, der für ein Abendessen vollkommen ungeeignet war. Ich musste versuchen, bis spätestens um sechs Feierabend zu machen, was in der ersten Woche schwierig werden dürfte; aber vielleicht schaffte ich es, mich spätestens um sieben loszueisen, dann hätte ich noch genug Zeit, nach Hause zu gehen und mich umzuziehen.

Mir fiel ein anderes Problem ein. »Kannst du ein Restaurant vorschlagen? Ich bin noch neu in der Stadt und kenne mich nicht aus, aber ich kann auch meine Sekretärin fragen.«

Donovan beugte sich vor und nahm den Telefonhörer in die Hand. »Wie wäre es, wenn ich mich um alles kümmere?«

»Bist du sicher?« Ich klang geschlagen, weil ich es war. Es hätte *mein* Abendessen nach *meinen* Regeln sein sollen, um *meine* Angelegenheiten zu besprechen, und irgendwie war es ihm schon gelungen, den Tag und die Uhrzeit zu bestimmen. Jetzt würde er auch entscheiden, wo wir uns treffen.

»Ich bin mir sicher«, sagte er. Und in den Hörer: »Simone, ein Fahrer soll Sabrina bitte um Punkt acht Uhr bei ihr zu Hause abholen. Ihre Adresse ist im System. Dann rufen Sie bei Gaston's an und reservieren uns einen Tisch um acht Uhr fünfzehn.« Er hielt inne, während sie etwas entgegnete. »Ja. Nur für uns beide.« Er beendete das Gespräch.

»Der Fahrer schickt dir eine Textnachricht, wenn er da ist. Ich will nicht, dass du alleine draußen wartest.« Er sah mir in die Augen, um sich zu vergewissern, dass ich verstanden hatte. »War das deutlich?«

Meine Brust fühlte sich eng an.

Natürlich war es ein Gebot der Höflichkeit, dass ein Vorgesetzter sich um die Sicherheit seiner Mitarbeiter sorgte. Aber ich wusste, er meinte damit mehr als nur das. Er spielte darauf an, dass ich schon einmal allein im Freien gewartet hatte und *nicht* sicher gewesen war.

Und das berührte mich.

»Ja, das war deutlich«, erwiderte ich.

Und dann stand ich einfach da.

War es wirklich so einfach gewesen? Ich hatte mit einem Kampf gerechnet. Ich war darauf vorbereitet gewesen, ausführlich zu erläutern, warum wir ein Gespräch außerhalb des Büros führen sollten und das auch nicht am Telefon erledigen konnten. Ich hätte nie gedacht, dass er sich so rasch und bereitwillig einverstanden erklären würde.

»Sonst noch etwas?«, fragte Donovan.

»Nein. Es ist nur ... Danke, dass du einverstanden bist.« Ich verließ gestärkt sein Büro. Hoffentlich würde das Gespräch am Abend genauso unkompliziert verlaufen.

Bei Donovan allerdings lernte ich langsam, dass nichts genauso ausging, wie ich es erwartete.

Ich hoffte nur, ich konnte lernen, das nicht ganz so sehr zu mögen.

9. Kapitel

Es gelang mir, um halb acht zu Hause zu sein, was bedeutete, dass mir nur Zeit blieb, mich umzuziehen, nicht aber, mich frisch zu machen. Aber ich wollte ihn ja auch nicht beeindrucken. Tatsächlich wollte ich sogar das Gegenteil erreichen. Das Dilemma war, wie sich herausstellte, etwas zum Anziehen zu finden, was diesem Vorhaben entsprach.

Ich ging zum siebten Mal meinen Kleiderschrank durch. Warum sah alles, was ich besaß, so gut an mir aus?

Ich entschied mich für ein rotes Etuikleid. Es war kurz, aber hochgeschlossen, und da wir die meiste Zeit am Tisch sitzen würden, dürften meine nackten Beine kein Problem darstellen.

Es sei denn, wir saßen zusammen im Auto …

Nein. Ich würde nicht an die Dinge denken, die er mir über Sun erzählt hatte. Ich war nicht Sun, und genau deshalb trafen wir uns – damit er wusste, dass ich nicht Sun war. Dass ich es nie sein würde.

Das Etuikleid war in Ordnung.

Ich schaffte es um sieben Uhr neunundfünfzig in die Lobby, und wie Donovan versprochen hatte, kam der Wagen um Punkt acht Uhr an. Es war derselbe Jaguar, in dem ich Donovan schon gesehen hatte, aber als ich auf den Rücksitz glitt, war ich allein.

Das ist gut, redete ich mir ein.

Seltsam nur, dass *gut* sich so enttäuschend anfühlte.

»Holen wir als Nächstes Donovan ab?«, fragte ich den Fahrer, als er den Motor startete.

»Er erwartet Sie vor Ort, Miss Lind«, sagte er und machte sich dann nicht noch einmal die Mühe, mit mir zu reden, bis wir das Ziel erreicht hatten, ein Hochhaus an der Fifty-Eight Street.

»Nehmen Sie den Fahrstuhl«, wies mich der Fahrer an. »Das Restaurant befindet sich im obersten Stockwerk.«

Ich teilte mir den Fahrstuhl mit einem Pärchen. Als wir oben ankamen, öffneten sich die Türen direkt vor dem Empfangstisch von Gaston's. Ich bedeutete dem Pärchen vorzugehen und trat zur Seite, um aus dem Fenster zu sehen.

Von hier oben aus hatte man einen unverstellten Blick auf den Central Park. Es war herrlich – der lange rechteckige Fleck Natur, eingebettet in Stahl und Beton. Herrlich auch jetzt, als sich der Abend violett über die Stadt senkte. Ich konnte mir seine ganze Pracht bei Tageslicht vorstellen, die Bäume gekleidet in Gelb und Orange und Rot. Ich ahnte, schneebedeckt wäre es genauso atemberaubend. Und ebenso Ehrfurcht gebietend ganz in Grün.

Ich wusste, dass es nicht außergewöhnlich war, diesen Ausblick zu genießen, jeder hätte das getan, aber ich fühlte mich nahezu verzaubert. Vielleicht lag es daran, dass ich nie genug davon bekommen konnte, mich hoch über dem Erdboden zu befinden. Es fühlte sich so schwer verdient an, hier zu sein. Ganz oben. Dort, wo ich schon vor Jahren hätte sein sollen.

Das Pärchen vor mir wurde zu seinem Tisch geführt. Ich wandte mich der Hostess zu, um mich anzumelden.

»Ich bin mir nicht sicher, unter welchem Namen …«

Eine Hand legte sich fest an meinen Rücken und verursachte mir ein Prickeln auf der Haut.

»Sie gehört zu mir«, sagte Donovan der Frau am Pult.

Ich sah zu meinem Date hoch, und die Welt um mich herum schien stillzustehen. Er trug denselben Anzug wie früher am Tag, jetzt allerdings mit dem passenden Jackett. Es war ein schwarzer Dreiteiler, maßgeschneidert, sodass man keine Fantasie brauchte, um zu erkennen, wie gut Donovan unter seiner Kleidung aussah.

Seine Bartstoppeln waren verschwunden, seit wir uns in seinem Büro gesehen hatten, und er hatte Aftershave benutzt.

Er sah aus und roch wie die Art Mann, um den sich alle Mädchen reißen würden.

Und er war mit *mir* hier.

Das tückische Lächeln, mit dem er mich bedachte, ließ mir die Knie weich werden.

»Guten Abend, Mr. Kincaid. Wir haben den üblichen Tisch für Sie reserviert.«

Und das war noch ein Grund, warum ich daran denken musste, dass es eben *kein* Date war. Weil er die Art Mensch war, die einen »üblichen Tisch« hatte. Sicher, Weston war auch diese Art Mensch, aber darum ging es nicht. Außerdem störte es mich nicht so sehr, mir Weston mit anderen Frauen vorzustellen. Bei Donovan war das etwas anderes.

Ich konnte nicht in Worte fassen, warum das so war, vor allem deshalb nicht, weil ich mir Donovans Hand auf meinem Rücken mehr als bewusst war, während er mich durch das Restaurant führte. Seine Finger sandten mir Schauer über die Haut, selbst durch den dünnen Stoff meines Etuikleids hindurch.

Vielleicht hatte ich mir doch das falsche Outfit ausgesucht.

Es war eine Erleichterung, als er die Hand von mir nahm, damit ich mich setzen konnte, aber gleichzeitig fehlte mir auch was, weil es sich jetzt kalt anfühlte. Zur Ablenkung drehte ich den Kopf und sah aus dem Fenster, vor dem unser Tisch stand. Die Sonne war untergegangen, unter uns funkelten die Lichter der Stadt durch die dunklen Bäume.

»Es ist so schön.« Ich hatte mich entschieden, mit etwas Positivem zu beginnen. Die romantischen Aspekte des Ausblicks ließ ich unerwähnt.

»Ist es das?«, entgegnete Donovan. »Das fällt mir gar nicht mehr auf.«

Mistkerl. Aber er war auf mich konzentriert, statt aus dem Fenster zu sehen, vielleicht musste ich ihm das zugutehalten.

Ich hatte direkt zum Anlass unseres Treffens kommen wollen, aber der Kellner trat an unseren Tisch, und Donovan übernahm es, eine Flasche Wein für uns zu bestellen. Dann gab es die Speisekarte zu besprechen – ich probierte gerne neue Dinge, aber fast alles auf der Karte war mir fremd. Donovan musste mir jedes einzelne Gericht erklären, was er auch ausführlich tat.

Ich entschied mich für Steinbutt, einen europäischen Plattfisch in einer unaussprechlichen französischen Sauce.

Dann wurde der Wein gebracht, und Donovan bestand darauf, auf meine neue Stelle bei Reach anzustoßen, und dann kam auch schon das Essen.

»Das ist prompter Service«, sagte ich, nicht sicher, wie mir die Kontrolle über den Abend schon so entglitten sein konnte. Es erschien mir wie ein Wunder, dass wir es bis zum Hauptgang geschafft hatten, ohne dass Donovan etwas gesagt oder getan hätte, das typisch Donovan gewesen wäre.

»Sie wissen, wen sie bedienen«, sagte er und füllte mein Weinglas nach. Mir fiel auf, dass ich bereits ein halbes Glas getrunken hatte. Zeit, sich an Wasser zu halten.

Es war auch Zeit, zur Sache zu kommen. »Danke, dass du mit mir zu Abend isst, Donovan.«

»Das Vergnügen ist ganz auf meiner Seite. Ich sollte dir allerdings sagen, ich glaube, du täuschst dich, wenn du denkst, das Kleid, das du anhast, würde dich unattraktiv machen. Es braucht viel mehr als ein schlichtes Kleid, um dich vor mir zu verstecken.«

Ich musste die Zähne zusammenbeißen. Scheißkerl. Dafür, dass er wusste, was ich versucht hatte. Scheißkerl, weil er etwas so Gemeines gesagt hatte. Und dafür, dass sich unter allem ein Kompliment verbarg.

Und doppelt dafür, was das Kompliment andeutete. Er würde in mir keine Schuldgefühle wecken, weil ich mich versteckte. Ich wollte mich nicht von ihm finden lassen.

Das Funkeln in seinen Augen verriet, dass er wusste, er hatte sein Ziel getroffen. »Wie dem auch sei. Worüber wolltest du reden?«

Ich tupfte mir den Mund mit der Serviette ab. »Na ja. Erstens möchte ich festhalten, dass ich frauenfeindliche und sexuell unangebrachte Kommentare wie diesen nicht zu schätzen weiß.«

Er hielt inne, seine Gabel voll Meerbrasse schwebte in der Luft. »Auch wenn wir zwei allein sind?«

»Besonders wenn wir zwei allein sind. Was dir, da bin ich mir sicher, vollkommen egal ist. Du wirst tun, was du willst, ohne irgendwelche Einschränkungen zu haben, weil dir die Agentur gehört und so eben die Welt ist, in der wir leben.«

»Wie schrecklich bitter von dir.« Er führte die Gabel zum Mund und ließ den durchsichtigen Fisch zwischen seine Lippen gleiten.

Seine perfekten, unglaublichen, küssenswerten Lippen …

Nein, nicht perfekt. Nicht unglaublich. Auf keinen Fall küssenswert. »Ich bin Realistin«, erwiderte ich, beim Thema bleibend. »Meiner Erfahrung nach ist die Realität bitter.«

»Da werde ich dir nicht widersprechen.« Er hob sein Weinglas, als wollte er auf diese Aussage trinken.

Ein Punkt erledigt. Blieb ein zweiter. Der wichtigste.

»Zweitens.« Ich konzentrierte mich auf meinen Steinbutt, denn ich konnte Donovan nicht in die Augen sehen. »Du und ich haben eine Vergangenheit, über die wir reden müssen.«

Gott, ich war so ein feiges Huhn. *Wir hatten Sex.* Nicht einmal das konnte ich aussprechen. Wie lächerlich war das bitte? Es war nur Sex.

Nur, dass es eben nicht nur das gewesen war. Mit Weston hatte ich nur Sex gehabt, und wir mussten nicht beim Abendessen darüber sprechen, wie die Dinge sich deshalb verändert hatten.

Aber es gab keine Worte für das, was zwischen Donovan und mir geschehen war, also musste ich improvisieren.

Und jetzt, da ich es erwähnt, es anerkannt hatte, schien die Luft zwischen uns doppelt so schwer zu sein.

Ich sah von meinem Teller hoch und stellte fest, dass er mich eindringlich ansah.

»Eine Vergangenheit«, wiederholte er, jetzt, da ich ihn direkt ansah. »Ja. Im Grunde war ich dein Lehrer.«

Auf mehr als eine Weise.

Auch das wusste er, wusste, dass ich noch Jungfrau gewesen war. Seine Aussage triefte vor Zweideutigkeit.

Ich nippte schnell an meinem Wein in der Hoffnung, dass ich den Alkohol als Ausrede für die Röte in meinen Wangen nutzen konnte.

Mit dem Wein in der Hand fühlte ich mich mutiger. Die Tür stand einen Spalt breit offen, aber ich musste sie noch durchschreiten. Es gab Dinge, die er gesagt und getan hatte, die ich nie ganz verstanden hatte, und ich wollte Antworten.

»Du hast mir eine schlechte Note gegeben«, begann ich.

»Und das haben wir geändert.« Sein Grinsen war maliziös und lenkte mich ab.

Ich verzog das Gesicht. »Du warst grausam zu mir.«

»War ich?« Das Funkeln in seinen Augen war eine weitere Ablenkung.

»Warum?«

»Wahrscheinlich aus dem gleichen Grund, aus dem ich jetzt grausam zu dir bin.«

Seine Antwort brachte eine weiche Saite in mir zum Klingen, aber äußerlich blieb ich hart. »Der da wäre?«

»Wenn du es jetzt noch nicht verstanden hast, dann weiß ich nicht, wie ich es dir erklären soll.«

Ich hielt seinem Blick stand, während ich mich zurücklehnte und meine Arme auf den Stuhllehnen ablegte. »Ist es wegen Amanda?«

Das war einfach ein Schuss ins Blaue. Alles, was ich über Amanda wusste, hatte ich von Weston erfahren, als ich noch in Harvard gewesen war. Sie war mit Donovan verlobt gewesen und bei einem Autounfall ums Leben gekommen, ehe ich an der Uni angefangen hatte. Gerüchtehalber hatte es Donovan schwer zugesetzt.

War er aus diesem Grund so ein Arsch zu mir? Weil er immer noch um seine erste Liebe trauerte? Der Grund gefiel mir. Das war leichter zu glauben als einige der Alternativen.

»Ich rede nicht über sie«, entgegnete Donovan schroff und machte damit deutlich, dass das Thema für ihn nun beendet war.

Zugegeben, es war wahrscheinlich gemein gewesen, sie zu erwähnen. Aber fast alles, was Donovan mir angetan hatte, war mehr als gemein gewesen. War es da nicht nur fair, mich zu revanchieren?

»Dann gehe ich davon aus, dass es wegen ihr ist«, sagte ich. Ich wollte die Dinge an diesem Abend unbedingt klären, ob er sich darauf einließ oder nicht.

»Du weißt, was man von Leuten sagt, die voreilige Schlüsse ziehen.« Er hatte die Gelassenheit von vorher verloren, und es kam mir fast so vor, als hätte ich gewonnen, aber der Sieg fühlte sich schal an.

»Du bist bereits ein Idiot, also worüber machst du dir Sorgen?« Ich hob eine Hand, als er mich unterbrechen wollte. »Du musst sie wirklich geliebt haben.«

»Du hast mich nicht zum Abendessen gebeten, um Vermutungen über meine tote Verlobte anzustellen.«

Er hatte recht. Das hatte ich nicht.

Ich sah aus dem Fenster, nicht sicher, was ich wirklich von ihm wollte. Hören, dass er die Frau geliebt hatte, mit der er verlobt gewesen war? Natürlich hatte er das. Ihn das sagen zu hören würde mich nicht weiterbringen.

Außerdem ging es eigentlich gar nicht darum, was ich von Donovan hören wollte. Es ging darum, was er von mir hören musste.

Ich wandte mich wieder ihm zu. »Das, was damals zwischen uns passiert ist, hat womöglich bei dir einen falschen Eindruck entstehen lassen. Und du hältst mich für jemanden, der ich nicht bin.«

»Ach, wirklich?« Er legte den Kopf schräg. »Da bin ich gespannt.«

»Dass ich gestern Nacht am Telefon geblieben bin, war ein großer Fehler. Ich hätte auflegen sollen, aber ich hatte etwas getrunken.«

Er verdrehte dramatisch die Augen. »Du hättest bei einem Freund einfach auflegen sollen?«

»Einen, der mit sexuellen Kommentaren provozieren will? Ja.« Ich zeigte mit dem Finger auf ihn. »Und sage nicht, sexuelle Belästigung war unsere Spezialität, denn genau davon rede ich. Dieser Eindruck von mir, dass es das ist, was ich will – der ist falsch.«

»Das ist *nicht* das, was du willst?« Wie er mich ansah – mich mit diesen braungrünen Augen und diesem intensiven Blick zu durchbohren schien –, brachte meine Entschlossenheit ins Wanken. War es nicht doch das, was ich wollte? Wonach ich mich sehnte? Was mich richtig anmachte?

Aber ich preschte vorwärts. »Ist es nicht. Damals, als ich nach Harvard ging, habe ich so eine Art Fixierung auf dich entwickelt, nachdem du mich davor bewahrt hast, von Theodore Sheridan vergewaltigt zu werden.«

Er ließ seine Gabel auf den Teller fallen, so scheppernd, dass ich zusammenzuckte. »Eine Fixierung. So nennst du das.«

Er klang sauer, was ich nicht verstehen konnte, es handelte sich doch schließlich um meine Probleme. Unwillkürlich ging ich in die Defensive. »Es klingt blöd, aber das passiert. Es hat sogar einen Namen – eine Art des Transfers. Das geschieht, wenn man sich auf jemanden fixiert, um auf diese Weise ein Trauma aus der Vergangenheit auszulöschen oder zu verändern.«

»Hast du mit einem Therapeuten gesprochen, um diesen Mist herauszufinden?«

»Nein.« Ich rutschte auf meinem Stuhl hin und her. Der Gesprächsverlauf gefiel mir nicht. »Ich habe Bücher gelesen und viel online recherchiert. Jedenfalls war das eine Phase, und die ist vorbei. Ich habe damals mitgemacht, aber dieses Mädchen bin ich nicht mehr.«

»Rede dir das ruhig weiter ein, Sabrina«, sagte er scharf.

Seine Herablassung versetzte mir einen Stich, aber es ärgerte mich, dass er nicht verstand, worum es ging. »Ich erzähle es *dir*.«

Sich nach vorne beugend knurrte er regelrecht: »Warum?«

»Warum ich es dir erzähle?«

»Ja. Warum?«

»Damit du es weißt.«

»Du meinst, damit ich *aufhöre*. Damit ich aufhöre, Dinge zu *sagen* und zu *tun*, Dinge, die dir vielleicht unangenehm sind, bei denen du dich aber auch wahrscheinlich zum ersten Mal seit Jahren richtig lebendig fühlst. Aber weißt du, was das Problem dabei ist? Das Problem ist, du willst eigentlich nicht mich aufhalten, sondern dich selbst, deine Reaktion auf mich. Und die löst sich nicht durch Recherche oder Alkohol oder ernste Gesprächen in Luft auf. Und egal, wie oft du mir diese Geschichte erzählst, oder dir selbst, es wird nichts daran ändern, dass es genau das ist – nur eine Geschichte.«

Meine Augen fühlten sich feucht an. Nicht feucht genug, um zu weinen, aber doch so feucht, dass sie brannten. Ja, ich wollte aufhören, auf ihn zu reagieren. Ja. Er wusste es. Verdammt, er wusste es, auch wenn ich es nicht aussprechen konnte. Was ihm nicht klar zu sein schien, war, dass ich aufhören würde, wenn er nur erst aufhören würde.

Denn er war es, der diese Seite in mir hervorbrachte. Kein anderer.

Ich trank meinen Wein aus und stellte das leere Glas auf den Tisch.

»Wir müssen uns nicht einig sein.« Meine Kehle fühlte sich trocken an, obwohl ich gerade etwas getrunken hatte.

»Nein, müssen wir nicht«, sagte er bitter und hob dabei seine Gabel an. »Ich muss dich nur in Ruhe lassen.«

Wir beendeten die Mahlzeit schweigend. Mit jeder schrecklichen, unangenehmen Sekunde, die verstrich, rief ich mir in Erinnerung, dass es genau das war, was ich gewollt hatte. Er würde mich nach diesem Essen nicht mehr belästigen. Er schien mich jetzt zu hassen, warum auch immer. Ehrlich gesagt dachte ich auch nicht zu intensiv darüber nach. Ich hatte zu viel damit zu tun, mich selbst zu hassen.

War Übertragung nur eine Ausrede? Ein hübsches Label für die schmutzige Wahrheit darunter?

Aber wenn ich nicht auf kranke, dreckige Dinge stand, weil Donovan mich gerettet hatte, bedeutete das, ich mochte es einfach. Alles. Auch den Teil, wo er grausam und schrecklich zu mir gewesen war. Auch den Teil, wo er immer noch grausam und schrecklich war.

Ich grübelte immer noch, während wir zusammen in den Aufzug stiegen. Die Spannung legte sich dicht um uns und schien in dem kleinen geschlossenen Raum noch intensiver zu werden. Sie war förmlich greifbar. Wie eine Mauer zwischen uns.

Wir waren erst ein paar Stockwerke abwärtsgefahren, als die Kabine plötzlich mit einem Ruck zum Stehen kam. Ich sah zu Donovan – seine Hand befand sich auf der Notbremse.

Mein Herz fing an zu hämmern.

Sofort hatte er mich gegen die Wand gedrückt.

»Sabrina …« Er sah mir forschend ins Gesicht, suchte nach einer Antwort, von der ich mir nicht sicher war, ob ich sie ihm geben konnte.

»Ich habe keine Angst vor dir.« Ich presste mich enger an die Wand, aber mein Bauch fühlte sich an, als hätten die Schmetterlinge die Kontrolle übernommen, und *Mist, er hatte recht*. Ich fühlte mich lebendig.

»Nein. Das war nie das Problem. Das Problem war, dass dir gefallen hat, dass du es tust.«

Er drängte sich an mich, so nah, dass ich ihn an meinem ganzen Körper spüren konnte, ohne dass er mich überhaupt berührte. »Ich kann mich noch an jede Regung in deinem Gesicht erinnern, während du gekommen bist.«

Ich wandte den Blick ab, obwohl seine Nase nur ein Stück von meiner entfernt war. »Das war vor zehn Jahren.« Aber auch für mich war es noch so gegenwärtig, als wäre es gestern gewesen.

»Die Laute, die du von dir gegeben hast. Wie du meinen Namen gesagt hast.« In seiner Stimme lag schmerzliche Sehnsucht, die meinen Blick wieder auf ihn zog.

Ich konnte mich daran erinnern, wie er gerochen hatte. Wie das Buchregal sich mir in den Rücken gedrückt hatte. Wie es sich angefühlt hatte, als er in mich eingedrungen war – als würde ich entzweigerissen, in der Mitte gespalten –, wie es sich angefühlt hatte, als würde nur noch er mich zusammenhalten.

Und wenn das alles gewesen wäre, an das ich mich erinnerte, dann hätte ich ihn jetzt angefleht, mich zu küssen, weil es nichts gab, was ich in diesem Augenblick mehr wollte, als seine Hände auf mir zu spüren, überall auf mir. Ich wollte wieder all diese Dinge spüren, die er mich damals spüren ließ. All die Dinge, die er mich immer noch fühlen ließe, wenn ich es wagte, es ihm zu erlauben.

Aber da war noch mehr gewesen, und ich hatte es nicht vergessen.

»Ich erinnere mich, wie du mich danach wie ein benutztes Spielzeug weggeworfen hast. Wie du mich zu deinem Freund geschickt hast.«

Donovan schloss kurz die Augen und atmete aus.

»Zu Weston.« Er trat einen Schritt zurück, entließ mich aus der Falle. »Das stimmt. Das war klug von mir.«

Er wich zurück, bis er am anderen Ende des Fahrstuhls stand. »Weston wäre gut für dich. Du wärest auch gut für ihn. Wenn diese ganze Heiratsgeschichte vorbei ist, meine ich.«

Ich lachte bitter auf. »Dann soll ich mich also an Weston halten.« Wirklich? Davon fing er wieder an?

»Warum nicht? Unter der Voraussetzung bist du doch hergekommen, oder? Ich glaube, das wäre eine ausgezeichnete Wahl für euch beide.«

Mir fehlten die Worte. Vor dreißig Sekunden war er kurz davor gewesen, mir die Kleider vom Leib zu reißen, und jetzt sprach er sich dafür aus, dass ich eine Beziehung mit seinem Geschäftspartner und Freund einging.

Wie auch immer die Regeln des Spiels lauteten, das er spielte, es hatte sich seit der Uni nicht verändert. Meines schon. Damals hatte ich mich von ihm verletzen lassen. Dieses Mal spielte ich mit. »Schön. Dann mache ich das.«

Das schien ihn stutzen zu lassen. »Wirklich?«

»Sicher. Sobald das mit der Hochzeit vorbei ist. Danke für den Vorschlag.«

»Stets zu Diensten.« Er löste die Notbremse, und der Fahrstuhl setzte sich wieder in Bewegung.

Der Jaguar wartete auf der Straße, aber meine Bedenken, eine gemeinsame Fahrt mit ihm überstehen zu müssen, erwiesen sich als überflüssig. Nachdem er mir die Tür aufgehalten hatte, damit ich einsteigen konnte, schloss Donovan sie wieder und klopfte auf das Dach des Wagens.

Der Fahrer fuhr los, und als ich mich noch einmal umdrehte, war Donovan bereits verschwunden.

10. Kapitel

Ich zupfte mir nervös an den Haaren, während Nate Sinclair die Pinnwände im Konferenzraum betrachtete. Daran hingen Ideen und Inspirationen für eine Kampagne, die wir Phoenix Technology vorstellen wollten – eine multinationale Technikfirma, die zu den führenden Designern und Entwicklern von Computersoftware und -hardware gehörte. Meine Mitarbeiter hatten alles relevante Material für eine PowerPoint-Präsentation für das Meeting am nächsten Tag zusammengestellt, aber die Brainstorming-Wände standen noch, falls wir in letzter Minute etwas ändern mussten. Ich hatte schon früher festgestellt, dass es bei einem Teamprojekt sehr viel einfacher war, mit einem für alle zugänglichen Format zu arbeiten, also hatte ich diesen Stil beibehalten, als ich bei Reach angefangen hatte.

Trotzdem fühlte es sich jetzt unangenehm an, als mein Vorgesetzter meine Arbeit auf diese Weise begutachtete. Als wäre sie nackt und roh. Als wäre *ich* nackt und roh. Ich war dankbar, dass das Oberlicht ausgeschaltet war und nur die Spots schienen. Vielleicht konnte die Dunkelheit verbergen, wie nervös ich war.

»Wir können das alles noch ändern, wenn die Kreativabteilung es wünscht«, sagte ich, falls Nate die Strategie nicht gefiel. Nicht, dass er irgendetwas in diese Richtung gesagt hätte.

Er stand jetzt vor einem Zeitschriftenartikel, der ein Diagramm über die beste Nutzung von Social Media beinhaltete. »Ich mache mir keine Sorgen. Das ist Westons Abteilung.«

Ach ja. Nate war das egal. Er war nur hier, um Zeit totzuschlagen, während seine Abteilung sich eine Werbekampagne überlegte. Seine Mitarbeiter hatten schon mehrere Ideen vorgelegt, und bisher hatte er jede einzelne abgelehnt.

Weston dagegen war schon nach Hause gegangen. Er war im Allgemeinen nicht der Typ, der lange nach Feierabend blieb, das hatte ich schon herausgefunden. Besonders in letzter Zeit, seit er so viel damit zu tun hatte, seine bevorstehende Hochzeit zu planen, die bereits in sechs Wochen stattfinden sollte.

Meine Nervosität hatte nur mit mir selbst zu tun, mit niemandem sonst. Ich war seit einem Monat bei Reach, und da die Agentur ein so schnelles Tempo vorlegte, hatte ich bereits mehrere Marketingpläne meines Teams umsetzen können. Aber Phoenix war die erste Kampagnen-Präsentation, an der ich beteiligt war. Es war für die ganze Agentur wichtig, und die Nerven waren bei allen Angestellten zum Zerreißen gespannt. Ich hatte gerade einige meiner Mitarbeiter in einem der Arbeitszimmer zurückgelassen, wo sie sich darüber stritten, welche Hintergrundfarbe die PowerPoint-Folien haben sollten, als ginge es dabei um Leben und Tod.

Ich seufzte und kreiste dabei die Schultern, um sie zu entspannen. »Und du bist sicher, dein Team wird sich etwas überlegen?«

Nate strich sich mit der Hand übers glatt rasierte Kinn. »Noch vor einem Jahr hätten wir bei Phoenix keine Chance gehabt. Eine Gelegenheit wie diese kommt nicht jeden Tag, und ich werde dafür sorgen, dass wir sie nutzen. Das ist das Beste, was wir tun können.« Er drehte sich zu mir um. »Aber wenn wir den Auftrag nicht bekommen, dann eben nicht. Das liegt nicht daran, dass ich kein gutes Team habe. In der Werbung geht es darum, die richtige Welle zur richtigen Zeit zu erwischen. Manchmal reitet man den höchsten Kamm, manchmal geht man unter.«

Ich legte den Kopf schief und musterte ihn. »Nathan Sinclair, bist du heimlich ein Surfer?«

Nate war zehn Jahre älter als Donovan, der schon fünf Jahre älter als ich war, und bis auf die knappe Biografie auf der Webseite der Agentur wusste ich nicht viel über ihn. Ihm schien es so zu gefallen. Jedes Mal, wenn ich versuchte, ihn etwas über sein Leben zu fragen, war er mir ausgewichen. Entweder war er ungewöhnlich zurückhaltend oder ein Mann mit faszinierender Vergangenheit.

Ich wettete auf Letzteres.

An diesem Abend hatte er das Jackett ausgezogen und die Ärmel seines Hemds bis zu den Ellenbogen hochgerollt, sodass er Tätowierungen auf beiden seiner Unterarme preisgab. Ich hatte ihn einmal auf einer Harley zur Arbeit fahren sehen. Ich konnte ihn mir gut bei einem Hang Ten auf dem Surfbrett vorstellen.

Aber er lachte nur. »Ich versuche nur, mich mit dem California Girl anzufreunden.«

»In all den Jahren, die ich dort gelebt habe, bin ich wohl nie zum California Girl geworden. Ich glaube, die paarmal, die ich am Strand war, kann man an einer Hand abzählen.« Ich war mir nicht einmal sicher, ob ich je braun geworden war.

»Workaholic.«

Ich spähte zur Uhr. »Sagt der Mann, der um einundzwanzig Uhr siebenunddreißig noch im Büro ist.«

»Ich bin erst zum zweiten Mal diese Woche nach acht hier.«

»Es ist Dienstag.«

Es klopfte am Türrahmen, da die Tür bereits offen war. Wir drehten uns um. Einer der Männer aus der Kreativabteilung stand dort.

»Hey, Nate, was halten Sie von der ›American Idea‹? Dieses Konzept ist im letzten Wahljahr oft umgesetzt worden. Vielleicht können wir versuchen, es als eine Art einigende patriotische …«

Nate unterbrach ihn. »Können wir nicht machen. ›American

Idea‹ ist Donald Trumps Trademark.« Er dachte einen Augenblick nach. »Aber die Richtung gefällt mir. Lasst uns weiter darüber nachdenken. Ich komme mit und brainstorme mit euch.« Die beiden verließen zusammen den Raum.

»Schickt jemanden, um mich zu holen, wenn ihr etwas habt«, rief ich ihnen nach. »Ich bin oben in meinem Büro.« Dann drehte ich mich wieder zu den Pinnwänden um. Wenn die Reichweite der Kampagne größer angelegt wurde, mussten wir unsere Strategie dann daran anpassen?

Die Vorstellung, noch etwas ändern zu müssen, machte mich müde – eher noch müder –, aber ich war entschlossen, mein Bestes zu geben. Ich ging rückwärts, um unsere Strategie in ihrer Ganzheit besser sehen zu können, bis ich gegen einen der Tische stieß.

»Scheiß drauf«, murmelte ich in mich hinein und setzte mich auf den Tisch. Es war bereits spätabends, und ich war noch im Büro. Ich konnte es mir genauso gut bequem machen. Da ich schon dabei war, zog ich mir die Schuhe aus und legte mir einen nylonbestrumpften Fuß aufs Knie, um ihn zu massieren, während ich mir die Pinnwände ansah und nachdachte.

Die nächsten paar Minuten war ich vollkommen in Gedanken versunken, aber nicht so sehr, dass ich nicht bemerkt hätte, wie die Temperatur im Raum sich veränderte. Es fühlte sich wärmer an. Als wäre grade die Heizung angesprungen.

Jemand war hereingekommen und hatte sich neben den Tisch gestellt.

Ich atmete langsam ein. Ich wollte den Kopf nicht drehen, wollte nicht in seine Richtung sehen, denn ich wusste genau, wer da gekommen war, und in diesem Augenblick stand er neben mir, und während ich noch so tat, als hätte ich ihn nicht bemerkt, musste ich zumindest nicht so tun, als wäre es mir egal.

Aber dann hielt er mir einen Pappbecher mit Kaffee hin, und ich musste ihn ansehen.

»Du arbeitest spät«, sagte Donovan.

Außer bei Meetings und auf den Korridoren hatte ich in dem Monat, seit er mich zu Gaston's ausgeführt hatte, nicht mehr mit ihm gesprochen. Wir hatten die Dinge in der Schwebe gelassen, und das nagte an mir, wenn ich es zuließ, aber wenn ich es nicht tat, war unsere Arbeitsbeziehung gut. Er belästigte mich nicht. Ich belästigte ihn nicht. Er tat, worum ich ihn gebeten hatte – er ließ mich in Ruhe.

Das ist es, was ich will, rief ich mir oft in Erinnerung. Es war das Beste.

Und doch konnte ich nicht leugnen, dass seine Nähe sich so anfühlte wie ein Sonnenstrahl nach einer langen Winterkälte.

Ich nahm den Kaffee und fragte mich, ob er eine Art Friedensangebot sein sollte. »Ich will sichergehen, dass der Plan, den wir uns überlegt haben, zu der neuen Kreativkampagne passt, wenn sie durch ist.«

Nachdem ich am Kaffee genippt hatte, stellte ich den Becher neben mich und versuchte zu ignorieren, dass es in meinem Bauch zu flattern anfing, als Donovan sich meine Arbeit ansah.

Es wurde auch nicht besser, als er mich wieder ansah. »Du hast ein qualifiziertes Team. Vertraust du deinen Leuten nicht?«

»Doch, natürlich.« Wirklich, das tat ich. Aber es war mein erster großer Deal. Mein Name würde überall darunterstehen. Ich wollte dafür sorgen, dass wirklich jedes Detail stimmte.

Aber ich wollte das niemandem erklären müssen. Ganz besonders nicht ihm.

»Lass mich dir einen Rat geben«, sagte er und zog sich dabei einen Stuhl heran.

»Nur wenn es unbedingt sein muss.« Ich war gleichzeitig interessiert an seiner Meinung und eingeschüchtert von ihm. Normalerweise hielt er sich nie in diesem Stockwerk auf. »Warum bist du überhaupt hier unten?«

Er drehte den Stuhl zu mir hin und setzte sich. »Um dich zu nerven. Kein anderer Grund.« Er streckte die Hand aus, Handfläche nach oben. »Gib mir deinen Fuß.«

Ich sah hinab auf meinen Fuß in meinem Schoß, den ich noch immer halbherzig knetete. War das ein Angebot ...? »Nein!«

Er warf mir einen schiefen Blick zu. »Komm schon, Sabrina. Du siehst erledigt aus. Ich schulde dir wenigstens eine Fußmassage.« Als ich immer noch zögerte, fügte er hinzu: »Vollkommen harmlos. Versprochen. Wir sind hier nicht die Einzigen heute Abend. Was sollte ich also mit dir machen?«

Was er mit mir *machen* sollte? Was für eine vieldeutige Frage. Er könnte mich mitten in einer Menschenmenge bis aufs Äußerste foltern, und niemand würde es auch nur merken. Er folterte mich ständig, ohne auch nur im gleichen Zimmer mit mir zu sein, und *er* merkte es nicht einmal.

Aber er hatte recht gehabt mit dem, was er bei Gaston's gesagt hatte – ihn zu bitten, damit aufzuhören, hatte nichts geholfen. In dem Monat, der seitdem vergangen war, war er auf Distanz geblieben, aber ich dachte trotzdem noch an ihn. Und sobald ich seine Gegenwart spürte, leuchtete etwas in mir auf.

Was sollte es also noch ausmachen, wenn ich mir von ihm die Füße massieren ließ? Es könnte einen Waffenstillstand bedeuten. Und unsere Arbeitsbeziehung verbessern.

Zögernd streckte ich ihm meinen Fuß entgegen.

Er fing an, die Sohle durch meine schwarzen Nylonstrümpfe zu massieren. Er war dabei nicht sanft, sondern benutzte den Daumen, um tief in meine Muskeln zu graben, aber er schien zu wissen, wo genau er massieren musste und wie viel Druck nötig war, um Verspannungen zu lösen, nicht nur in meinem Fuß, sondern auch in meinen Schultern und meinem Rücken.

»Das machst du gut.« Ich konnte nicht aufhören, ihn zu beobachten. Konnte nicht aufhören, sein Gesicht zu betrachten und wie ernst er aussah. Wie konzentriert.

»Ich weiß.« Seine Finger bewegten sich hoch zu meinem Knöchel, und mein Bein fing an zu kribbeln, als hätte ich zu lange darauf gelegen und es wäre eingeschlafen.

Ich wollte mich von ihm lösen. Aber ich konnte nicht.

Er sah zu mir hoch und grinste, als könnte er meinen inneren Zwiespalt spüren und würde ihn genießen. »Und jetzt mein Ratschlag.«

»Ich wusste, dass es einen Haken gibt.« Ich schnaubte, tat so, als wäre ich empört, aber eigentlich wollte ich nur verbergen, dass ich ein wenig zittrig atmete.

»Natürlich gibt es einen Haken. Hör auf, dich dagegen zu wehren.« Es war sowohl ein Befehl als auch eine Bitte, und etwas daran ließ mich tatsächlich innehalten, zuhören und mich fragen, ob es ihm um noch etwas anderes ging, als dass ich seinen Weisheiten lauschen sollte.

»Sag, was du sagen willst«, meinte ich nach einem Moment. Wahrscheinlich war es keine gute Idee, ihn anzuhören. Schlechtere fielen mir kaum ein.

Inzwischen massierte er meine Waden. »Du hast den Job bereits.«

»Ich habe keine Angst, meinen Job zu verlieren.« Okay, ein bisschen hatte ich schon Angst, meinen Job zu verlieren.

»Du hast das Gefühl, du müsstest etwas beweisen.«

Ich schürzte die Lippen. »Vielleicht müsste ich mich nicht so fühlen, wenn nicht einer meiner Vorgesetzten jede Gelegenheit nutzen würde, meine Fähigkeiten infrage zu stellen.«

»Ich weiß nicht, wovon du redest. Nate mag dich, und wir wissen beide, dass Weston sich mehr für das interessiert, was unter deinem Rock ist, als das, was sich in deinem Kopf befindet.« Aber er lächelte dabei. Er wusste, ich sprach von ihm.

»Du bist ein unglaubliches Arschloch.« Ich lächelte zurück. Widerwillig.

Donovan ließ mein Bein los. »Also, Weston wird dir nicht kündigen, aber wenn du etwas Festes mit ihm willst, hast du noch einige Arbeit vor dir.«

Ich horchte auf. »Was meinst du?«

»Weston wird das Interesse verlieren.«

Oh. Eine Sekunde lang hatte ich geglaubt, er würde über meine Karriere reden. Ich hatte ganz vergessen, dass ich Donovan dummerweise gesagt hatte, ich würde mich an Weston heranmachen, wenn seine Ehe annulliert worden war.

Ich wollte gerade widersprechen, da griff Donovan nach meinem anderen Fuß und begann, auch diesen zu massieren, und damit war ich wieder ganz auf ihn konzentriert.

»Für dich wird er sich länger als gewöhnlich interessieren, würde ich sagen«, fuhr Donovan fort, während ich ein Stöhnen unterdrückte, »einfach weil es zurzeit verboten ist. Das findet er spannend.«

Er fand eine besonders empfindliche Stelle und presste den Daumen tiefer hinein.

Ich biss mir auf die Unterlippe.

»Aber wenn der Ehering wieder abgelegt ist und er dich eine Weile genossen hat, wird er sich früher oder später langweilen, das steht fest. Das ist seine übliche Verhaltensweise. Deswegen musst du keine Tränen vergießen. Es hat nichts mit dir zu tun.«

Donovan hielt inne und schwieg, wartete, bis ich verstanden hatte.

Was ich verstand, war, wie gut seine Hände sich auf mir angefühlt hatten, aber ich ging in Gedanken schnell noch einmal durch, war er gerade gesagt hatte, und versuchte, die Worte in einen Zusammenhang zu bringen.

Ich fuhr mir mit zwei Fingern über die Stirn. »Lass mich sehen, ob ich das richtig verstehe. ›Versuch es mit Weston, du wirst gut für ihn sein, aber sei nicht traurig, wenn er sich mit dir langweilt, so ist er eben einfach.‹ Sag mir, wenn ich falschliege, aber das klingt fast so, als würdest du deine Empfehlung für unser Zusammensein zurückziehen.«

Wenn Donovan tatsächlich versuchte, mich davon abzuhalten, mit Weston zusammen zu sein … na ja, das hätte Folgen. Folgen, die ich jetzt noch nicht ganz überblicken konnte. Auch wenn mir gefiel, was es möglicherweise bedeuten könnte.

»Überhaupt nicht. Ich verstärke meine Empfehlung noch, indem ich dich nicht nur warne, sondern dir auch sagen werde, was du tun solltest, um sicherzugehen, dass er sich mit dir nicht langweilt.«

»Du willst mir sagen, wie ich Weston halten kann.« Die Enttäuschung in meiner Stimme klang fast wie Fassungslosigkeit. Vielleicht war es beides.

»Will ich. Dir muss klar sein, dass das Problem bei Weston liegt. Er wirkt wie ein offenes Buch, aber der Grund, warum er noch nie eine ernsthafte Beziehung mit jemandem gehabt hat, ist, dass er noch nie einer Frau erlaubt hat, hinter die Fassade zu sehen, die er um sich herum errichtet hat, und sein wahres Ich kennenzulernen.« Donovan strich mit den Händen meinen Unterschenkel entlang und schien meine Haut durch die Strümpfe hindurch zu versengen.

Wie war es möglich, dass er mich gleichzeitig brandmarkte und verschacherte? Es war nicht das erste Mal. Wie konnte ich mich noch nicht daran gewöhnt haben?

Ich legte die Hände um die Tischkante, um mich abzustützen.

»Wenn du einen Platz in seinem Herzen willst, musst du es zuerst finden.«

»Nichts einfacher als das«, entgegnete ich sarkastisch. Donovans Ratschläge mochten großzügig gemeint sein, aber sie schmeckten sauer. Das war nicht die Art Rat, die ich wollte.

»Ich kann dir nicht sagen, wie du es genau anstellen sollst. Das wirst du selbst herausfinden müssen. Aber ich nehme an, du weißt einiges darüber, wie man sich vor anderen versteckt, da du es selbst so gut kannst.«

Ich versuchte, ihm meinen Fuß zu entziehen, aber er festigte seinen Griff und ließ mich nicht los.

»Du weißt überhaupt nichts über mich«, rief ich.

»Oh, Sabrina«, rügte er mich. Seine Arroganz ärgerte mich. Warum erregte sie mich auch so?

»Wo wir beim Thema sind …« Wieder fuhr er mit den Händen langsam meinen Unterschenkel hinauf. »Du wirst dir selbst nicht treu sein können, wenn du mit ihm zusammen bist. Das weißt du bereits. Du wirst es akzeptieren müssen.«

Ich schüttelte den Kopf. Er konnte nicht wirklich das meinen, was ich befürchtete.

»Schüttele nicht den Kopf über mich. Du weißt, wovon ich rede. Er wird dich sexuell nicht befriedigen können.«

»Du weißt, dass ich schon mit ihm geschlafen habe.«

»Danke für die schmerzhafte Erinnerung. Ich bin mir sicher, du wirst mir jetzt erzählen, dass er dich hat kommen lassen. Aber wir wissen beide, dass es größere sexuelle Erfüllung gibt, als nur einen Orgasmus zu bekommen, wenn du mir also nicht auch sagen kannst, dass du bei ihm die ganze Nacht durchgeschlafen hast, dann lass uns nicht darüber reden, was Weston im Schlafzimmer für dich tun kann.«

Mein Atem ging auf einmal flach, meine Arme waren von einer Gänsehaut überzogen. Wie konnte er das alles wissen? Dass ich Schlafprobleme hatte? Dass es nur meine schmutzigen Fantasien waren, die mir halfen, in der Nacht Ruhe zu finden?

Er *konnte* es nicht wissen, ganz einfach. Es war Zufall.

Und ich nahm das alles viel zu ernst.

Ich atmete langsam aus und schenkte ihm ein Lächeln. »Das ist die faszinierendste, bizarrste Konversation, die ich mir je mit dir ausgemalt hätte.«

Donovans Berührungen änderten sich, als ich mich entspannte. Sie waren jetzt zärtlicher, lange Striche meine Wade hinauf bis zum Knie. Ich schauderte.

»Hast du dir viele vorgestellt?«

Mein Lächeln verblasste. Ich hatte mich verraten. Ja. Ich hatte mir in all den Jahren so viele Gespräche mit ihm vorgestellt, konnte ihm aber auf keinen Fall verraten, über was wir in meiner Fantasie gesprochen hatten.

»Ich schon«, sagte er, die Stimme belegt.

Die Luft schien sich auf einmal verändert zu haben, als wäre es schwerer, sie einzuatmen, und es war auf einmal egal, dass er ein Arschloch war oder dass er mir Ratschläge wegen Weston erteilte, denn *er hatte auch an uns gedacht*.

»Was sagen wir zueinander?«, fragte ich vorsichtig, weil ich befürchtete, die aufrichtige Stimmung zwischen uns kaputt zu machen.

»Wir sagen eine Menge Dinge.« Er legte eine Hand an meine andere Wade und stand auf, dabei ließ er die Finger über meine Beine gleiten. »Manchmal sagen wir auch überhaupt nichts.«

Er stand jetzt vor mir. Instinktiv öffnete ich die Beine ein Stück. Er kam automatisch näher, schloss die Lücke zwischen uns und presste sich eng an mich.

Ich hasste es, wie sehr ich von ihm geküsst werden wollte.

»Warum tust du mir das an?«, flüsterte ich.

Seine Lippen schwebten über meinen. Tanzten. Neckten. »Was denn?«

»Mich so zu fesseln.«

»Es fühlt sich an, als hätte ich dich.«

Schmerz breitete sich in meiner Mitte aus. »Ich will nicht, dass du das Gefühl hast, du hättest mich.«

»Bist du dir da sicher?«

Das war ich nicht, und der Witz war, wir wussten es beide. Jeder Grund, den ich hatte, mich von ihm fernzuhalten, war berechtigt, aber wenn er mich jetzt küsste, würde ich nicht mehr aufhören können. Wenn er mich jetzt küsste …

Er hob mein Kinn.

»Huch! Entschuldigen Sie die Störung.« Einer meiner Teamleiter stand in der Tür, die Hände vor den Augen.

Scheiße.

Scheiße, Scheiße, Scheiße!

Die Politik in der Agentur verbot zwar nicht ausdrücklich Beziehungen zwischen Kollegen, aber das war nicht der Ruf, den ich mir wünschte.

Ich stieß Donovan von mir und sprang vom Tisch. »Ist schon gut, Tom. Was gibt es?«

Tom ließ die Hand sinken, anscheinend erleichtert, dass er keinen Ärger dafür bekam, uns überrascht zu haben. »Es geht um die Kampagne. Meeting im Konferenzsaal jetzt, um die Präsentation vorzustellen.«

»Ausgezeichnet. Ich komme gleich nach.« Ich wartete, bis Tom verschwunden war, ehe ich mich umdrehte und mir die Schuhe wieder anzog. »Ich muss weg«, sagte ich zu Donovan, ohne ihm in die Augen blicken zu können.

»Sicher. Man sieht sich.«

»Ja.« Ich nickte, eilte aus dem Zimmer und redete mir ein, es hätte nichts zu bedeuten, dass Donovan genauso verwirrt klang, wie ich mich fühlte.

11. Kapitel

»Das ist das erste Notfall-Meeting an einem Freitagmorgen, das ich auf Führungsebene einberufe, wenn ich mich richtig erinnern kann«, sagte Nate und sah Weston zur Bestätigung an. »Aber es freut mich zu sagen, wir haben einen Grund zum Feiern. Wir haben den Phoenix-Auftrag bekommen!«

Im ganzen Konferenzsaal wurde applaudiert. Roxie hatte es mir schon gesagt, sobald ich das Büro betreten hatte, aber mein Team und Nates Team hatten die Neuigkeiten noch nicht erfahren. Rufe und Jubel wurden laut und Umarmungen verteilt, selbst ein paar Tränen flossen.

Nate wartete darauf, dass sich alle wieder beruhigten, ehe er mit seiner Rede fortfuhr. »Letzte Nacht haben wir die Nachricht erhalten. Ihr alle habt großartige Arbeit geleistet. Ich bin sehr stolz auf das, was ihr zustande gebracht habt. Heute Abend steigt eine Party bei Red Farm, ihr seid alle eingeladen. Die Filiale auf der Upper West Side.«

Als Nate dazu überging, über die Details der Timeline des Projekts zu sprechen, schaltete ich ab. Ohne es zu wollen, begegnete ich Donovans Blick. Ich war ihm seit Dienstag aus dem Weg gegangen, oder vielleicht auch er mir. Ich war mir nicht ganz sicher, aber jedes Mal, wenn wir drohten, dem anderen über den Weg zu laufen, huschten wir in entgegengesetzter Richtung davon.

Auch jetzt senkte ich schnell den Blick. Er landete auf Weston, der neben mir wild etwas in sein Telefon eingab.

Es wird merkwürdig aussehen, wenn meine Verlobte bei der Feier fehlt, findest du nicht?

Er hielt das Telefon so, dass ich Elizabeths Antwort auf dem Display sehen konnte.

So kurzfristig ist mir das scheißegal. Ich stehe dir nicht auf Abruf zur Verfügung.

Hörbar schnaubend steckte er das Telefon in seine Anzugtasche und lehnte sich zurück.

Schatten über dem vorgetäuschten Paradies, wie es schien. Nicht, dass Westons Vereinigung mit Elizabeth je paradiesisch gewesen wäre. Irgendwie tat er mir leid. Andererseits, was hatte er erwartet, wenn er sich von Donovan eine Ehe arrangieren ließ?

Darüber hatte ich in den letzten Tagen wieder häufiger nachgedacht. Warum hatte Donovan den beiden vorgeschlagen zu heiraten, nachdem er herausgefunden hatte, dass ich bei Reach anfangen würde? Und warum drängte er mich in eine Beziehung mit Weston, während er gleichzeitig weiterhin so tat, als fühlte er sich zu mir hingezogen? War das alles nur Einbildung?

Und als Krönung des Ganzen bestand die Möglichkeit, dass ein Gerücht über Donovan und mich im Umlauf war, nachdem man uns in einer so intimen Situation erwischt hatte. Der Gedanke an den Klatsch, der bald in der ganzen Agentur kursieren würde, ließ mich innerlich aufstöhnen. Da machte ich endlich einmal Fortschritte in meiner Karriere, und dann das! Ich würde nicht zulassen, meinen kleinen Erfolg davon beschmutzen zu lassen, dass die Leute glaubten, ich hätte mich hochgeschlafen.

Ganz zu schweigen davon, was Weston sagen würde, wenn er es herausfand. Wenn ich eine Beziehung mit jemandem aus der Agentur anfangen wollte, war das eine Sache, aber ich müsste diejenige sein, die Weston davon erzählte. Besonders wenn es sich bei diesem Jemand um Donovan handelte.

Was nicht der Fall war, weil es keine Beziehung gab. Es gab keine Beziehung, nichts war passiert, und ich quälte mich seitdem damit. Ich konnte nicht aufhören, an ihn zu denken. Konnte nicht aufhören, an das zu denken, was beinahe geschehen wäre, was ich gewollt hatte, was *er* gewollt hatte.

Was versuchte er mir anzutun?

Ich wagte es, noch einen Blick in seine Richtung zu werfen. Dieses Mal starrte er mich unverhohlen an. Er tat nicht einmal so, als würde er sich abwenden, als ich ihn dabei erwischte, und dann konnte ich aus irgendeinem Grund auch nicht mehr wegsehen.

Was auch immer er mir anzutun versuchte, ich fürchtete, er hatte es bereits getan.

Als das Meeting beendet war, sammelte ich eilig meine Sachen zusammen, um schnell in mein Büro fliehen zu können.

»Sabrina«, rief Weston.

So viel zu meinem Fluchtplan.

»Ja?« Ich zupfte an meinen Haaren und bemerkte, dass Donovan ebenfalls zurückgeblieben war, um mit jemandem zu reden.

Nicht wahrnehmend, dass ich abgelenkt war, lächelte Weston stolz. »Ich wollte dich wissen lassen, dass Phoenix besonders von unseren Marketingzielvorstellungen beeindruckt war. Das war einer der Hauptgründe, warum wir den Auftrag bekommen haben.«

»Ich habe ein sehr qualifiziertes und talentiertes Team übernommen.« *Steh es einfach durch. Steh es durch.*

»Das hast du. Ich weiß, das hast du.« Er verlagerte das Gewicht von einem Fuß auf den anderen. »Tom Burns hat mir außerdem ein paar Dinge erzählt.«

Meine Aufmerksamkeit war sofort geweckt. Tom Burns war derjenige gewesen, der gesehen hatte, wie Donovan und ich uns fast geküsst hätten. »Zum Beispiel?«

Weston wollte gerade ansetzen, etwas zu sagen, sah sich dann allerdings um und stellte fest, dass wir nicht allein waren.

»Darüber sollten wir uns unter vier Augen unterhalten. In fünfzehn Minuten oben in meinem Büro?«

»Sicher.« Mein Herz klopfte so heftig, es wunderte mich, dass es kein Loch in meine Brust schlug. »Ich bin in fünfzehn Minuten da.«

Sobald Weston den Konferenzraum verlassen hatte, ließ ich meine Notizen und mein Telefon auf den Tisch fallen und stützte mich mit den Handflächen darauf ab, um mich zu sammeln. Ich atmete tief durch. Dann noch einmal.

Dann noch einmal.

Es war nicht einmal eine große Sache, weil zwischen mir und Donovan nichts lief. Das Problem bestand in den Details – sollte ich Weston den ganzen Rest erzählen? Dass ich auf der Uni mit Donovan geschlafen hatte? Dass ich damals auf ihn fixiert war?

Dass ich immer noch auf ihn fixiert war?

Da er offenbar spürte, dass ich Schwierigkeiten hatte, musste Donovan natürlich zu mir kommen und mich noch mehr ärgern. An den Tisch gelehnt sagte er aalglatt: »Wenn du dir solche Gedanken machst, was einer der Angestellten über dich sagen könnte, dann hast du dich wahrscheinlich auf eine Weise verhalten, die dir jetzt unangenehm ist.«

Ich warf ihm einen Blick zu, in den ich die ganze Beklemmung zu legen versuchte, die ich empfand. »Für dich ist das ein Spaß, oder wie?«

Er zuckte mit den Schultern. »Ich hatte schon schlimmere Tage auf der Arbeit.«

Seine Lässigkeit verstärkte mein Elend nur noch. Seit drei Tagen war ich angespannt und nervös und *wollte* ihn, und jetzt, wo er endlich zu mir kam, legte er es nur darauf an, dass ich mich noch schlechter fühlte?

Das konnte ich nicht ertragen. Nicht in diesem Augenblick jedenfalls.

»Hast du das die ganze Zeit gewollt?«, fuhr ich ihn an. »Dass die Angestellten über dich und mich reden, damit ich es bei Weston schwerer habe?«

»Hast du Schuldgefühle wegen dir und mir?«

»Mein Gott, du bist unglaublich.« Ich wusste nicht, wie ich immer wieder vor den Kopf gestoßen sein konnte von den Dingen, die er sagte, aber so war es. »Du glaubst, das ist alles nur ein Spiel. Stößt mich zu Weston hin, zerrst mich wieder zurück. Stößt, legst mir dann aber ein Hindernis in den Weg. Stößt, flirtest aber zur gleichen Zeit mit mir, sodass ich nicht weiß, was du wirklich willst.«

»Sei nicht albern. Ich will mehr als jeder andere, dass aus dir und Weston etwas wird.« Er war wirklich ein guter Lügner. Auf jeden Fall besser als ich, das wurde mir jetzt klar.

Aber ich hatte nicht vor, mit ihm zu streiten, nicht im Konferenzraum und nicht, solange über uns beide Gerüchte im Umlauf waren, besonders dann nicht, solange es keinen Grund gab anzunehmen, dass er jemals ehrlich sein würde.

Ich klaubte meine Sachen vom Tisch auf. »Ich bin davon überzeugt, du willst, dass ich mit Weston zusammenkomme. Denn für dich wird es ein weiteres lustiges Spiel sein, wenn du uns wieder auseinanderreißen kannst.«

Ich drehte mich auf dem Absatz um, ohne Donovan noch eines Blickes zu würdigen, und ließ ihn einfach stehen.

Nach einem kurzen Abstecher in den Waschraum, um mich frisch zu machen und zu beruhigen, ging ich hinauf in die Chefetage. Ich legte meine Sachen in meinem Büro ab und machte mich auf den Weg zu Weston.

»Er wollte mich sprechen«, sagte ich zu Roxie, als ich auf sie zukam. Westons Tür stand offen, und die Scheiben waren durchsichtig. Ich konnte sehen, dass er an seinem Schreibtisch saß und etwas in sein Handy tippte.

»Er ist da. Gehen Sie einfach rein.« Ich blieb kurz an ihrem

Schreibtisch stehen, als sie noch hinzufügte: »Aber er hat schlechte Laune. Ich warne Sie nur.«

»Das habe ich gehört«, sagte Weston aus seinem Büro.

»Das sollten Sie.« Seine Assistentin war staubtrocken, und das mochte ich besonders an ihr.

Was auch bedeutete, wenn Roxie mich wegen Westons Laune warnte, war das ein schlechtes, schlechtes Zeichen.

Ich ging hinein und rieb kurz am Kreuz meiner Mutter, das ich um den Hals trug, damit es mir Glück brachte. »Hey, was ist los? Gibt es ein Problem?«

»Das nicht unbedingt.« Er warf sein Telefon hin und seufzte noch einmal tief, wie er es getan hatte, als er beim Meeting mit Elizabeth getextet hatte. Dann, als hätte er es sich noch einmal überlegt, öffnete er eine Schublade seines Schreibtischs und warf das Telefon stattdessen dort hinein.

»Setz dich doch«, sagte er, schon besser gelaunt, jetzt, wo er das Handy nicht mehr sehen musste.

Ich ließ mich in einen der Stühle fallen, die ihm gegenüberstanden, und zwang mich, nicht nervös mit dem Fuß auf den Boden zu klopfen, indem ich die Beine übereinanderschlug. »Ich bin da.«

»Da bist du.« Er lächelte. »Wie dem auch sei. Wie ich unten gesagt habe, Tom Burns hat gestern mit mir gesprochen, und er hatte einige interessante Dinge über dich zu sagen.«

»Wirklich? Was zum Beispiel?« Ich sah mich heimlich nach der Bürotür um. Weston hatte sich nicht die Mühe gemacht, sie zu schließen. Ich hätte sie schließen sollen, als ich reingekommen war. Jetzt würde Roxie alles mithören.

Es war in Ordnung. Ich konnte einfach lügen. Alles leugnen, was ich je über Donovan gedacht hatte. Auch wenn ich eine schrecklich schlechte Lügnerin war.

Weston stand auf und ging um mich herum, bis er direkt vor mir stand. Er lehnte sich zurück, bis er halb auf dem Schreibtisch hinter sich saß, aber er überragte mich immer noch, und ich sprang panisch auf, damit es sich wenigstens so anfühlte, als würden wir auf Augenhöhe miteinander reden.

»Hey«, sagte Weston. »Alles okay?«

»Jepp. Nur irgendwie nervös heute.« Das war nahe genug an der Wahrheit, um damit durchzukommen. »Also. Tom hat gesagt …?«

»Dass du so lange bleibst wie alle anderen und dass du in letzter Minute einige Änderungen zum Projekt beigetragen hast, zum Beispiel den Teil mit der globalen Botschaft. Das war eines der Haupt-Verkaufsargumente unserer Strategie.«

Hm. Daran war nichts Schreckliches oder Peinliches. Ich verlagerte mein Gewicht von einem Bein auf das andere. »Wirklich?«

»Ja. Wirklich. Ich wollte dir nur sagen, dass deine Bemühungen um das Team nicht unbemerkt geblieben sind. Alle scheinen wirklich gut auf dich zu reagieren. Die Belegschaft mag dich. Dein Team mag dich, und ich bin wirklich froh, dass du gekommen bist.« Er streckte die Hand aus und zupfte an der gleichen Haarsträhne, die ich noch in den Fingern hielt.

»Danke. Das weiß ich zu schätzen.« Meine Nerven kribbelten immer noch vor Adrenalin. Ich hatte keine Komplimente erwartet. Jetzt war ich deswegen ganz durcheinander. »War das alles?«

»Ja, das war alles«, sagte er lachend.

»Okay, also dann. Danke noch mal.« Ich wollte gerade gehen, da fiel mir noch etwas ein. »Oh, und Gratulation zum neuen Kunden.«

»Danke, du kannst dir aber genauso gratulieren.« Er hob die Hand. Ich hob meine, um bei ihm abzuklatschen, und hinterher hielt er meine Hand fest. Als ich versuchte, mich von ihm zu lösen, verschränkte er die Finger mit meinen und ließ mich nicht gehen. »Du kommst doch heute Abend, oder?«

Mein Magen fing an zu flattern, als wäre es mir im letzten Augenblick gelungen, einem Reh auszuweichen, das mir gerade vors Auto gesprungen war. Es fühlte sich falsch an, seine Hand so zu halten. Unehrlich ... nicht nur wegen seiner Vereinbarung mit Elizabeth – sondern auch wegen all der Dinge, die sich in meinem Kopf um einen anderen drehten.

Doch genau in dem Moment kam Donovan in Westons Büro, und auch wenn sein Erscheinen nichts mit mir zu tun haben musste, fühlte es sich doch wie ein merkwürdiger Zufall an.

Und das machte mich furchtbar bösartig.

»Äh, ja. Natürlich«, sagte ich zu Weston und schlang meine Finger um seine.

»Gut. Ich halte dir einen Platz frei.« Er hielt meine Hand, bis ich mich so weit entfernt hatte, dass er loslassen musste. »Kincaid. Was hast du für mich? Das Budget für die Zahnpasta-Kampagne, hoffe ich.«

Ich strich an Donovan vorbei, als ich den Raum verließ, ließ meinen Arm seinen berühren, was einen Sturm aus elektrischen Funken in meinem Körper aufwirbelte.

Aber egal, wie angenehm schwindelig es sich anfühlte, ich konnte damit nicht den Schock auslöschen, den der Schmerz in mir ausgelöst hatte, den ich in seinem Blick aufflackern sah, als er Westons Hand in meiner entdeckte.

12. Kapitel

Ich dachte an Donovan, während ich mich später am gleichen Abend für Red Farm anzog. Er war eindeutig nicht derjenige, mit dem ich mich einlassen wollte. Das hatte der heutige Tag bewiesen. Er war verwirrend und grausam, und er hatte auch noch recht – ich sollte mit Weston zusammen sein. Weston war ungefährlich und nett und anständig.

Und wenn es Donovan wehtat, mich mit Weston zu sehen, sein Pech. Er hatte es sich so ausgesucht. Er konnte so eifersüchtig sein, wie er wollte. Ich würde ihm sogar dabei helfen, indem ich mich entsprechend kleidete. Ich trug meine Lieblingsunterwäsche von La Perla, ein Set aus einem durchsichtigen, hautfarbenen BH und passendem Slip – nicht, dass ich vorhatte, mich vor irgendwem auszuziehen. Ich fühlte mich damit nur besonders sexy.

Das Kleid, für das ich mich entschied, bestand aus einem geschlitzten schwarzen Rock und einem hellen Oberteil mit langen Ärmeln, das ich vom Stil her auch in der Agentur hätte tragen können – wenn da nicht der tiefe Ausschnitt und der viel zu kurze Rock gewesen wären. Es würde Donovan wahnsinnig machen.

Das Kleid hätte ich gewiss nicht angezogen, wenn ich allein mit ihm gewesen wäre, aber wir würden nicht allein sein. Wir waren zu einer Agenturparty eingeladen. Mit einer Menge anderer Leute, unter ihnen Weston. Es war eine Nacht, um sich zu vergnügen.

Um sicherzustellen, dass der Vergnügungsplan wirklich aufging, kippte ich schnell einen Shot Scotch, ehe ich meine

Wohnung verließ. Dann warf ich mir eine Jacke über und rief mir ein Taxi.

Die Party hatte bereits begonnen, als ich ankam, und das war gut so. Ich war der Typ, der lieber zu spät zu einer Party kam als zu früh. Ich stieg aus dem Taxi und ging auf die Eingangstür des Restaurants zu.

Doch noch ehe ich die Hand auf den Türgriff legen konnte, tauchte Donovan aus den Schatten auf. Mich am Handgelenk packend zerrte er mich ein ganzes Stück vom Eingang fort.

»Was machst du da?«, zischte er, die Augen weit aufgerissen.

»Was?« Vor Schreck fiel mir das Atmen schwer. Ich spürte das Hämmern meines Pulses an meinem Handgelenk in seinem Griff und wusste nicht, ob mein Herz so schnell schlug, weil er mich erschreckt hatte oder weil er mich berührte. »Ich bin gerade erst angekommen.«

»Mit Weston.« Er schloss die Hand fester, bis es fast wehtat. »Was machst du mit ihm?« Er sprach langsam, betonte jedes Wort, als wollte er sichergehen, dass ich verstand.

Und ich verstand. Sehr deutlich.

»Ich kann es echt nicht fassen.« Ich kochte vor Wut. Das ging zu weit. Ich entriss ihm mein Handgelenk und wandte mich wieder der Tür zu.

»Du kannst jetzt nicht mit ihm zusammen sein«, sagte Donovan warnend hinter mir.

Richtig sauer drehte ich mich um und schubste ihn, fest, mit beiden Handflächen gegen seine Brust. Sofort kribbelte es in meinem ganzen Körper, als ich mich daran erinnerte, wie ich ihn schon einmal so gestoßen hatte, vor vielen Jahren.

»Das kommt mir bekannt vor«, sagte Donovan, die Stimme nur ein leises Grollen.

»Lass mich in Ruhe.« Wieder versuchte ich, zur Tür zu kommen.

»Er ist *verlobt.*«

Ich wirbelte herum. »Es ist eine *falsche* Verlobung, zu der *du* ihn getrieben hast.«

»Er ist erwachsen«, gab Donovan zurück. »Er kann seine eigenen Entscheidungen treffen.«

»Das stimmt.« Ich nickte. »Das kann er. Und ich kann es auch.«

Als ich mich dieses Mal auf den Weg zum Eingang machte, schaffte ich es bis ins Innere des Restaurants, ohne mich umzudrehen.

Aber als ich die Eingangstür hinter mir gelassen hatte, musste ich stehen bleiben, um zu Atem zu kommen. Ich zitterte vor Adrenalin und musste mich an der Wand festhalten, um mich zu beruhigen.

Wie konnte er es wagen?

Wie konnte er es verdammt noch mal wagen?

Das war alle Zeit, die ich mir zur Erholung gestattete. Er konnte jederzeit hinter mir auftauchen, und ich wollte nicht, dass er dachte, ich hätte auf ihn gewartet. Was fiel ihm bloß ein?

Die Party-Crew bestand aus den ungefähr dreißig Kollegen, die an der Phoenix-Kampagne gearbeitet hatten, und ihren Gästen, wir belegten damit einen ganzen Tisch und einige Sitzecken. Weston sah mich, ehe ich ihn sah, und rief mich zu sich. Er saß am Haupttisch neben Nate am Kopfende. Der Stuhl neben ihm war frei.

Immer noch keine Spur von Donovan.

»Ich habe ja gesagt, ich halte dir einen Platz frei«, sagte Weston und umarmte mich dabei ein wenig fester, als es für einen verlobten Mann angebracht war.

Er hielt mich lange im Arm, was wirklich schön war nach der Auseinandersetzung eben. Im Gegensatz zu Donovan, der immer noch seinen Anzug trug, wie ich draußen hatte sehen können, hatte Weston sich umgezogen und trug jetzt Jeans, ein T-Shirt und darüber einen grauen Pullover.

Ich streichelte über die Falte an dem Schalkragen seines Pullis. »Du siehst gut aus.«

Sein Blick flackerte auf den sehr tiefen Ausschnitt meines Kleides. »Nicht so gut wie du. Ich bin froh, dass du gekommen bist.« Er ließ die Hand leicht meinen Rücken hinabgleiten und half mir dann aus der Jacke.

Dann taten wir es also wirklich – wir flirteten. Spielten miteinander. In Anbetracht von Westons Situation würde wahrscheinlich nichts daraus werden, aber das bedeutete nicht, dass wir nicht ein wenig Spaß haben konnten, solange wir uns zurückhielten. Wahrscheinlich brauchte er das, nachdem er wochenlang wie eingesperrt gewesen war. Und ich brauchte es, um ein für alle Mal zu beweisen, dass er genau die Sorte Mann war, mit der ich zusammen sein wollte.

Als wir beide am Tisch saßen, legte Weston den Arm über die Rückenlehne meines Stuhls. »Wir haben schon einen Haufen Vorspeisen geordert. Und wir haben uns überlegt, danach einfach für den ganzen Tisch Dumplings zu bestellen und zu teilen. Du kannst aber auch etwas anderes bestellen, wenn dir das lieber ist.«

»Nein. Dumplings sind gut.« Ich hatte ehrlich gesagt keinen großen Appetit. Ich war rastlos und abgelenkt. In meinem Blut rauschte immer noch Adrenalin, und es kribbelte mir auf der Haut. »Und ein Drink. Einen Martini, bitte.«

Donovan kam endlich von draußen rein, was eine merkwürdige Erleichterung war. Als ich gedacht hatte, er wäre gegangen, hatte ich mich gefragt, warum ich überhaupt noch da war.

Dann sah er mich, sah, neben wem ich saß, und seine Miene wurde hart und abweisend, was in mir wieder Ärger aufsteigen ließ.

Ich legte Weston eine Hand auf den Arm und spielte die Aufgeregte. »Sieh mal, wer da ist!«

»Donovan!«, riefen Weston und Nate im Chor, zusammen mit einigen der anderen.

Donovan lächelte dünn, während er alle begrüßte und reihum Glückwünsche verteilte, aber dabei ließ er mich nicht eine Sekunde aus den Augen. Ich fühlte es, obwohl ich nicht zu ihm hinsah.

Dankbar stellte ich fest, dass an unserem Tisch kein Stuhl mehr frei war für Donovan, er sich also woanders hinsetzen musste. Aber Tom und seine Frau, die uns gegenübersaßen, hatten Theaterkarten und standen just in dem Moment auf, um sich zu verabschieden, in dem Donovan sich suchend nach einem Platz umschaute.

Weston sah etwas auf seinem Handy nach, und ich beugte mich dichter zu ihm, nur um zu zeigen, dass ich es konnte. Weston bewegte seine andere Hand, die er zuvor auf der Lehne meines Stuhls abgelegt hatte, näher an mich, sodass er mir mit den Fingern über die Schulter strich.

Das war offensichtlich Absicht, und Donovan bemerkte es, also schauderte ich. Ebenfalls absichtlich.

Vielleicht war es Einbildung, aber ich hätte schwören können, ich hörte ihn knurren.

Weston reagierte ganz anders. Er nahm den Arm hinter mir hoch und streckte ihn unter den Tisch. Und legte mir die Hand auf den Oberschenkel.

Nur wer uns genau beobachtete, konnte es bemerkt haben.

»Scotch. Pur«, sagte Donovan, den Blick immer noch fest auf mich gerichtet, während der Kellner seine Bestellung aufnahm. *Ihm* war aufgefallen, wo Westons Hand gelandet war.

Nicht, dass es mir wichtig gewesen wäre, was Donovan sagte oder tat.

So machten wir eine Weile weiter – Donovan beobachtete mich, ich beobachtete ihn »nicht«, Weston spielte an seinem Telefon und gleichzeitig an meinem Oberschenkel. Auch ohne

Worte merkte ich, dass Donovan mehr als unzufrieden war. Selbst über den Tisch hinweg vibrierte eine Spannung zwischen uns, die förmlich mit den Händen zu greifen war. Sie erstickte einen und machte das Atmen schwer. Machte es schwer, etwas anderes als ihn wahrzunehmen.

Dann wurde es wirklich interessant.

Kurz nachdem die ersten Dumplings für den Tisch serviert worden waren, erschien Westons Verlobte.

»Elizabeth.« Zum ersten Mal, seit Donovan angekommen war, nahm Weston die Hand von meinem Bein. Er stand auf, um Elizabeth zu begrüßen, Überraschung in jedem seiner Gesichtszüge. »Was machst du hier?«

Er beugte sich vor, um sie zu küssen, aber kurz bevor sein Mund auf ihren treffen konnte, bewegte sie sich, und seine Lippen landeten auf ihrer Wange, was ihn zu verärgern schien.

»Mein Verlobter hat etwas zu feiern«, sagte sie grantig. »Dachte, ich sollte mich sehen lassen.«

»Ich setze mich da rüber, damit ihr zusammensitzen könnt«, sagte Nate und deutete auf den leeren Platz Weston gegenüber.

Elizabeth winkte ab. »Sei nicht albern. Ich muss nicht bei ihm sitzen. Ich sitze viel lieber neben Donovan.«

Jeder, der sie hörte, hätte geglaubt, dass sie ihren zukünftigen Ehemann necken wollte, aber wer es besser wusste, spürte genau, dass sich die Spannung zwischen den beiden noch verstärkt hatte.

Fast hätte ich darüber mit Donovan einen Blick gewechselt, aber dann erinnerte ich mich daran, dass er ein Arschloch war, also wechselte ich stattdessen einen Blick mit Nate, während Elizabeth sich auf den freien Platz schlängelte.

»Gut. Ich brauche dringend einen Drink. Hoffentlich kommt die Kellnerin gleich.« Sie legte Donovan die Hand auf den Rücken und fing an, ihm die Haare im Nacken zu zerzausen. »So. Da bin ich!«

Donovan reagierte, indem er sich nach vorne beugte und einen Bissen von einem Dumpling nahm. Er tat so, als hätte Elizabeths Hand in seinem Nacken überhaupt keine Wirkung auf ihn.

Ich verzog das Gesicht. Es nervte mich, dass Elizabeth Donovan betatschte, auch wenn sie und Weston kein richtiges Paar waren. Kein Wunder, dass er Probleme mit ihr hatte.

Weston schien es ebenfalls zu ärgern, seinem Verhalten nach zu urteilen. Seine Hand fand ihren Weg zurück auf mein Knie, aber erst, als er sicher war, dass seine Verlobte es sehen konnte.

Jetzt war es an Elizabeth, das Gesicht zu verziehen.

»Du hast gesagt, du willst nicht kommen«, sagte er, leise genug, dass man ihn nur in unserer Ecke hören konnte.

»Hatte ich auch nicht vor. Aber.« Sie drehte sich um und sah den Mann neben sich an. »Donovan hat angerufen und gesagt, ich müsste unbedingt herkommen.«

Ich biss so fest in einen Dumpling, dass ich meine Zunge erwischte. Alle Geräusche im Raum schienen an meinen Ohren vorbeizurauschen, und ich sah rot.

Donovan hat angerufen.

Das hatte er getan, nachdem ich ihn draußen stehen gelassen hatte. Als ihm klar geworden war, dass ich hineingehen und bei Weston sein würde, hatte Donovan Westons Verlobte angerufen.

»Wie umsichtig von ihm«, sagte Weston gepresst, auch wenn ich mir sicher war, er glaubte, Donovan hätte nur deshalb angerufen, um den Deal nicht zu gefährden oder die Wette – würde Weston es schaffen, seine Hose zuzulassen? – nicht zu verlieren.

Er hatte keine Ahnung, dass Donovan es meinetwegen getan hatte.

Gott, ich war so wütend, ich wollte etwas kaputt machen.

Oder ficken.

Es war seltsam, so wütend und gleichzeitig so erregt zu sein, aber so war ich in Donovans Gegenwart eben – immer aufgeregt und zu allen Schandtaten bereit.

Unter dem Tisch schlang ich mein Bein um das von Weston.

Er reagierte wie aufs Stichwort. Oder er hatte seine eigene Schlacht zu gewinnen. »Sabrina«, sagte er und rutschte mit seinem Stuhl näher an mich heran, »hast du schon die Dumplings mit gebratenem Schweinefleisch und Shrimps probiert?«

»Nein. Wo stehen die?« Ich hatte noch fast nichts zu mir genommen, aber darum ging es nicht.

»Du kannst etwas von meinen haben.« Er begann, mich mit seinen Stäbchen zu füttern. Ich sorgte dafür, dass ich hörbar aufstöhnte.

»Donovan, das gebratene Lamm …«, fing Elizabeth an.

»Du kannst es haben«, sagte Donovan, nahm den Dumpling mit Stäbchen von seinem Teller und legte ihn auf ihren, ehe sie ihn um eine Kostprobe bitten konnte.

Sie runzelte die Stirn, fing sich aber schnell wieder. »Das ist auch besser, als Bazillen auszutauschen.« Wichtiger noch, sie hatte endlich aufgehört, mit Donovans blöden Haaren zu spielen.

»Elizabeth ist ein Hygienefreak«, sagte Weston schnippisch.

»Bin ich nicht.« Sie schob den Dumpling auf ihrem Teller hin und her, weil sie Probleme mit den Stäbchen zu haben schien. »Nur weil ich mir Gedanken darum mache, welche Krankheiten in mein Haus eingeschleppt werden könnten, bin ich noch lange kein Hygienefreak.«

»Sie wollte ein Gesundheitszeugnis sehen.« Es bestand kein Zweifel, auf welche Art von Gesundheit Weston anspielte.

Elizabeth zuckte mit den Schultern, die Stäbchen in der Luft hängend mit einem kleinen Bissen dazwischen, den sie sich hatte erkämpfen können. »Ich finde das vernünftig.« Sie hob den Bissen an ihre Lippen, der ihr entglitt, kurz bevor sie ihn in den Mund stecken konnte. »Gottverdammt noch mal.«

»Leute«, versuchte Nate, sie zum Schweigen zu bringen, ohne dabei zu lachen. »So ein Streit unter Liebenden kann ja ganz lustig sein …« Er verstummte, wahrscheinlich weil er annahm, Weston und Elizabeth würden den Hinweis verstehen und daran denken, dass sie nicht alleine waren.

Aber Weston war nicht zu bremsen. »Warum ist dir das wichtig, wenn ich auf keinen Fall irgendetwas, was ich habe, mit dir teilen würde?«

Nate zuckte zusammen.

Unter dem Tisch kroch Westons Hand weiter meinen Schenkel hinauf, als wollte er es Elizabeth damit zeigen.

Donovan blieb stoisch, den Blick auf mich gerichtet, als wollte er mir auf den Grund meiner Seele blicken.

Elizabeth schien als Einzige völlig ungerührt zu sein. Sie streckte die Hand aus, um sich Westons unbenutzte Gabel zu nehmen, und sagte: »Große Worte, King. Denk bloß daran: Was du von dieser Beziehung willst, ist längst nicht so beliebig wie das, was ich will.«

Das schien Weston die Sprache zu verschlagen. Tatsächlich herrschte an unserem Ende des Tischs für einen langen Moment angespanntes Schweigen, aber dann erzählte Nate eine Geschichte, und bald schon lachten alle, als wäre nichts geschehen und die Atmosphäre vollkommen ausgelassen.

Westons Hand blieb allerdings auf meinem Bein, das er hin und wieder streichelte. Und dann, als die anderen um uns herum miteinander in ein Gespräch vertieft waren, beugte er sich zu mir und flüsterte: »Gleich gehe ich nach hinten. Auf die Küche zu. Warte fünf Minuten. Dann komm nach.«

Er wandte sich ab, um mit Nate zu scherzen, ohne meine Antwort abzuwarten. Wenn ich auftauchte, würde es Antwort genug sein.

Aber wie lautete meine Antwort?

Ich nahm einen Schluck von meinem Drink und bemerkte, dass Donovan mich beobachtete. Schon wieder. Wahrscheinlich hatte er gesehen, dass Weston mir etwas ins Ohr flüsterte. Er konnte nicht wissen, was Weston gesagt hatte, aber er konnte raten, um was es ging.

Als wollte er meinen Verdacht bestätigen, kniff Donovan die Augen zusammen und warf mir einen warnenden Blick zu.

Scheiß auf ihn.

Er wollte, dass ich mit Weston etwas anfing. Also konnte er sich gepflegt verpissen.

Ich richtete mich auf und stürzte meinen Drink hinunter, und fünf Minuten nachdem Weston vom Tisch aufgestanden war, folgte ich ihm.

Das Restaurant war nicht groß und die Küche leicht zu finden. Ich ging in Richtung Küche, auch wenn ich Weston nirgends entdecken konnte. Fast hatte ich es geschafft, als man mich, zum zweiten Mal in dieser Nacht, unerwartet zur Seite zerrte, dieses Mal hinter einem dünnen Vorhang in eine kleine Kammer, in der Tischwäsche gelagert wurde. Feste Lippen trafen auf meine, baten um Erlaubnis, und mein Körper wurde gegen die Wand gepresst.

Ich öffnete den Mund und ließ Westons Zunge meiner begegnen. Es war einfach, ihn zu küssen. Es war vertraut und harmlos. Er schmeckte nach Gin und Currysauce und Ungezogenheit. Nicht die lustige Art Ungezogenheit, sondern die Art, die man am Morgen danach bereute, wenn nicht schon in der gleichen Nacht.

Er löste den Kuss und lehnte seine Stirn an meine. »Ich will vollkommen ehrlich zu dir sein, Sabrina – das hier ist eine Sexgeschichte und sonst nichts. Du hast jedes Recht, mich zu ohrfeigen und wieder zu gehen. Aber ich hoffe, du tust es nicht.

Ich habe das Gefühl, du kannst gerade auch etwas Erleichterung vertragen.«

Deswegen war ich zu ihm gekommen, aber jetzt, da ich da war, fühlte es sich falsch an. Westons Körper fühlte sich an meinem starr an, als wären wir beide Puppen in einem Schaufenster. Er hatte sich nicht einmal ganz gegen mich gepresst. Seine Hand streichelte mir den Arm, aber es war ungelenk und mechanisch. Und während ich seit Wochen wie aufgezogen war, erregt und rastlos, in diesem Augenblick fühlte ich mich nicht angemacht. Ich war einfach nur müde.

Und Weston schien angespannt zu sein.

Vor unserem Versteck hörten wir ein Rascheln. Er lehnte sich zurück, damit er den Vorhang vorsichtig öffnen und hinausspähen konnte.

»Ist da jemand?«, fragte ich.

Weston schüttelte den Kopf, aber ich hatte jemanden in einem Anzug erkennen können. Es konnte Donovan gewesen sein, entschied ich. Weil ich wollte, dass es Donovan gewesen war.

Und weil es sich aufregender anfühlte, zu wollen, dass es Donovan gewesen war, als sich mit Weston zu verstecken, wusste ich, dass ich am falschen Ort war.

Jetzt musste ich es nur noch Weston sagen.

Ich senkte den Blick und starrte die Knöpfe an seinem Pullover an. Er sah gut aus und war sexy und lieb, und trotzdem war er nicht derjenige, den ich wollte, egal, wie sehr ich versuchte, ihn zu wollen. Egal, wie sehr ich versuchte, nicht einen anderen zu wollen.

»Ich kann das nicht«, sagte er.

Ich riss den Kopf hoch. »Gerade wollte ich das Gleiche sagen.«

Er ließ mich los und fuhr sich mit der Hand stattdessen durch die Haare. »Tut mir leid.« Einen Augenblick später kamen meine Worte bei ihm an. »Wolltest du?«

»Ja. Es ist nicht …« *Ich bin nicht* war die bessere Formulierung. *Ich bin nicht die Richtige für dich. Du bist nicht der Richtige für mich.* Aber vielleicht waren das nicht die Dinge, die man in einem Restaurant in einer Wäschekammer besprach. »Das Timing«, sagte ich.

»Das Timing«, stimmte er mir zu.

»Ich gehe zuerst.«

Als ich zurück an den Tisch kam, war Donovan verschwunden. Ich machte mir nicht länger vor, dass es mir egal wäre. Das war vorbei. Nachdem ich mir meine Jacke genommen hatte, dankte ich Nate für die Party, verabschiedete mich und ging nach Hause. Dort konnte auch nicht mehr Einsamkeit auf mich warten, als ich auf der Feier empfand.

13. Kapitel

Ich war erschöpft, als ich endlich zu Hause ankam, also winkte ich dem Mann am Empfang nur knapp, statt ihm wie sonst kurz Hallo zu sagen. Im Fahrstuhl zog ich meine High Heels aus und lehnte mich an die Rückwand der Kabine. Ich erinnerte mich an den Abend, als ich mit Donovan bei Gaston's gewesen war. Erinnerte mich daran, mit ihm im Aufzug gewesen zu sein. Wenn ich ihn nicht von mir gestoßen hätte, hätte er mich an dem Abend mit nach Hause genommen?

Wenn ja, hätte er mich gefickt und wäre dann durch mit mir gewesen. Ich wäre heute Abend trotzdem allein gewesen.

Aber vielleicht wäre ich auch über ihn hinweg gewesen, statt ihn umso mehr zu wollen. Wie ich mir jetzt eingestehen musste.

Und oh, wie sehr ich ihn wollte. So wie ich lange nichts gewollt hatte. Wie ich noch niemanden gewollt hatte, seit ich damals ihn gewollt hatte. Wie ich ihn immer gewollt hatte, nur war ich zu stolz gewesen, es zuzugeben.

Ein fatalistischer Teil von mir war sich sicher, dass diese Erkenntnis keinen Unterschied machte. Was ich wollte, war egal, weil ich tun würde, was am besten war, wie ich es immer tat. Und damit war nicht eine Affäre mit Donovan gemeint.

Die Fahrstuhltüren öffneten sich auf meiner Etage, ehe ich zu weiteren Ergebnissen gekommen war, und ich schleppte mich barfuß hinaus auf den mit Teppich ausgelegten Korridor, wo ich erstarrte.

Vor der Tür zu meiner Wohnung stand Donovan.

Den kleinsten Bruchteil einer Sekunde später, weniger, als es dauerte, einen ganzen Atemzug zu nehmen, war ich schlagartig vollkommen aufgeregt. Es war mir egal, ob er hier war, um mir zu erklären, warum Weston der perfekte Mann für mich sei, oder ob er mir einen Vortrag halten wollte, warum ich Weston nicht treffen dürfe, bis er nicht mehr verlobt war. Es war mir egal, ob er hier war, um zu hören, was ich über Phoenix oder die Kampagne dachte. Es war mir egal, ob er sich eine Tasse Zucker leihen wollte. Er stand vor meiner Tür, und das war alles, was zählte.

Aber dann erinnerte ich mich daran, dass ich wütend auf ihn war, und meine Aufregung verflog. Donovan Kincaid war ein unfassbares Arschloch gewesen. Nicht nur das, er war *zu mir* ein unfassbares Arschloch gewesen.

Mit ernster Miene, die Augen geradeaus gerichtet, stolzierte ich auf meine Wohnung zu. Doch auch wenn ich mich weigerte, ihn anzusehen, nahm ich jedes Detail an ihm wahr. Auf den ersten Blick wirkte er wie immer beherrscht und gelassen, aber da war etwas an seiner Haltung, eine gewisse Anspannung in seinem Gesicht, als würde er die Zähne zusammenbeißen, und etwas an der Art, wie er mit dem Fuß auf den Boden klopfte, was verriet, wie unruhig er war.

Da waren wir schon zwei.

»Das hat ja nicht lange gedauert«, sagte Donovan, als ich an meiner Tür stehen blieb und meinen Schlüssel aus der Handtasche nahm.

Er dachte also, ich hätte wieder etwas mit Weston gehabt. Vielleicht hatte er wirklich in dem Anzug gesteckt, den ich vor der Wäschekammer bei Red Farm gesehen hatte. Oder er hatte nur eins und eins zusammengezählt. Er war nicht dumm.

Ich war nicht bereit, irgendetwas zuzugeben, also zuckte ich einfach mit den Schultern. Ehrlich, der hatte vielleicht Nerven, damit anzufangen. Er hatte Nerven, überhaupt hier aufzutauchen. Der einzige Grund, aus dem er es am Empfang vorbeigeschafft hatte, war, dass ihm das Gebäude gehörte.

»Hast du keinen eigenen Schlüssel?«, fragte ich, halb im Scherz, während ich meinen ins Schloss steckte.

»Dafür hätte ich erst nach Hause gehen müssen«, murmelte er.

Ich wandte den Kopf, um ihn anzusehen, und stellte fest, dass er es ernst meinte. Er hatte wirklich einen Schlüssel zu meiner Wohnung? Wozu? In mir verknotete sich alles bei dem Gedanken, dass Donovan tatsächlich dazu in der Lage war, in mein Zuhause zu spazieren, wann immer er es wollte.

Die Knoten in mir zogen sich noch fester zusammen, als ich merkte, wie dicht er hinter mir stand, so dicht, dass ich nur bei einer weiteren kleinen Drehung meines Körpers in seinen Arme landen würde. Ich ließ den Blick über seinen Adamsapfel seinen Hals hinaufgleiten und über seine Wangenknochen bis zu seinem Mund … Würde er nach Sünde und Scotch schmecken, nach Geheimnissen und Schweiß?

Was würde es brauchen, damit ich dumm genug wurde, es herauszufinden?

»Danke, dass du stattdessen auf mich gewartet hast.« Ich drückte mit der Schulter gegen die Tür und trat ein, als sie sich öffnete.

Ganz große Überraschung, er kam mir nach.

»Aber bitte, komm doch rein«, rief ich übertrieben freundlich und schaltete das Licht an, nicht mehr sicher, ob mein Ärger gespielt oder echt war. Ich wollte ihn hier bei mir haben – ich wollte ihn hier, weil ich hier war, nicht wegen irgendeines albernen Plans, den er sich zusammengeschmiedet hatte.

Er schloss die Tür mit dem Fuß und schlenderte hinter mir her, während ich überall das Licht anschaltete und zur Garderobe ging.

»Willst du mir irgendetwas erzählen?«, fragte er, während ich meine Jacke an einen Haken hängte.

Ich zog die Augenbrauen zusammen. »Über Weston?« Er war also wirklich deswegen hier. Ich war wütend. Und verletzt, was bescheuert war. »Willst du alle Details? Vielleicht auch noch Bilder?«

Ich warf meine Handtasche auf den Esstisch und rauschte an ihm vorbei in die Küche zum Kühlschrank, weil ich Durst hatte. Ich nahm mir eine Flasche Wasser heraus, trank einen tiefen kühlen Schluck und stellte mir vor, wie gut es sich anfühlen würde, Donovan das ganze Ding ins Gesicht zu werfen.

Berichtigung – in Donovans *selbstgefälliges* Gesicht. Seine Schultern hatten sich in den letzten paar Sekunden sichtbar entspannt, und seine Miene war von aufgebracht zu selbstsicher geworden.

»Es ist nichts passiert, oder«, sagte er, und zwar nicht fragend, so sicher war er sich der Antwort.

Er konnte mich mal, weil er sich so sicher war.

Und er konnte mich mal, weil er dabei auch noch so lächerlich sexy war.

Es war unmöglich. Ich war durstig, aber nicht auf das, was ich trank. Es gab nur eines, was ich auf meinen Lippen schmecken wollte, und wenn ich das nicht haben konnte, dann wollte ich überhaupt nichts.

Entnervt knallte ich die Flasche auf die Anrichte. »Warum bist du hier?«

Er verschränkte die Arme vor der Brust. »Weil ich es nicht nicht sein kann. Triffst du dich später noch mit ihm?«

Ich überlegte, ob ich ihn in dem Glauben lassen sollte, aber ich hatte diese Spielchen satt. Alle – seine und meine.

»Werde ich nicht«, erwiderte ich. »Aber stell dir vor: Das geht dich überhaupt nichts an. Nichts davon. Und doch tauchst du immer wieder auf und spielst Gott, als wäre das dein Job. Weil du glaubst, du wüsstest am besten, was alle anderen wollen.«

»Du willst Weston nicht.« Sachlich. Ans Licht gebracht. Keine Widerrede. Er sagte es, als wäre es die Wirklichkeit, wie wir sie kennen.

Und ich wäre fast ausgetickt.

»Oh mein Gott, ich kann nicht …« Mit den Händen auf dem Herzen schob ich mich an ihm vorbei ins Wohnzimmer. Ich brauchte Platz. Konnte er hören, was er da sagte?

Mich umdrehend zeigte ich anklagend auf ihn. »Seit Wochen versuchst du jetzt, mich davon zu überzeugen, dass ich Weston *doch* will.«

»Tust du aber nicht.« Es raubte mir den letzten Nerv, wie ruhig er blieb, während mein Kopf und meine Brust sich anfühlten, als würden sie gleich explodieren.

»Woher willst du *wissen*, was ich will?« Meine Stimme war lauter, als es meinen Nachbarn wahrscheinlich lieb war, aber wenn sie ein Problem damit hatten, konnten sie es dem Besitzer des Hauses vortragen. »Du meinst alles über mich zu wissen und mich zu durchschauen. Nicht ein einziges Mal hast du dir die Mühe gemacht, einfach zu fragen!«

Er kam auf mich zu, bis wir nur noch eine Armlänge voneinander entfernt waren. »Was willst du, Sabrina?«, fragte er ernst, mich mit seinen braungrünen Augen gefangen haltend. »Sag es mir.«

Wochenlang hatten sich Schmerz und Verleugnung in mir aufgestaut. *Jahre*lang. Meine Haut schien von innen zu jucken, und ich begehrte Donovan so stark, dass ich es nicht länger verbergen oder unterdrücken wollte. Es kam mir nicht einmal in den Sinn zu versuchen zu lügen oder so zu tun, als wüsste ich die Antwort nicht. Ich konnte nur noch meinem Verlangen folgen.

»Ich will, dass du mich berührst!«, rief ich, verzweifelt und bereit, alles offenzulegen.

Donovan war schnell. Er packte mich fest an den Handgelenken und drehte mir das eine hinter den Rücken und hielt das andere zwischen unseren Körpern fest.

»Soll ich dich so anfassen?«, fragte er schroff, riss mir unangenehm an den Armen und schob mich zurück, bis ich mit dem Rücken gegen die Wand prallte.

»Nein«, sagte ich kläglich. Was nicht der Wahrheit entsprach. Genau nach dieser Art von Berührung hatte ich mich gesehnt. Als würde er mich beherrschen. Besitzen. Meine Brustspitzen waren bereits aufgerichtet.

Er hob eine Augenbraue. »Nicht? Ich kann dich auch so anfassen, wie Weston es tut.«

Lieber Gott, ich hatte es so satt, diesen Namen zu hören. Hatte es satt, dass er zwischen uns stand. Selbst jetzt hatte Donovan mich zwar an die Wand gepresst, wir berührten uns aber nur dort, wo er meine Hände festhielt. Und überall um uns und im Raum zwischen uns war das Wesen, das uns voneinander getrennt hielt: Weston.

»Ich will nicht, dass du mich wie Weston anfasst«, sagte ich. »Ich will nicht *Weston*! Ich will *dich*!«

Donovan erlaubte sich den leisen Anflug eines Lächelns. »Ich weiß. Ich habe nur gewartet, bis du es auch weißt.«

Ich spürte den Impuls, ihn zu ohrfeigen, aber der verflog, als sein Mund sich auf meinen legte. Dann konnte ich an nichts anderes mehr denken als an ihn – seine Hände, seinen Körper, seinen Sieg über mich.

Die Kapitulation war so einfach gewesen.

Er übernahm die Kontrolle. Seinen Körper an meinen gepresst, seine Erektion fest an meine Hüfte gedrückt, seine Lippen mit meinen verschmolzen. Er saugte abwechselnd an meiner Unter- und Oberlippe, küsste mich fordernd und wild. Als das nicht ausreichte, ließ er meine Hände los und packte stattdessen eine Faustvoll meiner Haare. Dann riss er meinen Kopf zurück, um mich dazu zu bringen, den Mund weiter zu öffnen. Ich stieß einen Schrei aus, den er mit einem langen Zungenschlag verschlang.

Daran konnte ich mich noch erinnern. Ich erinnerte mich daran, dass er gern und leidenschaftlich küsste. Es war surreal, wie sich die Erinnerungen an die Vergangenheit mit der Gegenwart mischten.

Und ich brauchte noch mehr.

Ich entzog ihm meine Hände und schob ihm die Jacke über die Schultern und seinen Arm hinab. Dann zerrte ich am leeren Ärmel, bis Donovan mich lange genug losließ, um sie ihm ganz auszuziehen. Mit den Fingerspitzen strich ich ihm über den Oberkörper, kratzte ihm durchs Hemd über die Brust, wie wild geworden, wollte seine Haut kratzen können.

Aber Donovan hatte die Kontrolle, und er hatte ebenfalls eine Hand frei. Er benutzte sie, um in mein Kleid zu greifen, unter meinen BH, und meine Brust zu krallen. Es tat weh, und ich stöhnte, als er fester zudrückte. Und noch fester.

Dann ließ er los, und sobald er es tat, vibrierte die Lust direkt hinab zu meiner Pussy.

»Oh mein Gott«, keuchte ich. »Mach das noch mal.«

»Nein«, sagte er, zog die Hand aus meinem BH und bewegte sie an mir hinab, um mit meiner Gürtelschleife zu spielen.

Er war immer noch ein Bastard.

Das machte mich so sehr an.

Mit der anderen Hand zog Donovan an dem Band um meine Taille, und mein Kleid öffnete sich. Er schob es mir von den Schultern und trat einen Schritt zurück, um mich betrachten zu können.

Ich spürte, wie ich überall errötete; sein Blick war die Sonne, und überall, wo er mich damit berührte, verbrannte ich.

»Hast du an ihn gedacht, als du dich heute Abend angezogen hast?« Sein Atem ging schnell, sein Blick war wild. Er war tollwütig und bereit zuzubeißen.

Ich sagte ihm trotzdem die Wahrheit. »Ich habe an dich gedacht.«

Fast stöhnte er auf. Drückte sich fester an mich und legte eine Hand über meine Pussy. »Du bist so feucht, dass ich es durch deinen Slip spüre.«

»Donovan«, flehte ich und presste mich gegen seine Hand. Das war Folter. Ich hatte gewollt, dass er mich berührte, wollte ihn überall spüren. Ich wollte, dass er nie aufhörte.

Unerwartet versetzte er mir einen Schlag auf die Pussy. Fest. Dann steckte er einen Finger in den Schritt meiner Unterwäsche, sammelte etwas von meiner Feuchtigkeit, hielt sich den Finger unter die Nase und roch daran. »Genau, wie ich es in Erinnerung hatte«, sagte er, ehe er sich den Finger ableckte.

Ich ertrug es nicht mehr – ich warf mich auf ihn. Eine Hand in seinen Nacken gelegt, zerrte ich seinen Kopf zu mir hinab, damit ich ihn küssen konnte, während ich mit der anderen seinen Schwanz durch die Hose rieb. Ich konnte mich an ihm schmecken und wollte jeden Tropfen verschlingen.

Er ließ zu, dass ich ihn eine Minute lang so küsste. Dann fing er plötzlich meine Hände wieder ein und zerrte sie an der Wand hoch über meinen Kopf.

»Mit freien Händen bist du gefährlich«, sagte er und biss mich ins Schlüsselbein, als wollte er sein Revier markieren.

»Wieso gefährlich?« Ich stöhnte, als seine Zähne in meiner Haut versanken, aber wenn er mich nicht gebissen hätte, hätte ich lachen müssen. Ich? Gefährlich? Er war derjenige, der meiner Meinung nach das Warnschild verdient hatte.

»So gefährlich, wie du immer bist, wenn ich mich von dir anfassen lasse.« Er küsste mich heftig und lenkte mich damit vom Thema ab.

Als er sich wieder von mir löste, war mir schwindelig, und ich sehnte mich nach etwas, das man nicht in Worte fassen konnte. Mein Blick flackerte zu meinem Schlafzimmer und dann wieder zu ihm.

»Ich weiß«, sagte er, als hätte er meine Gedanken gelesen. Er legte seine große Handfläche um mein Handgelenk und zog mich ins Schlafzimmer, wo er mich aufs Bett warf.

Es brannte kein Licht, aber die Jalousien waren hochgezogen, und der Schein der Straßenlaternen von draußen ergoss sich über seinen Oberkörper. Sein Hemd spannte sich eng über seine Muskeln, und obwohl ich ihn endlich in seiner ganzen Pracht sehen wollte, genoss ich es auch, wie es sich anfühlte, fast nackt zu sein, während er noch angezogen war. Das machte die ganze Sache noch schmutziger. Noch unanständiger.

Besonders, wenn er mich herumkommandierte, als hätte er das Recht, mir zu sagen, was ich tun sollte. Als wäre er noch mein Dozent. Als wäre er mein Boss.

»Zieh dich aus für mich«, befahl er, seine Krawatte lockernd.

Eine Gänsehaut breitete sich auf meinen Armen und meinem Bauch aus. Mir zitterten die Hände, als ich hinter mich griff, um meinen BH zu öffnen. Ich warf ihn aufs Bett und zog dann meinen Slip aus.

Er sah mir dabei zu, die Augen zu dunklen Schlitzen zusammengekniffen. »Gib mir deine Hände.«

Ich streckte sie ihm entgegen, die Handflächen nach oben, ohne zu wissen, was mich erwartete. Sein strenger Tonfall zusammen mit dem Unwissen verdoppelte das Tempo meiner Atemzüge, und ich war mir ziemlich sicher, unter mir befand sich bereits ein feuchter Fleck.

Er schlang mir die Krawatte um die Handgelenke, verknotete sie und zog meine Arme nach oben, bis sie flach über meinem Kopf auf dem Bett lagen. Dann schlang er den Rest der Krawatte um den Eckpfosten des Bettes und bettete meinen Körper so, dass ich diagonal auf der Matratze ausgestreckt dalag.

Er stand auf und betrachtete seine Gefangene. »Mit wie vielen Männern bist du schon auf diese Art zusammen gewesen, Sabrina?«, fragte er, während er sich den Gürtel öffnete.

»Ich bin außer dir mit fünf Männern zusammen gewesen.« Das hörte sich in meinen Ohren nach viel an, auch wenn ich davon überzeugt war, dass Donovan viel mehr Geliebte gehabt hatte als ich. »Aber mit niemandem auf diese Art.«

Er riss die Augen auf. »Du warst noch nie ans Bett gefesselt?«

»Nein.« Ich war auch noch nie so erregt gewesen, dass ich fast kam, ohne auch nur angefasst zu werden.

Und es war noch mehr als das. Bis auf das eine Mal in dem kleinen Büro in Harvard war ich nie mit einem Mann zusammen gewesen, der in mir so vollkommenes Begehren geweckt hätte, als hätte er jeden einzelnen Knopf gedrückt, der in mir Lust weckte, und nicht nur einen oder zwei.

Und jetzt war seine Hose offen, und sein Schwanz ragte heraus, hart und dick im Mondlicht. Ich versuchte, mich aufzusetzen, wollte ihn in den Mund nehmen. Wollte ihn auf gleiche Weise kosten, wie er mich gekostet hatte.

Aber Donovan legte mir die Hände auf die Schenkel, und mit gefesselten Handgelenken kam ich nicht weit. Sosehr ich mich auch abmühte. Es fühlte sich an, als wären all die Jahre der Sehnsucht nach ihm in diesen einen Augenblick komprimiert, und die Qualen waren fast unerträglich.

Ich wand mich und bettelte. »Bitte, Donovan!«

»Was?« Er wusste genau, was. Da war sogar der Anflug eines Lachens, als fände er mein Leid amüsant.

»Du bist grausam.«

»Das sagtest du bereits.« Lächelnd drehte er mich um, sodass ich auf dem Bauch lag, und half mir dann auf die Knie, soweit die Fesseln es erlaubten. Er streichelte mir über den Rücken und presste meinen Kopf nach unten. Ich spähte durch meine

Beine nach ihm und sah, wie er ein Knie neben mir auf dem Bett absetzte, den anderen Fuß noch auf dem Boden.

Ich hörte das Aufreißen einer Kondomverpackung und sah zu, wie die Folie auf den Boden fiel. Wieder fuhr er mir mit der Hand die Wirbelsäule entlang. Als er dieses Mal bei meinem Hintern angekommen war, gab er ihm einen festen Klaps, der mich zusammenschrecken ließ. Als ich mich wieder entspannt hatte, stand er bereit, mit seinem Schwanz tief in mich einzudringen.

»Fuck!«, kreischte ich ins Kissen. Oder ich wollte es, aber es kam nur ein merkwürdig keuchendes Geräusch heraus, das mich selbst erstaunte.

Dieses Gefühl andererseits – an *das* konnte ich mich erinnern. Donovan füllte mich auf einzigartige Weise aus. Wie es kein anderer je getan hatte, vollkommen und endgültig, aber es war auch die Art, *wie* er mich füllte, wie er sich in mir bewegte, wie er sich aufbäumte und wütete, wie er es schaffte, gleichzeitig wild zu sein und dennoch die Kontrolle über mich zu behalten.

Es war irgendeine Form von Magie oder Manipulation, oder vielleicht machte er mich einfach nur verrückt. Ich konnte es nicht sagen. Ich wusste nur, mit jedem Stoß von seinem Schwanz spürte ich, wie ich seinem Zauber weiter verfiel.

Mein erster Orgasmus brach fast sofort über mich herein.

Der zweite brauchte länger, baute sich peinigend langsam auf, während Donovan immer wieder in mich eindrang, genau die richtige Stelle in mir traf. Mit jedem Stoß rieben meine Brustspitzen an den Fransen der Quilt-Decke unter mir. Es hätte nicht quälender sein können, wenn er den Quilt absichtlich dorthin gelegt hätte. Die Wollfäden kitzelten meine Brüste, und egal, wie sehr ich versuchte, meine Stellung zu verändern, Donovan ließ es nicht zu. Jedes Mal, wenn ich versuchte, meinen Oberkörper auch nur ein kleines Stück von der Matratze zu heben, drückte er mich wieder zurück. Als wüsste er, welche Qualen ich durchlitt. Als wollte er, dass ich noch mehr leiden musste.

Und ich liebte es.

Als mein zweiter Orgasmus über mich hereinbrach, fing ich an zu zucken und wand mich vor Ekstase.

Ich zappelte noch immer, als Donovan mich senkrecht auf das Bett legte, nur meine Handgelenke waren noch an den Pfosten abgeknickt. Die Fingernägel in meine Hüften grabend, hämmerte er in mich hinein auf der Jagd nach seinem eigenen Höhepunkt, den er bald darauf fand.

Erschöpft und überwältigt ließ ich mich auf die Seite fallen.

Sofort setzten meine Gedanken wieder ein, wie sie es immer taten, aber ich verbannte alle Urteile und alle Reue. Das kam später. Aus Erfahrung wusste ich das sehr gut.

Donovan brach schwer atmend neben mir auf dem Bett zusammen.

Ich schloss die Augen und hörte zu, wie seine Atemzüge sich langsam beruhigten. Es war ein friedliches Geräusch, und ich fragte mich, wie lange ich es hören durfte. Er war nicht der Typ, der über Nacht blieb. Bald würde er gehen wollen.

Aber daran dachte ich nicht. Ich hörte einfach nur zu und atmete.

Ich nahm kaum wahr, wie er sich einige Minuten später umdrehte, nahm kaum wahr, wie er die Fesseln an meinen Handgelenken löste, ehe ich in einen zufriedenen Nebel der Bewusstlosigkeit versank.

14. Kapitel

Ich wachte mit einem Ruck auf, als hätte ich etwas geträumt, aber die einzigen Bilder in meinem Kopf stammten aus dem wahren Leben. Bilder von Donovan über mir, in mir. Ich konnte ihn immer noch spüren, auch wenn ich sofort wusste, dass das Bett neben mir leer war.

Ohne ihn aufzuwachen fühlte sich schlimmer an, als ich gedacht hatte. Ich war selbst überrascht, aber es fühlte sich hohl an, als hätte ich den ganzen Tag vergessen, etwas zu essen, und doch hatte ich überhaupt keinen Appetit, und die Leere befand sich auch gleichzeitig höher und tiefer als mein Magen.

Bis auf diese Leere allerdings fühlte ich mich großartig. Hormone, die mich nach dem Sex durchflutet hatten, rauschten mir offenbar noch immer durch die Adern, und mir drehte sich der Kopf von einer merkwürdigen euphorischen Benommenheit. Ich streckte mich aus, während meine Muskeln sich schmerzhaft dagegen wehrten und mich daran erinnerten, dass sie lange nicht mehr auf diese Weise benutzt worden waren. Ich rieb mir die Augen und blinzelte. Es war immer noch dunkel, und ich war in der gleichen Position aufgewacht, in der ich eingeschlafen war, was bedeutete, dass ich nicht lange weggetreten gewesen sein konnte. Ich drehte mich um, um auf meinen Wecker zu sehen, und fuhr vor Schreck fast aus der Haut.

Ich war doch nicht allein.

Donovan saß in dem Sessel in der Ecke meines Schlafzimmers, den Ellenbogen auf der Armlehne abgestützt, das Kinn in der Hand, und beobachtete mich.

Die Uhr besagte, dass ich mehr als eine Stunde geschlafen hatte. Hatte er die ganze Zeit dort gesessen?

Ich schauderte bei dem Gedanken, zog aber nicht die Decke über mich. Wenn er hinsehen wollte, sollte er hinsehen. Ich nahm an, dass es das Einzige war, was ihn noch bei mir hielt, und jetzt, da ich die Wahl hatte, war ich nicht bereit, ihn schon gehen zu lassen.

Aber gehen würde er. Das wusste ich. Er hatte mir schon früher gesagt, dass er die Art von Liebhaber war, die schnell wieder verschwand. Wenn er bleiben wollte, läge er jetzt nackt im Bett bei mir. Stattdessen war er ebenso angezogen, wie er es gewesen war, als er mich gefickt hatte. Seine Hose stand noch offen, und die Krawatte hing ihm lose um den Hals.

Aber vielleicht erregte es mich gerade deshalb so sehr, dass er noch hier war, vielleicht wärmte mich deshalb der Gedanke daran, dass er die ganze Zeit, in der ich geschlafen hatte, dort gesessen hatte – weil er *noch* nicht gegangen war.

Ich setzte mich auf und versuchte, das Vogelnest zu bändigen, das einst meine Frisur gewesen war.

»Wolltest du dich überhaupt verabschieden?«, fragte ich, versuchte dabei, nicht allzu vorwurfsvoll als vielmehr gleichgültig zu klingen, obwohl ich in Wirklichkeit hoffte, dass er es sich mit dem Gehen anders überlegt hatte.

Er lächelte träge. »Ich weiß nicht, wovon du redest. Ich bin doch hier.«

»Du bist so gut wie weg.«

Sein Gesicht lag im Schatten, aber ich konnte spüren, wie seine Miene ernst wurde, auch wenn ich es nicht sah. »Ich bin voll und ganz hier bei dir.«

Meine Pussy zog sich vor Begehren zusammen, aber die Ehrlichkeit in seinem Tonfall rührte in mir auch noch ein anderes Gefühl außer Lust. Es machte mich mutig. »Dann komm ins Bett. Bleib.«

Er lachte leise. »Sabrina, Sabrina«, rügte er mich. Er streckte die Beine vor sich aus und schlug sie übereinander. Dann, betont das Thema wechselnd, fragte er: »Woher kommt dein Name?«

Ich hatte nicht mit einem belanglosen Gespräch gerechnet, aber sein Interesse reichte, um meine Aufmerksamkeit zu erregen, egal, worum es ging. Ich legte mich auf die Seite und stützte mich auf einem Ellenbogen ab. »Von meinem Vater. Als meine Eltern sich Namen überlegt haben, hat er gerade ein Gedicht von Milton gelesen, über die Nymphe, die die Jungfrau rettet.«

»Kann mich nicht erinnern, das gelesen zu haben. Ist Sabrina die Jungfrau?«

»Sabrina ist die Retterin.«

Er stutzte kurz. »Hm. Das ist nicht die Antwort, die ich erwartet hatte.«

Eine halbe Sekunde lang fragte ich mich, ob ich deswegen beleidigt sein sollte, aber es war irgendwie wirklich merkwürdig, mich als die Retterin von irgendwem zu sehen. »Aber in unserer Version der Geschichte ist Sabrina doch die Jungfrau gewesen.«

Er sagte nichts mehr. Reagierte überhaupt nicht, sah mich einfach nur auf die gleiche stechende Art an wie vor all den Jahren im Seminar für Geschäftsethik.

Ich hatte es gehasst, wenn er mich so ansah. Das tat ich immer noch. Hasste es, weil er Dinge zu sehen schien, die ich ihm nicht zeigen wollte. Dinge, die ich nicht einmal über mich selbst wusste. Am meisten hasste ich es, weil es mir so sehr gefiel.

Ich legte den Kopf schräg und fragte mich, ob ich ihn je auf die gleiche Weise sehen könnte, wie er mich sah, aber alles, was ich sah, war ein umwerfend attraktiver Mann mit einem teuflischen Lächeln und gefährlichem Sex-Appeal.

Ich hatte einen gefährlichen Teufel in mein Bett gelassen. Einen gefährlichen Teufel, der einst mein Retter gewesen war. Konnte ein Mann noch rätselhafter sein?

Ich stieß einen Seufzer aus. »Woher kommt denn *dein* Name?«

Er antwortete nicht sofort. »Das war der Mädchenname meiner Urgroßmutter. Sie hat behauptet, ich hätte deswegen den Namen bekommen, aber ich glaube, meiner Mutter gefiel nur der Klang.«

Mir fiel auf, wie wenig ich über Donovan, seine Familie oder sein Privatleben wusste, so selten erzählte er etwas darüber. Diese Information jetzt war zwar nur ein winziges Detail, aber gleichzeitig wirklich kostbar, und ich hielt sie fest wie einen Schatz.

»Was bedeutet er?«, fragte ich und hoffte, dabei nicht zu neugierig zu klingen.

»Dunkler Krieger.« Er schüttelte den Kopf. »Ich glaube, meine Mutter hat einen ganz anderen Sohn erwartet.«

»Aber das passt zu deiner Geschichte. Dunkle Krieger sind doch immer diejenigen, die die Jungfrau retten.« Vielleicht war es zu passend. Zu romantisch. Und ich wusste, auch ohne seinen verächtlichen Blick sehen zu können, dass ihm der Vergleich nicht gefiel.

Oder vielleicht gefiel ihm nicht, dass wir eine gemeinsame Geschichte hatten.

Nicht, dass ich das laut gesagt hätte, ich war mir auch nicht sicher, ob es mir gefiel.

Ich zupfte an meinen Haaren und starrte aus dem Fenster. Was machte ich nur mit diesem Mann? Was zur Hölle hatte ich gedacht, was als Nächstes passieren würde? Kollegen mit gewissen Vorzügen? Wir waren nicht einmal Freunde, und es war auch nicht so, als könnte das zwischen uns etwas Romantisches werden.

Oder?

»Du bist eine sehr schöne Frau, Sabrina«, sagte Donovan und lenkte meine Aufmerksamkeit damit wieder auf sich.

Es war die Art Aussage, auf die normalerweise ein *Aber* folgte. Als es nicht kam, konnte ich nicht widerstehen nachzuhaken. »Bin ich das?«

»Sehr.« Seine Stimme klang schwer und rau, wie grobes Sandpapier.

Ich sah dorthin, wo das Mondlicht auf seinen Schoß schien, und sah, wie sein Schwanz sich dort wölbte. Die Spitze lugte aus dem Rand seiner Unterwäsche heraus.

Oh. Also doch kein *Aber*.

Wo auch immer uns diese Sache bei Tageslicht hinführte, jetzt war immer noch Nacht. Und in dieser Nacht war ich feucht und heiß, und Donovan war hart und hier.

Ich richtete mich auf, absichtlich meine Brüste zeigend. »Lasse ich dich schmutzige Gedanken denken?«

»Mm«, stöhnte er. »Sehr schmutzige Gedanken.« Er behielt die Hände auf den Armlehnen, den Blick auf mich gerichtet.

»Als ich noch jünger war, hatte ich alle möglichen schmutzigen Gedanken über dich.« Ich wusste nicht, warum ich das sagte. Er wusste bereits, dass ich damals unangebrachte Dinge über ihn gedacht hatte. Das waren keine Neuigkeiten.

»Und jetzt nicht mehr?«

»Jetzt auch noch.« Gott, das war mein letztes Geheimnis. Wie oft ich an ihn dachte. Wie sehr er in meine Gedanken eindrang. »Die ganze Zeit.«

Die Art, wie er sich fester an die Armlehnen klammerte, brachte meine Pussy zum Pulsieren. Mir wurde klar, dass ich ihm meine Geheimnisse gerne gestand. Ich mochte, dass er es wusste, genau wie ich gerne wusste, dass er über mich schmutzige Gedanken hegte.

»Machst du es dir selbst, wenn du diese schmutzigen Gedanken hast?«

»Ja.« Ich presste die Schenkel zusammen, um Erleichterung zu finden. Ich war so erregt.

»Zeig es mir.«

»Dir *zeigen*?« Ich hatte gehört, was er gesagt hatte. Und ich wusste, was er meinte. Ich brauchte nur eine Sekunde, um herauszufinden, was ich von der Idee hielt.

»Ja.« Er setzte sich auf, offensichtlich erwartungsvoll. »Und erzähl es mir. Erzähl mir, was ich in deiner Vorstellung mit dir mache. Zeig es mir und sag es mir. Wie bei einem Referat.« Er grinste über sich selbst.

»Na gut.« Ich hatte es mir noch nie vor einem anderen Menschen gemacht. Ich hatte es nie gewollt. Aber bei Donovan war das etwas anderes. Er brachte eine andere Seite in mir zum Vorschein, und Nein zu ihm zu sagen kam mir nie in den Sinn.

Ich legte mich aufs Bett, den Kopf etwas erhöht auf dem Kissen, sodass ich ihn sehen konnte, wenn ich die Schenkel spreizte. Welches Szenario sollte ich mit ihm teilen? »Es gibt ein paar verschiedene …«

»Erzähl mir deine Lieblingsfantasie«, unterbrach er mich.

Variationen zu einer Vergewaltigung. Das war mir die liebste, die ich am häufigsten durchspielte. Auf keinen Fall würde ich ihm das preisgeben. Ich würde mich an eine meiner harmloseren Fantasien halten. Vielleicht die, bei der er mich über seinen Schreibtisch wirft …

Ich schloss die Augen und bereitete die Szene in Gedanken vor. Dann öffnete ich den Mund, um anzufangen.

»Aber sei ehrlich, Sabrina«, ermahnte er mich, ehe ich auch nur ein Wort über die Lippen gebracht hatte. »Es macht keinen Spaß, wenn du nicht ehrlich bist.«

Das Herz pochte mir hart gegen die Rippen. Konnte ich ihm wirklich die Wahrheit erzählen? Sie war so schmutzig. So falsch.

Ich öffnete die Augen gerade genug, um ihn anzusehen. Er würde nicht merken, wenn ich log; nicht, wenn ich es gut genug ausschmückte. Aber er hatte recht – was sollte das? Gründete nicht die ganze Faszination, die ich ihm gegenüber verspürte, auf diesem Tagtraum? Wäre es nicht das Beste, es ihm zu erzählen, damit ich diese kranke Perversion endlich loswerden konnte?

Nein. Ich wollte es ihm erzählen, weil es vielleicht meine einzige Chance war, meine geheimste, düsterste Fantasie auszuleben. Und dieses Bedürfnis zu befriedigen, dieses Verlangen, diesen endlosen Hunger, war es wert, egal wie beschämend.

Und ehrlich gesagt, so beschämend der Gedanke daran war, er war auch wahnsinnig heiß. Heiß eben, *weil* es so beschämend war.

Ich atmete tief durch. Dieses Mal schloss ich die Augen nicht – ich sah stattdessen Donovan in seine. »Du hältst mich fest.« Meine Stimme klang tief und monoton, wie ein Erzähler, dem die Emotionen genommen worden waren, aber dieser Teil der Geschichte reichte schon aus, um Donovan die Augen aufreißen zu lassen. »Ich kann nicht entkommen. Du hältst mir den Mund zu. Niemand kann mich hören. Niemand kann mir helfen. Es gelingt dir, mir die Hose herunterzuziehen …«

»Aber du wehrst dich zuerst«, fügte er hinzu, in dem gleichen trockenen Tonfall.

»Ja.« Dass er meiner Fantasie etwas hinzufügte, überraschte mich, aber es erregte mich auch noch mehr. Meine Brustspitzen zogen sich sofort zusammen. Ich legte die Hände an meine Brüste und fing an, sie zu streicheln, um ihre plötzliche Schwere zu lindern.

»*Wie* hast du dich gewehrt?«

»Ich habe versucht, dich mit dem Knie zu treffen, aber ich habe nicht die Stelle getroffen, die ich wollte.« Ich senkte den

Blick auf seinen Schwanz und sah, dass er sogar noch größer geworden war, was mir den Atem stocken ließ. »Der Kampf hat dich nur noch mehr angemacht. Du bestrafst mich, indem du mich fest in die Brustwarze beißt.«

Er hob seine Augenbrauen, und mir wurde klar, er wollte, dass ich genau das tat, was ich tun würde, wenn er nicht hier wäre. Ich nahm eine Brustspitze zwischen Daumen und Zeigefinger, kniff zu und zog daran, so fest ich konnte.

»Fester«, forderte er mich auf.

Ich zog fester, bis mir Tränen in die Augen stiegen. »Bis es mich zum Weinen bringt.«

Er rutschte auf seinem Stuhl hin und her, als würde seine Erektion ihn quälen, aber er berührte sich nicht einmal. Es machte mich nervös, dass er das nicht tat. *Ich* wollte ihn berühren. Wollte mit der Handfläche über seine Spitze fahren. Wollte meine Finger um ihn schließen und spüren, wie er in meiner Hand pulsierte.

Wenn ich das nicht haben konnte, wollte ich wenigstens sehen, wie er es selbst tat.

Dann erinnerte ich mich – ich konnte mich selbst anfassen. Die Beine weit gespreizt, presste ich zwei Finger zwischen meine Lippen und fing an, das Nervenbündel dort in schnellen aggressiven Kreisen zu massieren. »Jetzt reibst du mir die Klit. Kräftig und unablässig, bis ich komme.« Ich konnte bereits spüren, wie der Orgasmus sich in mir anbahnte. Diese Fantasie brachte mich immer schnell zum Höhepunkt. »Ich bin so kurz davor.«

»Vor dem Kommen?« Er klang rau und getrieben, ein Spiegelbild dessen, wie ich mich fühlte.

»Ja«, keuchte ich. »Du bist froh, weil du ungeduldig bist und endlich kommen willst. Nicht weil du willst, dass ich es auch genieße, sondern weil du nicht gerne trocken fickst.«

Er grinste, als wollte er bestätigen, dass dem auch in der

Realität so war. »Nettes Detail.«

Ich hatte selbst etwas zu gestehen. »Was du nicht weißt, ist, dass ich bereits feucht bin.«

Er warf den Kopf in den Nacken und stöhnte tief in seiner Kehle. »Zeig es mir.«

Auch wenn ich schon am Abgrund schwankte, löste ich die Hand von meiner Klit und drang ein Stück tiefer mit zwei Fingern in mich ein. Als ich sie wieder herauszog, hielt ich sie hoch, damit Donovan sehen konnte, wie feucht sie glänzten.

»Jesus, Sabrina.« Seine Miene wurde angespannt, und er bäumte sich ein wenig auf. Er verlor die Kontrolle. Besonders, als ich die Finger in den Mund nahm und sauber leckte. »Sind das meine Finger?«, fragte er.

»Ja. Du schiebst sie mir so tief in den Hals, dass ich beinahe würgen muss.« Ich steckte mir wieder die Finger in den Mund, schob sie, so tief ich konnte.

»Du kannst dir nicht die Dinge vorstellen, die ich jetzt mit deinem Mund anstellen will.« Er setzte sich noch einmal um, und ich konnte sehen, wie seine Schenkel sich unter seiner Hose anspannten. »Was dann?«

»Dann fickst du mich.« Zu sehen, wie er immer schärfer wurde, erregte mich ebenfalls immer mehr. Ich wand mich auf dem Bett, versuchte, meine Pussy an der Matratze zu reiben. Wir litten beide Qualen – wir mussten doch bald genug von diesem Spiel gespielt haben. Ich musste ihn in mir spüren. Sofort.

Aber er regte sich nicht.

»Fick mich, Donovan«, flehte ich ihn an. »Bitte!«

»Nein. Du musst es selbst tun.« Er war kalt und hatte die Beherrschung zurückgewonnen. »Zeig mir, wie ich dich ficke.«

Ich wimmerte, protestierte aber nicht. Es nützte nichts, mit ihm zu diskutieren, das wusste ich. Ich rammte mir mehrere

Finger gleichzeitig in die Pussy, so tief ich konnte.

Er setzte sich abrupt auf. »Drei Finger – machst du es immer so?«

»Nein«, keuchte ich und zog meine Finger wieder heraus. »Manchmal benutze ich ein Spielzeug.«

»Was noch?« Er war ungeduldig. Das spürte ich in der Luft zwischen uns.

»Nichts sonst.«

»Wenn ich dich nicht mit meinem Schwanz ficken könnte, würde ich keinen Dildo benutzen.« Er begann, sich wild im Zimmer umzusehen. »Nächstes Mal benutzt du die Flasche da drüben.«

Ich folgte seinem Blick zu meiner Feuchtigkeitscreme auf dem Nachttisch. Die Flasche war dicker als mein Spielzeug. Sie würde sich unangenehm anfühlen, aber weil der Befehl, sie zu benutzen, von Donovan kam, war ich mehr als eifrig, ihm zu gehorchen. »Okay, mache ich.«

Offenbar mit meiner Antwort zufrieden, richtete er seine Aufmerksamkeit wieder auf mich, auf meine Hände und das, was sie taten, wobei ich mir vorstellte, er würde es mir antun.

Er stand auf. »Jetzt«, sagte er und nahm endlich, *endlich* seinen Schwanz heraus. »Sag mir, wie ich dich ficke.«

»Hart. Brutal. Es tut weh.« Ich konnte den Blick nicht von seinem Schwanz wenden, hart und dick in seiner Hand. Mir lief das Wasser im Mund zusammen, und auch meine Muschi wurde noch feuchter.

»Zeig es mir«, sagte er und streichelte sich dabei träge. »Zeig mir, wie sehr es wehtut.«

Ich rammte meine Finger wieder und wieder in mich hinein, so schnell, wie ich mir immer vorstellte, von ihm gefickt zu werden. So, wie ich mich erinnerte, von ihm gefickt worden zu sein. Der Druck meiner Hand verschaffte mir etwas Erleichterung, aber es war nicht perfekt. Ich wollte mehr.

Ich wollte ihn. Ich starrte ihn an, starrte seinen Schwanz an, wie er mit der Hand an seinem Schaft auf und ab fuhr, und wünschte mir wieder, ich könnte ihn anfassen. Wünschte, er wäre näher bei mir.

Ohne zu merken, was ich tat, rutschte ich näher an die Bettkante heran. Er war immer noch nicht nahe genug. »Zeig *du* es mir!«, rief ich. »Ich will dich auch sehen. Bitte!«

Dieses eine Mal erhob er keine Einwände. Er trat ans Fußende des Bettes und griff mir rasch zwischen die Beine, um etwas von meiner Feuchtigkeit aufzunehmen. Dann, über mir stehend, passte er sich meinem Tempo an, wichste sich nur ein kleines bisschen entfernt von dort, wo ich mich mit den Fingern fickte. Es war so heiß, so schmutzig zu sehen, wie seine Hand sich rasch über seinen prallen Schwanz bewegte, während ich mir ausmalte, dass er mich festhielt und in mich hinein pumpte statt in seine Hand.

Ich konnte es keine Minute aushalten, ehe mein Orgasmus mich überwältigte. Ich bog den Rücken durch, zuckte am ganzen Leib, und mir wurde schwarz vor Augen, ehe Sterne vor ihnen zu tanzen begannen. Es war die Art von Orgasmus, die man im ganzen Körper spürt. Die Art, die ich nie mit einer anderen Person außer Donovan erlebt hatte.

Donovan beobachtete mich eindringlich, während ich kam – und als ich fertig war, kümmerte er sich um seinen eigenen Orgasmus.

Sobald ich wieder klar sehen konnte, richtete ich meinen Blick auf ihn. Seine Hand wurde schneller, er zupfte nur noch an seiner Spitze. Plötzlich verlangsamte er das Tempo und kam, ergoss sich über meinen Bauch und meine Muschi.

Es war einer der erotischsten Augenblicke meines Lebens, trotz Schweiß und Sperma, die nun an mir klebten. Wahrscheinlich sah ich wie ein erschöpfter Pornostar aus, aber ich fühlte mich fantastisch.

Donovan zog den Reißverschluss seiner Hose bereits wieder hoch, als ich mich genug gesammelt hatte, um mich auf die Ellenbogen zu stützen und ihn benommen anzusehen.

»Markierst du so dein Territorium?«, fragte ich, sicher, dass ich noch nie so dämlich gegrinst hatte.

»Ist das in deinen Fantasien so?« Er war damit beschäftigt, die Schnalle an seinem Gürtel zu schließen.

»Ist das nicht die richtige Interpretation?«

»Nein, Sabrina«, sagte er scharf. Er sah mir in die Augen. »Ich bin auf dir gekommen, weil es schmutzig ist und es mich anmacht. Mach nicht mehr daraus als das, Fantasie oder nicht.«

Mir entglitt das Grinsen. Oder eher hatte er es mir mit seinen Worten aus dem Gesicht geschlagen. Mir fielen tausend Antworten ein, zu viele, um mich spontan für eine entscheiden zu können. Es gab nichts, was ich tun konnte, außer dazusitzen, sprachlos, nackt und mit seinem Sperma auf meinem Körper.

Und was für ein Arschloch, dass er etwas so Kaltes sagen und mir dabei direkt in die Augen sehen konnte. Ich war stolz, dass ich es wenigstens schaffte, seinem Blick standzuhalten.

Er zog sich schnell fertig an. »Ich gehe«, sagte er, meinem Blick ausweichend. Er war schon mehrere Schritte gegangen, ehe er – als wäre es ihm gerade erst eingefallen – fragte: »Soll ich dir ein Handtuch bringen, ehe ich gehe?«

»Nein, danke«, entgegnete ich bitter. »Ich brauche eine Dusche.« Plötzlich wollte ich mir die ganze Nacht abwaschen, mich von Donovan Kincaid reinigen.

Er nickte, als benötigte ich dafür seine Erlaubnis. An meiner Schlafzimmertür blieb er noch einmal stehen. »Schließ ab, wenn ich gegangen bin.«

Ja, ja. Als würde dich das interessieren.

Ich stand auf, um ihm zu folgen, aber als ich hörte, wie die Wohnungstür ins Schloss fiel, war das Erste, was ich tat, die Nachtcreme neben meinem Bett zu nehmen und durchs Zimmer zu schleudern.

Wieder einmal hatte Donovan Kincaid mir bewiesen, dass er ein richtiger Bastard war. Nicht zum ersten Mal. Auch nicht zum zweiten Mal. Also warum überraschte es mich immer wieder, wenn er sein wahres Gesicht zeigte?

Ein gefährlicher Teufel, genau das war er. Ein gefährlicher dunkler Krieger-Teufel.

Nachdem ich noch ein paar Dinge getreten und die Tür abgeschlossen hatte, stellte ich mich wütend unter die kochend heiße Dusche. Ich war wütend, während ich mir die Haare wusch. Wütend, während ich mich sauber schrubbte. Wütend, während ich jede Spur von Donovan von meinem Körper entfernte.

Und es war nicht nur Donovan, auf den ich wütend war. Ich war wütend auf mich selbst. Mehr als auf alles andere war ich wütend, in diese Falle gegangen zu sein. Ich war wütend, dass es mir etwas bedeutete. Ich war wütend, denn wenn ich es nicht gewesen wäre, wäre ich verletzt gewesen, und ich war mir ziemlich sicher, dass sich das noch schlimmer angefühlt hätte.

15. Kapitel

Das Wochenende über durchlief ich eine Achterbahn der Gefühle, was Donovan anging. Er machte mich wütend; er machte mich nicht wütend. Es bedeutete mir etwas; es bedeutete mir nichts. Es war nur Sex; es war mehr als nur Sex. Es war egal; es war nicht egal.

Bis Montagmorgen war ich zu dem Schluss gekommen, dass ich eine starke Frau war, die schmutzigen Sex mit einem mächtigen Mann gehabt hatte. Es war meine Entscheidung gewesen, und dafür stand ich ein. Ich war dankbar für dieses Erlebnis. Es war einvernehmlich gewesen, und es gab nichts zu bedauern und nichts, wofür man sich schämen musste.

Nach wie vor inakzeptabel allerdings war die respektlose Art, in der Donovan gegangen war – diese Entscheidung hatte er ganz allein getroffen. Ich weigerte mich, mich deswegen schlecht zu fühlen. Offensichtlich fürchtete er sich davor, dass Frauen anhänglich wurden. Wenn er gedacht hatte, ich könne anhänglich werden, nachdem wir eine Nummer geschoben hatten, oder dass ich die Situation missverstanden hatte, machte er sich unnötige Sorgen.

Oder vielleicht hatte er sich genau die richtigen Sorgen gemacht. Nach unserer ersten Nummer hatte ich zehn Jahre lang an ihn denken müssen – wenn das nicht Anhänglichkeit war, wusste ich nicht, was es sonst sein sollte.

Fakt war, ich hatte nicht vor, anhänglich zu werden, und wenn er dachte, ich wäre es, dann würde er einsehen müssen, dass er sich getäuscht hatte.

Ich hatte mich nur noch nicht entschieden, ob ich vorhatte,

etwas über die unmögliche Art zu sagen, mit der er sich verabschiedet hatte. Ja. Nein. Die Antwort änderte sich stündlich.

Das würde ich spontan entscheiden müssen, wenn es an der Zeit war. Glücklicherweise sah ich während des Arbeitsalltags nichts von Donovan, wenn ich es nicht drauf anlegte.

Das Problem war, es gab andere Menschen, die ich sehr wohl jeden Tag sah. Und als ich den Fahrstuhl betrat und plötzlich neben einem weiteren Mann im Anzug stand, der sowohl mein Boss war als auch mich nackt gesehen hatte, wurde mir klar, dass ich vergessen hatte, mir zu überlegen, wie ich mit Weston umgehen sollte.

»Morgen«, murmelte ich, ohne ihm in die Augen blicken zu können. Wie lauteten die Etikette-Regeln in einer solchen Situation? Musste ich ihm von Donovan erzählen? Schuldete ich Weston die Wahrheit? Wir waren nicht zusammen, aber wir hätten nur wenige Stunden, ehe ich mit seinem besten Freund im Bett gelandet war, fast rumgemacht. Welche Verpflichtungen hatte ich deswegen?

Während ich die zwei Optionen abwog – erzählen, nicht erzählen; erzählen, nicht erzählen –, zappelte Weston neben mir unruhig. Sein Blick war auf die digitale Tafel gerichtet, die anzeigte, in welcher Etage man sich befand, als er plötzlich herausplatzte: »Wir müssen reden.«

Ach du Scheiße.

Meine Optionen schienen plötzlich begrenzter.

Oder vielleicht zog ich auch nur voreilige Schlüsse.

»Wenn es um Freitag geht …« Ich hielt inne, als ich merkte, dass das nicht genau genug war. »Wenn es um die Sache im Restaurant geht, glaube ich nicht, dass noch etwas dazu gesagt werden muss.«

»Es geht nicht um die Restaurant-Sache.« Mir fiel auf, dass er mich ebenfalls nicht ansehen konnte.

»Oh.« Meine Hände fingen an zu schwitzen. Er wusste es.

Er wusste es bereits. Donovan hatte es ihm erzählt, und er wusste es. »Okay.«

Ich atmete tief durch.

Es war okay. Ich würde ihm einfach erzählen, dass ich vorgehabt hatte, heute mit ihm darüber zu reden. Er konnte nicht wütend werden. Wir waren kein Paar. Er war mit einer anderen verlobt, du liebe Zeit.

Der Fahrstuhl erreichte sein Ziel, und ich folgte Weston hinaus auf den Gang. Ich konnte es ebenso gut gleich hinter mich bringen. »Passt dir jetzt sofort?«

Er sah mich an, als hätte er nichts anderes erwartet. »Wenn du Zeit hast …«

»Habe ich. Ich stelle kurz meine Tasche ab und bin gleich bei dir.«

Ich ließ mir Zeit in meinem Büro, sprach noch kurz mit meiner Sekretärin und überlegte, was ich zu Weston sagen sollte. Aber ich konnte nicht ewig trödeln, und viel mehr, als einfach die Wahrheit zu sagen, fiel mir auch nicht ein, also stand ich keine zehn Minuten später vor Roxies Schreibtisch.

»Er ist entspannter als beim letzten Mal«, sagte sie zu mir, was mich aufmunterte. »Aber irgendetwas macht ihn nervös. Viel Glück.«

»Ich kann Sie immer noch hören«, rief Weston durch die offene Tür.

»Danke«, flüsterte ich Roxie zu. »Ich glaube, das kann ich gebrauchen.«

Wenigstens sah ich heute gut aus. Ich trug etwas anderes als gewöhnlich – einen kurzen schwarzen Rock und eine weiße, maßgeschneiderte Button-down-Bluse mit einer Rüsche. Dazu Strümpfe und schwarze High Heels. Es war weniger Power-Outfit und dafür weiblicher, sittsamer.

Ach, Mist. Weston dachte wahrscheinlich, ich hätte es für Donovan angezogen.

Hm. Hatte ich das?

Auf keinen Fall. Ich hatte mich für niemanden außer mich selbst angezogen. Wahrscheinlich.

Ich atmete tief durch und betrat Westons Büro. Er schloss die Tür hinter mir, ließ die Scheiben aber durchsichtig. Wie bei meinem letzten Besuch setzte er sich hinter den Schreibtisch und lud mich ein, auf dem Stuhl davor Platz zu nehmen.

Und wie beim letzten Mal verschränkte ich die Beine, um nicht nervös mit dem Fuß auf den Boden zu klopfen. Na gut, wenigstens kam so ein für alle Mal alles ans Licht. Ich musste nie wieder in Westons Büro kommen und mir Gedanken darüber machen, was er über mich und Donovan wusste.

Was auch albern gewesen wäre, da die Sache zwischen Donovan und mir bereits zu einem dicken fetten Nichts verpufft war.

Ich seufzte.

Weston atmete ein. »Freitagabend«, fing er an, »nachdem du das Restaurant verlassen hattest …« Er verstummte, als wüsste er nicht, wie er den Satz beenden sollte.

Und wie sollte er ihn auch beenden? *Du hast das Restaurant verlassen und meinen besten Freund gefickt, und jetzt will ich mit dir darüber reden*. Nichts, was er sagen könnte, würde sich höflich anhören.

Ich musste ihm helfen. Schließlich lag es an mir. Er sollte nicht derjenige sein müssen, der nach Worten suchte. »Die Dinge verändern sich, weißt du, Weston. Es passiert nicht immer alles so, wie wir es geplant haben, und …«

»Ich habe mit Elizabeth geschlafen«, platzte es aus ihm heraus.

Ich musste das, was er gesagt hatte, innerlich erst einmal wiederholen, ehe ich antworten konnte. »Äh, was?«

Das hatte ich wirklich nicht kommen sehen. Nicht einmal annähernd.

»Ich habe mit Elizabeth geschlafen. Ich wollte es nicht. Und ich weiß nicht, worauf die Dinge in Zukunft hinauslaufen, aber ich dachte, du hast die Wahrheit verdient.«

»Verstehe.« Dann wusste er also doch nichts von Donovan. Bedeutete das, ich musste ihm trotzdem davon erzählen?

»Bist du traurig?«

»Nein! Überhaupt nicht.« Ehrlich gesagt fühlte ich mich erleichtert. Noch erleichterter, als ich gedacht hätte. Jetzt musste ich mich nicht schuldig fühlen wegen irgendetwas, das ich hinter Westons Rücken getan hatte. Nicht, dass ich mich schuldig gefühlt hätte. »Wir hatten zwischen uns nichts fest ausgemacht. Ich hatte von dir nichts erwartet.« Hört, hört – er hätte auch von mir nichts erwarten sollen.

»Ich weiß, aber wir sind zusammen in dieser Wäschekammer gewesen.« Er schob seinen Hefter von einer Ecke des Schreibtischs in eine andere. »Und ich weiß, dass ich mich an dem Abend merkwürdig verhalten habe, aber das lag nicht an dir.« Er drückte mehrmals auf den Hefter und schoss ein paar Klammern durch die Gegend. »Das war nur, weil ich so in die Sache mit ihr verwickelt bin und diesen Mist, der zwischen ihr und mir läuft.« Nachdem er noch ein paar Sekunden daran rumgefummelt hatte, stellte er den Hefter wieder an seinen Platz zurück.

Ich betrachtete Weston. Er schien wirklich besser gelaunt zu sein, als er es am Freitagmorgen gewesen war, und gleichzeitig war er nervöser. Seine Augen leuchteten auf, als er von Elizabeth sprach, und er strahlte eine gewisse Energie aus, die Art Energie, die man verspürt, wenn man eine neue Beziehung beginnt.

Die Energie, die man nur ausstrahlte, wenn man sich verliebt hatte.

»Dann seid du und Elizabeth …?«, fragte ich zögernd.

»Nein. Mein Gott, nein.« Er nahm einen Stift zwischen die

Finger und spielte damit. »Ich meine, ich weiß es nicht. Es ist kompliziert. Wie dem auch sei.«

Es ist kompliziert bedeutete *mehr als eine Affäre.*

Das nervöse Fußklopfen war wieder da, und ich verstand beim besten Willen nicht, warum.

Ich lehnte mich zurück und verschränkte die Arme vor der Brust. »Welche Folgen hat das für den Ausgang der Wette? Ich habe Geld darauf gesetzt, dass du es schaffst.«

Abrupt hörte der Stift auf, sich zu drehen. »Du hast auch gewettet?«

Ich zuckte mit den Schultern, um geheimnisvoll zu wirken, aber er schien beleidigt zu sein, also beschloss ich rasch, ihn nicht weiter zu necken. »Nur ein Scherz. Jede Wette, die ich abgeschlossen hätte, wäre meinen persönlichen Interessen zuwidergelaufen.«

Er ließ den Stift fallen und stützte sich mit beiden Händen auf die Tischplatte. »Aber du hast wirklich kein Problem mit der Situation?«

Ich lächelte ihn beruhigend an. »Habe ich nicht.« Mein Gewissen, das mich triezte, seit er seine Beichte abgelegt hatte, nutzte den Augenblick, um mich zu überwältigen. »Ehrlich gesagt, ich habe am Wochenende auch mit jemandem geschlafen.« Ich hielt inne, um einzuatmen, und entschied, dass ich nicht verpflichtet war, mehr zu sagen.

Aber ich entschied auch, dass ich keine Kuh war. »Ich habe mit Donovan geschlafen.«

Die Luft zwischen uns wurde dicker, und Weston sah mich einen Moment zu lange mit zusammengekniffenen Augen an.

»Äh. Sag etwas?«, bat ich ihn, plötzlich besorgt, dass ich doch nicht so ehrlich hätte sein sollen.

»Ich überlege noch, ob ich eifersüchtig sein soll oder ob mir das meine Schuldgefühle erlässt.«

Ich streckte mich über den Tisch und boxte ihn spielerisch gegen den Unterarm. »Es erlässt dir die Schuldgefühle. Schwein.«

Er nickte. »Donovan, hm?« Er atmete ein. Nickte wieder. »Ich muss zugeben – damit habe ich nicht gerechnet.«

Dann waren wir also beide verblüfft über die Entwicklungen des Wochenendes.

»Ist das schlimm? Hätte ich es dir nicht sagen sollen?« Ich war nicht mit Elizabeth befreundet. Vielleicht war es für Weston schwerer, weil er zu Donovan eine enge Beziehung hatte.

»Nein, nein! Ich bin froh, dass du es mir erzählt hast. Es ist nur ... merkwürdig.« Sofort merkte er, dass er das falsche Wort benutzt hatte. »Ich meine nicht, dass es wegen *dir* merkwürdig ist. Es ist wegen *ihm* merkwürdig. Er ist seit der Sache mit Amanda mit keiner zusammen gewesen, deren Vornamen ich kenne.«

Das war unmöglich. Donovans Verlobte Amanda war vor elf Jahren gestorben. Er musste seitdem Beziehungen gehabt haben. »Was ist mit Sun?«

»Dieses Model?« Weston winkte verächtlich ab. »Mit der schläft er vielleicht ab und zu. Er schläft mit vielen Frauen ab und zu, aber ich sage dir, Sabrina, er schläft mit keiner, mit der er auch außerhalb des Schlafzimmers zu tun hat.«

»Oh. Das *ist* merkwürdig.« Ich bekam eine Gänsehaut auf den Armen. Was hieß das für mich?

Wahrscheinlich nichts. Wir arbeiteten zusammen, aber im Büro sahen wir uns nicht gerade häufig.

Trotzdem bohrte sich etwas Warmes in meine Brust, das darauf beharrte, es wäre etwas anderes. Darauf beharrte, dass es etwas Besonderes war. Für Donovan etwas Besonderes, auf irgendeine Weise.

Ja, Sabrina, du hast die herausragende Ehre, eine Sexpartnerin zu sein, die Donovan auch angezogen gesehen hat. Gratuliere.

Genau. Ich war einfach albern.

Aber vielleicht erklärte das doch, warum Donovan so ein Ekel gewesen war, als er meine Wohnung verlassen hatte. Vielleicht verließ er so immer die Betten seiner Gespielinnen. Da er sie normalerweise sowieso nicht wiedersah, hatte er keinen Grund, sich anders zu verhalten.

»Es ist zwar merkwürdig, aber es könnte auch gut sein.« Weston fing wieder an zu nicken. »Ja. Ich glaube, es passt wirklich gut. Du bist die perfekte Frau, um ihm zu zeigen, wie romantische Beziehungen wirklich sein sollen. Du könntest ihn zähmen. Ihn wieder lieben lehren.«

Ich fing an laut zu lachen. »Das ist so absurd, dass ich nicht weiß, worüber ich zuerst lachen soll.« Erstens, wer war Weston, dass er meinte, über Beziehungen reden zu können? War er auf einmal ein Experte, weil er seine falsche Verlobte gevögelt hatte? Und was noch viel komischer war – eine Romanze zwischen Donovan und mir? Ihn lehren, wie man *liebt*? Ha. Ha. Ha.

»Ich meine es ernst«, sagte Weston aufgeregt. Er schien jetzt vollkommen begeistert von der Idee zu sein, dass Donovan und ich ein Paar werden könnten. »Du bist die Richtige für ihn. Du gehörst bereits zu seiner Welt. Du lässt dir von ihm nichts erzählen. Ich bin mit dir einverstanden, und das ist unerlässlich. Die Sache ist genial. Darauf hätte ich auch von selbst kommen können.«

Ich verdrehte die Augen. »Klar. Während du dich selbst an mich rangemacht hast, hätte dir das echt auffallen können.« Die ganze Geschichte war wahnsinnig. »Keine Chance. Darauf wird es nicht hinauslaufen.«

Weston starrte mich ungläubig an. »Bist du sicher?«

»Ganz sicher. Und wie.«

»Okay, okay.« Er kam mir nicht überzeugt vor. »Willst du wenigstens darüber reden?«

Ich strich mir eine lose Haarsträhne hinters Ohr und überlegte. Es könnte schön sein, endlich etwas mehr über Donovan zu erfahren. Aber war es nicht unfair, mich hinter seinem Rücken nach ihm zu erkundigen und nicht ihn direkt zu fragen?

Aber war das nicht egal, weil das mit Donovan und mir ohnehin vorbei war? »Will ich nicht«, sagte ich. »Wenn das okay ist.«

Weston war offenbar noch nicht bereit aufzugeben. »Dann war es nur eine Geschichte für eine Nacht?«

»Nur eine Nacht.« Warum verspürte ich einen Knoten im Magen?

»Na gut, na gut.« Weston kniff die Augen zusammen. »Auch wenn es nur ein One-Night-Stand war, hat er dich hoffentlich gut behandelt.«

Wieder musste ich laut lachen. »Und wenn nicht?«

»Dann muss ich ihn umbringen.« Das Zwinkern danach nahm seiner dramatischen Erklärung irgendwie die Kraft, aber trotzdem war es eine nette Geste.

»Klar, ich glaube dir sofort, dass du Donovan umbringen würdest«, sagte ich sarkastisch. »Schön zu wissen, dass ich auf dich zählen kann.«

Ich brauchte Weston nicht als Beschützer, weder vor Donovan noch vor anderen Männern, also was zum Teufel war hier los? Behandelte er mich wie eine Schwester? Lief das so, wenn man erst zusammen im Bett war, dann zusammen arbeitete und schließlich jeweils einen anderen Liebhaber fand?

Nachdem ich Westons Büro verlassen hatte, war ich schon auf halbem Weg den Flur hinab zu meinem eigenen, ehe es mir klar wurde – wenn Weston mehr als nur eine Affäre hatte, dann bedeutete das, er war nicht mehr verfügbar als mein Notfallpolster. Als mein Sicherheitsnetz.

Ich wollte Weston nicht. Ich hatte Weston nie gewollt. Das Attraktivste an Weston war immer gewesen, dass ich glaubte, er könnte mich vor Donovan bewahren. Dass ich durch ihn ein »gutes Mädchen« bleiben konnte, sicher und zufrieden, ohne die Begierde nach dreckigem, verruchtem Schmutz.

Es war offenbar ohnehin kein guter Plan gewesen, weil ich irgendwie trotzdem nackt bei dem falschen Mann gelandet war.

Gut, Lektion gelernt.

Ich konnte mich nicht darauf verlassen, von Weston beschützt zu werden. Ich konnte meine eigenen Entscheidungen treffen, ohne mich hinter einem anderen zu verstecken. Ich konnte für mich selbst einstehen und gleichzeitig Donovan ein oder zwei Dinge beibringen darüber, wie man Frauen behandelte, falls er sich jemals wieder entschließen sollte, eine romantische Beziehung einzugehen.

Ich fühlte mich beflügelt, änderte die Richtung und machte mich auf den Weg zu meinem neuen Ziel, ehe ich Zeit hatte, es mir anders zu überlegen.

16. Kapitel

Donovan stand neben dem Schreibtisch seiner Sekretärin, als ich dort ankam, und besprach mit Simone gerade seinen Tagesablauf. Obwohl es in meinem Bauch anfing zu flattern, als ich ihn in seinem maßgeschneiderten schwarzen Armani sah, hielt ich die Schultern gestrafft und den Kopf gehoben.

»Wir müssen reden«, sagte ich, Westons Worte stehlend. Dann rauschte ich, ohne eine Antwort abzuwarten, an ihm vorbei in sein Büro.

Ich sah mich nicht um, hörte ihn aber kurz darauf sagen: »Simone, keine Anrufe.«

Es dauerte dreißig schmerzhaft lange Sekunden, ehe Donovan mir folgte, auf die Knöpfe drückte, die die Tür schlossen und die Scheiben undurchsichtig werden ließen, und sich hinter seinen Schreibtisch setzte.

In der Zwischenzeit ging ich unruhig auf und ab und zog mir die Haare mit beiden Händen über die Schulter.

»Also los, Sabrina«, sagte Donovan und machte es sich in seinem Drehsessel aus Leder mit hoher Rückenlehne gemütlich. »Sag mir, was dir durch deinen hübschen Kopf geht.« Er sagte *Kopf,* aber sein Blick wanderte meine Beine hinab, ohne dass er es zu verbergen versuchte.

Ich verzog das Gesicht, aber um die Wahrheit zu sagen, es machte mich ein wenig schwindelig. Besonders, weil ich nie erlebt hatte, dass er irgendeine andere Frau im Büro auf diese Weise ansah; aber darüber nachzudenken würde mich nur ablenken, deshalb hob ich mir das Schwindelgefühl für später auf.

»Hör zu«, begann ich so nachdrücklich ich konnte, während ich weiter vor seinem Schreibtisch auf und ab ging, »ich kann akzeptieren, dass es sich bei Freitagnacht um eine einmalige Sache gehandelt hat, aber du …«

Er unterbrach mich, ehe ich den Satz beenden konnte. »Möchtest du, dass es eine einmalige Sache bleibt?«

Ich hielt inne, und mein Puls beschleunigte sich. »Das habe ich nicht gesagt.« Meine Wangen fühlten sich plötzlich warm an.

»Das hast du nicht gesagt, aber ich frage dich das.«

»Will ich nicht. Ich hatte nicht darüber nachgedacht.« Ich war aus dem Konzept gebracht. Das war nicht fair. Eine weitere Runde hatte nicht auf dem Speiseplan gestanden, nachdem er sich auf diese Weise verabschiedet hatte.

Und um genau das zu besprechen, war ich hier – es ging darum, wie er sich verabschiedet hatte, nicht darum, ob ich mehr unanständige Dinge nackt mit dem Mann tun wollte, der mir die besten Orgasmen in meinem bisherigen Leben geschenkt hatte.

Ich schüttelte den Kopf, um mich von den schmutzigen Bildern zu befreien, die anfingen, meine Gedanken zu fluten. »Davon spreche ich gerade nicht. Kann ich einfach zu Ende reden?«

»Ja, natürlich. Bitte.« Er warf mir eines seiner teuflischsten Lächeln zu. Die Art, bei der jedes verdammte Mal mein Slip feucht wurde.

Teuflisches Lächeln hin oder her – feuchter Slip hin oder her … ich hatte eine Nachricht zu überbringen, und ich würde sie vortragen, auch wenn es mich umbrachte. Ich richtete den Finger auf ihn und sagte streng: »Du verschwindest nie wieder wie ein Arschloch.«

Puh. Ich hatte es geschafft. Und ich war sogar ziemlich stolz auf meine Darbietung.

Donovan rieb sich nachdenklich das Kinn. »Dir ist klar, Sex mit mir ist nicht immer so einfach wie neulich Nacht.«

Vielleicht war meine Darbietung doch nicht so spektakulär gewesen, wie ich geglaubt hatte.

Aber wahrscheinlicher war, dass der Fehler bei meinem Publikum lag. »Hörst du mir überhaupt zu?«

Ich versuchte, so zu tun, als hätte ich *ihm* nicht zugehört, aber ein Teil von mir hatte das eindeutig getan. Der Teil von mir machte sich weniger Gedanken um Respekt und Frauenstolz, ihn interessierten ursprünglichere Bedürfnisse und Begierden. Es gab viel zu hinterfragen nach so einer Aussage. Sex mit ihm war nicht immer so *einfach*? Mein Verstand wollte Details. Mein Körper wollte eine Demonstration.

»Ja. Ich höre dir zu. Als Antwort erkläre ich dir, wie eine weitere sexuelle Beziehung mit mir aussehen könnte.«

Meine Brüste fühlten sich schwer an und meine Schenkel schwach. Ich hob frustriert die Hände. »Aber was hat das mit dem zu tun, was ich gesagt habe?«

Seine Augen, heute mehr grün als braun, funkelten mich an. »Du hast ›wieder‹ gesagt, Sabrina. Was darauf hinweist, dass du dich auf einen Zeitpunkt in der Zukunft beziehst, an dem das zum Problem werden könnte.«

Hatte ich das wirklich gesagt?

Ich ging meine Worte in Gedanken noch einmal durch. »So habe ich es nicht gemeint«, sagte ich schnell.

»Nicht?«

Ich war mir nicht mehr sicher. Vielleicht hatte ich es doch so gemeint. Wozu wollte ich sein Verhalten überhaupt kritisieren, wenn ich mir nicht insgeheim wünschte, dass es noch ein weiteres Mal gab?

Trotzdem war das alles egal, wenn er mich nicht gehört hatte. »Aber hast du verstanden, was ich gesagt habe?«

Er seufzte. »Ja, ja. *Sei kein Arschloch, Donovan.* Ich habe dich gehört.« Er drehte seinen Stuhl zur Seite. »Komm her.« Er benutzte zwei Finger, um mich zu sich zu winken.

Es klang nicht gerade danach, als hätte er mich ernst genommen. Und was er getan hatte, war wirklich unmöglich gewesen.

Unwillig stapfte ich um seinen Schreibtisch herum und blieb stehen, als ich noch ein ganzes Stück von Donovan entfernt war. »Du hast mich gehört, aber wirst du auch etwas an deinem Verhalten ändern?«

Er zuckte mit einer Schulter. »Das werden wir schon sehen, oder? Auf die Knie.«

»Werden wir sehen? Das klingt nicht sehr verbindlich.« Ohne darüber nachzudenken, wollte ich mich schon hinknien, da entdeckte ich die sehr große Beule in seinem Schritt. »Moment mal.« Ich richtete mich wieder auf und wich zurück. »Oh, nein!«

»Komm schon.« Er strich mit der Hand über seine Erektion. »Die Tür ist abgeschlossen. Die Fenster sind dunkel.«

Verdammt noch mal. Was stimmte nicht mit mir? Ich war wütend auf dieses Ekel, und er hatte den Nerv, mich dazu überreden zu wollen, ihm einen zu blasen? In seinem Büro noch dazu? Das war sexuelle Belästigung. Es war unangebracht und ungehörig, und es machte mich so verdammt scharf, dass ich nicht überrascht gewesen wäre, wenn Donovan meine Erregung aus einem Meter Entfernung hätte riechen können.

Aber Respekt! Emanzipation!

»Ich werde dein schlechtes Benehmen nicht noch mit einem Blowjob belohnen. Deshalb bin ich nicht hergekommen.« Auch wenn es jede Sekunde, die ich vor ihm stand, schwerer und schwerer wurde, sich daran zu erinnern, warum ich überhaupt existierte, wenn nicht für ihn.

»Nein, du bist hergekommen, um mich auszuschimpfen. Das hast du getan. Einigermaßen. Jetzt sind wir beim nächsten Punkt. Ich helfe dir, dich zu entscheiden, ob neulich Nacht eine einmalige Sache bleiben soll oder nicht, indem ich dir noch einmal zeige, wie Sex mit mir aussehen kann.«

Donovans Miene wurde ernst – die Art von ernst, die besagte, dass er kurz davor stand, die Geduld zu verlieren, und ich besser zuhören sollte, wenn ich wusste, was gut für mich war. »Also, wie ich bereits sagte – auf die Knie. Ich sage es nicht noch einmal.«

Ich war ein Mädchen, das wusste, was gut für es war.

Sofort ließ ich mich auf die Knie fallen.

Der Büroboden war hart, trotz des Teppichs, der unter Donovans Schreibtisch lag. Er war dunkelbraun mit engen Maschen, die sich mir in die Knie drückten. Das würde Abdrücke geben, auch durch meine Strümpfe hindurch.

Aber ehrlich gesagt waren meine Strümpfe mir scheißegal. Sie konnten von mir aus auch reißen. Ich war auf den Knien vor Donovan Kincaid, und alles, woran ich denken konnte, alles, was ich wollte, war, ihn in den Mund zu nehmen.

Er öffnete bereits seine Hose. Als sowohl sein Gürtel als auch der Reißverschluss offen standen, ließ er die Hände sinken. Die Spitze seines Schwanzes spähte mir über den Saum seiner Unterhose entgegen, genau wie sie es neulich Nacht bei mir zu Hause getan hatte. Dieses Mal allerdings war ich mit seiner Härte auf Augenhöhe. Dieses Mal war er nahe genug, um ihn zu berühren.

»Jetzt musst du dich entscheiden«, sagte Donovan und griff dabei mit den Händen nach den Armlehnen. »Wenn du das hier willst – und so, wie du dir auf die Unterlippe beißt, würde ich sagen, es ist genau das, was du willst –, dann liegt der nächste Zug bei dir.«

Geschickt eingefädelt, was gegenseitiges Einvernehmen betraf. Wahrscheinlich war das klug von ihm. Nicht, dass ich ihn wegen Belästigung am Arbeitsplatz verklagt hätte, egal, wie oft ich davon redete. Dazu gefiel es mir zu gut. Wahrscheinlich ermunterte ich ihn manchmal sogar dazu.

Aber es gab jetzt noch eine wichtigere Frage – war es das, was ich wirklich wollte? Wollte ich wirklich ein »wieder«? Was sagte es über mich aus, wenn ich das wollte?

Vielleicht konnte ich tatsächlich nicht für mich selbst sorgen. Vielleicht brauchte ich Weston oder einen anderen harmlosen Mann ja doch, hinter dem ich mich verstecken konnte, jemanden, der mir nicht mitten am Arbeitstag befahl, mich vor ihm hinzuknien. Jemanden, den es nicht anmachte, mich fest gepackt zu halten, während er mich fickte. Jemanden, der es nicht für notwendig hielt, mich zu warnen, dass Sex mit ihm nicht immer »einfach« sein würde.

Nur war es genau das, was ich wollte. Alles. Die halb erzwungene Einwilligung, der dominante Beigeschmack. Ich wollte es mit jeder Faser meines Körpers, und wenn ich ein so großes Mädchen war, das über mich selbst zu wissen, dann konnte ich vielleicht auch ein großes Mädchen sein und es akzeptieren.

Zögernd – nur weil ich nervös war, nicht weil ich noch Zweifel hatte – legte ich die Hände an den Saum seiner Unterhose. Donovan hob die Hüften, und ich zog ihm die Hose herunter, bis mir sein Schwanz schwer und prall entgegensprang.

Verdammt, war er immer schon so groß gewesen?

Er war länger, als mir klar gewesen war. Runder auch. Und das bedeutete, ich wollte ihn nur noch mehr.

Ich war mir nur nicht sicher, wo ich anfangen sollte.

An seiner Spitze hing bereits ein glänzender Tropfen, als wollte er mir ein Zeichen geben, und ich beugte mich vor und leckte ihn ab, ganz langsam. Bedächtig.

Sein Schwanz regte sich, aber das hatte nichts zu bedeuten. Es war auch eine zu sanfte Berührung für Donovan, zu zärtlich, und ich wusste, dass ich einen Schritt weitergehen musste.

Ich saugte an seiner Spitze, dann ein Stück weiter, nahm seinen halben Schwanz in den Mund. Als ich anfing, die Finger um seine Wurzel zu legen, hielt er mich auf. »Keine Hände – nur dein Mund.«

Okay. Das konnte ich schaffen.

Ich legte ihm die Hände stattdessen auf die Schenkel, liebte es, wie seine Muskeln sich anfühlten, und machte mit dem Mund weiter, glitt mit festem Druck an seinem Schaft auf und ab. Er schmeckte gut – nach Moschus und Donovan, und auch wenn er sehr groß war, fühlte er sich gut an. Es machte mich scharf, ich war unglaublich erregt. Als würde die Art, wie meine Lippen sich dehnten, meine Pussy daran erinnern, wie es sich angefühlt hatte, auf die gleiche Weise gedehnt zu werden.

»Sehr schön«, sagte Donovan, nachdem ich ein paar Minuten an ihm gelutscht hatte. »Braves Mädchen. Das gefällt mir.« Er legte mir beide Hände an den Kopf und schob sie mir in die Haare. »Aber jetzt übernehme ich.«

Das war die einzige Warnung.

Danach hatte Donovan die Kontrolle. Meinen Kopf fest in seinen Händen haltend, drückte er mich auf seinen Schwanz, erst langsam, sodass er mich zwang, mehr von seiner Länge in mir aufzunehmen als vorher.

»Genau so, genau so«, lockte er, als seine Spitze mir gegen die Kehle drückte. Und er drückte noch weiter. »Entspann dich, Sabrina.«

Ich riss die Augen auf. Ich konnte nicht noch mehr aufnehmen. Ich würde würgen müssen. Ich bekam langsam Panik. Konnte nicht atmen.

Doch, konnte ich. Durch die Nase.

Ich atmete ein und entspannte mich. Er drang tiefer ein, tiefer, als ich es je für möglich gehalten hatte.

»Jesus.« Er hielt mich fest, sein Schwanz in meinem Hals, und bewegte sich nicht.

Nach ein paar Sekunden ließ er los, stieß dann aber sofort wieder zu. »Ganz bis zum Ende. Braves Mädchen, braves

Mädchen.« Dieses Mal pumpte er meinen Kopf über sich, hob und senkte mich bis ein kurzes Stück vor seinen Hoden. »Gott, das fühlt sich so verdammt gut an. Deinen Mund so zu ficken.«

Ich wusste nicht, wie *ich* mich fühlte. Erregt. Verwirrt. Panisch. Seine Stöße lösten einen Würgereiz in mir aus, und ich konnte es nur eine gewisse Zeit aushalten, bis ich meinte, mich übergeben zu müssen, aber ich konnte nichts tun, um es ihm zu sagen, außer an seinen Beinen zu kratzen und ihn mit feuchten Augen anzustarren.

Er nahm meine Hinweise wahr und verstand sie. Er ließ mich los, damit ich mich erholen konnte. Damit ich durchatmen konnte. Doch sofort drängte er mich wieder in Stellung und versenkte sich bei der nächsten Runde noch tiefer in mir. Wieder und immer wieder.

Es war intensiv. Es war brutal. Aber ich konnte spüren, wie sein Schwanz in meinem Hals anschwoll. Ich sah, wie wild Donovan wurde, wenn er meinen Mund auf sich pumpte, und deshalb liebte ich es nur noch mehr. Ich wollte ihn befriedigen.

Als er kurz davor war, hielt er meinen Kopf still und schob mir stattdessen den Schwanz in den Mund, er fickte mein Gesicht ebenso wild, wie er meine Muschi gefickt hatte.

»Ich könnte den Mund von jeder haben«, sagte er kurzatmig. »Jede Frau, die ich will. Geld kann einem die hübschesten Lippen kaufen, die berühmtesten Münder, die tiefsten Kehlen. Und trotzdem kann ich seit zehn Jahren an nichts anderes denken als an deinen Mund. Ich will nur deinen. Wieso komme ich nicht über deine gottverdammten Lippen hinweg?«

Ich kratzte ihn, heftig. So fest, dass ich dachte, ich würde seinen teuren Anzug zerreißen. Aber nicht, weil ich den Blowjob nicht aushielt, sondern weil ich mir nicht sicher war, ob ich aushalten konnte, was er sagte.

Er ließ locker, reagierte wie üblich auf mein Signal, aber dieses Mal ließ er mir kaum eine Pause, ehe er sagte: »Ich komme. Schluck alles, Sabrina.«

Er zuckte zweimal und stöhnte, als er in meinen Mund abspritzte. Warme Flüssigkeit lief mir die Kehle hinab, und seine Schenkel unter mir zitterten. Es war so heiß. So verdammt heiß, ihn so wild zu erleben. Was auch immer ich tun musste, um ihn noch einmal so zu sehen, ich würde es tun. Ich würde meine Seele dafür geben.

Ich hätte vielleicht auch etwas dazu gesagt, nur dass in der Sekunde, in der ich alles geschluckt hatte, Donovan mich hochzerrte und heftig küsste. Unsere Zungen wanden sich umeinander, unsere Geschmäcker vermischten sich, bis ich den Geschmack seines Mundes nicht mehr von dem Geschmack seines Spermas in meinem Mund unterscheiden konnte.

Als er sich von mir löste, sahen wir uns in die Augen.

»Das hilft mir nicht dabei, herauszufinden, wie die Dinge zwischen uns stehen«, flüsterte ich.

»Mir hilft es auch nicht.« Er klang ein wenig aus dem Gleichgewicht. Was *mich* aus dem Gleichgewicht brachte – mehr noch als vorher –, denn wann hatte ich Donovan je unsicher erlebt?

Es war aber kein Wunder, dass er verwirrt war. Was war gerade passiert? Was er gerade gesagt hatte – ich war mir ziemlich sicher, er meinte nichts davon ernst. Das konnte er nicht. Es war unmöglich.

Oder nicht?

Als wären wir gleichzeitig aus einer merkwürdigen Trance erwacht, ließ ich mich auf den Hintern fallen, als er sich in seinen Sessel fallen ließ. Zwischen uns war auf einmal eine Distanz spürbar. Keine große, aber doch groß genug, um mir Gelegenheit zu geben, wieder zu mir zu kommen und Ordnung in meine Gedanken zu bringen.

Und sein Gesichtsausdruck besagte, dass auch er wieder in der Realität angekommen war. Ich konnte dabei zusehen, wie er dichtmachte. Sah, wie seine Miene sich anspannte und sein Blick wachsam wurde.

»Nicht«, sagte ich und hob warnend die Hand. »Was auch immer du gerade sagen willst, lass es. Du kannst um Freiraum bitten, ohne etwas Schreckliches zu sagen.«

Er runzelte die Stirn. »Gilt ›Ich muss jetzt wieder an die Arbeit‹ schon als schrecklich?«

»Wenn du es direkt nach einem intimen Akt sagst, ja.« Ich stand auf und tat mein Bestes, mir die Haare ohne einen Spiegel zu richten. »Wie wäre es also, wenn ich einfach gehe?«

Ohne eine weitere Bewegung nickte er.

Sein Blick war so durchdringend, dass er sich mir ins Gedächtnis brannte, und ich spürte ihn noch auf mir, als ich zur Tür ging.

Gerade als ich den Raum – er hatte die Tür von seinem Schreibtisch aus wieder geöffnet – verlassen wollte, rief er mir nach: »Sabrina?«

Ich wandte mich um, und die Sache war die: Was auch immer er zu sagen hatte, selbst wenn es anständig war und nicht schrecklich, ich war mir nicht ganz sicher, ob ich bereit war, es zu hören.

Ich legte mir einen Finger auf die Lippen. »Pst.«

Dann drehte ich mich auf der Stelle um und ging, überrascht, dass ich überhaupt einen Fuß vor den anderen setzten konnte, so high wie ich von dieser erotischen Szene war.

Aber selbst benommen und verwirrt war mir eins glasklar – der nächste Schritt musste von ihm kommen.

17. Kapitel

Ich erfuhr schnell, was die Kehrseite daran war, den Ball aus der Hand gegeben zu haben – Donovan war geduldig. Ich – nicht so sehr.

Jeden Tag fragte ich mich nervös, ob Donovan sich mit mir in Verbindung setzen würde. Und an jedem Tag, der verging, ohne dass ich ihn sah, fühlte ich mich ein bisschen angespannter. Immer öfter fragte ich mich, ob er beschlossen hatte, dass er doch nicht daran interessiert war, die Sache weiterzuverfolgen.

Und was zur Hölle sollte ich dann machen?

Jetzt hing ich drin. Er hatte mir die Wahl gelassen. Ich hatte mich entschieden mitzuspielen. Und jetzt ließ er mich warten.

Und warten.

Dieser gottverdammte Hurensohn ließ mich bis Freitag warten, ehe er den nächsten Schritt machte.

Ich war gerade von einem Arbeitslunch mit meinem Team zurückgekehrt. Die ganze Zeit war ich währenddessen abgelenkt gewesen, weil ich vorher im Flur Donovans Rasierwasser gerochen hatte, und danach wollte ich nur noch daran denken, wie gut er roch, wenn er mir ganz nahe war. Irgendwie hatte ich es geschafft, mich zusammenzureißen, aber mir war trotzdem schwindelig, als das Essen zu Ende war, also war ich schnell zurück in mein Büro gegangen. Ich hatte kaum Zeit gehabt, meine Handtasche in der abschließbaren Schublade zu verstauen, als mich Ellen, meine Sekretärin, von ihrem Schreibtisch anrief.

»Ist mein Halb-zwei-Termin schon da?«, fragte ich, statt sie zu begrüßen, während ich gleichzeitig versuchte, im Display meines Smartphones meine Zähne zu kontrollieren. »Wenn er es ist, ist er zu früh und kann warten.«

Ehe sie antworten konnte, öffnete sich meine Tür. Und da war Donovan. Stolzierte herein, als wäre er eingeladen.

Dann hatte Ellen wohl nicht wegen des Halb-zwei-Termins angerufen.

Ich ließ mein Handy fallen. Gott sei Dank waren meine Zähne sauber.

Denn verdammt, Donovan sah heiß aus. Verflucht heiß. Heißer als das letzte Mal, als ich ihn gesehen hatte, was nicht viel aussagte, weil er immer heißer aussah als bei unserer letzten Begegnung. Er trug einen hellgrauen Anzug, eine schmale schwarze Krawatte, und da schon fast Nachmittag war, einen Bartschatten.

Aber es war nie das, was er trug oder wann er sich das letzte Mal rasiert hatte, was ihn sexy machte. Es war seine Haltung und wie er sich bewegte. Als gehörte ihm jeder Zentimeter des Raumes, den er beanspruchte. Als hätte er es *verdient*, ihn zu besitzen.

So sah er auch mich an. Als würde er mich besitzen. Als hätte er es verdient, mich zu besitzen.

»Es tut mir leid«, schnarrte Ellen durch den Telefonhörer, den ich noch in der Hand hielt. »Mr. Kincaid ist hier. Er ist gerade hereingekommen. Offensichtlich.« Sie klang nervös, konnte aber auf keinen Fall so nervös wie ich sein, solange er in meinem Büro stand.

Ich meine, ich verstand es. Für sie war er der große Boss. Er hatte Macht über sie.

Nur war das nichts im Vergleich zu der Macht, die er über mich hatte.

»Ist schon gut, Ellen.« Ich wollte ihr gerade sagen, dass sie meine Anrufe annehmen und alle Termine streichen sollte, denn nach vier langen Tagen und Nächten, erfüllt von sinnlichen Fantasie über diesen Mann, brauchte ich es, dass unsere Begegnung unanständig wurde. Allein sein Anblick hatte mir den Slip ruiniert.

Andererseits war er für diese vier langen Tage und Nächte der Folter verantwortlich, und er hatte es nicht verdient, mit einem Kniefall begrüßt zu werden.

»Sagen Sie Bescheid, wenn Mr. Hoder hier ist«, sagte ich stattdessen. Zögerlich. Dann legte ich auf.

Ohne sich für die Störung zu entschuldigen, schloss Donovan die Tür, richtete den Blick auf mich und kam auf meinen Schreibtisch zu.

»Wir müssen zusammen zu Abend essen.« Sein Tonfall war grob, und die Energie, die ihn umgab, fühlte sich schwer und dicht an.

»Dinner oder Dessert?«, neckte ich ihn grinsend mit der gleichen Frage, die er mir gestellt hatte, als ich ihn zum Essen gebeten hatte. Ich war erleichtert, dass er vor mir stand. Sogar aufgeregt.

»Essen«, sagte er nachdrücklich. »Wir müssen reden. Ich schicke meinen Fahrer, er wird dich um acht Uhr abholen.« Er drehte sich um und ging zurück zur Tür.

»Heute?«, rief ich ihm nach. Die Worte waren so schnell aus ihm herausgesprudelt, dass ich nicht ganz mitgekommen war, und gleichzeitig war seine Ausstrahlung so kühl. Meine Aufregung schrumpfte langsam zu verwirrter Unruhe zusammen.

Er starrte mich finster an. »Heute.«

Alles an seinem Tonfall besagte, dass er Widerspruch nicht dulden würde.

»Gut. Ich werde bereit sein.« Sosehr ich ihn die ganze Woche über hatte sehen wollen, auf einmal wollte ich nur noch, dass er aus meinem Büro verschwand. Was auch immer nicht mit ihm stimmte, bis zum Abend sollte er lieber darüber hinweg sein.

»Mein Fahrer schickt dir eine Nachricht, wenn er da ist.«

»Ja, ja. Ich kenne den Drill.«

»Tust du nicht«, sagte er streng. »Aber du wirst ihn lernen.«

Mir stellten sich die Haare im Nacken auf. Das war eine ganz eindeutige Aussage. Ich konnte nicht mehr ignorieren, dass er offenbar wütend auf mich war.

»Eine Sekunde mal«, sagte ich, ihn aufhaltend, ehe er hinausstürmen konnte. »Bist du sicher, dass du mir nicht jetzt etwas sagen willst? Es kommt mir vor, als wärest du nicht gerade glücklich mit mir, und wenn das so ist, solltest du mir vielleicht einfach sagen, woran es liegt.«

Er zögerte kaum. »Du hast Weston von uns erzählt.«

Ach, das.

Ich hatte nicht darüber nachgedacht, dass Donovan das möglicherweise nicht gefallen könnte. »Ich habe es ihm gesagt«, fing ich langsam an. »Er hatte zugegeben …«

Donovan unterbrach mich und trat dabei einen einschüchternden Schritt vor. »Du hast Weston von uns erzählt, und du hättest ihm nicht von uns erzählen dürfen. Du solltest nie jemandem von uns erzählen, weil es kein *Uns* gibt.«

Seine Worte trafen mich, als hätte er einen Sandsack auf mich geschleudert statt einer Kombination aus artikulierten Lauten. Ich spürte, wie mir vor Scham das Blut aus dem Gesicht wich. Das tat weh. *Es gibt kein Uns* spielte sich in ständiger Wiederholung in meinem Kopf ab.

»Wir hatten ein paarmal Sex, Sabrina«, fuhr er fort, als wäre ich noch nicht ausreichend verletzt. »Das ist alles. Mehr nicht. Und da wir beide anständige Menschen sind, können wir uns sicher darauf einigen, dass das niemanden etwas angeht außer uns beiden.«

Ich blinzelte aufsteigende Tränen fort. Wir hatten nicht definiert, was wir füreinander waren, und ich hatte auch keine unangebrachten Spekulationen über unsere Art der Beziehung angestellt. Ich hatte nie erwartet, dass wir mehr als eine Affäre haben würden. Aber es versetzte mir trotzdem einen Stich, das so unumwunden bestätigt zu bekommen. Sehr viel heftiger, als ich erwartet hatte, aus keinem Grund, der mir einfallen wollte. Wahrscheinlich weil er so beschissen herablassend war. Weil er so selbstgerecht war. Weil es, obwohl ich gar keine Beziehung mit ihm haben wollte, eben doch eine Abfuhr war.

Das war es – er hatte etwas schlechtgemacht, was mir wichtig gewesen war. Unsere Beziehung mochte nur auf Sex basieren, aber sie war trotzdem wichtig. Mir war sie es jedenfalls. Sogar sehr wichtig. Zum ersten Mal im Leben erfuhr ich, wie ich mich in meinem Körper wohlfühlen konnte, wie ich mich mit meinen Bedürfnissen wohlfühlen konnte, und das nur wegen Donovan. Es tat weh festzustellen, dass es ihm nicht das Gleiche bedeutete wie mir.

Wahrscheinlich waren das dumme und unreife und alberne mädchenhafte Gefühle – genau die Art, die er im Keim ersticken wollte, indem er mir diese »Es gibt kein uns«-Ansprache hielt.

Aber ich hatte das Recht, verletzt zu sein. Mit Weston hatte ich ebenfalls eine Art Beziehung gehabt. Ich hatte das Recht, ihm zu sagen, was ich verdammt noch mal wollte, besonders direkt nach unserem Zusammentreffen in der Wäschekammer.

Nachdem ich tief durchgeatmet hatte – als ich mir sicher war, nicht weinen zu müssen –, fing ich mit meiner Verteidigung an. »Ich habe es Weston nicht gesagt, wei…«

Aber Donovan unterbrach mich wieder. »Meinst du, du kannst damit umgehen?« Er wartete kaum ab, ehe er nachhakte: »Und?«

Ich zögerte einige Sekunden. »Lässt du mich vielleicht auch tatsächlich antworten?«

Er kniff die Augen zusammen. »Mach schon.«

Um mein Selbstvertrauen zu stärken, rief ich mir in Erinnerung, dass ich mich nicht zum ersten Mal mit Donovan stritt und doch bisher irgendwie immer überlebt hatte.

»Pass auf.« Ich erhob mich und ging um den Schreibtisch herum, bis ich vor Donovan stand. »Ich habe Weston erzählt, dass ich Sex mit dir hatte, damit er sich nicht schuldig fühlen musste, weil er Sex mit Elizabeth hatte. Es war richtig. Ich wollte ihm nicht von einem ›Uns‹ erzählen. Aber was ich mit *meinem* Leben und *meinem* Körper anstelle, betrifft manchmal noch andere Menschen als dich, und wenn das der Fall ist, habe ich vor, aufrichtig zu ihnen zu sein. Meinst du, damit kannst *du* umgehen?«

Donovan schwieg einige Takte lang, seine Miene unlesbar. Endlich neigte er fragend den Kopf. »Weston hat mit Elizabeth geschlafen? Was wird denn jetzt aus der Wette?«

Ich warf den Kopf in den Nacken. »Das ist alles, was dir dazu einfällt? Hast du auch gehört, was ich sonst gesagt habe?«

»Ich habe dich gehört«, sagte er flach. »Ich bin froh, dass wir uns in der Angelegenheit verstehen.«

»Du bist *froh, dass wir uns verstehen*? Was soll das heißen?« Jetzt war ich diejenige, die ungehalten klang, aber ganz ehrlich: Donovan erschien auch nicht entspannter als beim Hereinkommen.

Er verschränkte die Arme vor der Brust. »Wir sind beide damit einverstanden, dass es nur Sex ist, eine Affäre ohne Bindung. Das macht die Dinge einfach.«

Nur fühlte sich nichts daran einfach an. Ich hatte immer noch frische Wunden; einige von ihnen würden blaue Flecken hinterlassen. Selbst wenn ich Donovan die tieferen Verletzungen nicht zeigen wollte – für den oberflächlichen Schaden, den er angerichtet hatte, verdiente ich wenigstens eine Entschuldigung.

»Ist das deine Art, das Thema anzusprechen?«, fragte ich gereizt. »Du wirfst mir vor, einen großen Skandal verursacht zu haben, und wenn du herausfindest, dass du dich geirrt hast, sagst du einfach *ich habe dich gehört*, das ist *einfach*, und mehr habe ich nicht zu erwarten?«

Seine Lippen bogen sich ein Stück nach oben, aber das Lächeln erreichte seine Augen nicht. »Nein. Aber dich erwartet ein Abendessen. Acht Uhr. Der Fahrer schickt dir eine Nachricht.«

»Du willst immer noch mit mir ausgehen?« Zu sagen, ich wäre erschüttert, war noch milde ausgedrückt.

Ehe ich wusste, wie mir geschah, stand er dicht vor mir. »Jetzt bin ich mehr am Dessert interessiert.« Mit Daumen und Zeigefinger kniff er mir in meine bereits aufgerichtete Brustspitze. »Ich denke, das bist du auch.«

Er kniff fester zu, und etwas an der kalten, intensiven Art, mit der er mich anstarrte, während er mir Schmerzen zufügte, machte daraus mehr als nur eine erotische Geste. Es war eine Warnung. Oder eine Bestrafung. Oder der Beweis, dass die Situation nicht so einfach war, wie er gerne glauben wollte, und das war seine Art, die Frustration darüber auszudrücken.

Ich war dadurch nur noch verwirrter. Noch aufgebrachter. Aber sosehr ich mich auch bemühte, so zu tun, als hätte es keine Wirkung auf mir, ich konnte das Wimmern nicht unterdrücken, das mir über die Lippen kam.

»Das gefällt mir«, flüsterte er und küsste mich dann schnell, bevor er den Kuss mit einem schmerzhaften Biss in meine Unterlippe beendete.

»Bis später«, sagte er und machte sich auf den Weg, mich völlig durcheinander zurücklassend. Ich war aus dem Takt gebracht und erregt und genervt und verärgert, und über all den Gefühlen hing *Es gibt kein Uns*. Wenn es kein *Uns* gab, was war es dann? Was war es, wenn er und ich so zusammen waren, dass die Kraft, die uns zueinanderzog, quasi mit Händen greifbar war? War das kein *Uns*?

Er meinte ein romantisches Uns. Ich wusste das, allerdings würde dieses Argument mich die Schlacht mit Donovan auch nicht gewinnen lassen.

Aber ich hatte genug Wut in mir, dass ich sie irgendwohin ablassen musste. »Hat Weston nicht erklärt, warum ich es ihm erzählt habe?«

Donovan zögerte, die Hand bereits auf dem Türgriff. »Er hat überhaupt nichts gesagt. Er hat einen Witz gemacht. Der war zu konkret.«

Alles Blut, das mir vorher aus dem Gesicht gewichen war, rauschte wieder zurück. Donovan hatte nicht einmal den Beweis gehabt, dass ich überhaupt etwas gesagt hatte. Er hatte mir diesen Vorwurf einfach auf gut Glück gemacht. Ich war wütend gewesen, aber jetzt erreichte ich ein ganz anderes Level. Ein Level, das irgendwie intensiver war, aber gleichzeitig war ich auf beunruhigende Weise gefasster.

»Ich weiß nicht einmal, was ich jetzt gerade zu dir sagen soll.« Mein kalter Tonfall erschreckte sogar mich selbst.

»Ist ja nicht so, als hätte ich falschgelegen.« Sein verächtliches Grinsen hätte niemals so sexy wirken dürfen.

Nein, so war es nicht gewesen. »Du hast gesagt …«

Als ich verstummte, beendete er den Satz für mich. »Ich habe gesagt ›Du hast es Weston erzählt‹. Davon, dass *er* mir etwas erzählt hat, habe ich nichts gesagt.«

Mir war heiß geworden. Als wäre meine Körpertemperatur angestiegen.

Donovan sah mich mit unverhohlener Freude an. »Weißt du, je länger du mich so anstarrst, desto mehr freue ich mich auf unser Abendessen.«

Essen? »Du hast echt Nerven, Kincaid.« Ich war erstaunt, so ruhig sprechen zu können. Innerlich kochte ich. »Ich fasse es nicht, dass du meinst, ich würde heute Abend noch auftauchen. Ich bin gerade so was von sauer.«

Sein tückisches Lächeln wurde zu einem Grinsen. »Lass es nachher an mir aus. Dann fühlst du dich besser. Versprochen.« Er schlüpfte aus der Tür, ehe ich antworten konnte.

Ich ignorierte das Telefon, das auf meinem Schreibtisch zu klingeln anfing, und stürmte ihm hinterher. »Donovan!«

Ich hatte die Tür gerade rechtzeitig geöffnet, um ihn noch um die Ecke verschwinden zu sehen. Er musste gehört haben, dass ich ihm nachrief, aber er war nicht stehen geblieben. Drehte sich nicht einmal um. Was wahrscheinlich gut war, denn draußen vor meinem Büro wartete jemand auf mich.

»Oh, hi, Mr. Hoder«, sagte ich zu meinem Halb-zwei-Termin, hoffend, dass ich nicht so aufgewühlt aussah, wie ich mich fühlte.

»Ich habe gerade angerufen, um Sie wissen zu lassen, dass er hier ist«, sagte Ellen und legte dabei den Hörer auf. Das Klingeln hinter mir verstummte.

Verdammter Mist. Jetzt konnte ich wegen Donovan nichts mehr unternehmen. Offensichtlich würde ich mich später um ihn kümmern müssen.

Die nächsten zwei Stunden verbrachte ich in Meetings mit Kunden, aber als ich wieder durchatmen konnte, merkte ich, dass ich nicht nur immer noch wütend war, meine Wut auf Donovan war auch von brodelnd zu kochend angestiegen.

Vielleicht würde ich sein arschiges Verhalten noch verwinden, aber ich brauchte Zeit, um alles zu verarbeiten. Auf keinen Fall konnte ich ihn schon heute Abend wiedersehen.

Als ich die Gelegenheit hatte, rief ich Ellen an und bat sie, mich mit ihm telefonisch zu verbinden.

»Tut mir leid, Miss Lind«, sagte sie, als sie ein paar Minuten später zurückrief. »Seine Assistentin sagt, er ist gerade nicht abkömmlich. Soll ich eine Nachricht hinterlassen, damit er Sie zurückruft?«

Ich knurrte fast, und nicht auf die sexy Art, sondern auf die Ich-bringe-gleich-mit-bloßen-Händen-irgendwas-um-Art, besonders, wenn dieses irgendwas den Namen Donovan Kincaid trug.

»Wie bitte?«, versuchte Ellen den Klang meines mordlüsternen Zornes zu interpretieren.

»Keine Nachricht«, sagte ich und legte laut auf. Gut, wenn er sich am Telefon verleugnen ließ, einer Nachricht konnte er nicht ausweichen.

Abendessen abgesagt, tippte ich und schickte es ab.

Seine Antwort kam, ehe ich auch nur mein Handy aus der Hand gelegt hatte. ***Warum?***

Musste ich das wirklich erklären? Ich gestaltete meine Antwort so einfach wie möglich. ***Du bist ein Arschloch.***

Weder neu noch relevant. Abendessen findet statt.

Ich drückte mein Handy so fest, dass ich es fast zerbrach. Mir gingen so viele Antworten durch den Kopf, ganze Monologe, Ansprachen, die ich ihm halten wollte.

Ich beschränkte mich auf ***Fick dich.***

Dann warf ich das Handy in eine Schublade und ignorierte es, damit ich wenigstens versuchen konnte, meine Arbeit zu erledigen.

Das half auch nicht viel.

Ich war noch immer wütend. Noch immer verletzt. Und jetzt bekam ich nicht einmal den Abend, den ich so dringend brauchte, also war ich auch immer noch richtig scharf, was mich noch wütender machte.

Und was mich auch noch wütend machte? Donovan hatte recht – dass er ein Bastard war, war nicht relevant. Ich hatte es vom ersten Tag an gewusst und fühlte mich trotzdem zu ihm hingezogen. Ich fühlte mich sogar *deswegen* zu ihm hingezogen.

Was sagte das über mich aus?

Es war kurz nach sechs, als ich endlich mein Handy aus der Schublade holte und seine Antwort las. ***Der Wagen kommt um acht bei dir an. Ob du einsteigst oder nicht, entscheidest du.***

Damit hatte ich den Ball wieder in meiner Hand. Und ich hatte bereits entschieden, dass ich nicht gehen würde, deshalb tat das nichts zur Sache.

Nur, dass ich neugierig darauf war, was sein Abendessen beinhalten würde. Oder vielmehr sein Dessert. Das letzte Mal war spontan gewesen. Würde ein geplantes Rendezvous anders verlaufen?

Auch egal. Er war ein riesiges Arschloch gewesen. Er hatte mir nicht vertraut, er hatte mich manipuliert, er hatte mich hintergangen. Er hatte mich verletzt.

Was, wenn er versuchte, es wiedergutzumachen? Wenn ich ihm nur die Chance dazu gab?

Das Telefon an meine Brust gepresst, legte ich den Kopf gegen meine Stuhllehne und seufzte. Für eine Beziehung, die nur auf Sex basierte, sollte diese Art von Entscheidung ganz einfach zu treffen sein.

Warum fühlte es sich dann so schwer an?

18. Kapitel

Ich stieg in den Wagen ein.

Es war nicht einmal eine spontane Entscheidung, auch wenn ich so getan hatte, als würde ich mich nur deshalb noch schnell rasieren, weil das für einen Freitagabend normal war. Und die teure Unterwäsche und die Strümpfe, die ich nach dem Duschen anzog? Na ja, manchmal ist es schön, sich hübsch zu machen, wenn man allein ist.

Und als ich den Fahrstuhl hinab in die Lobby nahm, redete ich mir erfolgreich ein, dass ich nur nach meiner Post sehen wollte, auch wenn ich vorher schon in den Briefkasten gesehen hatte. Als der Fahrer geschrieben hatte, dass er draußen warte, und ich gerade unten war, war es nur allzu leicht gewesen zu sagen *da ich schon einmal unten bin*.

Ich kochte die ganze Fahrt lang, aber es war schwerer zu rechtfertigen, so wütend auf Donovan zu sein, wie ich es gern gewollt hätte, wenn ich auf dem Weg war, ihn zu treffen. Das machte mich weniger glaubwürdig. Wenn ich wirklich wütend gewesen wäre, wäre ich nicht in den Wagen gestiegen. Das sagte jedenfalls die Logik. Die Realität dagegen sagte etwas anderes. Ich fühlte mich immer noch so, wie ich mich eben fühlte, und fuhr trotzdem zu ihm, obwohl alle meine Instinkte sagten, ich sollte in die andere Richtung rennen.

Vielleicht war ich auf mich selbst am wütendsten. Auf jeden Fall hatte ich vor, richtig zickig zu sein. Ich war mir nicht sicher, ob ich mich Donovan gegenüber im Augenblick anders verhalten konnte. Dabei ging ich nicht davon aus, dass ihm das etwas ausmachen würde.

Die Fahrt dauerte länger als gewöhnlich. Dieses Mal wurde ich in Lower Manhattan abgesetzt. Ich war noch nie dort gewesen und konnte auf dem Gebäude, vor dem der Wagen gehalten hatte, keinen Namen entdecken, aber es schien ein Hotel zu sein.

Dann hatte Donovan ein Zimmer gemietet?

Praktisch, nahm ich an.

Kalt und effizient außerdem. Wo hätten wir überhaupt zum Dinner hingehen sollen? Nach dem, was ich über Donovans sexuellen Beziehungen wusste, ergab es einen Sinn, dass nur eine Sache auf der Speisekarte stand. Donovan war für den Sex zu haben und für nichts sonst.

Warum wollte ich das einfach nicht wahrhaben?

»Ich bin mir nicht sicher, wo ich hinsoll«, sagte ich zum Fahrer, als ich unschlüssig auf dem Bürgersteig stand.

»Durch die große Tür. Den Empfangstisch für das Restaurant finden Sie zu Ihrer Linken. Warten Sie dort auf Mr. Kincaid.« Er fuhr los, ehe ich mir noch weitere Fragen überlegen konnte.

Dann würden wir doch zu Abend *essen*. Und dass das Restaurant sich in einem Hotel befand, war nur ein Zufall. Oder auch nicht. Wir würden sehen.

Das Restaurant sah ich gleich. Laut dem Schild war es ein japanisches Lokal namens Okazu. Ich meldete mich am Empfangstisch an. Sie hatten meinen Namen nicht auf ihrer Liste, Donovans aber schon – nur war er noch nicht da. Ich sah mich in der Lobby um und konnte ihn nirgends entdecken.

»Sie können gerne an der Bar warten«, schlug die Empfangsdame vor, eine blasse junge Frau, die zu hundert Prozent aussah, als würde sie aus Ostasien kommen, aber redete, als hätte sie hundert Prozent ihres Lebens in der Bronx verbracht. »Ich lasse ihn dann wissen, dass Sie hier sind.«

Schön. Dann wartete ich eben an der Bar. Aber seine Trödelei half nicht gegen meine bereits schlechte Laune. Er wusste, dass ich sauer auf ihn war. Sollte er sich nicht etwas mehr anstrengen, mich versöhnlich zu stimmen?

Anscheinend stand die gesellschaftliche Etikette nicht ganz oben auf Donovans Prioritätenliste.

Mit einem Seufzen, das auch als Grollen verstanden werden konnte, setzte ich mich auf einen Barhocker und überlegte, mir einen Martini zu bestellen, um meine Nerven zu beruhigen. Ehe ich mich entschieden hatte, bekam ich eine Nachricht. ***Auf dem Weg. Zieh deinen Slip aus, während du wartest.***

Ich groll-seufzte wieder, auch wenn dieses Mal gleichzeitig ein paar Schmetterlinge Loopings in meinem Bauch drehten.

Er wollte wirklich, dass ich meine Unterhose auszog? Warum? Nur damit er es wusste? Das war irgendwie heiß. Der Gedanke daran, unten ohne neben ihm zu sitzen, stellte ein paar fantastisch skandalöse Dinge mit mir an.

Oder plante er noch mehr? Zum Beispiel, mich diskret unter der Tischplatte zu fingern?

Ich wurde bei diesem vollkommen abwegigen Einfall rot.

Und dann kam mir ein total genialer Einfall – ausziehen, und dann wohin stecken? Meine Tasche war gerade groß genug für mein Telefon, meinen Haustürschlüssel, meine Kreditkarte, meinen Ausweis und einen Lipgloss. Sollte ich sie so mit mir herumtragen? Sie in meinen BH stopfen? Eine Unterhose von La Perla, die hundert Dollar gekostet hatte, in den Müll werfen?

Nein, ich würde es nicht tun. Außerdem wollte ich ihn für sein Zuspätkommen nicht auch noch belohnen. Ich war mir nicht einmal sicher, ob ich bleiben wollte.

Nach einer weiteren Viertelstunde war er immer noch nicht aufgetaucht, und ich war echt sauer. Besonders, weil ich mich gegen den Martini entschieden hatte. Das war mehr als unhöflich. Er hätte mich einfach absagen lassen können, als ich es gewollt hatte. Es war vollkommen inakzeptabel, dass er mich jetzt warten ließ. Ich weigerte mich, auch nur eine Minute länger zu warten.

Ich stand auf und ging von der Bar in die Lobby, wo ich mit dem bestduftenden Mann zusammenstieß, der über einer festen Brust einen maßgeschneiderten Anzug trug. Ich erkannte ihn daran, wie er sich anfühlte und wie er meine Arme packte, um mich aufzufangen. Ich musste nicht einmal hochsehen, um zu wissen, dass es Donovan war.

Aber ich sah trotzdem hoch. Damit ich ihn mit meinen Blicken töten konnte.

»Tut mir leid«, sagte Donovan und grinste dabei, als wäre es ihm völlig egal. »Ich habe die Zeit bei der Arbeit aus den Augen verloren.«

Ich entriss ihm meinen Arm. Einen Notfall hätte ich verstehen können. Er war einer der Geschäftsführer. Manchmal hatte er Feuer zu löschen. Dass er einfach »die Zeit aus den Augen verloren« hatte, war noch eine zusätzliche Beleidigung. Ich war schon den ganzen Tag wütend auf ihn und hatte dabei keinen einzigen Augenblick vergessen können, dass ich später noch Pläne mit ihm hatte.

Bedeutete ich ihm tatsächlich so wenig? War es das, was er mir sagen wollte, als er klargestellt hatte, dass wir keine Beziehung führten?

Ich verschränkte die Arme vor der Brust und runzelte die Stirn. »Ich finde es interessant, dass du es nicht einmal schaffst, die Agentur rechtzeitig zu verlassen, wenn du Pläne hast. Nichts ist wichtig genug, um Donovan Kincaid von seiner Arbeit loszureißen, ehe er bereit dazu ist.«

Er hob amüsiert eine Augenbraue. »Willst du wissen, was ich denke?«

»Schön. Lass hören.« Ich bereitete mich darauf vor, so etwas zu hören zu bekommen, wie *Fass dir doch an die eigene Nase*. Denn es stimmte, ich arbeitete selbst oft bis tief in die Nacht, aber ich hatte auch selten noch etwas vor. Auf mich wartete nie jemand.

»Ich denke, du machst dir zu viele Gedanken um mich.« Er unterstrich seine Worte mit dem Grinsen, das er aufsetzte, wenn er eine Diskussion gewonnen hatte.

Meine Wangen wurden heiß. Es war schwer, ihm das Gegenteil zu beweisen, und Gott sei Dank musste ich das auch nicht, weil die Empfangsdame in genau dem Augenblick zu uns kam.

»Mr. Kincaid, Ihr Tisch ist bereit.« Sie ging voran in den hinteren Teil des Restaurants.

Donovan streckte den Arm aus und wartete auf mich, ehe er ihr folgte. »Sabrina?«

»Ich weiß noch nicht, ob ich bleiben will.« Er hatte deutlich gemacht, dass ich ihm keinesfalls etwas bedeutete. Dazu kam noch, dass er glaubte, er wäre mir wichtiger, als er es sein sollte. Jetzt war ich nicht nur wütend und verletzt, sondern auch beschämt.

Seine Miene verriet, dass er mein Gefühlschaos ein bisschen langweilig oder zumindest unnötig fand. »Doch das weißt du. Warum hättest du sonst überhaupt herkommen sollen?«

Er hatte mich erwischt. Denn natürlich wäre ich gar nicht erst aufgetaucht, wenn ich nicht hätte bleiben wollen. Und er war gerade erst gekommen, also konnte ich noch nicht gehen. Der Abend fing gerade erst an. Was dachte ich eigentlich, wem ich etwas vormachte?

Das zu akzeptieren wurde dadurch nicht einfacher. Tatsächlich fühlte es sich wie eine Falle an. Als hätte man mich gezwungen, obwohl ich natürlich freiwillig hier war. Und das war wahrscheinlich das Schlimmste.

Meine Stirnfalten vertieften sich. »Fick dich.«

»Später.« Dieses Mal war sein Lächeln ein Versprechen, und das einzulösen war etwas, das ich dringend und auf sehr böse Weise wollte.

Als spürte er, dass meine Abwehr geschwächt war, legte er nach. »Bleib wenigstens zum Essen. Du hast Hunger. Ich auch.« Dieses Mal unterstrich er sein Versprechen mit seinem Augenausdruck – sie waren dunkel, brauner als grün, die Pupillen groß vor Verlangen, was mir verriet, dass sein Hunger sich auf mehr als nur sein leibliches Wohl bezog.

Ja, ich war auch hungrig. Sehr hungrig.

Aber wegen ihm hatte ich mich beschissen gefühlt. Dann war er zu spät zu unserer Verabredung zum Abendessen erschienen. Und dann hatte ich mich wegen ihm *wieder* beschissen gefühlt.

»Ich weiß, dass du nicht viel zu Mittag gegessen hast. Du solltest wirklich bleiben.« In seinem Tonfall lag eine Besorgnis, die mich entwaffnete.

»Woher weißt du, was ich zu Mittag gegessen habe?« Viel war es nicht gewesen. Ich hatte ein paar Bissen Salat in mich hineingeschoben, während wir die Punkte auf unserer Agenda durchgegangen waren, und jetzt hatte ich wahnsinnigen Hunger.

»Weil du ein Meeting hattest und du nie viel isst, wenn du arbeitest.«

Verdammt, ihm entging wirklich nichts. Mein Groll schmolz dahin, während mein Herz sich langsam erwärmte.

»Schön. Ich bleibe. Da ich schon einmal hier bin.« Ich ließ ihn die Hand in mein Kreuz legen und mich von ihm ins Restaurant führen. Es war egal, dass sich zwischen seiner Handfläche und meiner Haut zwei Lagen Kleidung befanden. Die Macht seiner Berührung bestand in dem Druck, den er ausübte, während wir an den Tischen vorbeigingen und an einer Gruppe Trinker, die sich um die Bar scharten.

Es fühlte sich ein wenig wie Kapitulation an, und wenigstens für ein paar Minuten schien es, als könnte ich ihm alles überlassen – nicht nur den Weg, den ich ging, nicht nur meinen Körper, sondern auch all die dummen verwirrten Gefühle, die sich in mir aufstauten. Ich konnte ihm meine Wut überlassen. Ich konnte ihm meine Scham überlassen. Ich konnte ihm meinen Schmerz überlassen. Und vielleicht wusste er auch nicht besser, was er damit anfangen sollte, als ich es tat, aber solange er sie festhielt, musste ich sie nicht spüren. Und was für ein unfassbares Geschenk das wäre.

Allein deshalb lohnte es sich zu bleiben.

Die Empfangsdame blieb bei einer Garderobe stehen, wo zwei dunkle Holzbänke die Wände säumten. Donovan nahm die Hand von mir, und meine verworrenen Gefühle kamen zurückgeflutet, als wäre ein Damm gebrochen.

»Bitte. Ziehen Sie hier die Schuhe aus«, sagte die Empfangsdame.

Ich wusste, dass es in Japan üblich war, aber ich war noch nie in einem japanischen Restaurant gewesen, das es verlangt hätte. Donovan setzte sich, um sich die Schuhe auszuziehen. Ich zögerte, zu sehr darin gefangen, wie sich die Abwesenheit seiner Hand auf mir anfühlte. Ich vermisste sie bereits. Vermisste ihre Wärme. Vermisste ihre Autorität.

Mein Gott, was war mein Problem?

Und natürlich stand ich immer noch da, hatte meine Schuhe nicht angerührt und starrte wie ein Idiot vor mich hin, als Donovan bereits fertig war. Er sah zu mir hoch, den Kopf geneigt, und klopfte sich dann auf den Oberschenkel, um mir zu bedeuten, dass ich meinen Fuß dorthin stellen sollte. Also tat ich es.

Nachdem er die Schnalle an einer meiner Riemchensandalen gelöst und sie mir langsam ausgezogen hatte – und meine Güte, ich hatte selten etwas erlebt, was so sexy gewesen wäre –, hieß er mich, die Füße zu wechseln. Als ich es tat, verfing mein Rock sich mit meinem Strumpfhalter, und auch wenn ich es fast sofort zurechtzupfte, erwischte ich Donovan dabei, wie er hinstarrte.

So aufgewühlt, wie ich den ganzen Nachmittag gewesen war, der Rausch, der mich überkam, als er mich so anstarrte, war atemberaubend. Besonders, als er seine Hose zurechtrücken musste, nachdem er aufgestanden war.

Nachdem wir unsere Schuhe und Mäntel abgegeben hatten, folgten wir der Empfangsdame die Treppe hinab, wo sich der hintere Teil des Restaurants befand. Während wir den schmalen Flur hinabgingen, kamen wir an abgeteilten Essbereichen vorbei, die von Shōji-Schiebetüren voneinander getrennt waren. In jedem Raum stand ein niedriger Esstisch, und statt Stühlen befanden sich darum Kissen, auf denen die Gäste sitzen konnten. Oder vielmehr knien.

Ich hatte solche Tische schon in Filmen gesehen, aber noch nie in einem Restaurant. Im Grunde stellte ich es mir genauso vor, wie es war, in einem japanischen Haus zu essen.

»Diese Tische sind toll«, sagte ich zu Donovan. »Ganz klein und niedrig.«

»Man nennt sie Chabudai. Ich habe einen in meiner Wohnung.«

»Sehr interessant.« Eigentlich hatte ich *cool* sagen wollen, aber ich war noch nicht wieder ganz bereit, freundlich zu sein. Besonders jetzt, da seine Hand nicht mehr in meinem Rücken lag.

»Okazu ist ein traditionelles japanisches Restaurant«, erklärte er. »Man nennt diese Räume Tatami, nach den Strohmatten auf dem Boden, die leicht zu beschädigen und schwer zu reinigen sind. Deswegen haben wir unsere Schuhe ausgezogen.«

Ich lächelte, als wir an einem kleinen Jungen vorbeikamen, der mir über seine Suppenschüssel hinweg zuwinkte.

»Schwer zu reinigen, aber man legt sie dorthin, wo die Leute essen?« Ich hätte wetten können, dass allein dieses kleine Kind so viel Reis unter den Füßen hatte wie in seinem Bauch.

Die Empfangsdame blieb vor einem *Tatami* stehen und bedeutete uns, hineinzugehen.

»Hast du noch nie Japanisch gegessen?«, fragte Donovan herablassend, während wir eintraten.

»Doch«, entgegnete ich beleidigt. »Ich bin vielleicht nicht so welterfahren wie du, aber ich bin durchaus eine kultivierte Esserin.«

Ich kniete mich auf das mir zugewiesene Kissen am hinteren Ende des Tisches. »Ich habe zwar noch nie in einem japanischen Restaurant gegessen, das auch nur annähernd so edel oder traditionell gewesen wäre wie Okasu, aber das Essen dürfte ähnlich sein, da bin ich mir sicher.«

Die Empfangsdame atmete scharf ein, während Donovan, der gerade seine Jacke aufknöpfte, damit er sich hinsetzen konnte, anfing zu grinsen.

Ich richtete meinen Blick von einem zum anderen. »Okay. Was habe ich Falsches gesagt? Ist das Essen total anders?«

Donovan kniete sich neben mich ans Haupt der Tafel. »Es heißt Oka*zu*. Nicht Oka*su*. Oka*zu*, der Name des Restaurants, ist ein Wort, mit dem man Beilagen bezeichnet. Oka*su* ist ein Verb. Es bedeutet vergewaltigen.«

Ich verdrehe die Augen und nahm eine Speisekarte von der Empfangsdame entgegen, ehe sie aus dem Raum eilte. »Wer nennt denn ein Restaurant so ähnlich wie ein Wort, das etwas Furchtbares bezeichnet?«

Donovan beugte sich über seine eigene Speisekarte. »Könnte beides passen, je nachdem, wie gut unser Abendessen läuft.«

Ich verzog das Gesicht, aber etwas tief in meinem Bauch fing an zu surren und breitete sich zwischen meinen Schenkeln aus. Und ich bin mir sicher, mein Blick war nicht so böse, wie er es hätte sein sollen, also versteckte ich mich, solange ich konnte, hinter der Speisekarte.

Etwa drei Sekunden lang.

Dann stellte ich fest, dass ich kein Wort lesen konnte, und seufzte. »Das könnte genauso gut Chinesisch sein«, sagte ich und warf die Karte vor mich hin.

»Es ist Japanisch.«

»Ach ja.« Mir gelang ein Lächeln. »Dann musst du wohl für mich bestellen.«

»Das hatte ich ohnehin vor.« Noch eine Aussage, die als Antwort einen finsteren Blick verlangte, und dem kam ich gerne nach.

Als die Kellnerin ein paar Minuten später kam, brachte sie eine Porzellanflasche mit zwei Bechern, die sie auf den Tisch vor uns hinstellte. Dann bestellte Donovan in flüssigem Japanisch für uns, was auch sehr viel heißer war, als ich mir je vorgestellt hatte. Genau wie die Art, wie er lässig auf den Knien saß. Langsam kapierte ich es: Wenn es um Donovan ging, war alles sehr viel heißer, als es sein sollte.

Das Ganze war frustrierend, und es half nichts gegen meine unterschwellige schlechte Laune.

Als die Kellnerin gegangen war, schenkte Donovan eine Flüssigkeit aus der Flasche in die Becher und wandte sich mir zu.

»Wir müssen uns darüber unterhalten, warum du immer noch deinen Slip anhast.«

Ich hatte es ihm nicht erzählt. Und mein kleines Missgeschick mit dem Rock oben hatte nicht ausgereicht, um alles zu zeigen. Er wusste es einfach. Wie immer.

»Ich wette, du trägst auch noch deine Unterwäsche«, sagte ich so frech ich konnte. Auch wenn ich mir ziemlich sicher war, dass seine im Augenblick nicht so nass wie meine war.

Er reichte mir einen der Becher. »Trink das.«

»Warum? Hast du mir was untergemischt, als ich geblinzelt habe?«

Er starrte mich finster an. »Ich muss dir nichts untermischen. Und ich versuche dir nur zu helfen, den Stock aus dem Arsch zu bekommen.«

Das musste ich auf mich wirken lassen. »Niemals, auch nicht in meinen wildesten Träumen hätte ich mir je vorstellen können, dass *du* derjenige bist, der *mir* vorwirft, einen Stock im Arsch zu haben.«

Er tauchte seinen Daumen in den Becher und schmierte mir die Flüssigkeit auf die Unterlippe. »So angespannt bist du. Heute bist du die Verklemmte.«

Mir lief ein Schauer den Rücken hinab, und mein Brustkorb fühlte sich auf einmal eingeengt an, als wäre mein BH zu klein. Ich leckte mir die Flüssigkeit von der Lippe – Sake – und wünschte, ich könnte ihm den Rest vom Daumen lecken.

Nur dass da auch immer noch die anderen Dinge waren, die ich empfand.

»Hast du dir überlegt, dass ich einen Grund haben könnte, angespannt zu sein? Und der Grund könntest du sein?« Ich nahm einen Schluck von dem Sake, der saurer war, als ich erwartet hatte, was sehr gut zu meiner Stimmung passte.

Er beugte sich so dicht zu mir, dass sein warmer Atem mir bei seinen nächsten Worten über den Hals strich. »Mir ist *egal*, wie angespannt du bist. Mir geht es um das, was du anhast.«

Jepp. Der Slip war nicht mehr trocken.

»Im Gang links von uns befinden sich die Toiletten«, sagte er, offenbar in dem Glauben, mir etwas befehlen zu können.

Offenbar lag er da richtig. »Bin gleich wieder da.«

In der Toilette schlüpfte ich in eine Kabine, löste meine Strumpfhalter und zog, ständig über mich selbst den Kopf schüttelnd, meine Unterhose aus. Ich wusste immer noch nicht, wo ich sie hinstecken sollte, also ballte ich sie einfach in der Faust zusammen und blieb noch kurz vor dem Spiegel stehen, um meinen Lipgloss zu überprüfen und mir stumm Mut zuzusprechen.

Wütend zu sein machte den Abend nicht besser für mich. Auch nicht verwirrt oder frustriert oder verletzt zu sein. Und nichts davon diente dazu, ihm den Abend angenehmer zu gestalten. Was sollte es also, an diesen elenden Gefühlen festzuhalten?

Das brachte nichts. Überhaupt nichts.

Den Slip in meiner Faust verborgen, kehrte ich an den Tisch zurück, kniete mich an meinen Platz und ließ ihn diskret auf Donovans Schoß fallen.

Er hielt ihn hoch wie kostbare Spitze und hielt ihn sich unter die Nase, als versuchte er, das Bouquet eines Weines am Korken zu erraten.

»Oh mein Gott!« Nervös sah ich mich im Restaurant um. Die Leute im *Tatami* gegenüber beachteten uns nicht, ein Glück, und es kam auch niemand vorbei. Die Lichter waren gedämpft, und durch die dünnen Papierwände, die die einzelnen Räume voneinander trennten, konnte man zwar Schatten sehen, aber ich konnte daraus nicht ablesen, was unsere Nachbarn gerade taten. Niemand würde erkennen, dass Donovan sich gerade mit meiner Unterhose beschäftigte.

»Ich wusste nicht wohin damit«, erklärte ich, als die Panik über sein Benehmen abgeklungen war.

Er richtete den Blick auf meinen Mund. »Ich wüsste, wo ich sie gerne hinstecken würde.«

Ich holte Luft, das Atmen fiel mir allerdings schwer. Das war Teil meiner Fantasien – Donovan stopfte mir meinen Slip in den Mund, damit ich nicht anfing zu schreien. Das Bild hatte sich mir ins Gedächtnis gebrannt, aber ich hatte jetzt das Gefühl, es wäre auch in sein Gedächtnis gebrannt.

Und mein Gott, es hatte einen guten Grund gegeben, warum ich Unterwäsche getragen hatte. Hinterließ ich feuchte Flecken auf dem Sitzkissen?

Jemand ging an unserem Raum vorbei. Ich legte Donovan blitzschnell die Hand auf den Unterarm und drückte ihn unter den Tisch, auf seinen Schoß. »Aber wir sind in der Öffentlichkeit. Also kannst du ihn in die Tasche stecken und mir später wiedergeben.«

»Ja«, sagte er, siegreich lächelnd. »Ich kann ihn in die Tasche stecken.« Er richtete sich ein wenig auf, sodass er die Unterhose in seine Tasche stecken konnte, und ließ sich wieder auf die Füße sinken.

Ich hatte das ziemlich eindeutige Gefühl, dass ich diesen Slip niemals wiedersehen würde.

Nachdem mein Slip keine Ablenkung mehr darstellte, stellte ich fest, dass etwas Neues gebracht worden war, während ich im Waschraum gewesen war – ein silbernes Tablett mit einem Deckel. Daneben lag eine Zange aus Metall.

Ich nickte in Richtung des Tabletts. »Was ist das?«

Er hob den Deckel, und Dampf strömte heraus. Darin lagen mehrere zusammengerollte Handtücher auf einem Haufen. Mit der Zange nahm er ein aufgerolltes Handtuch und legte es lange genug auf den Tisch, um den Deckel wieder aufzusetzen. »Es ist üblich, sich vor der Mahlzeit die Hände zu säubern.«

Er ergriff das Handtuch und rollte es auf, dann warf er es ein paarmal von einer Hand in die andere, bis es so weit abgekühlt war, dass man es anfassen konnte. Dann bedeutete er mir, ihm die Hände entgegenzustrecken. Vorsichtig und aufmerksam säuberte er einen Finger nach dem anderen, wischte mir die Handflächen und die Handrücken ab.

Es war seltsam sinnlich und intim. Sogar zärtlich. Während ich also die Schenkel zusammenpressen musste und mir das Blut heiß durch die Adern rauschte, stockte mir auch der Atem in der Kehle. Ich fühlte mich benommen.

Der Augenblick wog zu schwer. Wie ein Gewichtheber, der versuchte, eine Hantel zu halten, an der zu viel Gewichte hingen, konnte ich die Situation nicht aushalten, ohne dass es mir auf die Brust drückte. Ohne dass es mir das Herz zerquetschte.

Ohne dass es mir etwas bedeutete, was es nicht bedeuten sollte.

Ich kicherte und versuchte, die Stimmung zu lösen. »Du wäschst mir den Slip von den Händen.«

»Zu schade.« Sein Tonfall blieb belegt und humorlos, und statt dazu beizutragen, dass die Atmosphäre sich entkrampfte, durchbohrte er mich mit einem so intensiven Blick, dass er eine eigene Schwerkraft zu entwickeln schien.

War er so mit jeder anderen auch? Nur Sex. Keine Beziehung. Konnte er wirklich eine Person so ansehen – *mich* so ansehen – und nicht meinen, was in seinem Blick eindeutig zu erkennen war? Konnte er wirklich diese extreme Kraft zwischen uns erleben und sagen, dass sie uns auf keine Weise verband außer sexuell?

Er war mit meinen Händen fertig und machte mit seinen eigenen weiter, dann ließ er das Handtuch auf einen leeren Teller fallen, der dafür gedacht zu sein schien. Er schenkte sich Sake ein, und wir tranken schweigend.

Ich brauchte einen Augenblick, um aus der dummen Trance zu erwachen, in der ich gefangen war.

Natürlich war nur ich es, die diese Dinge empfand. Deswegen hatte er mir die Ansprache, wir hätten keine Beziehung, überhaupt erst gehalten. Und ganz ehrlich, ich hätte gar nicht erst in diese Richtung gedacht, wenn er mich nicht deswegen angeschrien und mir so die Idee in den Kopf gepflanzt hätte.

Nur Sex. Verstanden. Damit war ich sehr einverstanden. Ich wollte selbst auch gar nicht mehr. Die Kellnerin sollte wiederkommen. Ich konnte die Bestellung ganz ohne seine Hilfe aufgeben, dafür brauchte ich keine Speisekarte – nur Sex. Keine Dekoration, keine Beilagen, keine Vorspeise. Nur schlichter Sex.

Was sollte ich sonst von einem Mann wie Donovan wollen? Übernachten? Romantik? Hochzeit?

Ich lachte fast über diese Vorstellung.

Nein. Es gab Männer, die für eine Zukunft gemacht waren, und es gab Männer, die für Schmutz gemacht waren. Donovan war für Schmutz gemacht, und er war vernünftig genug, das von Anfang an klarzustellen.

Ich versuchte, nicht daran zu denken, dass er vor langer Zeit eine Verlobte gehabt hatte. Denn das passte gar nicht zu dem Donovan, der nur für Schmutz und nicht für Zukunft gemacht war …

Ehrlich gesagt war es wahrscheinlich nicht so simpel, und das musste ich akzeptieren. Sonst würde mich irgendwann die Grübelei über die Frage umbringen, ob es einfach bedeutete, dass er eben nicht für mich gemacht war.

19. Kapitel

Als die Kellnerin zurückkehrte, kam sie in Begleitung eines Kollegen, der ihr half, die vielen Tabletts mit den verschiedenen Gerichten zu tragen. Gemeinsam stellten die beiden Teller mit Suppe und Sushi und Tempura und Fisch auf den Tisch vor uns. Danach traten sie zurück und standen mit vor sich verschränkten Händen da, als würden sie auf etwas warten. Auf was, wusste ich nicht.

Vielleicht sollten wir von den Speisen kosten, ehe sie gingen? Ihnen sagen, dass alles gut war oder so?

Ich sah Donovan Hilfe suchend an.

Er legte die Hände in den Schoß, und ich machte es ihm nach. »In der japanischen Kultur«, sagte er, »sagt man, ehe man anfängt zu essen, *itadakimasu*.«

Er sah mich erwartungsvoll an, als verlangte er von mir, das ein Mal gehörte Wort sofort flüssig aussprechen zu können.

Ich fragte ihn mit meinem Blick, ob er mich veralbern wollte. »Das kann ich nicht aussprechen. Was hast du gesagt? Wiederhol es bitte. Langsamer.«

Er setzte zu einer Antwort an, schien dann aber einen anderen Einfall zu haben. Er griff in seine Jacke, holte einen Stift aus der Innentasche und nahm den Deckel mit den Zähnen ab – was schon wieder super sexy aussah.

»Gib mir deine Hand«, sagte er mit dem Deckel im Mund, auch wenn er nichts hätte sagen müssen, weil er sie bereits an sich gezogen und auf meinen Unterarm zu schreiben begonnen hatte.

»Du hast einfach so einen Permanent-Marker in der Tasche?

Natürlich hast du. Hatte ich schon gesagt, dass du ein Workaholic bist? Übrigens geht das nie wieder ab.« Gott sei Dank hatten wir schon November, und ich konnte lange Ärmel tragen. Permanent-Marker konnte man sowieso nicht abwaschen, und während ich seine sauberen Druckbuchstaben auf meiner Haut betrachtete, war ich mir nicht sicher, ob ich es überhaupt versuchen wollte.

»It-a-dak-i-ma-su«, las ich langsam vor, als er fertig war. Es klang beim ersten Versuch besser, als ich gedacht hatte, aber das hieß nicht viel. Ich sah zu Donovan hoch und stellte fest, dass er versuchte, ein Grinsen zu verbergen. Aber seine Augen funkelten, das konnte er nicht verheimlichen. »Du lachst mich aus.«

»Nein, das war ganz gut. Es war *niedlich*.« Er sagte das Wort *niedlich*, als hätte er es noch nie benutzt.

Ich verdrehte die Augen. Ich wollte nicht, dass das Wort *niedlich* fiel, wenn er an mich dachte. »Was bedeutet es?«

»Es bedeutet so etwas wie ›Ich nehme dieses Essen in Empfang‹. Damit dankt man den Zubereitenden für ihre Arbeit und bringt zum Ausdruck, dass man zu schätzen weiß, was sie für einen getan haben.«

»Oh!« Ich drehte mich zu der Kellnerin und ihrem Gehilfen um, die immer noch sich verneigend dastanden und höflich darauf warteten, entlassen zu werden. »Itadakimasu«, sagte ich zu ihnen.

Sie lächelten und nickten.

Donovan sagte daraufhin noch einige Worte auf Japanisch, die nicht *itadakimasu* waren und sich wie eine Anweisung anhörten. Als er zu Ende gesprochen hatte, verbeugten die beiden sich, verließen den Raum und schlossen die Schiebetüren hinter sich.

Sie schlossen die Türen.

Wir waren allein.

Und ich trug keinen Slip.

»Was hast du zu ihr gesagt?«, fragte ich und tat so, als würde ich mich mehr dafür interessieren, nach der Miso-Suppe zu greifen.

»Ich habe sie gebeten, den Shōji auf dem Weg nach draußen zu schließen. Und nicht wiederzukommen, bis ich ihn selbst wieder öffne.«

»Wer hätte gedacht, dass Abendessen für dich so eine private Angelegenheit ist.« Ich nahm die Schüssel und blies auf die Suppe darin.

»Es ist nicht das Abendessen, bei dem ich gerne ungestört wäre.«

Mein Bauch schlug einen Purzelbaum. Gott sei Dank hatte ich nicht gerade von der Suppe geschlürft, ich hätte mich sonst vielleicht verschluckt.

Donovan lachte in sich hinein, als könnte er jeden meiner Gedanken verstehen, obwohl ich es selbst nicht tat. Ich trank von der Miso und stellte dann meine Schale wieder hin, und nachdem ich das getan hatte, wartete er schon mit einem Stück Sushi, das er in Sojasauce getunkt hatte und mir jetzt zwischen den Essstäbchen entgegenhielt.

»Soll ich auch zu schätzen wissen, was du für mich getan hast?« Ich nahm einen Bissen von dem Sushi. »Oh, Mann, ich weiß wirklich zu schätzen, was du für mich getan hast.« Und wie, und wie. »Donovan, das ist ja köstlich.«

Ich aß auf und nahm von dem Tempura, das er mir hinhielt.

Wie so oft sah er mir dabei aufmerksam zu. Die Belustigung war aus seinem Blick verschwunden, seine Augen waren jetzt dunkel und eindringlich, nicht nur vor Verlangen, sondern noch etwas anderem. Etwas Schwerwiegenderem. Wie die Schwere, die ich gespürt hatte, als er mir die Hände wusch.

Was auch immer es war, das ich in seinem Blick sah – ob es wirklich dort war oder ich nur wollte, dass es dort war –, es brachte mich zum Beben. Ich wollte den Blick nie mehr abwenden.

»Komm her«, knurrte er, schlang mir abrupt den Arm um die Taille und zog mich auf seinen Schoß. Er nahm noch ein Stück Sushi, tauchte es ein und fütterte mich damit. »So ist es besser.«

Ob es besser war, um mich zu füttern, oder weil meine nackte Pussy nur wenige Zentimeter von den Umrissen seines härter werdenden Schwanzes entfernt war, wusste ich nicht. Aber ja, ich stimmte ihm zu, es war eindeutig besser.

Es war auch einfacher für mich, ihn zu füttern. Da Donovan seine Stäbchen nicht abgeben wollte und ich meine nirgends finden konnte, benutzte ich die Finger, die er gründlich ableckte. Als er mich das nächste Mal fütterte, griff er mir unter den Rock und beschrieb mit dem Daumen langsame Kreise um meine Klit.

»Mmm«, stöhnte ich.

»Schmeckt dir das Sashimi?« Seine Augen neckten mich so wie seine Finger.

»Klar, das ist es, was ich mag«, sagte ich sarkastisch.

»In dem Fall ...« Er nahm die Hand von dort weg, wo ich sie so unbedingt wollte.

»Nein!« Ich rieb mich an ihm, flehte darum, dass er mir wieder seine Aufmerksamkeit schenkte. »Bitte.«

In seinen Augen blitzte eine Idee auf. Er griff hinter mich und nahm den Permanent-Marker, den er auf den Tisch geworfen hatte, nachdem er mir auf den Arm geschrieben hatte. Wieder nahm er die Kappe mit den Zähnen ab – *uff*, super-sexy. Nachdem er mir den Rock hoch bis zur Taille geschoben hatte, beugte er sich so weit vor, dass er mir etwas auf die Haut über meinen Schamlippen schreiben konnte, kurz über der Klit. Dann setzte er die Kappe wieder auf den Stift und steckte ihn zurück in die Tasche.

»Was hast du geschrie…?«

Aber er unterbrach mich, indem er den Daumen zurück auf meine Klit legte, und ehrlich, danach war es mir egal. Mir war fast alles egal, bis auf den Wirbelwind, der sich in mir zusammenbraute, und dem gleichzeitigen Versuch, mich so sehr unter Kontrolle zu haben, dass ich essen konnte, was er mir gab.

Eine Weile gelang es mir. Ich schaffte es sogar, ihm gleichzeitig den größten Teil des Teriyaki-Lachses zu füttern. Aber dann legte Donovan die Essstäbchen hin und fütterte mich stattdessen mit den Fingern, und mit dem Daumen der anderen Hand immer noch auf meiner Klit drang er mit zwei Fingern in meine sehr schlüpfrige Muschi ein.

Danach war es um mich geschehen.

»Fuck, du bist so feucht.« Er zog seine Finger heraus, und als er wieder in mich eindrang, hatte er einen dritten dazugenommen. »Du bist so feucht, dass du meinen Schwanz sofort nehmen könntest. Willst du?«

Ich hatte das ganze Stück Sushi gegessen, hielt seine Hand aber weiter fest und saugte an seinem Daumen und seinem Zeigefinger, als wären sie sein Schwanz. »Uh-hm«, stöhnte ich mit vollem Mund.

»Hol ihn raus«, befahl er. »Hol meinen Schwanz raus.«

Ich fühlte mich benommen, als würden die Grenzen zwischen Realität und Fantasie verschwimmen. Ich wusste, wo wir uns befanden. Wusste, dass wir in einem Restaurant waren, dass die Wände dünn waren, dass ich das Scheppern von Tellern und das Murmeln der Menschen zu allen Seiten von uns hören konnte. Ich konnte die schattigen Umrisse der anderen Gäste durch die Shōji zu allen Seiten erkennen. Konnten sie uns sehen? Konnten sie uns hören? Wussten sie, was wir gerade taten?

Wahrscheinlich nicht. Aber möglich wäre es.

Und diese Vorstellung reichte, um das Heißeste zu tun, was ich je getan hatte.

Ohne Umschweife krallte ich mir Donovans Gürtel und seine Hose. Ich zog seine Unterwäsche weit genug herunter, um seine Erektion zu befreien. Sie sprang hervor, groß und prall. Er hielt schon ein Kondom bereit, das er aus der Jackentasche gezogen hatte. Während er mich weiter fingerte, rollte ich ihm das Gummi über den Schwanz.

Sobald ich ihn vollständig umhüllt hatte, legte er mir unter dem Rock die Hände an die Hüften. Er hob mich ein Stück an, und auch wenn es schnell ging, fand ich, er machte es nicht annähernd schnell genug. Ich brauchte ihn in mir. Brauchte ihn jetzt. Jetzt. Jetzt.

Und dann war er an meiner Pussy.

Er hatte recht – ich war so feucht, dass ich mich ganz leicht auf ihn gleiten lassen könnte. Aber wie jedes Mal zögerte er nicht und ließ mich auch nicht die Führung übernehmen – sobald seine Spitze meine Muschi berührte, drang er gnadenlos in mich ein.

»Ah, fuck«, flüsterte ich. Es fühlte sich an, als säße ich im ersten Wagen einer Achterbahn ganz oben im größten Looping. Adrenalin und Aufregung strömten mir durch die Adern, als mein Körper sich für die Fahrt bereitmachte.

Mit unglaublicher Ausdauer hämmerte er in mich hinein, pumpte mit so einer Wucht und Kraft in meine Pussy, dass er bald zu schwitzen anfing. Sogar durch seine Kleidung konnte ich sehen, wie angespannt seine Muskeln waren von der Anstrengung, mich hochzuhalten. Er stieß mich dabei so fest, dass ich mehrmals heftig gegen den Tisch hinter mir prallte – nicht so laut, dass wir jemanden störten, aber doch so laut, dass es jemand gehört haben könnte. Meine Brüste schaukelten, obwohl ich einen BH trug. Etwas fiel scheppernd zu Boden. Sake lief aus und tropfte an meiner Seite hinab.

Ich klammerte mich verzweifelt an ihn, schlang ihm den Arm um den Hals, um mich festzuhalten. Mit der anderen

Hand begann ich, meine Klit zu massieren, was mich auf den direkten Weg zu dem Orgasmus bringen würde, der sich bereits in mir anbahnte.

Ich war so kurz davor. Er ebenfalls. In dieser Stellung war ich bereits eng, aber ich presste meine Knie fester an ihn und spannte meine Pussy an, um ihn sowohl zu foltern als auch zu belohnen.

Er hatte seine eigene Vorstellung von Belohnung und Folter – in Gestalt eines Kusses. Als er seinen Rhythmus gefunden hatte und unsere Position perfekt war, beugte er sich vor und eroberte meinen Mund mit seinem. Er küsste mich wild und fieberhaft, als ob alles, was ich ihm geben konnte, egal wie viel – und ich gab ihm alles –, nicht genug wäre. Es konnte nie genug sein. Seine Zunge drang tiefer in mich ein. Sein Druck wurde fester. Trotzdem war es nicht genug.

Aber es war genug, um mich in neue Höhen zu treiben. Höher, höher, höher.

Als ich kam, kam er mit mir, brutal, wie zwei wilde Tiere, die sich in der Wildnis paarten. Ich wollte schreien, und er musste mein Gesicht in seine Jacke drücken, um das Geräusch zu dämpfen. Auch er war nicht leise, als er stöhnend kam. Mir zitterten die Beine, und meine Muskeln dehnten sich unter der Wucht meines Höhepunkts. Statt meinen Körper in Wellen zu durchlaufen, prallte er auf mich wie ein Lastwagen und durchpeitschte mich in einer schrecklichen, unglaublichen Welle der Lust. Es tat weh, wie er mich durchtoste, als wäre es zu viel Lust, um sie auf einmal zu erleben. Als wüsste mein Orgasmus nichts von Donovans Regel, zu ficken und dann wegzurennen, und hätte sich aufgebaut, um sich in kleinen Häppchen zu entladen und nicht in einer einzigen Dosis.

Ich sank gegen seine Schulter und schloss die Augen, um zu Atem zu kommen. Als es sich nicht mehr so anfühlte, als würde sich alles drehen, setzte ich mich auf. Er küsste mich noch einmal, bedächtig dieses Mal, mit einer Hand an meiner Wange. Es war ein süßer Kuss. Er war zart. Er war so viel leichter als jede andere Intimität, die ich bislang mit ihm geteilt hatte.

Viel zu bald hörte er auf. Er hob mich von sich und stellte mich neben sich auf den Fußboden.

Dann zog er das Kondom ab, verknotete es, schlug es in eine Serviette ein und steckte es sich in die Tasche. Nachdem er sich wieder angezogen hatte, griff er nach dem Teller mit den heißen Handtüchern und nahm sich eines, um mich zu säubern.

»Sieht so aus, als wären die heißen Handtücher nach der Mahlzeit ebenso nützlich wie vorher«, scherzte ich, als er meinen Rock hob und mit dem feuchten Tuch über meine Pussy fuhr. »Jetzt eher warme Handtücher, aber das ist vielleicht auch besser so.«

Er sagte nichts, und mir wurde klar, dass er bereits wieder dichtmachte, wie er es hinterher immer tat. Ich fragte mich, wie schwierig es für ihn war, mir die höfliche Geste zu gönnen, dass er mir half, mich zu säubern. Fiel es ihm schwer, weil er für sein Leben Regeln aufgestellt hatte? Oder hatte er diese Regeln für sein Leben aufgestellt, weil solche Dinge ihm schwerfielen?

Woran es auch lag, ich spürte, dass es ihn quälte, sich jetzt noch mit mir abgeben zu müssen. Wir waren fertig, und ich sollte verschwinden. Ich kannte das bereits, aber nach dem heutigen Gespräch verstand ich es noch besser. Für ihn war Sex keine Art, sich mit anderen zu verbinden. Sex erfüllte einen Selbstzweck.

Also übte ich, ebenfalls loszulassen.

Ich sah ihm nicht dabei zu, wie er mich säuberte, dachte nicht zu sehr über die Intimität dieser Geste nach oder die Erotik, die darin lag. Ich ließ es einfach eine Handlung sein. Wie Sex nur eine Handlung war. Ohne Bedeutung, ohne Bindung. Ohne emotionale Bedeutung.

Als er fertig war, wischten wir schweigend den verschütteten Sake auf und hoben den Teller mit Tempura auf, der auf den Boden gefallen war. Innerhalb weniger Minuten sah der Raum wieder einigermaßen ordentlich aus, wenn man die Umstände bedachte.

Donovan forderte mich mit einem Nicken auf, mich wieder an meinen Platz zu knien, und nachdem ich das getan hatte, öffnete er den Shōji. »Bin gleich wieder da«, sagte er und wandte sich in Richtung der Toiletten, wahrscheinlich um das Kondom zu entsorgen.

Während er fort war, kam die Kellnerin mit der Rechnung, um die Donovan sich kümmerte, sobald er zurückgekommen war.

»Wenn die Mahlzeit vorbei ist, sagt man *gochiso sama deshita*«, erklärte er, als sie mit dem Kreditkartenbeleg wiederkam. Er sagte es langsam, und ich hörte gleich beim ersten Mal genau hin, damit mein anderer Arm von Markierungen verschont blieb.

Ich drehte mich zu der Kellnerin um und strahlte sie an. »*Gochiso sama deshita.*« Die Betonung versaute ich. Sie nickte trotzdem höflich.

»Perfekt«, meinte Donovan. Er stand auf und reichte mir die Hand, um mir aufzuhelfen.

»Was bedeutet das überhaupt?«, fragte ich.

»Das war ein Festmahl.«

Die Kellnerin verbeugte sich vor uns beiden, als wir an ihr vorbei hinaus in den Korridor traten. Donovan ging auf dem Weg zum Ausgang voran, was mir ganz lieb war. Dann musste ich nicht seinen verschlossenen Blick in meinem Rücken spüren.

Doch ehe wir weit gekommen waren, blieb er stehen und spähte über die Schulter. »Sabrina?« Sein kleines Lächeln erreichte fast seine Augen. »*Gochiso sama deshita.*«

Ja, es war wirklich ein Festmahl gewesen.

Wie immer fuhr Donovan nicht mit mir gemeinsam nach Hause. Er ließ mich von seinem Fahrer bringen und nahm selbst das Auto, mit dem er auch zum Restaurant gefahren war. Egal, dass er seinem Angestellten einen freien Abend gönnen und mich selbst nach Hause fahren könnte. Ich verstand das. Es bedeutete nichts. Ich hatte ihm gegeben, wofür er hergekommen war. Nur Sex. Guten Sex, aber nur Sex.

Ich hatte fast vollkommen den Schriftzug vergessen, den er auf mir hinterlassen hatte, bis ich später unter der Dusche stand. Die meiste Zeit verbrachte ich damit, zu versuchen, die Farbe von meinem Arm zu schrubben, doch plötzlich erinnerte ich mich daran, dass er weiter unten noch etwas geschrieben hatte, dem ich vor lauter Aufregung im Restaurant keine Beachtung geschenkt hatte. Vermutlich hatte es irgendwas mit japanischer Kultur zu tun. Als ich jetzt nach den Zeichen sah, entdeckte ich, dass es westliche Buchstaben waren, nur zwei – D K.

Donovan hatte mir seine Initialen auf die Haut geschrieben.

Er hatte mir auf jede erdenkliche Weise gesagt, dass ich ihm nichts bedeutete außer Sex, um mir dann seine Initialen über mein intimstes Körperteil zu schreiben.

Er wollte mich nur wieder durcheinanderbringen. Das musste es sein. So, wie er mir eine schlechte Note gegeben hatte, als wir noch auf der Uni gewesen waren, die Note, die ich eigentlich nicht hätte »verbessern« müssen.

Es machte mich wütend, und es war gemein, und es war heiß, und …

Und es tat auch weh.

Das Problem war, zum ersten Mal, seit ich Donovan kannte, waren seine verdrehten Spiele und wie sehr ich sie liebte nicht der gefährlichste Teil unserer Bekanntschaft. Der gefährlichste Teil war, wie sehr ich mir wünschte, dass dieses Brandmal auf meiner Haut etwas anderes bedeutete als das, was es zu bedeuten hatte.

Der gefährlichste Teil war, wie sehr ich mir wünschte, dass es bedeutete, er würde mich als sein Eigen betrachten.

20. Kapitel

»Aber bis Thanksgiving ist es noch fast ein Monat«, maulte meine Schwester am nächsten Morgen am Telefon. »Du bist seit sechs Wochen an der Ostküste, und wir haben uns immer noch nicht gesehen.«

Ich widerstand dem Drang, mich zu entschuldigen. Fairerweise musste man sagen, dass nicht nur mein Job uns voneinander fernhielt, es lag auch an ihrem Stundenplan. Ehrlich gesagt, wenn ich mich den Rest des Tages ins Zeug legte, würde ich wahrscheinlich später den Zug zu ihr nehmen können und am nächsten Tag zurückkommen.

»Ich wünschte, ich könnte«, sagte sie, als ich es ihr anbot. »Aber ich habe ein Gruppenprojekt, das am Montag fällig ist, und wir arbeiten morgen den ganzen Tag.«

»Oh. Ich dachte ja nur.« Mir war bis dahin nicht klar gewesen, wie sehr sie mir fehlte.

Audrey schien meine Enttäuschung zu spüren. »Alles okay? Gibt es etwas, über das du reden möchtest? Männerprobleme?«

Männerprobleme. Ja, genau darum ging es tatsächlich.

Ich war verwirrt vom Sex mit Donovan am Abend vorher, und während ich eigentlich vorher nicht unbedingt das Bedürfnis verspürte hatte, mit jemandem zu reden, sehnte ich mich jetzt, da ich sie am Telefon hatte, doch nach jemandem, mit dem ich unsere merkwürdige Nicht-Beziehung besprechen konnte.

Aber ich war auch noch nicht bereit, meine Gefühle in Worte zu fassen.

Erst einmal sollte ich überhaupt keine Gefühle deswegen haben. Ich war mir sicher, das verstieß gegen seine Nur-Sex-Klausel.

»Nö. Ich vermisse dich nur.« Das stimmte auch. Ich dachte darüber nach, wie ich es bewerkstelligen konnte, mehr Zeit mit meiner Schwester zu verbringen. »Wenn du zu Thanksgiving kommst, kannst du früher als Mittwoch hier sein? Ich muss zwar noch etwas arbeiten, aber so könnten wir die verlorene Zeit aufholen.«

»Ich habe die ganze Woche frei«, rief sie sofort begeistert. »Ich kann schon Freitag nach der letzten Vorlesung kommen. Und vielleicht können wir ins Theater gehen! Meinst du, die Eisbahn vor dem Rockefeller Center steht dann schon?«

»Wahrscheinlich.« Ich wusste es ehrlich nicht, und Audrey konnte auch gar nicht Schlittschuh laufen.

»Wir müssen unbedingt eislaufen gehen, Bri! Und wir müssen ins MoMA. Und One World Trade Center …«

Die nächsten zwanzig Minuten verbrachte sie damit, mir eine Liste der Dinge aufzuzählen, die wir unbedingt während ihres Urlaubs in Manhattan unternehmen mussten, genug Aktivitäten für ungefähr einen Monat. Wir konnten auf keinen Fall mehr als ein Viertel davon schaffen, aber es war schön, mit ihr zu reden.

Besonders schön war es, ein paar Minuten lang nicht an Donovan zu denken. Nicht, dass ich meine *gesamte* Freizeit damit verbracht hätte, nur an ihn zu denken.

Als wir auflegten, dachte ich allerdings sofort wieder an ihn. Ich zog meine Yogahose und meinen Slip herunter und stellte mich vor den Badezimmerspiegel. Seine Initialen waren nach dem Abschrubben am Abend zuvor verblasst, aber sie waren immer noch deutlich zu sehen.

Warum gefiel es mir so sehr, sie auf meiner Haut zu sehen? Es war erotisch, und es machte mich heiß, das ja. Aber da war noch mehr als das. Es fühlte sich an, als hätte er mir seine Teamjacke gegeben. Oder als hätte er mich gebeten, seinen Siegelring zu tragen. Es fühlte sich an, als hätte er mich für sich beansprucht, und wenn er das damit im Sinn gehabt hatte, dann verstand ich nicht, was die Nur-Sex-Regel bedeuten sollte.

Es gab noch andere Regeln, die ich nicht verstand. Wie sah unser Arrangement überhaupt aus? Gab es überhaupt ein Arrangement? Konnte ich ihn anrufen, wenn ich Sex wollte, oder war er der Einzige, dem das erlaubt war? Sollte ich einen bestimmten Abstand zwischen Dates einhalten?

Schlief er gerade auch noch mit anderen Frauen?

Mir wurde der Magen auf einmal bleischwer bei der Vorstellung, dass er in den Armen einer anderen Frau lag.

Weil es geschmacklos war und ich mir wie eine Schlampe vorkam, natürlich. Weil es ein Gesundheitsrisiko darstellte. Nicht weil ich eine emotionale Bindung zu ihm hatte. Nicht weil ich eifersüchtig war.

Die Sache war einfach, unsere bindungslose Affäre musste noch weiter besprochen werden.

Ich nahm mein Telefon und machte einen Schnappschuss von seinem Kunstwerk auf meiner Pussy. Dann schrieb ich eine Nachricht – ***Können wir reden?***

Ich war mir sicher, er würde nicht antworten, solange ich nicht seine Sprache sprach, also hängte ich das Foto an und schickte beides ab.

Am Montag hatte Donovan noch immer nicht geantwortet.

Ich war zu dem Schluss gekommen, dass ich mich entweder nicht mit ihm in Verbindung setzen durfte, dass unser Arrangement vorbei war oder dass er mich leiden lassen wollte – ich wusste, dass er daran Freude hatte.

Gut, wenn das sein Ziel war, hatte er es erreicht. Ich wartete nicht nur nervös auf seine Antwort, ich vermisste ihn auch körperlich. Ich sehnte mich nach dem Geschmack seiner Lippen. Ich verlangte nach der Grobheit seines Griffes. Ich verzehrte mich nach der überwältigenden Art, auf die er meine Pussy ritt.

Den ganzen Tag war ich deswegen verzweifelt und abgelenkt. Ein paarmal war ich an seinem Büro vorbeigegangen, aber er war immer in einem Meeting gewesen, und als ich Feierabend gemacht hatte, war er bereits gegangen.

Abends im Bett schrieb ich ihm noch einmal. ***Ich denke schmutzige Dinge über dich.***

Daran hängte ich ein Bild von der Flasche, von der er gewollt hatte, dass ich sie irgendwann als Dildo benutzte, als er mich in meiner Wohnung gefickt hatte.

Ich brachte mich selbst dreimal zum Orgasmus, ehe ich genug hatte.

Donovan antwortete nicht.

»Tom«, sagte ich, um meinen Mitarbeiter noch im Konferenzsaal aufzuhalten, nachdem unser Team-Leader-Meeting am Donnerstagmorgen vorbei war. »Ich bin wirklich beeindruckt davon, wie großartig du die SummiTech-Präsentation morgen Abend auf der Think Expo vorbereitet hast. Wir haben es dir ohne viel Vorwarnung aufgedrückt, und dein Team hat sich um jedes Detail gekümmert, ohne irgendetwas zu vergessen.«

Ich hatte mit Tom Burns nicht mehr gesprochen, seit er Donovan und mich vor ein paar Wochen fast beim Küssen erwischt hatte. Selbst nachdem er sich Weston gegenüber positiv über mich geäußert hatte, war mir die ganze Sache noch immer unangenehm. Aber er hatte durchgängig gute Arbeit mit seinem Team geleistet, und als SummiTech Reach gebeten hatte, ihre neueste Werbekampagne zu übernehmen, wusste ich, Tom war der Richtige für die Marketingseite.

»Danke«, sagte er, anscheinend überrascht. »Ich weiß das Kompliment zu schätzen.«

»Gern geschehen. Ich komme morgen Abend noch mal vorbei, aber ich bin mir sicher, ihr werdet mich nicht brauchen.«

Er sammelte die Sachen zusammen, die er für das Meeting dabeigehabt hatte, und wollte gerade gehen, blieb aber plötzlich stehen und drehte sich noch einmal zu mir um. »Ehrlich gesagt, Sabrina, ich muss dir etwas gestehen – ich hatte erwartet, dich nicht zu mögen.«

»Ich höre.« Ich richtete mich auf und machte mich gefasst auf das, was er als Nächstes sagen würde. Der Raum hatte sich geleert, nur noch wir zwei waren zurückgeblieben. Alles konnte passieren, und der Anfang war nicht gerade vielversprechend.

»Besonders nachdem ich gesehen hatte, wie Donovan Kincaid versucht hat, sich an dich ranzumachen, an dem Abend, als wir an der Phoenix-Kampagne gearbeitet haben. Ich war davon überzeugt, dass sie dich nur deswegen angestellt haben.«

»Was meinst du? Dass ich mit ihm schlafe?« Das hatte ich damals noch nicht. Aber hatte ich den Job nicht wirklich bekommen, weil ich mit Weston im Bett gewesen war?

Schuldgefühle schnürten mir die Kehle zu. Ich würde es abstreiten. Ich hatte die Qualifikationen, um hier zu arbeiten. Vielleicht hatte ich seine Aufmerksamkeit gewonnen, indem ich mich ausgezogen hatte, aber das hieß nicht, dass ich meine Stellung nicht verdient hatte.

Wenigstens redete ich mir das ein.

»War blöd von mir«, sagte Tom bedauernd. »Ich bin mir sicher, das klingt sexistisch, aber so sah es eben aus. Verstehst du?«

Ich nickte, weil ich genau wusste, wie es ausgesehen hatte, und ja, das war sexistisch. Aber die Wahrheit war auch nicht viel besser, also konnte ich nicht viel zu meiner Verteidigung vorbringen.

Tom dagegen konnte es. »Du hast dich aber wirklich bewiesen. Du hast viel mehr Zeit in das Team investiert, als ich erwartet hatte. Ich weiß, ich bin nicht der Einzige, der das zu schätzen weiß.«

»Danke.« Ich konnte wieder freier atmen. »Ich weiß das Kompliment auch zu schätzen.«

Wieder wandte er sich zum Gehen, aber da ich mich ein wenig beruhigt hatte, fiel mir auf, dass irgendetwas nicht ganz stimmte. »Moment mal, Tom. Ich bin verwirrt. Hast du nicht bei Weston ein gutes Wort für mich eingelegt?«

Er kratzte sich am Hals und sah mir nicht in die Augen. »Ja, aber das war nur, weil Kincaid gedroht hat, dass ich meinen Job verliere, wenn ich es nicht tue.«

Ähm. Ich war schockiert. »Hat er das?«

Er sah hoch und blickte mich endlich an. »Du wusstest es nicht. Ich war mir nicht sicher.«

Nein, ich hatte absolut nicht gewusst, dass Donovan mit ihm über irgendetwas geredet hatte. »Was hat er zu dir gesagt?«

»Er hat gesagt, er war es, der dich angemacht hat, und dass es unangebracht von ihm gewesen ist. Dann hat er gesagt, du hast Respekt verdient für deine harte Arbeit, und er hat sehr deutlich gemacht, dass es respektlos wäre, Gerüchte über dich zu verbreiten. Er hat vorgeschlagen, den Rest des Teams dazu zu bringen, dich zu unterstützen, wenn ich will, dass die Abteilung weiter so gut läuft.«

Mein Herz pochte rasend schnell, und mir zitterten die Hände. »Und er hat gesagt, er feuert dich, wenn du das nicht tust?«

»Nicht in genau diesen Worten, aber ich wusste, was er meinte.«

Meine Wangen röteten sich. »Oh mein Gott, ich hatte keine Ahnung. Es tut mir so leid!« Es war so unfair von ihm, meine Mitarbeiter zu bedrohen. Tom war unschuldig. Das Ganze war mir so peinlich.

Aber andererseits …

Was hatte das zu bedeuten?

Ich fuhr mir mit der Hand über die Stirn, um den Schweiß abzuwischen, der sich dort gebildet hatte. Warum sollte Donovan so etwas getan haben? Machte er sich Sorgen, dass Tom mir das Leben schwer machen könnte? Hatte er sich Gedanken um meinen Ruf gemacht?

»Du hast es nicht gewusst«, sagte Tom tröstend. »Warum entschuldigst du dich? *Ich* sollte mich entschuldigen. Ich dachte, ich verstehe die Situation, und habe nicht einmal gefragt, ob es dir gut geht.« Er trat einen vorsichtigen Schritt auf mich zu und senkte die Stimme. »Ich will nicht zu weit gehen, aber brauchst du vielleicht Hilfe?«

»Nein«, versicherte ich ihm. Fast war es zum Lachen, dass er dachte, ich würde vor Donovan gerettet werden müssen. »Nein, es geht mir gut. Uns geht es gut.« Ich schüttelte den Kopf und wünschte, ich hätte nicht *uns* gesagt.

Und weil ich es gesagt hatte, hatte ich das Gefühl, noch etwas hinzufügen zu müssen. Die Situation erklären zu müssen, damit Tom absolut keine Zweifel blieben, dass es nichts gab, worüber man sich Sorgen zu machen brauchte. »Es war ein merkwürdiger Abend, an dem du uns gesehen hast. Donovan und ich kennen uns seit der Uni, und …«

Ich verstummte. Wie zur Hölle hatte ich gedacht, das zwischen Donovan und mir erklären zu können?

In genau dem Augenblick blickte ich durch die Glaswand des Raumes und entdeckte jemand Bekannten auf der anderen Seite. Jemanden, mit dem ich nach dieser neuesten Information dringend reden musste.

»Es tut mir leid. Würdest du mich entschuldigen? Da hinten ist jemand, mit dem ich sprechen muss.«

Ich nahm meine Akten und rauschte an Tom vorbei, rannte auf den Flur hinaus und versuchte, Donovan zu erwischen. Er war um die Ecke verschwunden, und als ich ihm folgte, sah ich, dass er in den Fahrstuhl gestiegen war. Er schaute zu mir, als die Türen anfingen sich zu schließen.

»Warte!«, rief ich.

Sein Blick begegnete meinem, aber er hielt die Türen nicht auf.

Ich biss mir einige Sekunden lang auf die Unterlippe und versuchte, keine voreiligen Schlüsse zu ziehen. Donovan war nicht leicht zu durchschauen, und es gab so viele Möglichkeiten, was ihm durch den Kopf gehen könnte. Aber ich musste die Sache klären. Ich wollte mit ihm über Tom Burns reden, und ich wollte wissen, ob er mir aus dem Weg ging.

Ich nahm den nächsten Fahrstuhl, ging in mein Büro und rief Donovans Sekretärin auf der Firmenleitung an.

»Darf ich fragen, wer anruft?«, fragte Simone, nachdem ich darum gebeten hatte, mit ihm zu sprechen.

»Sabrina Lind aus dem Marketing.«

»Und worum geht es?«

»Einen Mitarbeiter aus meiner Abteilung, über den ich mich mit ihm unterhalten möchte.« Er war zuständig für den Betrieb. Wenn er nicht mit mir über unsere Nicht-Beziehung reden wollte, dann sollte er wenigstens über die Arbeit mit mir reden.

»Einen Augenblick bitte.«

Ich wartete mehrere lange Sekunden, in denen ich nervös mit dem Fuß im Takt zur Warteschleifenmusik im Stil der 90er-Jahre auf den Fußboden klopfte.

Endlich war Simone wieder da. »Mr. Kincaid lässt fragen, ob Sie schon mit der Personalabteilung darüber gesprochen haben.«

»Nein, ich habe nicht mit der Personalabteilung gesprochen«, fuhr ich sie an. »Das ist keine Sache für die Personalabteilung. Es ist eine Sache für Mr. Kincaid, das versichere ich

Ihnen.« Ich wusste, dass Simone nur ihren Job machte, aber ich wurde langsam wütend, und sie war diejenige, die mich davon abhielt, mit der Person zu sprechen, auf die ich wütend war.

»Natürlich, Miss Lind. Einen Augenblick bitte.« Dieses Mal wartete ich nicht so lange. »Ich kann einen Termin mit ihm für Sie vereinbaren, wenn Sie möchten.«

»Ja, bitte.« Na endlich!

»Der erste freie Termin ist nächsten Donnerstag um zwei Uhr.«

Meine Brust fühlte sich eng an. »Eher geht es nicht? Ein Telefonat würde auch reichen. Können Sie ihm bitte sagen, dass es nur ein paar Minuten dauern würde?«

»Es tut mir leid, Miss Lind. Das habe ich schon getan. Er hat gesagt, ich soll Ihnen den ersten freien Termin geben.«

»Schon gut.« Ich legte auf, ehe sie noch etwas sagen konnte.

Gut. Da hatte ich meine Antwort. Donovan ging mir eindeutig aus dem Weg. Ich hatte gewusst, dass er ein Mistkerl war, aber jetzt trieb er es zu weit.

Ich lehnte mich auf meinem Stuhl zurück und drückte mir die Fingerspitzen in die Augenwinkel, weil ich nicht vorhatte, bei der Arbeit zu weinen. Ich konnte verstehen, warum er mich wie jeden anderen Angestellten behandeln wollte und dass ich deswegen warten musste, bis er einen Termin frei hatte, damit nicht der Verdacht entstand, er würde mich bevorzugt behandeln. Allerdings schien ihn das nicht gestört zu haben, als ich einfach in sein Büro marschiert war und zugelassen hatte, dass er mir seinen Schwanz in den Hals rammte. Warum interessierte er sich auf einmal dafür, sich an die Regeln zu halten?

Im Schlafzimmer mit meinen Gefühlen zu spielen war das eine. Im Büro war es etwas ganz anderes. Besonders, wenn ich so viel mehr zu verlieren hatte als er.

Im Grunde hatte er überhaupt nichts zu verlieren.

Konnte er mich deswegen so einfach kalt abblitzen lassen?

Was auch immer der Grund war – ob er ein Spiel mit mir spielen oder mir eine Lektion erteilen wollte oder ob er unserer Affäre müde geworden war –, war auch egal.

Ich war mit ihm fertig.

21. Kapitel

Am nächsten Abend beeilte ich mich, nach der Arbeit nach Hause zu kommen, um etwas Passendes für die Think Expo anzuziehen. Tom und sein Team brauchten mich nicht, aber ich wollte sie unterstützen und sichergehen, dass alles so ablief, wie es geplant war. Ich entschied mich für ein schlichtes schwarzes gerafftes Bodycon-Kleid und Riemen-High-Heels und machte mich auf den Weg zum Financial District.

Ich nahm ein Taxi zum Hotel, in dem die Veranstaltung stattfand, und folgte den Schildern zur Expo, die praktischerweise in den Ballsälen im Erdgeschoss abgehalten wurde. Den ganzen Tag hatten helle Köpfchen dort ihre neuen technologischen Erfindungen vor einem Publikum aus Inverstoren und Enthusiasten vorgestellt. Eine Cocktailparty im Ballsaal krönte den Abend. Der Flur, durch den man zu der Veranstaltung gelangte, war gesäumt von Displays, auf denen die großen Aussteller ihre Produkte vorstellten. Großbildschirme kämpften um die Aufmerksamkeit der Gäste, die in Smokings und Abendkleidern auf dem Weg zur Party waren. Unser Kunde war unter diesen Ausstellern.

SummiTechs Ausstellung war leicht zu finden, die kühne Medienproduktion erregte Aufsehen. Angestellte der Firma teilten Prospekte aus und sprachen mit den Gästen, die vorbeikamen. Ich entdeckte ein paar meiner Mitarbeiter, die sich im Hintergrund hielten, um die Lage zu beobachten, und mit den Angestellten sprachen, um sicherzugehen, dass sie genug Prospekte hatten, und um erste Eindrücke darüber zu sammeln, wie die Kampagne ankam.

Nachdem ich zufrieden festgestellt hatte, dass alles glatt verlief, machte ich mich auf die Suche nach Tom.

»Da bist du ja«, sagte ich, als ich ihn mit einer Champagnerflöte in der Hand im Ballsaal entdeckte. »Ich habe nach dir gesucht.«

Er hob die Augenbrauen. »Stecke ich in Schwierigkeiten?«

»Natürlich nicht. Ich habe auf dem Weg SummiTechs Präsentation gesehen. Das ganze Setup sah toll aus. Was meinst du, wie es läuft?«

Seine Schultern entspannten sich sichtbar. »Ich habe vor ungefähr fünfzehn Minuten mit Munns gesprochen, er klang ziemlich begeistert, ich würde also sagen, es läuft großartig.«

»Ausgezeichnet.« Robert Munns war unser Kunde, der CEO von SummiTech. »Solange er glücklich ist, sollte Reach auch glücklich sein.«

»Genau darauf trinke ich.« Tom hob sein Glas, um seine Aussage zu unterstreichen. »Du solltest mitmachen.«

Ein Glas Champagner klang gut. Es war ein langer Tag gewesen. Korrigiere – es war eine lange Woche gewesen. Mein Arbeitspensum war zwar einigermaßen zu schaffen gewesen, aber da war auch noch der mentale und emotionale Stress, der mich ausgelaugt hatte, und ich sehnte mich nach einer Auszeit.

Alkohol war nicht die Art Flucht, die ich mir erhofft hatte, aber da ich am Tag zuvor meine Nicht-Beziehung aus meinem Leben verbannt hatte, nahm ich, was ich kriegen konnte.

»Ich werde auf jeden Fall mitmachen, wenn ich einen Kellner finde.« Ich sah mich im Ballsaal nach der nächsten Bedienung um.

»Ich hole dir einen.« Tom, der viel größer als ich war, obwohl ich High Heels trug, verrenkte den Hals. »Ich wusste nicht, dass Kincaid auch kommt.«

Mir blieb das Herz stehen. »Er ist hier?«

»Ich habe gerade gesehen, wie er mit diesem Hudson-Pierce-Typen geredet hat.«

Sobald ich mich umdrehte, sah ich ihn. Er war nicht zu übersehen. Offensichtlich war er direkt aus dem Büro gekommen, denn er trug immer noch, was er angehabt hatte, als ich ihn früher am Tag kurz auf dem Flur erspäht hatte. Und verdammt, sah er gut aus. Donovan Kincaid sah in seinem Anzug besser aus als der ganze Saal voll Männer im Smoking.

Was nicht gut war, wenn man meinen Entschluss bedachte, mit ihm fertig zu sein.

Plötzlich wünschte ich mir, ich hätte mein Outfit besser gewählt. Schwarz war so langweilig. Ich hatte nicht einmal Schmuck angelegt. Meine Unterwäsche war in Ordnung, aber nichts Besonderes.

Und das war alles egal, weil ich nicht mit ihm schlafen würde.

Was zur Hölle machte er überhaupt hier? Es gab keinen Grund, dass jemand aus der Führungsetage bei einer solchen Veranstaltung auftauchte. Er war nicht einmal passend für das Event angezogen. Offensichtlich war er in letzter Minute erschienen. War etwas schiefgelaufen? Wollte er mein Team kontrollieren?

War er wegen mir hier?

»Oh Gott.« Ich kehrte ihm den Rücken zu. Ich konnte nichts gegen die Schmetterlinge in meinem Bauch tun. Ich wollte, dass er wegen mir gekommen war, trotz allem, was er mir angetan hatte, und nicht nur stand mir deswegen die größte Enttäuschung des Abends bevor mir stand deswegen die größte Enttäuschung überhaupt bevor.

Ich musste dringend raus.

»Tu mir einen Gefallen, ja?« Nach unserem Gespräch am Tag zuvor war ich mir ziemlich sicher, Tom würde mir helfen. »Wenn er nach mir fragt, sag, du hast mich nicht gesehen.«

In Gedanken plante ich bereits meine Flucht. Der Ballsaal

war klein, und ich musste an Donovan vorbeikommen, um den Ausgang zu erreichen. Und dort musste ich entlang, weil die Garderobe sich am Ende des Ganges befand.

»Ja. Sicher. Aber ...« Wie am Tag zuvor war Toms Tonfall voller Sorge. »Gibt es irgendein Problem, bei dem du Hilfe brauchst?«

»Nein. Versprochen. Und es ist toll von dir, dass du fragst. Nur, wie schon gesagt, Donovan und ich haben eine komplizierte ...« Ich suchte nach einem Wort, das nicht *Beziehung* war. »Bekanntschaft, und ich bin heute Abend einfach nicht in der Stimmung, mich damit auseinanderzusetzen, also verschwinde ich lieber, ehe er mich bemerkt.«

»Ah. Verstanden. So etwas hatte ich auch mal.« Er hob seine Champagnerflöte, aber dieses Mal klopfte er mit dem Finger, an dem er seinen Ehering trug, dagegen, als wollte er zeigen, dass die Werbung um seine Frau *kompliziert* gewesen war.

»Ich glaube, ich habe dir den falschen Eindruck vermittelt«, sagte ich, entsetzt über die Schlüsse, die er gezogen hatte. »Donovan und ich sind kaum befreundet.«

»Ich verstehe schon, Sabrina.« Aber er grinste, als teilten wir ein Geheimnis. »Jetzt geh, ehe er dich sieht.«

»Okay. Danke, Tom.«

Immer noch zweifelnd, ob mein Mitarbeiter den richtigen Eindruck bekommen hatte, zögerte ich noch einen Augenblick länger. Dann ordnete ich meine Prioritäten und verschwand.

Ich ging rasch hinaus, wie eine Frau mit einer Mission, und eilte so schnell ich konnte den Gang mit den Ausstellungen entlang zur Garderobe. Glücklicherweise stand dort niemand an, als ich ankam, und ich konnte schnell meinen Schein vorzeigen und abhauen. Aber sobald ich mich umdrehte, stellte ich fest, dass auch Donovan die Party verlassen hatte.

Er hatte mich noch immer nicht gesehen, aber ich konnte es nicht durch den Haupteingang des Hotels schaffen, ohne ihm zu begegnen, also schlüpfte ich in einen schmaleren Gang neben der Garderobe und entdeckte eine Seitentür. Ich schob mich durch diesen Ausgang und fand mich in einer kleinen Gasse wieder.

Perfekt.

Nur, sobald die Tür sich hinter mir geschlossen hatte, wurde mir klar, wie schmal und dunkel diese Gasse war, und ich bereute sofort die Entscheidung, diesen Ausgang gewählt zu haben. Ich drehte mich um und zog an der Tür. Sie war verschlossen. Natürlich.

Ich seufzte, trat mir selbst in den Hintern, dass ich mein Pfefferspray nicht dabeihatte, und sah mich in beide Richtungen um nach dem besten Weg, auf eine größere, belebtere Straße zu gelangen. Auf einer Seite der Gasse standen an der Mauer mehrere Mülltonnen, und auf der anderen Seite schien das Straßenlicht nicht zu funktionieren.

Ich machte mich auf den Weg an den Mülltonnen vorbei.

Rechts von mir rasselte etwas – als würde der Wind eine Getränkedose vorbeiblasen oder etwas ähnlich Harmloses, aber trotzdem war es gruselig. Ich zog meinen Mantel fester um mich und ging schneller. Hinter mir erregten weitere Geräusche meine Aufmerksamkeit. Der Klang einer Tür? Schritte? Meine wild gewordene Fantasie?

Ich hatte zu viel Angst, um mich umzudrehen.

Nein, da war eindeutig jemand hinter mir.

Die Schritte wurden lauter und kamen näher. Ich beschleunigte meine Schritte, aber einer meiner Absätze verfing sich in einem Riss im Asphalt, und gerade als ich drohte, das Gleichgewicht zu verlieren, packte mich jemand an der Taille.

Ich atmete scharf ein, bereit, aufzuschreien.

»Was soll die Scheiße?«, fragte Donovan ungehobelt, ehe ich einen Ton herausbringen konnte.

»Oh mein Gott, du bist es.« Ich brach in seinen Armen zusammen, erleichtert, dass mein Verfolger jemand war, den ich kannte.

»Es hätte aber auch ein anderer sein können«, entgegnete er schroff. Sein Griff war gleichzeitig warm und besitzergreifend. Er presste mir die Finger in die Taille, als hätte er einen Sprung machen müssen, um mich zu erreichen. Oder als wollte er mich nicht mehr loslassen.

Es fühlte sich gut an.

So gut.

Dann erinnerte ich mich an alles, was in der Woche geschehen war. Was für ein komplettes Arschloch er gewesen war. Wie ich geschworen hatte, mit ihm fertig zu sein.

»Du warst es aber. Also lass los.« Ich wand mich aus seinem Griff, vermisste ihn aber sofort.

»Ernsthaft, Sabrina. Was hast du dir dabei gedacht, allein hier rauszukommen? Wenn du vergewaltigt werden wolltest, hättest du mich einfach anrufen können.« Er hielt mir regelrecht eine Standpauke.

»Konnte ich nicht. Da du weder meine Anrufe annimmst noch auf meine Nachrichten reagierst. Wenn du mich jetzt entschuldigst, ich …« Ich wollte mich von ihm abwenden, aber er packte mich grob am Arm, was mir selbst durch den dicken Stoff meines Mantels wehtat.

»Hier draußen gehst du nirgendwo allein hin.« Seine Augen wirkten schwarz in der trüb beleuchteten Gasse, sein Tonfall klang so, als duldete er keinen Widerspruch.

Ich entriss ihm meinen Arm. Nachdem er mir eine Woche lang aus dem Weg gegangen war, meinte er auf einmal, sich einmischen zu müssen? Ich glaube kaum. »Du hast mir überhaupt nichts zu sagen.«

Er steckte die Hände in seine Manteltaschen und schnaubte verächtlich. »Da wäre ich mir nicht sicher. In meinem Nachtschrank liegt ein Slip, der etwas anderes sagt.«

Ich starrte ihn einen halben Herzschlag lang fassungslos an. Er nahm überhaupt nichts ernst. Es war genau wie an der Uni, als er sich an meinen Noten zu schaffen gemacht hatte, nur weil es ihm Spaß machte. »Du gottverdammter Mistkerl, Donovan.« Ich kochte. »Rede nicht mit mir. Fass mich nicht an. Leg bei der Arbeit keine guten Worte für mich ein.«

Er kniff die Augen zusammen. »Du bist so wütend. Gleich muss ich dich ficken.«

Heißer Zorn stieg in mir auf. Ehe ich darüber nachdenken konnte, was ich tat, flog meine Hand empor, um ihn zu ohrfeigen.

Er war zu schnell. Er hatte meinen Unterarm gepackt, ehe ich seine Wange erreichen konnte. Ein teuflisches Lächeln breitete sich auf seinem Gesicht aus. »Spar dir das fürs Schlafzimmer auf. Ich mag es, wenn du dich wehrst.«

»Das ist kein Vorspiel!« Ich entzog ihm meine Hand. »Du kannst deine Nicht-Beziehungs-Regeln aufstellen, und ich folge ihnen, aber du kannst mich nicht ignorieren, als wäre ich nichts, und immer noch erwarten, dass ich dir in die Arme falle, sobald du in Stimmung kommst.«

»Das würde ich niemals erwarten. Viel lieber wäre mir, wenn du kriechst.«

Es gab nichts mehr zu sagen. Er hörte nicht zu. Das tat er nie, oder wenn er es tat, war es ihm egal, was ich sagte. Worte bedeuteten ihm nichts. Alles, was ihm wichtig war, waren seine gottverdammten Spielchen.

Mir brannten die Augen, als ich mich wieder von ihm abwandte.

»Sabrina, du bleibst hier draußen nicht allein.« Er kam mir direkt hinterher, aber als er versuchte, nach mir zu greifen, wich ich ihm aus.

Ich hörte ihn seufzen. »Ich bin dir nicht aus dem Weg gegangen.«

»Das kannst du sonst wem erzählen«, knurrte ich, sauer, weil er es doch geschafft hatte, dass ich reagierte. Ich ging allerdings einfach immer weiter, jetzt nur noch wenige Meter von einer größeren Straße entfernt.

»Ich bin dir nicht *richtig* aus dem Weg gegangen. Ich hatte eine wichtige Deadline diese Woche. Dafür brauchte ich meine ganze Aufmerksamkeit.«

Ich konnte nicht anders. So aufgebracht ich war, so fertig wie ich war mit ihm, ich konnte nicht anders, als zu reagieren. Das tat er mir an – das war es, was er mir immer antat –, wegen ihm *fühlte* ich etwas.

Ich wirbelte zu ihm herum. »Dann verhält man sich wie ein anständiger Mensch – weißt du noch, wie du gesagt hast, dass wir das beide wären? – und nimmt sich zehn Sekunden Zeit, mir das in einer scheißverdammten Nachricht zu erklären.«

Ehe er etwas antworten konnte, drehte ich mich wieder auf dem Absatz um und hastete weiter.

Aber dieses Mal fing Donovan mich ein, indem er beide Arme von hinten um mich schlang. Ich wehrte mich entschlossen gegen ihn und stieß fest die Ellenbogen nach hinten.

»Herrgott noch mal, Sabrina«, rief er und hielt mich noch fester. »Stopp!«

Ich wehrte mich noch einige Sekunden, ehe ich mich ergab, und hasste mich dann dafür, dass ich so rasch kapituliert hatte. Aber ich hatte seiner Kraft nichts entgegenzusetzen, und je länger er mich festhielt, desto besser gefiel mir das Gefühl seiner muskulösen Arme um mich und wie er seinen Körper eng an meinen Rücken presste und wie er seinen Kopf an meinen legte.

»Was?«, fragte ich mit dünner Stimme. »Was hast du noch zu sagen?«

Er atmete aus, sein Atem strich mir warm über den Hals, sein Mund war direkt an meinem Ohr. »Du lenkst mich ab«, sagte er leise und ehrlich. »Wenn ich Zeit mit dir verbringe, kann ich mich tagelang nicht konzentrieren. Du hast mir das Bild von deiner hübschen kleinen Muschi geschickt, und ich konnte die ganze Woche mein Telefon nicht einmal ansehen, ohne hart zu werden. Ich bin dir aus dem Weg gegangen, weil ich nicht weiß, wie ich sonst mit dir umgehen soll.«

Ich schloss die Augen und ließ seine Worte auf mich wirken, ließ sie zwischen die Fakten fallen, die ich bereits kannte, und die Dinge, die ich geschlussfolgert hatte, und die Dinge, die ich mir wünschte, und die Dinge, die er früher gesagt hatte, aber ich konnte sie nicht zu einem Ganzen zusammenfügen, das einen Sinn ergab.

Die Worte ergaben für mich nicht den Sinn, den er damit auszudrücken versucht hatte, wenn ich gleichzeitig an alles andere dachte, was er in der Vergangenheit gesagt hatte.

Aber genau das, was ich nicht richtig fassen konnte, war es, was ich von ihm hören wollte. Mehr, als mir bewusst gewesen war.

Aus Angst, das Falsche zu sagen, aus Angst, falschzuliegen, sagte ich zu ihm: »Ich weiß nicht, was du mir gerade mitteilen willst.«

»Ich will sagen, komm mit mir nach Hause.«

22. Kapitel

Donovans Wagen parkte beim Parkservice des Hotels. Es war nicht das Auto, in dem sein Fahrer mich normalerweise abholte, sondern ein silberner Tesla. Mit Gewissheit konnte ich es nicht sagen, weil ich im Jaguar immer nur hinten gesessen hatte, aber ich war mir ziemlich sicher, es handelte sich um das eleganteste und modernste Auto, in dem ich je gesessen hatte, und zuzusehen, wie Donovan es geschickt durch die Straßen der Stadt manövrierte, war faszinierend und beeindruckend.

Wir fuhren schweigend, die Energie zwischen uns nahezu elektrisch aufgeladen; es auszuhalten tat fast weh. Meine Brüste schmerzten. Meine Pussy pochte. Meine Haut wollte berühren und berührt werden, mein Körper wollte gefickt werden und geschunden und geschlagen und gestoßen.

Ich hatte immer noch Wut in mir. Und Schmerz. Starke Gefühle, die meine Erregung noch intensivierten, und sie brauchten ein Ventil. Donovan hatte wortlos versprochen, dafür zu sorgen, als er mich zu sich nach Hause eingeladen hatte, und die Erwartung wuchs mit jeder Sekunde, die verstrich, exponentiell an.

Als wir auf dem Weg nach Midtown waren, trieb die Anspannung mein Gehirn dazu, zu viel nachzudenken. Ich fragte mich die unbedeutendsten Dinge, zum Beispiel: Beschäftigte er den Chauffeur nur dafür, die Frauen, mit denen er außer im Bett nichts zu tun haben wollte, durch die Gegend zu kutschieren, oder benutzte er dessen Dienste auch für sich selbst? Und wo stellte er seine Autos ab?

Es gab so viele Dinge, die ich über Donovan Kincaid nicht wusste. So viele Dinge, die ich nicht wissen wollte und doch wissen musste. Und wenn ich sie wusste, würde ich mich dann nicht mehr so zu ihm hingezogen fühlen? Wissen verbannt Angst. Wenn ich ihn verstand, würde ich dann die Angst verlieren, die mich erst zu ihm hingezogen hatte?

Die Antwort kannte ich bereits, und sie war fast so beängstigend wie die Frage selbst.

Denn zwischen diese banalen Gedanken woben sich andere, die vager in Gestalt und schwerer an Gewicht waren. Gedanken darüber, wie es sich anfühlte, neben diesem Mann zu sitzen, gingen tiefer als nur Lust und Verlangen. Sie hörten nicht auf bei dem, was wir bereits miteinander teilten – den schmutzigen Sex, die unanständigen Fantasien. Sie glitten weiter in andere Bereiche. Er hatte im Büro auf mich aufgepasst. Er hatte sich Sorgen gemacht, als ich allein in einer dunklen Gasse gewesen war. Er war mir heute Abend nachgekommen – ich war mir dessen sicher, auch wenn er es nicht direkt zugegeben hatte. Es *bedeutete* mir etwas, dass er mir nachgekommen war. Es *bedeutete* mir etwas, dass er sich Sorgen machte. Wenn er es plötzlich nicht mehr täte, wäre ich verletzt.

Donovan Kincaid hatte die Macht, mich zu verletzen.

Und das nicht nur mit seinen Händen oder der groben Art, wie er meinen Körper behandelte – das hatte mich immer fasziniert. Aber er konnte mich auch verletzen, indem ich ihm gleichgültig wurde, sogar viel tiefer. Mir unsichtbare Narben zufügen, die mir für immer bleiben würden. Das war mir jetzt klar. Und das war erschreckend.

Also hatte ich immer noch Angst. Er machte mir immer noch Angst. Nur machte er mir jetzt aus anderen Gründen Angst.

Endlich fuhren wir vor einem Luxusgebäude in Upper Midtown vor, das sich The Baccarat nannte. Ich war noch nie dort gewesen, aber es schien ein Hotel zu sein. Ein Anflug von Enttäuschung stieg in mir auf und mischte sich unter all die anderen Gefühle. Ich hatte den Eindruck bekommen, dass Donovan mich mit zu sich nach Hause nehmen würde, dass wir im Begriff waren, eine neue Art von Intimität zuzulassen.

Aber das hatte er nicht eindeutig gesagt.

Es geschah bereits. Ich öffnete mich bereits dafür, von ihm verletzt zu werden, indem ich annahm, dass wir etwas anderes waren als das, was er so steif und fest behauptete.

Ich war zu verletzlich.

Panik fing an, von mir Besitz zu ergreifen.

Wir ließen den Wagen beim Parkservice, und während wir durch die elegante kristallbehängte Lobby gingen, nahm er meine Hand in seine. Ich starrte auf unsere ineinander verschränkten Finger und merkte auf einmal, wie schwer sich die Luft in meinen Lungen anfühlte und wie mein Herz so laut schlug, wie meine Absätze auf dem Marmorboden klackerten. Nachdem wir dem Portier zugenickt hatten, stiegen wir in den Fahrstuhl. Die Türen hatten sich geschlossen, und wir waren schon auf dem Weg nach oben, ehe mir auffiel, dass wir uns nicht angemeldet hatten.

Der Fahrstuhl hielt im fünfundfünfzigsten Stockwerk, wir stiegen aus, und Donovan führte mich zu einer Tür, die dem Aufzug fast direkt gegenüberlag. Er ließ meine Hand los, um eine Schlüsselkarte aus seiner Brieftasche zu nehmen und mich einzulassen.

Sobald ich über die Schwelle getreten war und er das Licht angeschaltet hatte, wurde mir klar, dass ich mit dem Hotel falschgelegen hatte.

»Hier wohnst du?«, fragte ich, als er mir aus dem Mantel half. Ohne seine Antwort abzuwarten, ging ich zu den Fenstern, die auf der gegenüberliegenden Seite des offenen Raumes vom Boden bis an die Decke reichten. Es war eine Luxuswohnung, kein Hotelzimmer. Das Wohnzimmer war weiß gestrichen und groß, mit einem riesigen Kamin, eingerichtet mit modernen Sofas und einer Sitzecke. Der Boden war aus dunklem Holz, bedeckt mit Teppichen in tiefen Farben.

Aber das Highlight war der Ausblick. Selbst in der Dunkelheit konnte ich sehen, dass die Fenster auf den nicht weit entfernten Central Park hinausgingen.

Die Wohnung war gleichzeitig elegant und maskulin, und auch wenn ich erwartet hätte, dass Donovan mit mehr Schwarz eingerichtet war, wusste ich, dass er hier zu Hause war, ehe er antwortete.

Er nickte. »Ja. Hier lebe ich.«

Er lebte hier. Das waren seine Fenster, seine Sofas. Das war sein Ausblick. Das war sein Kamin.

Ich studierte weiterhin die Wohnung. Es gab eine Essecke am anderen Ende des Wohnzimmers und dahinter eine Küche. Eine Treppe führte in ein weiteres Stockwerk, wo ich sein Schlafzimmer vermutete. Es gab keine Porträts, aber einige Kunstwerke schmückten die Wände. Ein impressionistisches Bild von Pinien hing über dem Kamin. Ein abstraktes Ölgemälde von orangefarbenen Seerosen füllte die Wand des Essbereichs.

Die Gemälde könnten von einem Inneneinrichter ausgesucht worden sein, aber keines war von der Art, wie ich sie mit einem Mann wie Donovan in Verbindung gebracht hätte. Und sie hatten etwas an sich – die karge Einsamkeit der Pinien, die Direktheit der Seerosen –, etwas an ihrer Ehrlichkeit machte mich sicher, dass er sie selbst ausgesucht hatte.

Das sollte ich nicht über ihn wissen.

Ich sollte nichts so Intimes über einen Mann wissen, mit dem ich nur Sex haben durfte.

Diese Dinge entblößten ihn, trotzdem fühlte es sich an, als wäre ich es, die entblößt worden wäre. Als begriffe er, dass ich mehr für ihn empfand, je mehr ich über ihn wusste. Und je mehr ich für ihn empfand, desto besser konnte er meine Gefühle als sein Spielzeug benutzen.

Mein Herz fing an zu rasen. Meine Handflächen schwitzten. Ich wollte wegrennen. Ich wollte bleiben. Ich musste fliehen, aber ich brauchte ihn – mit jedem Teil von mir brauchte ich ihn.

Ich musste von ihm erfüllt und gefickt werden und gedrängt und gebrochen, und, oh Gott, würde das wehtun, wenn er es tat.

Ich musste weglaufen.

Ich wirbelte herum und entdeckte ihn hinter mir. Offenbar hatte er mir dabei zugesehen, wie ich seine Wohnung betrachtete. Er hatte seine Jacke ausgezogen und seine Krawatte gelockert. Die Augen hatte er zusammengekniffen und so eindringlich auf mich gerichtet, als wäre ich ein Kaninchen im Visier eines Gewehrs. Als könnte er jeden kleinsten Gedanken lesen, der mir durch den Kopf raste. Als wüsste er, dass ich fliehen wollte. Aber seine Miene sagte, dass er entschlossen war, mich nicht zu lassen.

Er trat einen langsamen Schritt auf mich zu.

Ich wich einen vorsichtigen Schritt zurück.

Und noch einen Schritt zurück. Weniger einen richtigen Schritt als vielmehr ein Schleichen.

Ich zog meine High Heels aus, bereit zu rennen. Rasch verschaffte ich mir einen Überblick und musste feststellen, dass ich nicht weit kommen würde, ohne von ihm gefangen zu werden, was ja auch egal war. Ich *wollte* von ihm gefangen werden. Nur … ich konnte nicht mehr still stehen, konnte nicht wie erstarrt in seiner Falle verharren, während die Panik und die Lust und das Begehren mich überwältigten. Konnte nicht einfach dastehen und darauf warten, dass er mich nahm. Ich musste mich bewegen.

Also rannte ich los.

Adrenalin schoss mir durch die Adern, als ich um den Sofatisch hechtete und am Sofa vorbeischlüpfte. Er war direkt hinter mir, als ich den offenen Raum durchquerte. Es gab zwei Wege aus dem Wohnzimmer – einen, der in die Küche zu führen schien, und den anderen, der in den oberen Stock führte. Ich hielt auf die Treppe zu.

Er war mir dicht auf den Fersen, nachdem ich die ersten Stufen erklommen hatte. Dort warf er sich auf mich. Seine Hand an meiner Hüfte jagte einen Schauer durch mich, und ich fiel hin.

Er hatte mich, aber ich versuchte, mich zu befreien, meine Finger krallten sich in den Teppich der Stufe über mir. Ich konnte sie nicht richtig zu fassen bekommen, und sein anderer Arm schlang sich um meine Taille, um mich auf den Rücken zu drehen, während er mich zwei Stufen hinunterzerrte, sodass er mich unter sich festhalten konnte.

»Du kannst nicht vor mir weglaufen«, sagte er grausam und hielt mir die Hände über den Kopf.

»Fick dich«, spie ich ihn an. Ich wusste nicht, wieso ich mir so sicher war, er wusste, dass alles nur ein Spiel war, aber ich war es. Genau wie ich mir sicher war, er wusste, dass ein Teil davon auch echt war.

»Keine Sorge, das wirst du.«

Ein Knie auf der Stufe neben mir abgestützt, hielt er meine Handgelenke mit nur einer Hand fest, um mir das Kleid hochzuschieben.

Meine Pussy pochte erwartungsvoll. Er war so kurz davor, mich dort zu berühren, und es konnte mir nicht schnell genug gehen.

Doch das Spiel verlangte es, dass ich mich wehrte, so gut ich konnte.

Ich kämpfte wieder gegen ihn an, genau wie damals in Harvard, als ich in seinem Büro mit ihm gerungen hatte. Dieses Mal versuchte ich, mich nach unten wegzuducken, aber er packte mich an den Haaren und riss so fest daran, dass ich aufschrie, als ich heftig zurück auf die Stufen fiel.

Automatisch legte er mir die Hand über den Mund. Hielt sie fest darüber. Genau so, wie Theo mir den Mund zugehalten hatte, als er versucht hatte, mich zu vergewaltigen.

Die Erinnerung an Theos Angriff war plötzlich so lebhaft, so nah an der Oberfläche meines Bewusstseins, dass es mir schwerfiel, zwischen Donovan und der Erinnerung zu unterscheiden. Mein Herz raste, als würde ich tatsächlich vergewaltigt, mir zog sich die Kehle zusammen, und doch loderte ich überall dort, wo wir uns berührten, brannte vor Verlangen und Erregung. Mein Slip war völlig durchweicht. Meine Brustspitzen schmerzhaft hart.

Donovan hielt inne, und ich befürchtete, er würde aufhören. Besonders, als er die Hand von meinem Mund nahm. Ich war bereits bereit, all die Dinge zu sagen, die ihn dazu bringen könnten, weiterzumachen.

»Wie sehr möchtest du, dass ich dir wehtue?«, fragte er.

Mein Gott, ich kam fast auf der Stelle. Er *wusste* es. Wusste, dass es schwierig war, wusste, dass es düstere Erinnerungen wieder hervorbrachte, aber er wusste auch, dass ich trotzdem weiterspielen wollte.

»Möchtest du, dass ich dir sage, du sollst aufhören?« Ich würde ihn nie von mir aus bitten aufzuhören. Ich war mir sicher, ich würde nehmen, was immer er mir zu geben bereit war.

Er ließ sich auf mich sinken, sodass ich seine Erektion spüren konnte, warm und hart an meiner Hüfte. »Ich will, dass du mich *anflehst* aufzuhören.«

Ein Schauer lief mir über die Haut.

»Dann ein Safeword.« Ich hatte noch nie ein Safeword benutzt. Ich hatte noch nie über Safewords nachgedacht. In all meinen Fantasien waren sie nicht notwendig gewesen, und es war nicht so, als hätte ich mir je vorstellen können, diese Spiele einmal Wirklichkeit werden zu lassen.

Das Konzept war mir allerdings bekannt. Ich musste mir nur ein Wort aussuchen – egal welches Wort –, das erste, das mir in den Sinn kam und auf das man normalerweise in sexuellen Situationen nicht kam. Aber es war schon seltsam, was mein Gehirn sich spontan ausdachte. Vielleicht lag es daran, dass die Situation so viele Erinnerungen an die Vergangenheit weckte. Vielleicht entschied sich mein Gehirn deshalb für das, was es letztendlich wählte.

»MADAR«, sagte ich fest.

Sein Kiefer spannte sich an, aber bis auf diese eine Veränderung blieb seine Miene regungslos.

»Donovan?«

Er blieb erstarrt. »Warum hast du dir das ausgesucht?«

Natürlich wusste er nicht, dass die MADAR Foundation mir mein Harvard-Stipendium weggenommen hatte. Er hatte vielleicht sogar noch nie von der Stiftung gehört. Er war reich und privilegiert geboren worden und brauchte deshalb die Dienste einer solchen Organisation nicht.

Auf keinen Fall hatte ich vor, ihm das alles in diesem Augenblick zu erklären. »Das ist eine lange Geschichte. Es ist der Grund, warum ich nicht wieder nach Harvard zurückkommen konnte. Es ist ein Wort, das für mich ›Ende‹ bedeutet.« Alles, was zählte, war, dass ich es nicht sagen würde, ohne es wirklich zu meinen.

Er sah mich weiterhin merkwürdig an und machte keine Anstalten weiterzumachen.

»Los. Mach einfach.«

Immer noch rührte er sich nicht, als wäre er in Gedanken versunken oder mit der Analyse meines Safewords beschäftigt.

Ich wand mich unter ihm. »Bitte, Donovan!«

Sofort schien er zu sich zu kommen. Er legte mir die Hand wieder über den Mund, fester und unnachgiebiger, als er es vorher getan hatte. »Wenn du nicht reden kannst, beißt du.« Sein Tonfall war jetzt grausam und kalt. »Beiß jetzt zu, damit ich weiß, dass du mich verstehst, aber sobald du es getan hast, geht es los. Verstanden?«

Ich überlegte nicht einmal. Ich biss einfach zu.

Sofort war er wieder da, wo wir aufgehört hatten. Er schob die Hand unter mein Kleid, griff nach meiner Pussy. Ich presste die Schenkel zusammen, um ihm den Zugriff zu verwehren, aber es gelang ihm leicht, das zu bekommen, was er wollte. Als er das vordere Stück Stoff meines Slips in der Faust hielt, drehte er fest daran und zog, bis der Gummisaum meines Tangas mir schmerzhaft in den unteren Rücken schnitt und dann riss. Donovan warf sich den kaputten Slip über die Schulter.

Allmächtiger.

Das mitanzusehen war so ursprünglich und roh gewesen, dass ich für einen Augenblick wie gelähmt vor Ehrfurcht und Erregung aufgehört hatte, mich zu wehren. Aber jetzt wehrte ich mich wieder, und zwar mit aller Macht, denn so erregend es war, seine Kraft zu erleben, es war auch genau im richtigen Maße angsteinflößend.

Ich trat aus. Ich bäumte mich auf. Ich wand mich und kratzte nach ihm. All mein Winden half ihm nur – mein Kleid rutschte mir über die Hüfte hoch, bis meine Pussy völlig entblößt war. Seine Augen blitzten im trüben Licht der kaum beleuchteten Treppe wie die eines Tieres. Als könnte er nur noch seine Beute sehen, seinen Preis, der überhaupt kein Wesen und keine Person mehr war, nur noch ein Ding, das er dominieren und ficken konnte.

Und das war auf jede erdenkliche Weise abstoßend und falsch, und ich liebte es. Auf jede Weise, die es krank und beschämend war, begrüßte ich es.

Ich wagte einen letzten Fluchtversuch, als er seinen Griff lockerte, um sich die Hose zu öffnen. Aber es gelang mir nur, eine Treppenstufe hinaufzurutschen, ehe er sich mit vollem Gewicht auf mich stürzte. Am nächsten Morgen würde ich blaue Flecken haben, da war ich mir sicher. Abzeichen, auf die ich mich freute und nach denen ich mich sehnte. Als er sich das nächste Mal daranmachte, den Reißverschluss seiner Hose zu öffnen, war er schlauer. Er legte mir sein Knie auf die Brust, um mich festzuhalten. Es tat weh. Ich konnte nicht atmen. Ich fühlte mich schwindelig, als würde ich gleich das Bewusstsein verlieren.

Sobald er das Knie von mir nahm, sog ich die Luft in verzweifelten Zügen ein. Aber ich hatte nicht viel Zeit, mich zu erholen. Er hatte jetzt seinen Schwanz hervorgeholt – massiv und bedrohlich –, und ich spürte plötzlich Angst in mir aufsteigen, wie manchmal in meinen Albträumen, den Träumen, in denen Donovan meine Vergewaltigung nicht verhinderte und ich gezwungen war, mich Theos lächerlichem Abklatsch eines Schwanzes zu stellen. Das waren die schlimmsten Träume. Aus denen ich mit kaltem Schweiß überzogen erwachte. Die ich auslöschen musste mit Fantasien davon, wie Donovan mich stattdessen fickte und für sich beanspruchte.

Genau wie er es gerade vorhatte.

Ich war so vor Angst gelähmt und gleichzeitig erregt, dass ich mich nicht einmal mehr selbst verstand.

»Du willst es«, neckte Donovan mich auf die gleiche bedrohliche Art, wie Theo es getan hatte. Er rieb mit seiner Spitze über meine Pussy. »Mädchen wie du wollen es immer.«

Ich wollte es. Auf alle Arten, auf die ich Theo nicht gewollt hatte, wollte ich Donovan jetzt. Auch wenn ich entschlossen war, mich bis zum bitteren Ende gegen ihn zu wehren.

Ich schlug nach ihm. Ich kratzte. Ich hörte, wie mein Kleid zerriss. Ich beugte die Knie und presste sie aneinander, um ihm den Zugang zu meiner Muschi zu verwehren, aber er hieb mir die Fingernägel in die Knie und riss sie auseinander. Unerbittlich schob er mir seinen Schenkel zwischen die Beine und drängte sich dazwischen, während er noch einmal nach meinen Handgelenken griff.

»Jetzt halt still, verdammte Scheiße«, knurrte er, wütend und erregt. Nachdem er meine Handgelenke fest im Griff hatte, benutzte er die andere Hand, um seinen Schwanz an meine Pussy zu führen, dann versenkte er sich in mir.

Ich war so feucht, so heiß, so high davon, eine Fantasie auszuleben, die ich jahrelang gehabt hatte, dass ich sofort kam, und die Heftigkeit raubte mir den Atem. Er drang mit wilder Entschlossenheit in mich ein, während ich glaubte, in tausend Stücke zu zerspringen.

Sobald ich dachte, es wäre vorbei, kam ich noch einmal. Mein ganzer Körper bebte, als mein zweiter Höhepunkt über mich hereinbrach.

»Lieber Gott«, fluchte er ehrfurchtsvoll. Er zwang sich noch einmal in mich hinein, tiefer und aggressiver als jemals zuvor.

Er steigerte sich zu einem Tempo, das unregelmäßig und unnachgiebig war und zu wild, um noch rhythmisch genannt zu werden. Ich lag fast vollkommen still und ließ ihn auf jede Art, die er wollte, in mich eindringen. Ich war benommen und schon vollkommen zerschunden, aber ich war noch immer so empfindlich und erregt, dass er mich noch zweimal zum Höhepunkt brachte, ehe er langsamer wurde und dann ganz stillhielt, um sich stöhnend in mir zu verströmen.

Er ließ sich auf mich sinken, als hätte ich ihn alle Energie gekostet. Sein Gewicht fühlte sich schwer und willkommen an, wie eine dicke Winterdecke, und im Schutz dieses Augenblicks fragte ich mich, ob es mir genauso gefallen hätte, wenn es das gewesen wäre, was damals geschehen war, wenn es dazu gekommen wäre – wenn Donovan versucht hätte, mich zu vergewaltigen, wenn es ihm gelungen wäre? Hätte das dann alles verändert? Wäre ich heute eine andere?

Was sagte das über mich aus? *Wollte* ich vergewaltigt werden? Ich war mir sicher, dass es einen Unterschied gab. Sicher, dass sich die Fantasie in vielerlei Hinsicht von der Realität unterschied und ganz andere Konsequenzen gehabt hätte, aber in meiner euphorischen Sextrunkenheit konnte ich den Gedanken nicht zu Ende denken.

Solange Donovan auf mir lag, fühlte es sich auch nicht so an, als müsste ich es. Ich war befriedigt. Beschützt. Ich war verletzlich, aber nur ihm gegenüber.

Leider blieb er nicht lange. Nach ein paar Minuten rollte er sich neben mich auf den Rücken und lag an die Decke starrend da, bis er wieder zu Atem gekommen war.

»Sabrina?«, fragte er endlich und drehte sich auf die Seite.

Er musterte mich, und ich wusste, was er hören wollte. »Mir geht es gut.«

In diesem Moment merkte ich auf einmal, dass mir Tränen das Gesicht hinabliefen. Ich hatte während unseres Kampfes schon ein wenig geweint, aber diese waren frisch. Sobald ich das realisiert hatte, liefen sie schneller, wurden zu Sturzbächen.

Wortlos setzte Donovan sich auf und nahm mich in die Arme. Er wiegte mich, als das Weinen sich zu einem Schluchzen steigerte. Er ließ mich einfach weinen, strich mir mit der Hand durch die Haare, löste zerzauste Strähnen, und versuchte weder mich zu beruhigen, noch mir Fragen zu stellen.

Ich hätte es ihm auch nicht erklären können, aber ich wusste, dass es mit Theo zu tun hatte. Teilweise, weil ich immer noch verwirrt war. Verwirrt darüber, dass mit mir etwas nicht stimmen könnte, weil ich wollte, dass Donovan diese schreckliche Sache, die mir zugestoßen war, mit mir noch einmal durchspielte. Warum es mir gefiel, wenn er grob und gemein und animalisch war. Warum es mich so verdammt heißmachte.

Und teils lag es auch daran, dass es mich tatsächlich an Theo erinnerte. Mein Körper erinnerte sich an ihn auf eine Weise, auf die mein Verstand es nicht tat. Es war eine Urangst in mir, die sich an ihn erinnerte. Und sosehr ich mich auch bemühte, nicht an ihn zu denken, wenn ich mit Donovan zusammen war, es geschah immer wieder. Wie konnte ich nicht? Ich hatte diese Fantasie über viele Jahre genährt und gehegt, bis sie eigentlich nichts mehr mit jener Nacht zu tun hatte. Aber ursächlich war sie aus der Erfahrung dieses schrecklichen Erlebnisses entstanden – Theo hatte mit der versuchten Vergewaltigung den Grundstein dazu gelegt.

Ich wusste nur nicht, wie ich das Donovan erklären sollte.

Ich musste ihm aber irgendetwas sagen. Als ich mich also so weit beruhigt hatte, um sprechen zu können, sagte ich: »Ich wollte es. Wirklich. Ich weine nicht, weil ich es nicht wollte.«

»Ich weiß.« Er strich mir weiter mit der Hand übers Haar.

Ich hob das Kinn von seiner Brust, um ihn anzusehen. »Woher weißt du das?«

Er atmete sanft aus und sah mir in die Augen. »Weil ich das schon immer in dir erkannt habe.«

»Weil es auch in dir ist?« Fast flüsterte ich. Fast, als würde ich es eher hoffen, als dass ich glaubte, es könnte wirklich so sein.

Er wischte mir einige Tränen von den Wangen, ehe er antwortete. »Ja. Weil es auch in mir ist.«

Wir waren wieder still, ich auf seinem Schoß zusammengerollt, mein Kopf unter sein Kinn geschmiegt. Ich streichelte ihm abwesend die Wange, wusste, es wurde Zeit, daran zu denken, mich wieder zusammenzunehmen. Wir hatten nicht die Art Beziehung, in der ich Trost finden konnte. Wir hatten nicht die Art Beziehung, in der er mich festhielt.

Wir hatten überhaupt keine Beziehung.

Aber wir waren in dem Augenblick beide nackt und bloß, auch wenn wir noch fast unsere gesamte Kleidung trugen. Ich war bereits aufgerieben. Wie viel verletzlicher konnte ich noch werden?

»Ich will nicht gehen«, sagte ich.

Es dauerte nicht einmal einen Herzschlag lang, bis er antwortete: »Ich will nicht, dass du gehst.«

»Okay«, sagte ich.

»Okay.«

23. Kapitel

Donovan führte mich die Treppe hinauf in ein Schlafzimmer mit Parkettfußboden und einer Wand, die nur aus Fenstern bestand. Das große Doppelbett stand so, dass man auf die Stadt und den Central Park hinaussehen konnte. An der gegenüberliegenden Wand befand sich ein Kamin und hinter dem Bett ein graues Haupt, aber der Rest der Einrichtung war weiß und klar, wie im Wohnzimmer unten.

Das Schlafzimmer war allerdings nicht unser Ziel. Donovan ging mit mir ins Badezimmer, wo er die Dusche für mich anstellte. Während ich mich auszog, nahm er Handtücher aus einem Schrank und legte sie auf die Ablage.

»Lass dir so viel Zeit, wie du willst«, sagte er, als ich nackt war und Dampf des warmen Wassers den Raum zu füllen begann.

Ich wollte ihn bitten zu bleiben. Ein Teil von mir glaubte, dass ich ihn brauchte, um mich von dem zu erholen, was in mir vorging. Und so, wie er mich fragend ansah, hatte ich das Gefühl, dass ein Teil von ihm auch bleiben wollte. Vielleicht wusste er nicht, was er tun sollte.

Aber ich bat ihn nicht darum. Schließlich hatte ich keine Ahnung, was in diesem Augenblick in seinem Kopf vor sich ging, und es konnte ja auch sein, dass er Zeit für sich brauchte. Schließlich war er normalerweise allein, nachdem wir Sex gehabt hatten.

Und vielleicht musste ich auch allein sein.

Ganz ehrlich, ich wusste nicht, *was* ich brauchte. Aber ich wusste, dass ich noch nicht nach Hause gehen wollte, und ich war dankbar, dass er mir noch Zeit gab, ehe er mich rauswarf, auch wenn ich diese Zeit ohne ihn verbrachte.

Unter der Dusche ließ ich meinen Gedanken freien Lauf. Ich wollte nicht nachdenken. Ich stellte das Wasser einfach so heiß, wie ich es ertragen konnte, und ließ es auf mich prasseln, bis es sich anfühlte, als könnte ich mich wieder bewegen. Dann benutzte ich etwas von Donovans Shampoo und Duschgel, wusch mich rasch und stieg dann nach ihm duftend aus der Dusche, was mir bei jedem Einatmen ein Lächeln entlockte.

Nachdem ich mich abgetrocknet hatte, fiel mir auf, dass mein Kleid und mein BH verschwunden waren. Donovan musste sie mitgenommen haben, als er gegangen war. Ich drückte mir so gut es ging das Wasser aus den Haaren und verließ, ein Handtuch um mich gewickelt, das Badezimmer, um nach ihm und/oder meiner Kleidung zu suchen.

Ihn fand ich zuerst, in seinem Schlafzimmer am Fenster stehend, einen Arm an die Scheibe gelehnt, ein Glas Whisky in der anderen Hand, und sobald ich ihn sah, wich mir die Luft aus den Lungen. Er hatte seinen Anzug ausgezogen und trug jetzt dunkle Sporthosen, die ihm locker auf den Hüften saßen, und sonst nichts. Seine Füße und seine Brust waren nackt, und ich konnte nicht aufhören, die durchtrainierten Muskeln seines Bauches anzustarren, die Täler und Hügel seines Bizeps, das scharf umrissene V, das unter dem Bund seiner Hose verschwand.

Es war die entspannte Version von Donovan. Ich vermutete, dass er entspannter nicht wurde. Und daran war etwas unglaublich Sinnliches. Etwas so Einladendes und Intimes und Verlockendes.

Es stellte seltsame Dinge mit mir an, ihn so zu sehen. Mir wurde warm, als wäre ich noch unter der Dusche, aber ich zitterte, als stünde ich draußen in der Kälte.

Er drehte sich um, als ich die Tür öffnete, und betrachtete

mich so, wie ich ihn betrachtete. Wahrscheinlich war ich diejenige, die als Erstes etwas sagen sollte, ihm für die Dusche danken und all so etwas, aber ich konnte an nichts anderes denken als die Art, wie mir das Herz in der Brust raste.

Schließlich räusperte er sich. »Wenn du mich weiter so ansiehst, wird die Dusche umsonst gewesen sein.«

Ich bekam eine Gänsehaut auf den Armen. »Ich habe dich noch nie oben ohne gesehen.« Ich klang wie ein von Lust getriebener Teenager. Und fühlte mich auch so.

Ihm schien das nichts auszumachen. »Hätte ich gewusst, dass ich damit so eine Reaktion hervorrufe, hätte ich mich schon früher ausgezogen«, sagte er grinsend.

»Hättest du das wirklich?« Ich hatte das bestimmte Gefühl, dass er die Macht genoss, die damit einherging, dass er angezogen war, während ich es nicht war. Oder vielleicht schloss ich von mir auf ihn.

»Wahrscheinlich nicht.« *Dachte ich mir doch.* Er deutete auf ein kleines Tablett auf der Ottomane im Sitzbereich. »Ich habe Käse und Weintrauben hochgeholt. Was darf ich dir zu trinken anbieten? Wein? Gin?«

Zwei Sekunden lang starrte ich ihn mit offenem Mund an. Ich hatte erwartet, aus der Dusche zu kommen und nach Hause geschickt zu werden. Diese gastfreundliche Seite an Donovan überraschte mich. Beflügelte mich. Wie lange durfte ich wohl bleiben?

Mit einem Blick auf das Glas, das er bereits in der Hand hielt, sagte ich: »Scotch, bitte.«

Wenn meine Wahl ihn verwunderte, ließ er es sich nicht anmerken. Er lächelte einfach nur. »Dann also Scotch.«

Er stellte seinen eigenen Drink auf den Nachttisch neben dem Bett, aber ich hielt ihn auf, ehe er das Zimmer verlassen konnte. »Wo ist mein Kleid?«

»Ich habe es aufgehängt. Du kannst es dir später holen.«

Er wollte mich also wirklich nicht rauswerfen … noch nicht.

Als er das Zimmer verlassen hatte, war ich es, die lächelte.

Ich entdeckte seine abgelegte Kleidung auf der Rückenlehne eines Stuhls am Kamin und tauschte das Handtuch gegen sein Oberhemd. Ich rollte die Ärmel hoch und nahm das Tablett mit dem Käse und den Trauben, dann sah ich mich im Zimmer nach einer Sitzgelegenheit für uns um. Die Stühle zeigten auf den Kamin. Auf dem Bett von jemand anderem zu essen war geschmacklos.

Ich entschied mich für den Fußboden vor dem Bett. Da lag ein Teppich, und von dort aus konnte ich den Ausblick am besten genießen.

Donovan kehrte ein paar Minuten später zurück und schien überrascht zu sein, mich auf dem Boden vorzufinden. Er reichte mir meinen Drink, die Augenbrauen hochgezogen.

»Danke«, sagte ich, den Drink annehmend. Ohne dass er nachhaken musste, beeilte ich mich, ihm meine Entscheidung zu erklären. »Ich wollte aus dem Fenster sehen.«

Anscheinend hatte er nicht deswegen die Augenbrauen gehoben. »Ich habe dir etwas zu essen und zu trinken angeboten. Von Kleidung war nicht die Rede.« Doch wenn er mich so ansah, mit diesem brennenden Blick, den er meine nackten Schenkel hinabwandern ließ, glaubte ich nicht, dass es ihm sehr viel ausmachte.

»*Du* bist angezogen«, forderte ich ihn heraus, ehe ich mir eine Traube in den Mund steckte.

Sein Blick flackerte von meinen Augen zu meinem Mund. »Mein Haus, meine Regeln.«

»Dann wirst du sie härter durchsetzen müssen. Denn ich habe es gerade recht bequem.«

Er schluckte, aber er vertiefte das Thema nicht weiter. Stattdessen holte er sich seinen Drink und setzte sich neben mich, die langen Beine vor sich ausgestreckt.

Gott, diese Beine. Diese Arme. Dieser Körper. Neben ihm zu sitzen reichte aus, um mich vor Verlangen verrückt werden zu lassen. Ließ meine Pussy vor Begehren pulsieren und …

»Wir haben kein Kondom benutzt.« Das war mir erst in diesem Augenblick aufgefallen. Sofort verwandelte meine Lust sich in Panik.

Donovan dagegen blieb ruhig. Er zupfte sich noch eine Traube von ihrem Stiel. »Du nimmst die Pille«, sagte er, ehe er sich die Traube in den Mund warf.

Das tat ich wirklich. Nicht, dass ich ihm das je erzählt hätte. Aber Schutz vor Schwangerschaft war nicht der einzige Grund, ein Kondom zu benutzen. Ich wurde ungehalten. »Und du bist einfach davon ausgegangen …?«

Er neigte den Kopf zu mir. »Du hattest ein Safeword. Du hast es nicht gesagt.«

Darüber musste ich eine Minute nachdenken, denn um ehrlich zu sein, an Schutz hatte ich nicht gedacht, während wir Sex gehabt hatten. Was merkwürdig war. Ich hatte sonst nie ungeschützten Sex.

Hätte ich daran gedacht, hätte ich unser Spiel dann unterbrochen, um ihn zu bitten, sich etwas überzuziehen?

Nein. Hätte ich nicht. Ein Teil der Fantasie war es, Donovan tun zu lassen, was immer er mit mir tun wollte. Ihn mich nehmen zu lassen, wie er mich nehmen wollte. Und wenn er mich ohne nehmen wollte, dann sollte er mich ohne nehmen. Das war nicht meine Entscheidung.

»Ich wollte mein Safeword nicht sagen«, meinte ich, nachdem ich darüber nachgedacht hatte.

Er schenkte mir ein teuflisches Grinsen, eines, das besagte, er hatte die ganze Zeit gewusst, dass ich zu diesem Schluss kommen würde. »Worüber regst du dich dann auf?«

»Ich rege mich nicht auf. Es ist nur …« Ich verstummte. Wie sollte ich ihn jetzt fragen, ob er gesund war? Es war passiert und vorbei. Das Einzige, was ich jetzt tun konnte, war, mich testen zu lassen. Ich legte beide Hände um mein Glas und trank einen Schluck. Dabei versuchte ich angestrengt, nicht darüber nachzudenken, mit wie vielen Frauen Donovan schon ohne Kondom geschlafen hatte.

Die Gedanken drängten sich trotzdem auf und zogen mir den Magen zusammen. Es tat weh, darüber nachzudenken, wie er mit anderen Sex hatte, ganz zu schweigen davon, sich vorzustellen, dass er es ohne machte.

Was bedeutete, dass ich nicht daran denken sollte.

Aber wie sollte ich damit aufhören?

»Ich hatte seit über zehn Jahren keinen ungeschützten Sex mehr«, sagte er freiwillig.

Ich riss den Kopf hoch, um zu sehen, ob das sein Ernst war. Sein Gesichtsausdruck verriet, dass er die Wahrheit sagte.

»Oh.« Seit Amanda wahrscheinlich. Danach hatte er bei jeder Frau, mit der er zusammen gewesen war, ein Kondom benutzt? Das gefiel mir. Ich hasste es, wie sehr es mir gefiel.

»Und«, fuhr er fort, »ich habe, seit du in der Stadt bist, keine andere mehr gefickt.«

Das erste Bekenntnis war eine Überraschung gewesen, dieses war ein Schock. »Warum?«, fragte ich mit dünner Stimme.

»Du weißt, warum.« Er durchbohrte mich mit seinem Blick. Unerschrocken. Unmissverständlich.

Mein Pulsschlag beschleunigte sich, und ich wusste nicht, ob ich mich über seine Worte freuen oder alarmiert sein sollte. Ich wusste eben *nicht*, warum er mit keiner anderen geschlafen hatte. Ich konnte nur raten, und die möglichen Antworten, die mir in den Sinn kamen, waren gefährlich. Sie passten nicht zu einer Nur-Sex-Beziehung, und das bedeutete, das Gespräch geriet auf dünnes Eis. Am sichersten wäre es gewesen, ihn direkt um eine Erklärung zu bitten, aber ich war noch nicht bereit, mich so weit auf den Teich hinauszuwagen.

Ich war bereit, am Ufer entlangzutänzeln. »Ich habe auch mit niemandem sonst geschlafen«, gestand ich.

»Ich weiß.« Er grinste, während er ein Stück Gouda verschlang.

»Du bist so dreist.«

»Ich bin scharfsinnig.« Er ergriff das Tablett und hielt es mir hin.

Ich lehnte ab, zu sehr mit dem Gespräch beschäftigt. »Du kannst sehen, dass ich mit niemandem sonst zusammen war? Woran?«

»Ich kann es einfach.« Er streckte die Hand nach der Ottomane aus und zog sie heran, bis sie nahe genug war, um das Tablett und sein mittlerweile leeres Glas daraufzustellen.

Ich sah zu und versuchte nicht zu sabbern, als seine Rückenmuskeln sich streckten und zusammenzogen. »Wie gesagt – dreist.« Selbstbewusst war richtiger. Sogar eingebildet. Aber bei ihm war es sexy. Bei ihm wollte ich mir die Kleider ausziehen, wenn er nur mit dem Kopf nickte.

Oder in diesem Fall *seine* Kleider.

Wir beide saßen mit dem Rücken an das Bett gelehnt. Unsere Arme berührten sich leicht, als ich mein Glas für einen weiteren Schluck Scotch an meine Lippen führte, und ich hatte das Gefühl, die Wärme, die mir durch die Adern fuhr, hatte mehr mit Donovan zu tun als mit dem Alkohol. Auch wenn ich kaum etwas gegessen hatte, fühlte es sich ohne das Tablett zwischen uns auf einmal merkwürdig an. Es gab nichts mehr zu »tun«. Kein Objekt, das uns zusammenhielt, und es war nichts mehr da, was mich von der sexuellen Spannung ablenken konnte, die uns ständig umgab.

Wenn er es auch spürte – und ich war mir sicher, das war der Fall –, wusste ich, dass er es nicht lange auf sich beruhen lassen würde. Er würde es ansprechen und entweder entscheiden, dass der Abend vorüber war, oder mich noch einmal ficken.

Donovan war ein Mann, der die Zügel in die Hand nahm, was ich an ihm bewunderte, und ich wartete gespannt darauf, dass er es tat.

Aber dieser Dreckskerl legte eine Engelsgeduld an den Tag.

Wirklich, es kam mir wie eine Ewigkeit vor, bis er sich so dicht zu mir beugte, dass ich seinen warmen Atem auf der Haut spürte.

»Wie geht es dir?«, fragte er, banale Worte, aber sexy ausgesprochen.

Ich biss mir auf die Unterlippe und presste die Beine zusammen, als könnte ich so das Verlangen zwischen meinen Schenkeln lindern. »Alles okay.«

Er ließ die Nasenspitze um meine Ohrmuschel kreisen, ohne sie zu berühren, und doch nah genug, um mir einen Schauer über den Rücken zu jagen. »Ich werde dich auf jeden Fall noch einmal ficken, und ich brauche zuerst eine aussagekräftigere Antwort als nur Okay.«

»Es ist irgendwie schwierig, komplexe Sätze zu formulieren, wenn du so mit mir sprichst. Wenn du mir so nahe bist.«

»Das kann ich ändern.« Er lehnte sich wieder gegen das Bett, und ich musste mich zwingen, ihn nicht zu mir zurückzuzerren. Im Grunde tat ich es nur deshalb nicht, weil er mir die Hand in den Rücken gelegt hatte und mich so festhielt. »Heute Abend hatten wir das, was manche als harten Sex bezeichnen würden, und danach hast du in meinen Armen geweint. Jetzt muss ich wissen – wie geht es dir?«

Ach so. Wegen vorhin hakte er so beharrlich nach.

Mir schoss das Blut in die Wangen. Wie unerotisch war eine Frau, die mit der Art Sex, auf die sie immer wieder bestand, nicht umgehen konnte? »Gott, ist das peinlich.«

»Du hast mir erlaubt, dich mit meinem Schwanz zu ersticken, mich für eine bessere Note gefickt und ohne Unterwäsche in einem edlen Restaurant gesessen, und *das* findest du jetzt peinlich?«

Damit hatte er sich ein kleines Lächeln verdient. Ein Stück tiefer flatterte mein Magen, ohne dass Donovan es merken konnte. Ich hatte all die Dinge getan, die er aufgezählt hatte, und hatte sie wahnsinnig heiß gefunden. Würde sie ohne zu zögern wieder tun.

Aber was mit Theo passiert war …

Ich wusste nicht einmal, was mir daran am peinlichsten war. Dass es überhaupt zu dem Angriff gekommen war? Dass ich deswegen Fantasien hatte? Dass ich immer noch so oft daran dachte?

Ich stellte mein Glas hin, zog die Knie an und legte mir die Hände in den Schoß. »Er erinnert sich wahrscheinlich nicht einmal mehr an mich«, sagte ich und starrte dabei auf die weißen Spitzen meiner französisch manikürten Fingernägel. »Er war betrunken und ich ihm egal. Nur ein unbedeutendes Mädchen auf einer Party, die vor über zehn Jahren stattgefunden hat.«

»Du meinst Theodore Sheridan«, sagte er sanft.

Mir stellten sich die Nackenhaare auf, als sein Name fiel. »Ja. Ihn.« Donovan war der Luxus vorbehalten, über ihn reden zu können, ohne dass ihm das Blut in den Adern gefror. Ohne dass ihm die Kehle austrocknete. »Ich weiß, dass er nicht an mich denkt, wenn er durch dunkle Straßen geht. Er wacht nicht schweißüberströmt auf und denkt an mich. Er macht sich keine Sorgen, dass ich draußen in der Welt bin; dass er mir eines Tages auf der Bank oder am Flughafen oder bei Starbucks begegnen könnte. Er fürchtet sich nicht davor, dass ich mir eines Tages aus Jux überlege, ihn aufzusuchen.«

Ich war schon so oft kurz davor gewesen, ihn zu googeln, hatte mich aber jedes Mal letztendlich zurückgehalten. Ich würde nur etwas Neues finden, das ich verachten oder fürchten oder worüber ich mir Sorgen machen müsste, und ich hatte den Verdacht, dass das nicht gesund für mich gewesen wäre.

Trotzdem bedeutete diese Zurückhaltung nicht, dass es mir *gut* ging. Und vielleicht war er der wahre Grund, dass ich mich nicht mehr angestrengt hatte, wieder nach Harvard zurückkehren zu können, nachdem die MADAR Foundation mir das Stipendium gestrichen hatte. Weil ich nicht nur Angst vor *ihm* gehabt hatte – ich hatte überhaupt Angst gehabt, Punkt. Ich hatte immer noch Angst.

Ich stützte mein Kinn auf den Knien ab und weigerte mich, Donovan anzusehen, entschlossen, ihn nicht merken zu lassen, dass mir wieder Tränen in die Augen stiegen. »Ich bin mir sicher, Theodore Sheridan hat keinen Tag seines Lebens Angst.«

Auch wenn seine Hand ruhig an meinem Rücken geblieben war, hatte Donovan die ganze Zeit, während ich geredet hatte, geschwiegen. Nachdem ich geendet hatte, sagte er nach einem kleinen Moment: »Er wird dich nicht suchen. Das weißt du, oder, Sabrina?«

Ich zuckte mit den Schultern.

»Sabrina?« Er beugte sich vor, wollte, dass ich ihn ansah.

Ich drehte den Kopf und legte die Wange auf mein Knie. »Ich weiß es«, meinte ich und zwang mich zu einem Lächeln. »In meinem Kopf weiß ich es. Nur fühlt es sich manchmal trotzdem so an, als könnte er.«

»Er wird es nicht. Ich verspreche dir, dass er es nicht tun wird.« Er sah mir forschend in die Augen, als könnte er dort, wenn er nur lange genug danach suchte, einen Weg finden, mich zu überzeugen. »Das ist Jahre her, und Theodore Sheridan wird nicht nach irgendeinem Mädchen suchen, das er zufällig auf einer Party getroffen hat. Wie du gesagt hast, er erinnert sich wahrscheinlich nicht einmal an dich.«

Es waren harte, aber wahre Worte. Ich war leicht zu vergessen und ein Niemand. Schon verstanden. »Du hast recht. Du hast recht. Ich weiß, dass du recht hast. Aber er hat mir Angst gemacht. Die Art Angst, die mehrere Schichten tief eindringt.

Das geht nicht so einfach weg, und manchmal kommt es wieder hoch. Oft auch dann, wenn ich gar nicht damit gerechnet habe.«

Ich setzte mich auf und wischte mir die Tränen weg, die zu fließen begonnen hatten. »Also, es ist alles okay. Wirklich. Was wir heute Abend getan haben, hat nur an dieser Angst gerührt und sie an die Oberfläche gebracht, aber ich bereue es nicht, und ich würde es wieder tun.«

Ich wurde rot, dieses Mal meinen ganzen Hals hinab, diesmal, weil ich von dem sprach, was wir getan hatten. Das Spiel, bei dem er mich zum Ficken zwang. Das Spiel, das ich liebte.

Wenn ich nur daran dachte, wurde ich feucht.

Es war der beste Sex meines Lebens gewesen, und ich hatte bisher deswegen nur geweint. Donovan ahnte wahrscheinlich gar nicht, *wie* gut es mir gefiel.

Immer noch mit roten Wangen warf ich ihm einen Seitenblick zu. »Ich *will* es wieder tun. Nicht sofort. Nicht immer. Aber auf jeden Fall. Es war alles, was ich mir je vorgestellt hatte. Mehr sogar. Tut mir leid, dass ich es kaputt gemacht habe.«

Belustigt versicherte er mir: »Glaub mir, du hast nichts kaputt gemacht.«

Ich konnte den Blick nicht von ihm abwenden, und mir wurde klar, dass er mich hatte. Mich wirklich hatte. Wie eine Fliege, die in einem Spinnennetz gefangen saß. Es war zwar gefährlich, in seine Nähe zu kommen, das Netz aber richtete langfristig keinen Schaden an, weil es mir schon gelingen würde, mich zu befreien. Was war schon ein Netz außer dünnen Seidenfäden?

Aber jetzt saß ich in der Falle. Fest. Und sein Griff war alles andere als unsicher. Ich konnte nirgendwohin, solange er mich nicht wieder befreite. Jeden Augenblick konnte es so weit sein – er würde beschließen, dass er kein Interesse mehr daran hatte, sich an seiner Beute zu laben, und dann würde er mich aus seinem Netz entlassen. Aber ich war zu sehr in sein Gewebe verwickelt, um schadlos zu entkommen. Meine Flügel würden reißen und brechen. Ich wäre zerstört.

Einer plötzlichen Eingebung folgend, kletterte ich ihm auf den Schoß und setzte mich rittlings auf ihn. Er winkelte die Knie hinter mir an, als natürliche Stütze. Über die Weichheit seiner Haut staunend, fuhr ich mit den Händen über die harten Hügel seiner Brustmuskeln und die definierten Schluchten seiner Bauchmuskeln.

»Du machst mir auch Angst«, flüsterte ich. Ein Schauer lief mir den Rücken hinab, als sein Schwanz sich unter mir regte.

Er fuhr mit einem einzelnen Finger meinen Ausschnitt entlang bis zu meinem Halsansatz. Dort drückte er sanft auf meine Luftröhre. »Das gefällt mir.«

»Aber es ist etwas anderes.«

Er wanderte weiter mit den Fingern meinen Hals hinauf, bis zu meinem Kinn. Dort hielt er inne und glitt mit dem Daumen über meine Unterlippe. »Weil ich Theo aufgehalten habe? Das bedeutet nicht, dass ich weniger widerwärtig wäre als er.«

»Weil ich will, dass du mir Angst machst, und das weißt du auch. Weil die Art, auf die du abstoßend bist, zu der Art passt, auf die ich abstoßend bin.« Ich saugte fest an seinem Daumen.

»Du bist nicht abstoßend«, entgegnete er stöhnend. Er zog seinen nassen Daumen aus meinen Mund und legte mir die Hand fest in den Nacken, um mich zu sich herunterziehen zu können.

»Dann bist du es auch nicht«, gelang es mir noch zu sagen, ehe sein Mund meinen fest verschloss.

Unsere Lippen spielten miteinander. Unsere Zungen umschlangen sich. Er drang in meinen Mund ein, knabberte an mir, biss zu, dass es wehtat.

Er war zufrieden damit, mich lange Zeit einfach nur so zu küssen. Na gut, nicht *nur* zu küssen. Ich verlor mein Hemd –

sein Hemd – fast sofort, und seine Hände wanderten an meinem Körper auf und ab. Überall. Massierten meine Brüste. Zwickten mir in die Brustspitzen. Glitten an meiner Poritze entlang.

Ich berührte ihn auch, ließ meine Hände über seinen Torso gleiten und wiegte meine Hüften gegen seinen prall anschwellenden Schwanz. Die meiste Zeit klammerte ich mich aber einfach an ihm fest, als ginge es um mein Leben. Denn auch wenn ich ihn nicht zum ersten Mal küsste, oder ritt, oder ihm meine Finger in die Haare schob, war es doch das erste Mal, dass ich mir wirklich bewusst war, was ich tat. Dass egal, was Donovan wollte, es für mich nicht nur Sex war. Es war keine Nicht-Beziehung. Nicht für mich.

Und auch wenn ich keine Ahnung hatte, was als Nächstes kommen würde, war ich mir sicher, ich musste mich gut festhalten.

Irgendwann schloss er endlich die Arme fester um mich und stand auf. Ich schlang ihm die Beine um die Hüften und verschränkte sie hinter ihm. Ohne den Kuss zu unterbrechen, trug er mich zum Bett und legte mich darauf. Er löste das Band an seiner Sporthose, und ich ging auf die Knie, um besser sehen zu können, wie er sie auf den Boden fallen ließ.

Meine Güte, war dieser Mann gut bestückt.

Ich hatte seinen Schwanz schon gesehen. Natürlich hatte ich das.

Aber irgendwie wirkte seine Erektion, wie sie über seinen muskulösen Schenkeln, die einem das Wasser im Mund zusammenlaufen ließen, aufragte, noch praller und größer und wirklicher als jemals zuvor.

Ich leckte mir über die Unterlippe. Seine Augen leuchteten, die grünen Flecken darin glänzten vor Zufriedenheit darüber, wie ich ihn ansah. Während mein Blick jede seiner Bewegungen aufnahm, legte er sich eine Hand um seinen Schaft.

»Bitte«, flehte ich mit zitternder Stimme, und ich wusste nicht einmal, worum ich bat, aber Donovan wusste, was ich brauchte.

Wortlos drückte er mich auf die Matratze und auf die Seite und legte sich hinter mich. Sofort vermisste ich es, ihn sehen zu können, aber jeder Widerspruch gegen die gewählte Position wurde erstickt, als er mein Kinn zu sich drehte und meinen Mund verschlang, während er mit einer langen, langsamen Bewegung in mich eindrang.

Er fickte mich in einer gemächlichen Geschwindigkeit, zog sich bis zur Spitze aus mir heraus, ehe er sich wieder tief in mir versenkte. So tief. Bis zu den Eiern. Meine Nerven vibrierten, so intensiv war es, aber er fickte mich nicht hart genug, um zum Orgasmus kommen zu können. Es war eine himmlische Folter.

Bald schon rollte Donovan sich auf den Rücken und nahm mich dabei mit, sodass ich mit dem Rücken auf ihm lag. So konnte ich ihn nicht küssen, aber er hatte den vollen Zugriff auf meinen Körper, und den nutzte er aus. Er spielte mit meinen Brüsten, rieb in langsamen Kreisen meine Klit und brachte mich damit dem Höhepunkt näher und näher …

»Komm nicht«, befahl er.

»Ich kann nicht anders. Ich bin so nah.« Ich stand bereits am Abgrund.

»Nicht, Sabrina. Ich meine es ernst.« Er biss mir zur Warnung ins Ohr.

Der Nebel um mich lichtete sich genug, um einen klaren Gedanken fassen zu können. »Dann berühr mich nicht so.«

Er massierte mir immer noch die Klit, zupfte mit der anderen Hand immer noch an meinen Brustspitzen. »Mh-hm.«

Die Spannung baute sich auf wie in einem Druckkessel. Ich versuchte, mich aufzusetzen, versuchte, mich von ihm zu befreien, aber er hielt mich fest. »Das ist nicht fair.«

»Mein Haus, meine Regeln. Weißt du noch?«

»Ah, fuck«, stöhnte ich, als er eine besonders empfindliche Stelle berührte. »Ich. Gott. Ich kann nicht.«

»Du wirst.«

Ohne dass er mir sagte, wie genau sie aussahen, wusste ich, dass mein Ungehorsam Konsequenzen haben würde.

Und ich wollte ihm gehorchen, aus welchem Grund auch immer.

Weil ich in seinem Bett war.

Weil es ihn glücklich machte.

Weil es sich natürlich anfühlte.

Also kämpfte ich gegen die wachsende Spannung an, auch noch, als Donovan es immer unmöglicher machte, indem er schneller in mich hineinstieß und kräftiger auf meine Klit drückte.

Die ganze Zeit flüsterte er mir drohend ins Ohr: »Tu es nicht, Sabrina. Wage es nicht, zu kommen. Wage es nicht«, und er hätte genauso gut sagen können *»Wage es nicht, dich in mich zu verlieben«*, denn mir wurde ziemlich schnell klar, dass das ebenso aussichtslos war. Alles, was er tat, führte zu diesem einen Ziel. Alles, was er tat, hob mich höher, höher, höher, und wo sollte ich letzten Endes hin? Letztendlich musste ich …

»Jetzt«, knurrte er.

… fallen.

Einfach so, auf sein Kommando, toste der Orgasmus durch mich hindurch, ließ mich wirbeln und wirbeln und wirbeln wie ein Kreisel – außer Kontrolle und wild. Ich wirbelte so schnell, dass mir schwindelig war vor Euphorie.

Er kam gleichzeitig mit mir und stöhnte den Genuss laut heraus. Wir waren körperlich verbunden, empfanden aber getrennt voneinander Glückseligkeit, als wären wir zwei Spiralgalaxien, die harmonisch umeinander kreisten.

Es war wunderschön. Und perfekt. Und so viel mehr als alles, was wir bisher miteinander geteilt hatten.

Jedenfalls war es das für mich.

Es war ein gutes Gefühl, eine süße Ekstase, und ich wollte sie nicht kaputt machen, indem ich darüber nachdachte, was sie für ihn bedeutete, ehe es sein musste.

Ich schloss die Augen und versuchte, zu Atem zu kommen.

Ich musste eingeschlafen sein und bekam nur aus der Ferne mit, dass Donovan mich unter seine Decke zog und in die Arme nahm, um sich hinter mich zu legen. Er war der Einzige, von dem ich in dieser Nacht träumte, und mein Kopf war nicht erfüllt mit Bildern von Vergewaltigung oder Sex oder Angriffen oder Gewalt.

Stattdessen hielt mich Donovan in meinen Träumen fest und flüsterte mir Worte zu, die Gefühle in mir weckten. Wunderschöne Gefühle. Gefühle, die er im Gegenzug niemals empfinden würde. Worte, die er in der Wirklichkeit niemals aussprechen würde.

24. Kapitel

Der Duft nach frisch gebrühtem Kaffee weckte mich am nächsten Morgen.

Ich blieb noch einige Minuten liegen, um langsam wach zu werden. Allmählich erinnerte ich mich – ich war heute anders als gestern. Ich ließ diese Erkenntnis auf mich wirken; gewöhnte mich langsam daran, wie meine Gefühle in mir die Flügel ausbreiteten wie ein Schmetterling, der aus seinem Kokon schlüpft.

Ich war anders.

Und Donovan?

Es gab nur eine Möglichkeit, das herauszufinden. Gähnend streckte ich meine gut ausgenutzten Muskeln und verließ das Bett, um ihn zu finden.

Zuerst musste ich mir etwas anziehen.

Das Hemd, das ich am Abend zuvor getragen hatte, war verschwunden, also blieb mir keine Wahl, als auf der Suche nach meinem Kleid in seinen begehbaren Kleiderschrank einzudringen. Wie er es gesagt hatte, fand ich es an einer Stange vor einer Reihe maßgeschneiderter Anzüge hängend. Es war offensichtlich ein Fremdkörper, aber mir gefiel trotzdem, wie meine Kleidung neben seiner wirkte. Ich fuhr mit der Hand an den Ärmeln seiner Jacketts entlang, als ich in den hinteren Teil des Raumes ging, und atmete tief ein. Es roch nach ihm. Nach seinem Aftershave und seiner Schuhcreme. Dieser Duft würde mir nie über werden.

Im hinteren Teil des Schranks, neben einer Reihe säuberlich angeordneter Krawatten, entdeckte ich ein Regal mit schlichten weißen T-Shirts. Ich entschied, dass es ihm nichts ausmachen würde, mir eines zu leihen. Oder vielmehr, ich entschied, dass es mir egal war, wenn es ihm etwas ausmachte.

Nachdem ich einen kurzen Halt im Badezimmer gemacht hatte, um mich so gut es ging frisch zu machen und mit dem Mundwasser zu spülen, das ich in seinem Badezimmerschrank entdeckte, tapste ich nach unten, dem Kaffeeduft entgegen.

Meine Nase führte mich in die Küche, wo ich auch Donovan fand. Er stand mit dem Rücken zu mir an der Kochinsel und las etwas auf einem Tablet. Er trug ein hellgraues T-Shirt und eine andere Sporthose als die, die er am Abend zuvor angehabt hatte, und auch wenn mir dieser Look an ihm so gut wie jeder andere gefiel, war ich doch enttäuscht, dass er seinen herrlichen Oberkörper wieder bedeckt hatte.

Er drehte sich nicht um, als ich die Küche betrat, auch wenn ich mir sicher war, dass er gehört hatte, wie ich die Treppe herunterkam. Mir sicher war, dass er meine Anwesenheit ebenso spürte, wie ich die Hitze spürte, die er in meine Richtung ausstrahlte.

Er wollte, dass ich diejenige war, die am Morgen danach das Eis brach.

Okay. Keine große Sache.

»Hi«, sagte ich und spürte, wie meine Wangen sich röteten, aus keinem anderen Grund als dem, dass ich mit Donovan Kincaid im selben Raum war.

Langsam, sich Zeit lassend, wandte er sich um. Er kniff die Augen zusammen und sah mich von oben bis unten an. Stirnrunzelnd ging er zu einem der Schränke und nahm einen Kaffeebecher heraus. »Ich kann mich nicht erinnern, dir ein Shirt hingelegt zu haben.« Er reichte mir den Becher.

Ich lächelte, sicher, dass er mich nur neckte, wurde aber schnell ernst, als er mein Lächeln nicht erwiderte.

»Mir war kalt«, verteidigte ich mich. Jetzt, bei Tageslicht, konnte er wollen, dass ich so schnell wie möglich verschwand. »Ich ziehe mich um, wenn ich geduscht habe, wenn es dir nichts ausmacht.«

Oder wollte er, dass ich nackt war?

Ich wartete mit angehaltenem Atem auf einen Hinweis.

»Es scheint mir wohl nichts auszumachen.« Sein Tonfall war allerdings neutral, sodass ich keine Ahnung hatte, was in ihm vorging.

Ich schenkte mir einen Becher Kaffee ein, dabei versuchte ich, die Enge in meiner Brust zu ignorieren. Die Luft zwischen uns war aufgeladen, aber es fühlte sich wie Rasierklingen an, wenn ich einatmete, so unsicher war ich mir darüber, wie wir zueinander standen. Was als Nächstes geschehen würde.

Normalerweise nahm ich Sahne und Süßstoff in meinen Kaffee, aber ich wollte seine Gastfreundschaft nicht überstrapazieren, also nahm ich mir nur Zucker aus der Dose, die neben der Kaffeekanne stand, und trat dann von der Kochinsel zurück.

Donovan erwartete mich mit Kaffeesahne aus dem Kühlschrank. »Pur, nicht aromatisiert. Das ist alles, was ich habe.«

Ich bekam eine Gänsehaut.

»Danke. Pur ist gut.« Ich hielt ihm meinen Becher hin und ließ mir etwas von der Sahne einschenken. Dabei fragte ich mich, ob ich ihm je gesagt hatte, dass ich normalerweise Kaffeesahne mit Haselnussgeschmack für meinen Kaffee wählte, oder ob er geraten hatte.

»Ich habe nur einen Proteinriegel gefrühstückt. Aber ich kann dir alles machen. Toast ist da. Oder Obst. Oder Eier.« Er öffnete den Kühlschrank und griff hinein.

»Ich esse normalerweise nur einen …« Ich verstummte abrupt, als er mir einen Portionsbecher griechischen Joghurt hinhielt.

»Oder Joghurt«, sagte er.

»Joghurt«, sagte ich zur gleichen Zeit. »Danke.«

»Löffel sind in der Schublade hinter dir.«

Ich rührte mich nicht. Zu raten, dass ich gerne Kaffeesahne mit Geschmack nahm, war das eine – mein normales Frühstück war etwas anderes. »Woher wusstest …?«

»An den meisten Morgen frühstückst du im Büro.« Er streckte die Hand aus und riss den Deckel vom Joghurt. »Jeden Tag das Gleiche.«

Er zog an einem Türgriff, und ein Recycling-Eimer kam heraus. Er warf den Deckel hinein und schloss die Tür wieder.

»Du bist wirklich sehr aufmerksam.« Mir war nicht einmal aufgefallen, dass er mich je beim Frühstück gesehen hatte. Offensichtlich war ich diejenige, die nicht aufmerksam war.

»Habe ich doch gesagt.« Da ich mich nicht gerührt hatte, um mir einen Löffel zu holen, griff er um mich herum, um einen aus der Schublade zu nehmen, und steckte ihn für mich in den Joghurtbecher.

»*Und* du bist dreist.« Als ich ihn dieses Mal angrinste, funkelten seine Augen, als würde er zurückgrinsen, auch wenn seine Lippen sich nicht bewegten.

Ich starrte diese Lippen an und wollte sie. Er war bereits so nah, seine Hand lag auf der Kochinsel hinter mir, und was machte es, dass ich Joghurt in einer Hand hatte und einen Becher Kaffee in der anderen? Ich brauchte nur meinen Mund, um ihn zu küssen.

Ich ging einen Schritt auf ihn zu, aber er blinzelte und wich abrupt zurück.

»Hör zu.« Er kratzte sich den Nacken und sah mir nicht in die Augen. »Ich habe noch einiges zu erledigen.«

… und da war sie. Die Abfuhr.

Enttäuschung rauschte durch mich hindurch wie ein Fahrstuhl, dem man die Kabel durchgeschnitten hatte.

»Ich gehe nur schnell unter die Dusche und halte dich dann nicht länger auf.« Wenigstens war die Art, auf die er um Freiraum bat, dieses Mal höflicher gewesen. Da hatte er Fortschritte gemacht. Es tat nur weh, dass er immer noch Freiraum *brauchte.*

Ich stellte den Becher und den Joghurt, den ich nicht angerührt hatte, auf die Anrichte, kehrte Donovan den Rücken zu und plapperte nervös weiter. »Ich habe heute auch allerhand zu erledigen. Ich muss die ROI für die Social-Media-Kampagnen des letzten Monats reviewen, und ich hänge mit meinen Chancen-Analyse-Berichten hinterher. Ich sollte wirklich so bald wie möglich anfangen, wenn ich mit denen etwas werden will.«

»Du musst nicht gleich wegrennen. Trink wenigstens erst deinen Kaffee aus.« Seine Worte verrieten nichts als Ruhe.

Ich nickte und nippte an meinem Kaffee. Er hatte sich wieder seinem Tablet zugewandt, also konnte ich ihm einfach zusehen, wie er seinen eigenen Kaffee trank und online das *Wall Street Journal* durchblätterte. Als wäre es ein Tag wie jeder andere. Als wäre alles ganz normal. War es für ihn wirklich immer noch keine große Sache? Hatten wir wirklich nur eine körperliche Beziehung? Hatte die letzte Nacht nicht deutlich mehr Bedeutung als all die anderen Male, die wir zusammen gewesen waren?

Nach mehreren Minuten des Schweigens drehte er den Kopf leicht in meine Richtung. »Weston lässt dich immer noch die langen CABs ausfüllen?«

Dann wollte er also über die Arbeit reden. Na schön.

»Ja. Sie sind zeitaufwendig und kosten mich den letzten Nerv.« Ich hasste die mehrseitigen Analysen meiner Arbeit, die Weston jeden Monat für jeden Kunden, für den ich zuständig war, verlangte, aber ich würde eine Million davon erstellen, wenn das die unangenehme Stimmung zwischen Donovan und mir entspannte. »Wenn sie hilfreich wären, wäre das etwas anderes, aber im Grunde wiederholen sich die Berichte Monat für Monat.«

Er nickte. »Einverstanden. Wenn du *mir* Bericht erstattest, reduziere ich die Vorgabe auf halbjährlich.« Er blätterte auf seinem Tablet eine Seite weiter.

Ich runzelte die Stirn, und in meinen Ohren fingen Alarmglocken an zu schrillen. »Ich erstatte *dir* Bericht?«

Mir immer noch den Rücken zukehrend, erklärte er: »Wir haben keine strengen Regeln, was Beziehungen am Arbeitsplatz angeht, aber trotzdem kannst du nicht mehr Weston unterstehen, wenn ihr miteinander ausgeht.«

Fast ließ ich meinen Kaffeebecher fallen. »Das war ein Witz, oder?«

Er drehte sich zu mir um. »War es nicht«, sagte er grob.

Natürlich sollte das kein Witz gewesen sein. Donovan war nicht der Typ, der Witze machte, und alles an seinem Tonfall und seiner Körpersprache sagte, dass er es ernst meinte.

»Weston und ich haben das schon besprochen, ehe du bei Reach angefangen hast. Wir haben beschlossen zu warten, bis ihr offiziell miteinander ausgeht, ehe wir die Aufgaben anders verteilen, aber es wird notwendig sein.«

Ich stellte den Becher hin und fuhr mir mit der Hand über die Stirn. »Moment … was?«

»Wenn du beginnst, mit Weston auszugehen«, sagte er langsam, von oben herab, »wirst du *mir* Bericht erstatten und nicht mehr *ihm*.«

Irgendetwas kam mir daran bekannt vor. Als ich nach New York gekommen war, hatte Donovan gescherzt, dass ich jemand anderem Bericht erstatten würde, aber konkreter war er nicht geworden. Darum war es also gegangen. Sie hatten Vorkehrungen getroffen, falls Weston und ich uns entschließen sollten, etwas Ernstes miteinander anzufangen.

Gott, das war ewig her.

Und Donovan nahm ernsthaft an, dass das mit Weston und mir noch eine Option sei?

»Nein«, sagte ich und schüttelte dabei entschieden den Kopf, der mir auf einmal wehtat. Und das Herz schlug mir heftig gegen die Rippen. »Nein.«

»Nein?« Er verschränkte die Arme vor der Brust und lehnte sich gegen die Kochinsel.

»Nein!« Dieses Mal würde ich mich nicht von ihm kleinkriegen lassen. »Abgesehen davon, dass wir in ernsthafte Konflikte miteinander geraten würden, wenn du mein Vorgesetzter wärest.« Okay, manchmal fand ich seine Machtspiele heiß, aber darum ging es jetzt nicht. »Ich werde *nicht* mit Weston ausgehen.«

»Im Augenblick nicht. Wir reden aber über die Zeit, nachdem er seine Ehe annulliert hat.«

Ich warf die Hände in die Luft. »Ich werde nicht mit Weston ausgehen! Nicht jetzt. Und auch in Zukunft nicht. Wie kannst du überhaupt denken, ich würde …?« Ich verstummte, als mir klar wurde, dass ich das vielleicht nie richtig deutlich gemacht hatte.

Mist. Dachte Donovan die ganze Zeit, ich würde immer noch an Weston hängen?

»Okay.« Ich atmete aus, um mich zu beruhigen. »Ich habe *gesagt*, dass ich es mit Weston versuchen werde, aber das werde ich nicht. Ich bin nicht an ihm interessiert. Er ist nicht der Mann, an dem ich interessiert bin.« Ich konnte nicht noch deutlicher werden, ohne es direkt zu sagen.

Donovan dachte darüber nach und zuckte mit den Schultern. »Schade.« Er nahm seinen Kaffeebecher und brachte ihn zur Spüle, wo er den Rest ausschüttete. »Ihr zwei würdet zueinanderpassen.«

»Wir passen nicht das kleinste bisschen zueinander!«, rief ich. *Außerdem gehe ich schon mit dir aus!*

Gelassen füllte er den Becher mit heißem Wasser aus dem

Hahn. »Ich war mir nicht bewusst, dass deine Gefühle sich geändert haben.«

Er war so ein unglaublich verletzendes Arschloch. Ich wollte ihm so gern den Becher aus der Hand reißen und ihm das heiße Wasser ins Gesicht kippen. »Meine Gefühle haben sich *nicht* geändert, und das weißt du verdammt genau. Ich hatte diese Gefühle von Anfang an nicht. Du bist derjenige, der mich ihm in die Arme getrieben hat, und das nur, weil du mich von dir vertreiben wolltest.«

Er drehte den Hahn zu und drehte sich zu mir um, sein Blick herausfordernd. »Wie bitte?«

Sein eisiger Tonfall und der frostige Blick, den er mir zuwarf, ließen mir einen kalten Schauer den Rücken hinablaufen.

Ich straffte die Schultern, bereit, standhaft zu bleiben, aber nicht sicher, ob ich mutig genug war, es noch einmal zu wiederholen. »Du weißt, was ich gesagt habe.«

Er trat einen Schritt auf mich zu, die Augen zusammengekniffen. »Hast du den Eindruck bekommen, dass zwischen uns etwas anderes läuft als das, was es ist?«

Meine Hände fühlten sich auf einmal feucht an, und in meiner Kehle steckte ein Kloß von der Größe eines Tennisballs. Das war meine Chance. Die Gelegenheit, ihm zu sagen, dass die Dinge sich verändert hatten. Dass wir sehr wohl eine Beziehung hatten. Dass es mehr war als *nur Sex*. Nicht nur für mich – für ihn auch, ich war mir fast sicher. Er hatte mit keiner anderen geschlafen, seit er mit mir im Bett gewesen war. Machte das nicht eine Beziehung aus?

Aber ich wusste genau, wie es ablaufen würde. Ich konnte die Energie spüren, die von ihm ausging. Sobald ich es ihm gestand, würde er mich entweder umarmen oder die Sache beenden, und auf keinen Fall würde er mich umarmen. Demütigung war das Einzige, was ich durch ein solches Geständnis zu gewinnen hatte.

Also gab ich ihm, das Kinn gereckt, die einfachste Antwort für uns beide. »Nein. Es gibt kein *Uns*. Das ist der richtige Eindruck, oder nicht?«

Er verharrte noch einen Augenblick in seiner offensiven Haltung. »Ist es.«

»Dann ist ja gut.« Mir zitterten die Hände, als ich mich wieder meinem Frühstück zuwandte, aber ich hatte keinen Appetit mehr. »Eigentlich habe ich keinen Hunger. Und ich werde zu Hause duschen. Du kannst weitermachen mit deinem Leben, was auch immer das beinhaltet.«

Fünf Minuten später hatte ich mich umgezogen. Gott sei Dank verbarg mein Mantel den Riss in meinem Kleid. Aber selbst mit zu einem Knoten zusammengebundenen Haaren und mit meinem Mantel eng um mich geschlungen war es sehr offensichtlich, dass ich schamvoll zur Tür schritt.

Er brachte mich zur Tür. »Mein Fahrer wartet unten auf dich«, sagte er.

»Danke«, murmelte ich.

Er blieb an der Tür stehen. Als ich in den Fahrstuhl stieg, begegneten unsere Blicke sich noch einmal. Das Letzte, was ich sah, ehe die Fahrstuhltüren sich zwischen uns schlossen, war sein bedauernder Gesichtsausdruck.

Ich konnte nicht sagen, ob er es bereute, mich gehen zu lassen, oder dass er mich überhaupt erst zu sich gelassen hatte.

25. Kapitel

Den Rest des Tages stürzte ich mich in die Arbeit. Westons lange, überflüssige Chancen-Analyse-Berichte abzuarbeiten war eine gute Ablenkung, um nicht an Donovan denken zu müssen.

Doch auch wenn mein Verstand beschäftigt war, konnte ich nicht aufhören zu *fühlen*. Und meine Gefühle waren wie ein Schwarm Hummeln, der in mir brummte. Ich empfand so viel für ihn. So viel *wegen* ihm. Und alles tat weh, wenn ich es zu nahe an mich heranließ.

Vielleicht war ich nicht dafür gemacht.

Als ich Donovan das erste Mal in mein Bett gelassen hatte, hatte ich nicht erwartet, dass es mehr als ein One-Night-Stand würde. Mir war nicht klar gewesen, dass ich so schnell so tiefe Gefühle entwickeln würde. Ich hatte mir nicht eingebildet, dass er Gefühle für mich entwickeln könnte, und schon gar nicht damit gerechnet, dass ich jedes Mal, wenn er danach kalt zu mir war, am Boden zerstört wäre.

Es war besser, über nichts davon genauer nachzudenken. Wenn ich es täte, müsste ich eine Entscheidung darüber treffen, was zu tun war. Also beugte ich den Kopf über meinen Laptop und konzentrierte mich auf Verkaufs-Pipelines und Investitionskosten.

Bis Sonntagnachmittag hatte ich einen Großteil der Arbeit erledigt und es geschafft, mich von willkürlichen Heulanfällen abzulenken, indem ich im Hintergrund einen *Community*-Marathon im Fernsehen laufen ließ. Der Lieferservice hatte mir gerade mein chinesisches Essen gebracht, und ich wollte mich eben zurücklehnen und mir mein Hühnchen Kung Pao schmecken lassen, als mein Handy anzeigte, dass ich eine Nachricht erhalten hatte.

Ich will Nachtisch. Wann kann ich dich abholen?

Die Hummeln in meinem Bauch hoben ab und schwirrten so aufgeregt umher, dass ich, so schnell ich tippen konnte, mit *Jetzt* antworten wollte. Aber sie hatten auch Stacheln, die mich gegen Rippen und Herz piekten und mich überall, überall verwundeten, allein bei dem Gedanken daran, in Donovans Nähe zu sein, während ich so tun musste, als würde er mir nicht so viel bedeuten, wie er es tat. Wie sollte ich unter ihm liegen, wie sollte ich vor ihm nackt sein, wie sollte ich ihm erlauben, sich in mir zu bewegen und mich nicht noch mehr in ihn verlieben, als ich es schon getan hatte?

Aber welche andere Wahl blieb mir? Ich war auch nicht bereit, die Sache mit ihm zu beenden. Das machte mich höchstwahrscheinlich zur Masochistin, etwas, was Donovan wohl schon über mich wusste, aber das war keine Bezeichnung, mit der ich gut leben konnte. Ich war zu stark. Zu ambitioniert. Zu willens, mir das, was ich wollte, auch zu nehmen.

Was hieß, dass ich ihn irgendwann damit konfrontieren musste.

Bloß.

Ich war noch nicht bereit dazu.

Ohne ihm zu antworten, schaltete ich mein Telefon stumm und warf es auf meinen Sofatisch. Er hatte mich eine ganze Woche nicht beachtet. Ich konnte ihn wenigstens eine Nacht lang ignorieren.

Vier Stunden später stieg ich gerade aus der Dusche, als es an meiner Tür hämmerte.

Ich wusste bereits, wer es war. Ein heißer Schauer durchrieselte mich, während sich die Härchen auf meiner Haut aufstellten.

Er stand vor meiner Tür!

Fuck. Er stand vor meiner Tür.

Seufzend wickelte ich mich in meinen schlichten flauschigen Frotteebademantel und ging, um zu öffnen.

»Was willst du hier?«, fragte ich, als ich wie erwartet Donovan auf der anderen Seite der Tür vorfand.

Er trug beigefarbene Kakihosen, einen dunkelgrauen Pullover und hatte einen finsteren Blick, der mein Herz zum Rasen brachte und mir eine Gänsehaut verursachte. »Du hast nicht auf meine Nachrichten geantwortet.«

»Nachrichten.« In der Mehrzahl. Er musste noch mehr geschrieben haben.

Das war der Teil meines Plans, über den ich nicht nachgedacht hatte. Er hatte schon bewiesen, dass meine Sekretärin kein Hindernis darstellte. Ich hätte damit rechnen müssen, dass er sich nicht einfach abwimmeln ließ.

Ich lehnte mich mit der Wange gegen den Türrahmen. »Es ist nicht fair, dass ich dir nicht so effizient aus dem Weg gehen kann wie du mir. Ich bin mir ziemlich sicher, dein Portier würde mich ohne Erlaubnis nicht zu dir hochlassen.«

Er zog eine Braue hoch. »Du gehst mir aus dem Weg?«

Jetzt offensichtlich nicht mehr.

Resigniert öffnete ich die Tür weit genug, um ihn einzulassen. »Komm doch rein.«

So wie beim letzten Mal, als er in meiner Wohnung aufgetaucht war, trat er ein, als würde sie ihm gehören, was ja auch der Fall war. Unverhohlen betrachtete er den Arbeitsplatz, den ich mir auf dem Sofa eingerichtet hatte, und wo die Reste von meinem chinesischen Essen noch neben meinem offenen Laptop standen.

Ich schloss die Tür und ging zum Sofatisch, um mein Handy zu holen, das ich nicht mehr angesehen hatte, seit ich es vorhin stumm geschaltet hatte. Insgesamt waren darauf sieben Nachrichten von ihm.

Ich hasste es, dass ich mir deswegen irgendwie besonders vorkam.

»Warum gehst du mir aus dem Weg?«, fragte er und erinnerte mich damit daran, dass er leibhaftig vor mir stand.

»Wenn ich darüber reden wollte, würde ich dir nicht aus dem Weg gehen.« Ich warf das Telefon hin und ging in die Küche, um mir ein Glas Merlot einzuschenken. Ich hatte schon eines getrunken, aber die Wirkung war verflogen, und ich brauchte dringend etwas zur Stärkung.

Donovan setzte sich aufs Sofa und ließ sich in die Polster sinken, sah mir zu und schüttelte den Kopf, als ich ihm ebenfalls ein Glas anbot.

»Ich bin hier«, sagte er, die Hände zwischen die Sofakissen geschoben, »und ich gehe erst, wenn du es mir erklärt hast. Oder ich in deinem Hals gekommen bin. Du hast die Wahl.«

Die Knie wurden mir weich beim Anblick seines teuflischen Grinsens. Ich kippte schnell das halbe Glas Merlot herunter, um meine Entschlusskraft zu stärken. »Ich kann keinen Sex mit dir haben, Donovan.«

Er schien etwas einwenden zu wollen, ehe ich ihm meinen finstersten Blick zuwarf.

»Schön. Kein Sex«, meinte er. »Für den Augenblick.«

Gott sei Dank war er einverstanden. Denn meine Entschlossenheit geriet bereits ins Wanken. Mir war überall warm, von meiner Dusche, vom Merlot, von der Art, wie er mich ansah – als würde er jeden Zentimeter meiner Haut anknabbern wollen.

Gott, wie sehr wollte ich, dass aus Knabbern Beißen wurde …

Nein, daran durfte ich nicht denken. Ich konnte überhaupt nicht denken, solange er hier war. Er musste gehen.

»Ich werde nicht mit dir darüber reden, Donovan. Und du willst auch nicht mit mir darüber reden. Ich verspreche dir, das willst du nicht.« Mit dem Glas in der Hand stürmte ich an ihm vorbei und deutete auf die Tür. »Also kannst du ebenso gut gehen.«

Er rührte sich nicht, außer um den Kopf in meine Richtung zu drehen. »Das kannst du unmöglich wissen.«

Nur, dass ich es doch wissen konnte. Ich war mir sogar sicher.

»Donovan …«, flehte ich.

»Sprich mit mir, Sabrina. Rede oder ich bringe dich dazu, das schwöre ich bei Gott.« Sein Tonfall und seine Miene waren ernst. Die Art Ernst, die mir eine Heidenangst einjagte und bei der sich meine Pussy zusammenzog und anfing zu tropfen.

Ich wollte es nicht tun. Ich wollte es nicht sagen.

Aber es kam aus mir herausgesprudelt wie schlechtes Essen, das mir zu lange im Magen gelegen hatte. »Wie kannst du mit keiner außer mir schlafen und sagen, wir hätten keine Beziehung?«

»Was?«

Ich fing an, vor dem Sofa auf und ab zu gehen. »Du fickst keine andere mehr. Und ich ficke auch keinen anderen.«

Er erhob sich und stellte sich mir in den Weg, sodass ich stehen bleiben musste. »*Willst* du, dass ich andere Frauen ficke?«

»Nein.« Panik stieg in mir auf. »Willst *du* denn andere Frauen ficken?«

Seine Miene verriet mir nichts. »Im Augenblick nicht.«

Wenigstens das war eine Erleichterung. »Wie kannst du dann sagen, dass wir keine Beziehung haben? Wir haben nicht einmal mehr Kondome benutzt.«

Er schüttelte knapp den Kopf, als fände er unsere Unterhaltung lächerlich.

Dann sah er mir in die Augen und trat noch einen Schritt auf mich zu. »Wir haben eine *sexuelle* Beziehung, von mir aus. Bist du mit der Definition glücklicher?« Er nahm mir das Glas aus der Hand und trank einen Schluck. »Das ist Wortklauberei, Sabrina.« Er hielt mir den Wein hin, aber ich ignorierte ihn.

»Was ist mit dem Rest? Was ist mit den Dingen, die du sagst?« Ich war wirklich glücklicher mit dem Wort *Beziehung*, aber es ging um so viel mehr als nur Wortklauberei.

»Was sage ich denn?«

Ich fing wieder an, auf und ab zu gehen. »Zum Beispiel dass du nicht in der Lage bist zu arbeiten, weil du nicht aufhören kannst, an mich zu denken. Oder wenn du hinter meinem Rücken zu Tom Burns gehst und ihm befiehlst, für mich ein gutes Wort einzulegen.«

»Dabei ging es darum, dass die Dinge im Büro weiterhin gut laufen. Er hätte eine Menge Ärger machen können, den wir nicht gebrauchen können.«

Ich blieb stehen und betrachtete ihn eingehend. »Ich weiß nicht, ob du nur mich belügst oder auch dich selbst.«

»Oh, bitte. Ich belüge niemanden. Ich bin immer offen und ehrlich gewesen, was diese Sache mit dir angeht.« Er nahm noch einen Schluck aus dem Glas und stellte es auf den Sofatisch. Dann stemmte er die Hände in die Hüften und starrte mich an, als wollte er mich herausfordern, ihm zu widersprechen.

Ich legte mir die feuchten Haare über die Schulter und zupfte nervös daran. »Das bist du. Dem werde ich nicht widersprechen.« Er war ehrlich gewesen, wenn auch nicht immer höflich.

Ich war nur nicht davon überzeugt, dass er auch ehrlich mit sich selbst war, und das war das größte Problem.

Ich ließ die Hände sinken. »Aber verstehst du, du sagst, dass nichts zwischen uns ist, widersprichst dir aber mit Taten, die das genaue Gegenteil vermuten lassen. Du bist heute Nacht uneingeladen in meiner Wohnung aufgetaucht, weil ich ein paar Nachrichten nicht beantwortet habe! Das ist nicht das

Benehmen von jemandem, dem es nur um Sex geht. Es ist verwirrend und unfair, und ich weiß nicht, was ich noch tun oder glauben soll.«

Wir standen uns von Angesicht zu Angesicht gegenüber, beide frustriert, und bisher hatte das Gespräch uns keinen Schritt weitergebracht.

Ohne mich aus den Augen zu lassen, setzte Donovan sich auf die Armlehne meines Sofas und schien alles, was ich bisher gesagt hatte, auf sich wirken oder sacken oder in sich brodeln zu lassen. Die Spannung stand zwischen uns wie eine dicke Mauer, und zwischen seinen Beinen war genug Platz zum Stehen. Ich wollte die Mauer durchbrechen, zu ihm gehen und mich an ihn lehnen. Wollte ihn riechen und berühren und mich in seine Arme fallen lassen, wie ich es so viele Male zuvor getan hatte.

Aber ich blieb, wo ich war, wie festgeschraubt durch die feste Überzeugung, dass es nicht mehr genug wäre.

Nach einer gefühlten Ewigkeit stellte er die wichtigste Frage des Abends. »Sabrina, was willst du?«

Ich schloss kurz die Augen. Es fühlte sich wie ein Déjà-vu an, aber natürlich war es das nicht. Er hatte mir die Frage wirklich schon einmal gestellt, und damals war die Antwort so einfach gewesen. Ich hatte nicht gewusst, dass das Begehren und Verlangen nach ihm sich in mir verwurzeln und zu etwas Größerem heranwachsen würden.

Ich war damals ehrlich gewesen, als ich ihm gesagt hatte, ich wollte von ihm berührt werden. Und jetzt war ich wieder ehrlich. »Ich will das, was wir schon haben.«

Seine Schultern entspannten sich sichtlich, und er streckte die Hand aus, griff nach meiner und zog mich zwischen seine Beine. »Dann verstehe ich nicht, worüber wir streiten.« Er steckte die Hand in meinen Bademantel und fand meine nackte Brust. Die Spitze zwischen Daumen und Zeigefinger reibend, sagte er: »Gibt es jetzt noch etwas, das du loswerden musst?«

Ich keuchte und bog mich ihm entgegen. Noch ein paar Sekunden davon, und ich wäre verloren. Ich musste dagegen ankämpfen, um bei der Sache zu bleiben. »Ja. Ich will, dass du eingestehst, dass zwischen uns mehr ist als das, was du sagst.«

Sofort ließ er die Hand sinken und murmelte leise etwas Unverständliches.

Er starrte mich einige lange Sekunden an. »Eingestehen, dass es *was* genau ist? Wir haben eine *verbindliche* sexuelle Beziehung. Wolltest du das hören?«

»Es ist ein Anfang.« Hoffnung keimte in mir auf. Er hörte mir wenigstens zu. Er redete mit mir. Er versuchte es.

»Und was noch?«

Ich schluckte. »Die Möglichkeit, dass daraus mehr wird.«

»Nein«, sagte er unerbittlich. Er schob mich von sich, damit er aufstehen und zum Kamin und wieder zurück gehen konnte. »Auf gar keinen Fall. Es kann nicht mehr werden.«

Ich spürte die Schmerzen, die seine Worte verursachten, zwischen jeder meiner Rippen. Wie konnte er so etwas sagen? Es war schon so viel mehr geworden.

Ich zog mir den Gürtel meines Bademantels enger um die Taille und tat so, als müsste ich nicht gegen Tränen ankämpfen. »Das glaube ich nicht.«

Er stemmte eine Faust in die Hüfte und trat auf mich zu. »Du meinst *Liebe*? Willst du das?« Er sagte das Wort *Liebe*, als wäre es eine Krankheit oder ein Stück Abfall, das man so weit wie möglich von sich fernhält.

»Wenn es dahin führt«, sagte ich schwach.

Er schnaubte verächtlich. »Dahin führt es nicht.«

Ich atmete langsam und bebend ein und hoffte, dass er nicht sah, wie sehr seine Worte mich verletzten. Jahrelang verdrängte Ängste und Unsicherheiten kamen wieder in mir hoch. Ein ganzes Leben, in dem ich nicht gut genug gewesen war.

Wenn es so war, würde er es mir ins Gesicht sagen müssen.

»Warum?« Meine Kehle war wie zugeschnürt. »Sag es einfach. Weil ich nicht gut genug bin? Weil ich nicht das richtige Mädchen bin? Weil du nie jemanden wie mich lieben könntest? Sag es einfach. Ich will es hören.«

Er ließ die Hand sinken, und seine Haltung wurde weicher. »Weil ich niemanden lieben kann, Sabrina.« Auch seine Stimme klang jetzt weicher. »Ich kann mich nicht verlieben.«

»Kannst du nicht?«, forderte ich ihn mit zitternder Unterlippe heraus. »Oder willst du nicht?«

»Beides.« Er sprach jetzt ganz eindringlich. »Ich kann nicht. Ich will nicht. Ich tue es nicht. Ich lebe mein Leben so, dass es unmöglich ist. Ohne eine Chance, dass jemand mir nahekommt, und ich ändere mich für niemanden. Nicht einmal für dich.« Er deutete aggressiv mit dem Finger auf mich. »*Besonders* nicht für dich.«

Seine Worte waren wie Messerstiche. Dieses Mal wollte ich deswegen nicht weinen, sondern zurückstechen. Wenn er *mir* nicht die Schuld dafür geben wollte, würde ich sie *ihr* geben. »Wegen Amanda?«

Er schüttelte heftig den Kopf. »Wir reden nicht über Amanda.«

Ich hatte mich größtenteils an seinen Wunsch gehalten, nicht über seine tote Verlobte reden zu wollen, und sehr wenige Fragen zu ihr gestellt.

Aber das waren seine Regeln. Und seine Regeln waren gemacht, damit ich verliere. Wenn ich eine Chance haben wollte zu gewinnen, musste ich die Regeln anfechten.

Mich weigernd nachzugeben, trat ich einen Schritt auf ihn zu. »Du hast sie geliebt, und du hast sie verloren, also willst du jetzt nie wieder jemanden lieben. Ist es das?«

»Ich sagte, wir reden nicht über Amanda.« Er entfernte sich ein paar Schritte von mir, ging um das Sofa herum, anscheinend ohne Ziel, offenbar nur, um zu entkommen.

Ich folgte ihm. »Hast du eine solche Angst, verletzt zu werden, falls du noch einmal jemanden liebst? Liegt es daran? Das ist es, nicht wahr?«

»Hör auf, Sabrina«, warnte er mich. Er drehte sich nicht um. Sah mich nicht an.

Ich machte weiter. »Manchmal verlieren wir Menschen, Donovan. Wir können nicht aufhören zu leben, wenn wir es tun. Nur weil sie gestorben ist …«

Er wirbelte plötzlich zu mir herum. »Sie ist *meinetwegen* gestorben!«

Seine Worte hallten durch meine Wohnung, bedrohlich klingend und irgendwie hohl. Wie konnte er sagen, dass Amanda seinetwegen gestorben war?

Schnell dachte ich darüber nach, was ich über ihren Tod wusste. Sie war in dem Jahr, bevor ich ihn kennengelernt hatte, bei einem Unfall gestorben. Ein anderer Fahrer hatte nicht auf seinen toten Winkel geachtet, als er auf ihre Spur gewechselt hatte, und sie so in den entgegenkommenden Verkehr gezwungen.

Das hatte Weston mir erzählt. Er hatte überhaupt nicht erwähnt, dass Donovan damit etwas zu tun gehabt hatte. Was bedeutete, dass Donovan nur versuchte, mir Angst einzujagen. Und es gelang ihm. Aber er hatte noch nichts gesagt, was ich wirklich begreifen konnte. »Ich weiß nicht, was du mir zu sagen versuchst.«

»Amandas Autounfall ist meinetwegen passiert, Sabrina«, sagte er, um seine gewohnte Selbstbeherrschung ringend, aber es gelang ihm nicht. »Das versuche ich, dir zu sagen.«

»Das ergibt überhaupt keinen Sinn. Bist du mit ihr gefahren? Warst du auch auf der Straße?«

»Nein. So war es nicht.« Er fuhr sich mit der Hand den Nacken entlang. »Wenn ich mich verliebe, dann werde ich so besitzergreifend, so besessen von der Person, die ich liebe, dass ich Dinge tue, die ich nicht tun sollte. Ich mische mich ein. Ich gehe zu weit. Es verzehrt mich.«

»Ich verstehe das nicht.« Aber ich wollte es verstehen. Wie er davon redete, verzehrt zu werden – ich wollte diejenige sein, von der er so sprach.

»Ich war so von ihr besessen, dass ich einen Privatdetektiv angeheuert habe, der ihr folgen sollte. Ich musste wissen, wo sie war – zu jeder Zeit. Sie hat es herausgefunden, und wir hatten Streit. Sie hat gesagt, sie sagt die Hochzeit ab, wenn ich nicht damit aufhöre. Aber ich konnte nicht aufhören. Aus keinem anderen Grund, als dass ich süchtig nach ihr war. Ich war süchtig danach, immer alles über sie zu wissen.«

Seine Augen waren weit aufgerissen und leuchteten, als hätte er Tollwut. Als stünde er unter Strom.

Aber war nicht genau das junge Liebe? Diese Leidenschaft zu empfinden? Diese Besessenheit von einem anderen Menschen?

»Ich habe ihm gesagt, er soll an ihr dranbleiben. Ihr Tod war kein Unfall. Sie ist in den entgegenkommenden Verkehr geraten, weil sie versucht hat, ihn abzuhängen.«

Ich legte mir die Hand über den Mund. »Oh mein Gott.«

»Genau.«

»Weiß sonst noch jemand davon?«, fragte ich vorsichtig.

»Der Detektiv weiß es.«

Ich nickte, während ich alles in mir aufnahm. Mir an den Haaren zupfend ging ich zum Sofa und setzte mich, versuchte, das Gehörte zu verarbeiten. Die Polizei hatte davon ausgehen müssen, dass es sich um einen Unfall handelte. Aber so wie Donovan davon redete, klang es, als würde er sich für einen Mörder halten.

War er das? Was er beschrieben hatte, war … na ja, es war nicht normal. Gesund war es auf keinen Fall. Aber wer war ich, mich als Richterin aufzuspielen? Ich spielte gerne Vergewaltigung mit dem Mann, der mich davor gerettet hatte, wirklich vergewaltigt zu werden.

Aber einen Privatdetektiv zu beauftragen war kein Verbrechen. Worüber auch immer sie gestritten hatten, was auch immer der Grund für seine Eifersucht oder seine Unsicherheit gewesen war – das alles gehörte zu einem anderen Donovan. Er war noch so jung gewesen.

Und selbst wenn ein Detektiv sie auf der Straße verfolgt hatte, jemand, vor dem Amanda versucht hatte zu entkommen, wäre es dann nicht immer noch ein Unfall? Es war nicht so, als hätte der Detektiv es darauf angelegt, sie von der Straße zu drängen. Es war nicht so, als hätte er gewollt, dass etwas passiert.

Trotzdem gab Donovan sich die Schuld.

Und je länger ich darüber nachdachte, desto besser verstand ich, wie er sich fühlte – das tat ich wirklich. Das hatte der Tod an sich, er verdrehte die Dinge, baute Nester der Schuld aus Zweigen der Missetaten und Vernachlässigungen. Als mein Vater starb und ich auf der anderen Seite des Landes in Harvard gewesen war, hatte ich mir die Schuld gegeben, weil ich nicht bei ihm gewesen war. Wenn ich bei ihm gewesen wäre und mit ihm die Last geteilt hätte, meine Schwester Audrey großzuziehen, hätte er vielleicht nicht so viel Druck empfunden. Vielleicht hätte er dann nicht den Herzinfarkt bekommen, der ihn umgebracht hatte.

Ich hatte mir selbst die Schuld gegeben. Vor allem am Anfang. Das bedeutete nicht, dass ich ihn tatsächlich umgebracht hatte. Und auch wenn Donovan in seiner Leidenschaft übereifrig gewesen war, hatte er Amanda nicht umgebracht.

Vielleicht hatte ihm das so noch nie jemand gesagt.

Ich sah Donovan an, der mich mit Adleraugen beobachtete, wahrscheinlich sogar versuchte, meine Gedanken zu lesen. »Ich weiß, du fühlst dich verantwortlich, aber es war nicht …«

Er unterbrach mich. »Es war nicht meine *Schuld*? Ich habe diesen Detektiv dafür bezahlt, dort zu sein. Ich habe ihm befohlen, sie nicht aus den Augen zu verlieren. Ich habe ihm gesagt, er soll sich keinesfalls abschütteln lassen.«

Es versetzte mir einen Stich ins Herz. All diese Jahre hatte er das in sich vergraben. Diese Last allein geschleppt.

Ich drehte mich zu ihm um. »Donovan …«, sagte ich sanft, zärtlich, wünschte, ich könnte ihm den Schmerz nehmen.

»Und es wird nicht noch einmal passieren«, erklärte er nachdrücklich. »Verstehst du jetzt? Warum ich es nicht zulassen kann? Dass ich nie wieder dieser Mensch sein werde?«

Ich konnte es nicht mehr ertragen. Ich sprang auf und rannte zu ihm. »Das darfst du dir nicht antun.« Ich schmiegte mich an ihn und strich ihm mit der Hand über die Brust. »Du darfst dich nicht selbst von etwas als Geisel halten lassen wegen etwas, das vor über zehn Jahren geschehen ist. Es war ein Unfall.«

Er weigerte sich, mich in den Arm zu nehmen. Weigerte sich, mich auch nur zu berühren. »Es war kein Unfall. Es war meine Schuld. Sie ist tot, weil ich sie geliebt habe.«

Ich legte ihm die Hand an die Wange. »Du kannst dich nicht den Rest deines Lebens selbst bestrafen für etwas, das du nicht beabsichtigt hast. Du kannst nicht den Rest deines Lebens allein verbringen.«

Er wich zurück und schob mich von sich. »Ich bestrafe nicht mich selbst.« Seine Miene war hart, sein Tonfall noch härter. »Ich sorge dafür, dass niemand mehr verletzt wird. Ich beschütze di…« Er unterbrach sich. »Ich beschütze *andere*. Wie ich sie hätte beschützen sollen.«

Regungslos starrten wir einander an. Wir waren in eine merkwürdige Sackgasse geraden. Einfach gesagt wollte ich etwas, das er nicht zu geben bereit war. Aber wenn es wirklich so einfach gewesen wäre, hätte ich einfach gehen können. Akzeptieren können, wie nutzlos es war, um ihn zu kämpfen, und die Sache einfach hinter mir lassen können.

Aber so einfach war es nicht. Da waren unendlich viele Fäden, die sich zwischen uns verwoben hatten. Selbst als er mich entjungfert hatte, damals, als ich noch naiv und unschuldig gewesen war, wusste ich, dass seine und meine Scherben zusammenpassten.

Ich sehnte mich jetzt nach ihm. Mich quälte jeder Tag, an dem er sich einredete, er hätte es verdient, allein zu sein. Ich litt unter dem Gedanken, dass er meine Wohnung verlassen könnte, ohne seine Meinung geändert zu haben.

Das durfte ich nicht zulassen. Ich weigerte mich, ihn kampflos gehen zu lassen.

Aber er hatte mich schon von sich gestoßen, sich schon zurückgezogen. Es gab nur noch eine Weise, die mir einfiel, auf die ich ihn erreichen konnte.

»Donovan«, sagte ich, löste den Gürtel von meinem Bademantel und ließ ihn auf den Boden fallen. »Berühr mich.« Ich ging auf ihn zu, legte ihm eine Hand in den Nacken und rieb mit der anderen seinen Schwanz, der sofort unter meiner Hand zum Leben erwachte. »Berühr mich«, flüsterte ich wieder, als ich ihn an mich zog, um ihn zu küssen.

Er zögerte nur ein paar Sekunden, ehe er die Finger in mein Haar schob und daran zog, bis ich an seinen Lippen aufstöhnte. Dann verschlang er meine Schreie mit seinem Mund, leckte sie auf, genoss sie.

Bald fing er an, mir in Kiefer und Nacken zu beißen.

Ich presste meinen Mund an sein Ohr und sagte ihm, was er hören musste. »Ich weiß, dass du diese Last seit vielen Jahren mit dir trägst, und es ist schwer, sie jetzt loszulassen, weil du nicht mehr weißt, wie es ohne sie ist, aber du musst sie jetzt loslassen. Lass sie los und lass mich dir helfen.« *Lass mich dich lieben.*

Seine Küsse wurden bedächtiger, während ich sprach, und als ich geendet hatte, löste er seine Lippen von meinen.

Dann riss er mir plötzlich den Kopf zurück. Heftig. Heftiger als jemals zuvor. Mit der anderen Hand an meiner Kehle durchbohrte er mich mit seinem Blick. »Wer könnte einem Mann so etwas vergeben? Wer würde einen solchen Mann wollen?«

»Ich!«, rief ich und meinte es mit allem, was in mir war. »Ich tue es! Ich vergebe dir!«

Er sah mir forschend ins Gesicht, und einen halben Augenblick lang dachte ich, ich hätte ihn. Dachte, er hätte es verstanden. Dachte, wir hätten eine Chance.

Doch plötzlich schienen die Funken in seinen Augen zu erlöschen, und der Ausdruck in ihnen wurde finster.

»Ich kann es nicht«, sagte er grob. »Ich werde nie wieder riskieren, dass jemand meinetwegen zu Schaden kommt, Sabrina. Das ist das Leben, für das ich mich entschieden habe, und ich werde es nicht deinetwegen ändern.«

Ohne ein weiteres Wort stieß er mich von sich und ging aus der Tür. Ich blieb zurück, nackt und zerbrochen und allein.

26. Kapitel

Montagmorgen wachte ich mit geschwollenen Augen und hämmernden Kopfschmerzen auf.

Kaffee und eine lange Dusche halfen gegen beides, aber auch wenn ich wusste, dass Make-up den Rest verschwinden lassen würde, rief ich im Büro an und gab Bescheid, dass ich später kommen würde, damit ich das Betriebsmeeting verpassen konnte, das für den Morgen angesetzt war. Ich wusste, dass ich Donovan irgendwann gegenübertreten musste, aber es musste nicht gleich als Erstes am Montagmorgen sein.

Auch wenn wir es nicht direkt gesagt hatten, war ich mit dem Wissen ins Bett gegangen, dass das Ende unseres Gesprächs auch das Ende unserer kurzlebigen Beziehung bedeutete. Auch wenn Donovan vorhaben sollte, die Nur-Sex-Situation beizubehalten, ich konnte das auf keinen Fall. Ich hatte mich schon zu sehr verliebt. Es tat bereits so unglaublich weh, ihn gehen zu lassen. Ich konnte nicht riskieren, mich noch mehr auf ihn einzulassen, solange er mir im Gegenzug nichts gab.

Aber das Licht des Morgens brachte mir Klarheit. Während er darauf beharrt hatte, dass er niemanden an sich heranlassen würde, war es doch möglich, dass Donovan seine Haltung ändern konnte. Ich war mir ziemlich sicher, dass sich zwischen uns bereits etwas entwickelt hatte, das er nicht im Sinn gehabt hatte, und jetzt, da ihm endlich jemand gesagt hatte, dass er sich nicht länger für Amandas Tod bestrafen musste – würde er vielleicht versuchen können, den Vorfall zu verarbeiten. Die Dinge änderten sich. Menschen änderten sich. Ich war reif genug, das zu wissen. Immerhin war ich entschlossen gewesen, ihn nicht an mich heranzulassen, als ich bei Reach angefangen hatte, und man konnte ja sehen, wie lange ich das durchgehalten hatte.

Bloß.

Ich konnte nicht darauf warten, dass er sich änderte. Ich konnte darauf hoffen, aber ich musste mein Leben weiterleben.

Als ich es endlich zur Arbeit geschafft hatte, verbrachte ich den Tag eingesperrt in meinem Büro und erstellte Zusammenfassungen für SummiTech. Wie konnte man ein gebrochenes Herz besser pflegen, als sich in die Arbeit zu stürzen? Außerdem sorgte ich so dafür, dass ich nicht zufällig auf dem Flur Donovan begegnete.

Spät am Nachmittag musste ich mich allerdings hinauswagen, um Westons Einwilligung für ein Projekt einzuholen, und dafür brauchte ich seine Unterschrift.

»Ja, ja«, sagte er, offenbar abgelenkt, während er durch die Seiten meines Antrags blätterte, zweimal unterbrochen von Kollegen, die in sein Büro kamen, um ihn ebenfalls um seine Unterschrift zu bitten.

»Sieht gut aus«, sagte er endlich und setzte seinen Namen unter die entsprechenden Seiten. »Kannst du eine Kopie der veranschlagten Kosten an Audra mailen?«

»Ich habe es schon an Barrett geschickt.« Barrett hatte eine ähnliche Position wie ich inne, nur dass er für Betrieb und Finanzierung zuständig war. Er unterstand Donovan. »Hat das Prozedere sich geändert?«

»Nur für den Moment. Wir überlegen noch, wie wir die Aufgaben neu verteilen. Ich kümmere mich selbst um das meiste, wie du siehst.« Noch ein Angestellter kam mit einem Stapel Post herein, legte ihn auf Westons Schreibtisch und verschwand schnell wieder. »Aber ich bin bald wegen der Hochzeit und der Flitterwochen nicht mehr verfügbar, also kann ich Donovans Aufgaben nicht komplett übernehmen.«

Ich wollte ihn gerade zum millionsten Mal necken, weil er

nach einer falschen Hochzeit echte Flitterwochen machte, aber dann wurde mir klar, was er gerade gesagt hatte.

Meine Kehle fühlte sich auf einmal eng an. »Was meinst du? Warum übernimmst du Donovans Aufgaben?«

Er runzelte die Stirn. »Ach ja, stimmt ja. Du warst nicht bei dem Meeting heute Morgen. Da habe ich alles angekündigt. Donovan ist heute nach Frankreich aufgebrochen.«

Ich spürte, wie mir die Farbe aus dem Gesicht wich, obwohl mein Herz auf einmal auf Hochtouren lief. »Was? Warum?«

»Damit er sich um die Fusion mit Dyson Media kümmern kann. Da die Hochzeit bevorsteht, hat er entschieden, dass er vor Ort sein sollte, um dafür zu sorgen, dass alles glatt läuft. Er hat sich sehr kurzfristig dafür entschieden, die Rolle zu übernehmen. Erst letzte Nacht, glaube ich. Er muss gewittert haben, dass der ökonomische Wind sich dreht, oder so etwas.«

»Erst gestern Nacht entschieden«, wiederholte ich. Mir knotete sich der Magen zusammen. Er war wegen mir gegangen. Das konnte kein Zufall sein.

Dann gab er uns also keine Chance.

Ich versuchte, den Kloß, der sich in meiner Kehle gebildet hatte, hinunterzuschlucken. »Wie lange wird er dortbleiben?«

Weston fuhr sich mit der Hand durchs Haar. »Kommt drauf an. Er bleibt vielleicht nur so lange, wie es nötig ist, die Fusion zu betreuen, das wäre dann ein Monat, vielleicht zwei. Oder er bleibt länger, wenn er das für angebracht hält. Er muss die Situation abschätzen, wenn er dort ist.«

Er legte die Hände hinter den Kopf und lehnte sich zurück, die Augen auf einmal zusammengekniffen. »Es überrascht mich, dass er dir nichts erzählt hat. Ich nehme an, das bedeutet, zwischen euch beiden läuft es nicht so gut?«

Ich drehte den Kopf und starrte die durchsichtige Wand seines Büros an, damit er nicht sah, wie meine Lippen bebten. »Zwischen uns beiden ist nichts.«

»Komm schon, Bri. Tisch mir nicht so einen Quatsch auf. Das kommt von Donovan, nicht von dir.«

Vor einem Tag hätte ich ihm noch zugestimmt. Selbst am Morgen hätte ich Weston vielleicht noch mehr anvertraut. Aber da hatte ich noch die Hoffnung gehabt, dass sich etwas an der Situation ändern würde. Das war, bevor ich mit Sicherheit gewusst hatte, dass Donovan absolut nicht daran interessiert war, sich zu ändern.

Ich sah Weston in die Augen und sagte ehrlich: »Du würdest von uns beiden die gleiche Antwort bekommen.«

Im Aufstehen sammelte ich die Berichte ein, die ich mitgebracht hatte, und wollte das Büro wieder verlassen. Aber ehe ich aus der Tür getreten war, überwältigte mich doch die Neugier. »Weston, als Amanda gestorben ist, hat Donovan da etwas davon gesagt, dass er sich selbst die Schuld für ihren Unfall gibt?«

Er neigte nachdenklich den Kopf. »Nein. Nicht dass ich wüsste. Hat er das zu dir gesagt?«

Ich zuckte mit den Schultern. »Ich glaube, es ist nur das Schuldgefühl eines Überlebenden.« Es war sinnlos, sich deswegen weiter Gedanken zu machen. »Aber …« So sinnlos es war, ich konnte doch nicht anders, als zu fragen. »Hat er je erwähnt, dass er damals mit einem Privatdetektiv zusammengearbeitet hat?«

»Er hat einen Privatdetektiv engagiert, um den Unfall zu untersuchen?«, fragte Weston, der mich offenbar missverstanden hatte.

Ich machte mir nicht die Mühe, ihn zu korrigieren. Ich hatte ihm schon zu viel von Donovans Geheimnissen verraten. »Irgendwie so.«

»Davon hat er mir nie etwas erzählt.«

Ich nickte. Das war mein Stichwort zu gehen.

Nur, dass ich nicht ging. Ich trat noch einen Schritt auf

Weston zu. »Wenn ich versuchen wollte, mit diesem Detektiv zu reden …« Vielleicht, wenn ich den Bericht mit eigenen Augen sah. Oder wenn ich mit dem Mann redete, den Donovan engagiert hatte, vielleicht konnte ich dann besser verstehen, warum er sich selbst die Schuld gab.

Es war dumm.

Denn selbst wenn ich den Detektiv finden konnte – unwahrscheinlich, da ich keinen Namen hatte und die Angelegenheit mehr als elf Jahre her war – und selbst wenn er Licht ins Dunkel des Unfalls bringen konnte, was glaubte ich, danach tun zu können? Nach Frankreich fliegen und verlangen, dass Donovan einer Beziehung mit mir eine ehrliche Chance gab?

Leise über mich selbst lachend, verwarf ich diese Idee. »Ach egal. Das wäre aussichtslos. Ich weiß nicht, warum ich überhaupt gefragt habe.«

Ich wollte gerade endgültig gehen, als Weston mich aufhielt. »Weißt du, wenn Donovan je einen Privatdetektiv engagiert hat, dann hat er noch Papierkopien davon in seinen persönlichen Unterlagen. Was das Internet angeht, ist er eigen. Hacking und Privatsphäre und das alles. Deswegen braucht er auch mehr Aktenschränke als jeder andere Mensch in diesem Gebäude. Geht mir massiv auf die Eier.«

Ah, noch etwas, das ich über Donovan nicht gewusst hatte. Es gab so vieles, was ich nicht wusste. Warum ich je gedacht hatte, wir würden gut zusammenpassen, war mir ein Rätsel.

Ich zwang mich trotzdem zu einem Lächeln.

»Die Sache ist die, ich weiß nicht, ob er die Papiere so lange aufbewahrt, aber du könntest in seinen Akten nachsehen. Ich gebe dir den Code zu seinem Büro.«

Es war sinnlos – das hatte ich bereits entschieden.

Aber was, wenn es das doch nicht war? Was, wenn es etwas zu finden gab?

Ich schwankte einige Sekunden. »Bist du sicher? Ich will nicht zu weit gehen.«

Weston zwinkerte mir zu. »Wenn er nicht wollte, dass ich ihn benutze, hätte er mir den Code nicht geben dürfen.«

Weston hatte recht – Donovan hatte wirklich mehr Aktenschränke als jeder sonst im Gebäude. Aber ich brauchte nicht lange, um festzustellen, dass die meisten nur die Standard-Dokumente für die Agentur enthielten, also verschwendete ich damit nicht mehr Zeit als nötig.

Der Schrank mit den zwei Schubladen hinter seinem Schreibtisch interessierte mich, weil er abgeschlossen war.

»Ich nehme nicht an, dass du einen Schlüssel für den kleinen Aktenschrank hast?«, fragte ich Weston, als er ans Telefon ging.

»Tut mir leid. Ich habe dir alles gegeben, was ich habe.«

»Einen Versuch war es wert.« Ich legte auf und rollte in Donovans Sessel vor und zurück. Mein Blick fiel auf ein Bild in seinem Buchregal – das gleiche Bild, das mir aufgefallen war, als ich zum ersten Mal mit ihm gesprochen hatte, damals in seinem Schlafzimmer in Harvard. Es war ein Bild von ihm und Amanda, ein Verlobungsbild, hatte ich damals gedacht.

Das war die Frau, von der er besessen gewesen war. Die Frau, nach der er süchtig gewesen war. Die Frau, die er geliebt hatte.

Ich wollte es aus der Nähe sehen. Wollte *sie* aus der Nähe sehen.

Das Foto stand auf einem hohen Regal, ich konnte es von meinem Platz aus nicht gut sehen. Ich stellte mich auf die Zehenspitzen, um es herunterzunehmen und besser betrachten zu können. Als ich es in Händen hielt, entdeckte ich, dass der Rahmen locker war, und etwas fiel aus der Rückseite.

Ein kleiner Schlüssel, wie für eine Schublade.

Nein. Das wäre ein zu großer Zufall gewesen.

Ich lachte mich selbst bereits aus, aber ich musste es trotzdem versuchen. Ich ging zu dem Aktenschrank und steckte den Schlüssel ins Schloss. Ich drehte ihn und zog an der obersten Schublade.

Sie ging auf.

Es war falsch, in seinen Akten herumzuwühlen – das wusste ich schon, ehe ich den Schlüssel ins Schloss gesteckt hatte. Es war etwas anderes, als von Weston den Code zu seinem Büro zu bekommen. Es ging zu weit. Ich durchsuchte Dinge, die Donovan bewusst unter Verschluss hielt.

Aber als die Schublade offen war, stach mir der Schriftzug auf dem Deckel der obersten Akte direkt ins Auge. Und jetzt konnte ich nicht mehr wegsehen, denn dort stand in schwarzen, fett gedruckten Buchstaben: LIND, SABRINA.

Der Order war dick, und es war eindeutig keine Personalakte. Die, das wusste ich genau, wurden in der Personalabteilung aufbewahrt. Es gab auch keinen Grund, warum Donovan eine Akte über mich haben sollte. Warum hatte er sie also?

Mit wild klopfendem Herzen nahm ich sie aus der Schublade und trug sie zum Schreibtisch. Ich setzte mich und öffnete sie.

Darin befanden sich mehrere Seiten mit Informationen über mich. Alle möglichen Informationen. Meine Abschriften aus der Uni. Eine Kopie des Mietvertrages für meine erste Wohnung in Kalifornien. Ein weiteres Dokument schien die Rechnung der Headhunterin zu sein, die mir den Job bei NOW in Los Angeles vermittelt hatte. Die Rechnung war, wie es aussah, von Donovan Kincaid beglichen worden.

Da war noch mehr. So viel mehr. Schnappschussaufnahmen von mir über die Jahre. Kopien der Artikel, die ich in verschiedenen Marketingmagazinen veröffentlicht hatte. Pläne von Sicherheitssystemen der Gebäude, in denen ich gewohnt hatte. Eine Liste, auf der alle Dinge einzeln aufgeführt waren, die die Umzugshelfer bei mir zu Hause eingepackt und auf Rechnung von Reach nach New York transportiert hatten.

Und dann waren da noch die Papiere über Theodore Sheridan, ein niedriger Stapel Gerichtsunterlagen, die zeigten, dass er wegen sexueller Nötigung im Gefängnis saß. Das Datum zeigte, dass er vor drei Jahren verurteilt worden war. Es gab Rechnungen für den Anwalt des Opfers. Auch die hatte Donovan beglichen.

Ich brauchte fast eine halbe Stunde, um die Akte durchzugehen. Als ich fertig war, lehnte ich mich im Schreibtischsessel zurück. Meine Haut kribbelte, meine Brust war eng, meine Gedanken rasten.

Es gab zu viel zu überlegen. Zu viele Gefühle zu sortieren. Ich wusste nicht, wo ich anfangen sollte, und selbst wenn es mir gelungen wäre, hätte ich beim besten Willen nicht gewusst, wo zum Teufel ich danach hätte weitermachen sollen.

Aber so durcheinander und verwirrt ich mich auch fühlte, es gab jetzt zwei Dinge, die ich ohne jeden Zweifel über Donovan Kincaid begriffen hatte.

Nummer eins – das war es, was er gemeint hatte, als er sagte, wenn er eine Frau liebte, dann sei er wie besessen von ihr.

Nummer zwei – Donovan liebte mich.

Epilog

»Kann ich Ihnen etwas bringen, Sir?«

Die Stewardess war attraktiv. Große Titten und blonde Haare. Attraktiv wie eine Barbie-Puppe. Nicht schön wie Sabrina. Ich hatte diese Stewardess noch nie gesehen. Aber wenn man in letzter Minute einen Flug buchte, so wie ich, nahm man, was man kriegen konnte.

»Einen Scotch, pur. Sonst nichts.« Den letzten Teil fügte ich hinzu in der Hoffnung, sie würde den Hinweis verstehen, dass ich nicht weiter gestört werden wollte. Es war ein langer Flug nach Paris, und sie war die Art von Frau, die meinte, es sei deshalb in Ordnung, sich Vertraulichkeiten herauszunehmen.

»Jawohl, Sir.« Sie schenkte mir diese Art von kokettem, unschuldigem Blick, den nur die schmutzigsten Frauen beherrschten. Eine, die Ärger bedeutete. Ich war schon darauf vorbereitet.

Um ehrlich zu sein, hatte es eine Zeit gegeben, in der ich empfänglich gewesen wäre für das, was sie mir sicherlich anbieten würde, auch wenn ich es bevorzugte, selbst derjenige zu sein, der die Angebote machte. Aber ich hatte kein Interesse mehr daran. Nicht, solange ich Sabrina noch auf meinen Lippen schmecken konnte. Nicht, solange ich ihr Flehen noch im Ohr hatte.

Die Stewardess brachte mir den Drink, und ich dankte ihr unfreundlich genug, um sie zu vertreiben. Ich nahm einen tiefen Schluck und ließ das Brennen alle anderen Gefühle betäuben. Dann nahm ich mein Handy und betrachtete das einzige Bild von Sabrina, das ich darauf abgespeichert hatte. Ich hatte auf meinem Computer Hunderte Bilder von ihr, sicher, aber dieses eine hatte ich selbst gemacht, während sie in meinem Bett geschlafen hatte. Es war mein Lieblingsbild. Sie war nackt, die Decke nur bis zur Taille hochgezogen, aber was es besonders machte, war, dass sie in meinen Armen lag.

Es war das einzige Bild, das je von uns gemeinsam aufgenommen wurde.

Wenn ich sie beschützen wollte, durfte es nie ein weiteres geben.

»Wir sind bereit zum Abflug, Mr. Kincaid, sobald Sie es sind.«

Ich sah hoch und entdeckte den Piloten vor mir, der auf mein Kommando wartete.

Ich war nicht bereit, sie zu verlassen. Ich würde nie bereit sein.

Aber ich wusste, was ich zu tun hatte.

Nachdem ich meinen Scotch mit einem Zug geleert hatte, nickte ich dem Piloten zu. »Es kann losgehen.«

– ENDE –

Ab 03.12.2018

Laurelin Paige

Dirty Love – Ich brauche dich!

ISBN: 978-3-95649-852-7

9,99 € (D)

Nun kenne ich Donovan Kincaids Geheimnis – und es ist genauso düster und schmutzig wie er. Ich weiß, dass er all die Jahre eine Akte über mich geführt und mein komplettes Leben manipuliert hat. Er sagt, er hat es getan, um mich zu beschützen. Vor ihm, weil er denkt, dass er mein Verderben ist. Der dunkle Abgrund wird immer größer, und obwohl ich weiß, was er getan hat, sehne ich mich nach ihm. Ich will mit ihm reden, ihn berühren, will dass er Besitz von meinem Körper ergreift, auf die einmalig bestimmte Art, wie nur Donovan es kann. Er ist ein dominanter Mistkerl, aber ich brauche ihn so sehr, dass es weh tut. Dennoch muss ich stark sein, ich will nicht, dass er mich wieder zerstört ...

Alexa Riley

Du bist mein Verlangen

Fünf Jahre lang hat Miles sie aus der Ferne beobachtet, denn noch war ihre gemeinsame Zeit nicht gekommen. Heimlich hat er alles unternommen, um ihre Wünsche wahr werden zu lassen. Alles ist auf den perfekten Moment ausgerichtet – auf den Moment, in dem er in Mallorys Leben treten kann. Doch schon bei der ersten Begegnung kann er seine Gefühle nicht länger unterdrücken. Was, wenn er Mallory für immer verliert?

ISBN: 978-3-95649-814-5

9,99 € (D)

Ilsa Madden-Mills
Dirty English – Verboten Heiß

Elizabeth stockt der Atem. In nichts als Shorts und Boxhandschuhen lehnt Declan in seiner Tür; Schweißperlen glitzern auf seinem tätowierten Körper. Ungekannte Lust rast durch ihre Adern. Der neue Nachbar ist heiß. Verdammt heiß. Aber seit dem Albtraum vor zwei Jahren hat sich Elizabeth strenge Dating-Regeln auferlegt, nach denen Declan für sie strikt tabu ist. Doch der raue Sex-Appeal des Briten schreit danach, alle Regeln über Bord zu werfen ...

ISBN: 978-3-95649-635-6
9,99 € (D)

Cherrie Adair
Nimm mich!

ISBN: 978-3-89941-645-9
8,95 € (D)

Joshua Falcon ist gewohnt, seinen Willen zu bekommen. Im Job – und im Bett. Und als er die hinreißend unschuldige Innenarchitektin Jessie Adams auf einer Party trifft, will er sie. JETZT. NACKT in seinem Bett. Für eine heiße Sexaffäre ohne Verpflichtungen. Kaltblütig macht er Jessie ein Angebot, von dem er weiß, dass sie es nicht ablehnen kann. Und genießt fortan den Sex mit ihr, wann und wo es ihm am besten passt – spontan und ohne lästige Bindung. Alles läuft wie geplant für den erfolgreichen Geschäftsmann. Bis er erkennen muss, dass er Jessie schon einmal begegnet ist. In einer verhängnisvollen Nacht vor sieben Jahren. Damals war sie noch eine kleine Kellnerin. Und er ein einsamer Millionär ...